刺

北京时代华文书局

目 录

第一章　诡异之事 / 001

第二章　二郎遭暗算 / 023

第三章　合击兜 / 043

第四章　夜奔淮南 / 065

第五章　把柄 / 090

第六章　野树台反落兜 / 115

第七章　试探 / 142

第八章　豆腐坊 / 164

第九章　斗毒 / 185

第十章　多重战局 / 210

第十一章　一根鱼骨 / 236

第一章　诡异之事

川北狼烟卷云坠，骤然吟啸止前行。
掉转淮南弄舟把。皆憾！破河径出横江封。
心爱殒命未为警，还狠，枭雄终要索燕云。
无奈一刺魂消路。归去，谁知此局是何局？

续前局

齐君元设下一个绝妙刺局，单身进入汤山峪沐虬宫，随后服毒假死，再复活裸身逃出。最终以反复的极端情绪，诱使李弘冀身体中暗藏的痼疾发作，使其五脏三脉周身血气突然的冲荡击撞，导致其内在环境的混乱，阴阳的失衡。以他自身骤变之后的病态状况作为刺杀他自己的杀器。

但是这个刺局存在一个最大缺陷，就是这一击并不能立刻予以绝杀。刺标的生死还需要看他自身的心理、生理承受力，看外界对他的态度和信任度。

为了达到最终夺取李弘冀性命的目的，齐君元的这个刺杀还做了其他辅助的手段。其实就在他刚刚进入汤山峪营围时，金陵城中便已经有消息在流传，说刺杀齐王的刺客到沐虬宫找吴王李弘冀商谈事情。而当齐君元在沐虬宫里才见到李弘冀时，朝堂上下的官员几乎都知道这件事情了。这些消息的传播是菜头负责的，他拥有极为广泛复杂的社会关系，轻而易举就可以在短时间内将某件事情闹得沸沸扬扬。

而朝堂官员中最先得到消息的肯定是韩熙载。夜宴队的耳目遍布金陵，像这样最初从民间口口相传的消息，必定会第一时间传到他耳朵里。刚听到这个消息之后，韩熙载的第一反应是欣喜。虽然夜宴队这么长的时间没有抓到刺杀齐王的真正刺客，但这刺客主动去找李弘冀，不管其目的如何，至少对李弘冀是一件非常有利的事情。

但是到晚上时又有两个消息一先一后传来，先是说刺客被毒死在沐虬宫中，随后不久又说刺客逃出了沐虬宫、汤山峪。这时候韩熙载其实和别人一样对李弘冀是持怀疑态度的。刺客孤身一人进了汤山峪沐虬宫，说被毒死，还能相信。而且刺杀齐王的主谋如果真是李弘冀，这也算十分合理。但是要说刺客从那里面逃出来的话，就是只鸟儿都未必做得到，除非是李弘冀刻意安排的。而李弘冀和这刺客商谈之后又安排他逃出，他到底是想干什么？

仅仅过了一盏茶的工夫，韩熙载便品出几处不对来。像李弘冀这样的枭雄之才，如果真的是指使刺客之人，那也肯定不用他亲自出面，更不用跟刺客讲清刺活儿是何人所托。另外就算这刺客是李弘冀私养的高手，那也应该有他们一套秘密的联络方式。刺客这样招摇地去见李弘冀本就不合理，叫明自己是刺杀李景遂的刺客就更不合理了。

刺客最终逃走，听起来好像是绝不可能的，怎么都像是李弘冀故意放走的。但是细想一下，如果李弘冀需要放这人出去再替自己做什么大事，那完全可以从自己身边找个人乔装替代刺客，让真正的刺客以护卫身份随便找个机会就可不动声色地出了汤山峪，又何必费如此大的力气。而且外围汤山峪营围的官兵并不属李弘冀亲管，李弘冀要想放走刺客的意图根本不会让他们知道。那么让带着重要任务的刺客采用这种方式闯出汤山峪就如同自己在给自己制造危机。一旦有个闪失，所有计划前功尽弃是小，还要硬生生让自己

第一章　诡异之事

坐实罪名。所以即便是个傻子都不会做这样的傻事，更何况李弘冀？

这应该是一个有预谋的局，而且是一个有不少破绽的局。只是当局者迷，所以李弘冀才会中招。其实从外人角度稍微深思两层，便可看出许多不合理来。

韩熙载刚一回过味来，便立刻写一份急折让手下马上送到宫里呈给李璟。他之所以写折而不直接面圣陈述，是因为这样的事情不管谁当着李璟的面说，都会影响他的情绪和分辨力。即便他觉得你说得有道理，也可能会恼火自己为何不曾想到这一层而拒绝承认。所以最好是要李璟自己悟出，别人的所有见解只能作为提醒。这样不仅能让李璟清醒地看出韩熙载想让他看出的破绽，而且当他作出正确决断后还可以显示出他的睿智和大度。

韩熙载不仅对李弘冀在汤山峪沐虬宫中发生的事情分析透彻，而且还将李璟的心态掌握得分毫不差。所以这份急折进宫没多久，李璟便传旨让人接李弘冀回金陵。这一点其实对李弘冀的状态非常重要，如果不是李璟下这道旨意，哪怕最好的医生恐怕都很难将李弘冀从鬼门关口拉回来。由心而生的气血病症，只要这颗心安定下来了，那么医治由此导致的各种症状就容易了。

而这一点却是齐君元原来刺局中完全未曾料到的意外因素。他利用了李弘冀的身体和心理状态，用反复而极致的突发状况牵动李弘冀气血、情绪等各方面的大幅突变，让他自己给自己下杀手。虽然齐君元预料到这一杀手足以让李弘冀病不能医，最终死于非命，但是他怎么都没想到此刺局中不能一击而杀的破绽会被韩熙载看出。并且韩熙载是一个在李璟面前说得上话的人，是可以提醒甚至影响到李璟想法的人。所以李弘冀得到了活转过来的时间和机会，李璟正确的想法和做法给了李弘冀一味活转过来的心药。

李弘冀活转了过来，卜福的心情却像要死去。刺杀李弘冀是个必成的活儿，而且是个急活儿。虽然没有限定具体时间，但是前面一番刺杀的准备，刺杀之后又等李弘冀那边结果，这一晃就是一个多月了。这么长的时间对于完成一件急活而言，那肯定是不会让谷里和托刺的恨主满意的。但现在的问题是即便用了这么长时间，这一刺最终却未能成功。所以黄快嘴很快就又

传递了密令"再刺吴王",这其实很明显地表达了谷里对此次刺活儿的不满意。所以现在如果不能尽快地再次成功刺杀李弘冀,下一回谷里传递来的或许就会是度衡庐的责罚了。

"据我所知,汤山峪刺局之后,不问源馆的人已经全数离开,所以现在李弘冀身边的防护力量大不如从前。而且吴王府处于街市之中,周围环境复杂,可利用的条件很多,藏身、潜入都有依仗。再有吴王府是个正常居所,构造简单,既没有沐虬宫的重重布防,自保的一些机关也是最为常见的。所以这一回可以直接趁夜杀入吴王府去。"卜福想用自己得到的信息说服大家采取这种最为直接、最无创造性和想象力的刺杀方式,但这恰恰显示出卜福此时已经有些乱了方寸。

"内卫营左锋虎翼军已经在吴王府周围封街,宫防处也调动侍卫高手进入吴王府内。而且最为重要的是,南唐夜宴队也派遣高手在李弘冀身边贴身防护,并且在外围的复杂环境中,也处处暗藏着夜宴队的钉子。现在的吴王府其实就是一个大兜子,不,应该是从里到外有着好几层的大兜子。这状况不仅是要保护李弘冀,似乎还有以李弘冀为诱拿住我们的企图。所以杀入吴王府完全是自投罗网的做法,而且这种杀法不管成不成功,都相当于在推翻之前汤山峪所做的刺局。间接证明之前所为是为了陷害李弘冀,最终结果只会对李弘冀有利。"齐君元不仅比卜福冷静许多,思忖更加周密。由此显示出他是真正的刺局高手,而卜福虽然是辨查刺局的高手,做刺局上与齐君元相比还是略逊一筹。而这一筹包含的除了创造性和想象力,还有越是急迫越是镇定的心态。

不过齐君元说出这样的话也不是信口而言的,他不仅亲自出去打探了消息,而且还跑到吴王府附近查看并预想过各种刺杀方式。但不管得到的消息还是查看后的结果,都否定了所有再次刺杀李弘冀的可能。

"实在不行,就算自投罗网也是要试一试的。做过总比不做好,成不成对谷里都有一个交代。否则度衡庐责罚下来,谁都抵受不了。我马上就去唤起所有能用的洗影儿,以现有最大力量进行这次突杀。另外我还可以暗中给府衙六扇门传递些虚假信息,尽可能搅乱吴王府的内外防御,以便我们行

第一章 诡异之事

动。"卜福髭须抖了抖，这是咬牙下了狠心。

"等一等！"齐君元缓缓地制止，然后眯着眼环顾了一下屋里的众人。这是一个构思的状态，也是从构思中发现更多意境的一个状态。唐三娘、范啸天、哑巴、菜头、亭长，包括卜福，他们都能感觉到齐君元这半眯的朦胧目光中蕴含了无穷玄妙，却又没一个人知道这玄妙最终锁定的会是他们中的哪一个。

"还有一个办法。"齐君元的话说得很慢很清晰，"根本不用拼死再做强袭的刺局，而只需将我们之前的刺局继续下去。"

"继续下去？""还能继续下去？""这要怎么去做？"一阵诧异声，充满着疑惑和难以置信。

齐君元眼角微微睁大一些，再一次扫视众人，并且最终将一双锐利的目光落在范啸天身上："对，继续下去。我们之前刺局是从大喜大悲、大惊大辱上给李弘冀刺激，从而导致其痼疾突发。那么下一步可再采用诡异现象对其进行惊吓，给他来个大骇大惧。我想做成这样的事情，对于诡惊亭第一高手的范大哥来说肯定是举手之劳。"

"那是、那是……"范啸天嘴巴里应和着，心中却丝毫没有平时被夸赞的沾沾自喜，反是将一双眉头紧紧堆纠在了一起。

"可是无法进入吴王府内，外围的一些手段即便做了也只能传闻到李弘冀耳中，甚至别人还会瞒着不告诉他，这大骇大惧如何能生效？"菜头见识广博，又常与官家、皇家府邸中人有来往，所以心中觉得齐君元所说是很难有效果的。

"这个你们就不用管了，刺局由我和神眼商量如何布设，你们到时候只管听安排行事。"齐君元的态度非常坚定，反倒是他的眼神却在蓦然间变得有些扑朔游离。

鬼惊宫

槐夏四月，又称阴月，建巳之月（蛇月），律中中吕，星相变化无常。

按古代民间农历历法，如之前无闰月，此时正是初夏。气温回暖，冬春蛰伏的阴晦蒸散而起，毒惑之气肆虐。民间传闻一年中鬼魅最为猖獗的两个阴节之一清明节便在四月里。而清明的前十日和后十日，民间妇儿和体弱神散者都会求得神符灵签携带庇护，即便壮豪男子也不轻易行走夜路。

大周后宫内的滋德殿，为正宫符皇后寝殿。梁高殿阔，脊叠檐翘，在整个大周皇宫中都算得上数一数二的豪华殿堂，其势竟不输四海归心的九龙正殿。由此可见周世宗对符皇后专爱不二之情的真切。

虽然天气已经开始逐渐炎热起来，但是滋德殿宫敞殿阔，梁脊高筑，再加上北方白天夜间温差较大，所以住在这里并不觉得丝毫炎热。夜间微风拂帐，倒是最可惬意睡眠之时。

这几日，王朴夜观天象，说柄星显云尾，将星光暗，此为西北战事停转之象。最多是到秋后，伐蜀之势会缓止或转向。

听了王朴所说，符皇后觉得这是一个绝好的迹象，应予以促力，免苍生战火涂炭。于是命范质督促朝中众臣以各部名义拟信折，劝请周世宗收军还朝。然后自己也专心书写一封书信，细析各种利害所在，同时将王朴所观天象也告知，劝导周世宗就此罢兵，莫违天命。

或许是这封书信发出后心中舒畅，或许是专心措辞这封书信颇耗了些心力，又或许瑶清宫中确实温适气爽，所以今夜符皇后睡得特别沉。

夜过子时，周围一片死寂。就连后宫中夜巡的护卫都变成了影子一般，在宫灯烛火下无声地飘移。滋德殿中则更加安静，仿佛能听到微风吹拂纱帐的声音，又仿佛能听到烛火扑朔的声音。但是渐渐地，这仿佛的事情不再仿佛，而是开始真实、清晰起来。一种惶惶淡淡惨惨的低沉声音在滋德殿里飘响起来，就像有冤魂在四处飘荡。

与此同时，符皇后的呼吸急促起来，随着呼吸的急促，符皇后紧闭的眼皮下，眼球也在剧烈地转动，像是迫切想睁开眼睛，却又无论如何也睁不开。紧接着她的身体也开始扭动挣扎起来，但是显得很是无力。就像全身瘫痪的人无法对身体做出自主的反应，又像是全身被什么无形的力量覆盖，压制了她每一处肌体想做出的正常动作。这状况其实如同民间传闻的鬼压床。

第一章　诡异之事

终于，符皇后在一声沙哑短暂的哀呼中猛然坐起，大口喘着粗气，满脸都是冷汗珠子。但她很快就意识到了些什么，可能是发现醒来后真实的情形和梦中一样诡异，于是立刻强行压制住自己的喘息。但冷汗珠子却是无法强行止住的，一下沁出了更多，并且汇集成流挂到下颌。

喘息渐渐缓了下来，快速的心跳却没有减缓，而这同样是会干扰到听觉和视觉的，和所有恐惧紧张中出现的耳晕眼花一样。所以符皇后虽然很努力地去聆听周围飘荡的、若有若无的声音，虽然随着声音的发出方向谨慎而仔细地查看，却什么都没有发现。而什么都没有发现，往往会让人产生更加复杂的心态，恐惧、好奇、迷茫，就像还不曾从梦境中醒来一样。

符皇后自己慢慢撩开床帐，慢慢下床，慢慢往殿门口走去。她的样子就像是被什么东西迷住了心魂，竟然没有呼叫偏室里随时听候召唤的宫女太监。但也是奇怪，宫中贴身伺候的宫女太监应该就在很近的地方，而且其中应该有人轮换不睡彻夜听候召唤的，可不知为何却无人对这飘荡的声音做出一点反应。

滋德殿中并不昏暗，这里在合适的位置都安放有红烛、宫灯彻夜照亮。既不会影响到符皇后的休息，又可以在需要时有足够的照明看清细微的东西。滋德殿的外面也很明亮，除了大殿本身，远远近近都有彻夜的灯盏照明。这是内宫安全防御所必需的，为了那些暗哨护卫可以看清自己守护的范围和对象，为了流动巡查的护卫及时发现异常迹象，所以即便是在最黑暗的夜间，就算是一只飞蛾进了瑶清宫，都是会被注意到的。

声音似乎就在殿门口，又似乎是在殿门外，像吟唱、像哭泣、像低骂。但是符皇后越往殿门口去，那声音却越发小了、淡了、飘远了。再往前去，那声音恍然间像是没了。也就在这一刻，符皇后止住了脚步，极度恐惧地止住了脚步。她确实再也听不到那奇怪的声音了，但她却在这时候感觉到了些恐怖的东西。

那东西是一双眼睛，充满怨毒、仇恨、诡异的眼睛，就和她噩梦中见到的一样。符皇后并不清楚这双眼睛到底在哪里，好像无处可寻，又好像无处不在。好像是与烛火一起跳动，又好像与夜风一起飘移。是在墙角闪烁，又似在窗口扑闪。但那眼睛肯定是盯着符皇后的，因为始终有两道阴寒歹毒的光射入符皇后的眼里、心里、思维里。并且在符皇后的感觉中，那眼睛不仅仅是盯着，它还在无限度地扩大、拉近，用一种无形的压力压抑了她的四肢百骸。

符皇后开始挣扎，就像刚才她在睡梦中一样。但她的挣扎仍是那么的无力，也和睡梦中一样。符皇后张大了嘴，她想喊，她现在终于想到自己应该喊人。可是就连胸腹间出来的气流都是无力的，无法震动声带发出她想要的声音。她甚至连闭上眼睛的想法都无法办到，无力拒绝看到那双让她极度恐惧的眼睛。

也和睡梦中一样，符皇后终于发出了一声哀呼。但是声音却极大，就像积聚到很高的水位一下冲破了堤坝。随着这声哀呼，符皇后不是从梦中醒来，因为她本就是醒着的。当然，肯定也不是睡过去，没人会在一声高声哀呼后睡过去，只会是晕厥过去。

还是很奇怪，符皇后的这一声哀呼竟然依旧没有惊动任何人。直到凌晨，才有人发现符皇后躺倒在大殿的地上。

醒来后的符皇后说了自己夜间的经历，但是所有人都觉得难以置信。不要说她曾发出高声哀呼，就算她之前梦中惊醒、起床下地，那都是会有贴身宫女觉察的。而她还行走到靠近大殿门口的地方，那是连外面暗哨、巡查护卫都会发现的事情，怎么可能一个人都没有觉察呢。但她又确实躺在了大殿门口的地上，那又是怎么回事呢？莫不是真的有夜鬼入宫作祟？

这便是民间流传的"夜鬼惊宫"，说法众多，不知何为正解。但是谁都未曾料到，这会是一场已经开始实施的刺局。

同样是在这样一个槐夏阴月的夜晚，蜀国后宫中两个鬼魂般的黑影却在进行着一场交易。这是一场在要挟与反制中进行的交易，一场双方全心为了别人而不惜牺牲自己的交易。虽然只有两个人，却交易得惊心动魄。

楼凤山从渐缓的剧痛中喘过一口气来，抬起头，脸上挂满晶莹的鼻涕眼泪。剧痛的过程中，他没有弯腰蜷曲，更没有满地打滚。不是他不想，一个

第一章　诡异之事

疼痛到极致的人是不会再顾忌任何尊严和形象的。可是他不行，他只能直直地挺立身体站在那里。因为只要身体微微一动，那疼痛便会成倍增加，就像有什么尖锐的物体要从自己身体内部钻出来一样。

阮薏苡看着楼凤山痛苦的样子，脸上露出些讶异。她没想到楼凤山有这么痛苦的反应，心中都有些怀疑自己这回下的蛊是不是有异于以往。蛊的作用虽然是由内而外的，但最多是在自己心意控制下蛊虫的内钻内嚼。腹痛难忍满地打滚是在她预料中的，之前她拿一些囚犯药人试验时也是这样的反应。可是楼凤山痛不能动，这其实意味着他疼痛得连最起码的疏解发泄途径都没有。

"那事可行吗？"阮薏苡冷冷地问了一句，这其实已经是她第三次重复这句话了。

"可行，但绝不行！"楼凤山的回答很简短很无力，这样的状态其实越发显出了他的坚定。

"你不怕我再驱动一次让你肺腑俱烂、疼痛而死？"阮薏苡这是恐吓，她知道给楼凤山种下的蛊才一月不到，刚刚成形，最多只能是制造一些痛苦而已。要想嚼腑破体，至少要在人体中孕育一年才成。

楼凤山没有马上回答，而是眯着眼睛在做深呼吸。那样子像是在思考如何回答，又像是在恢复体力。

阮薏苡耐心地等待，她并不着急。自从那天她以一吻将蛊种送入楼凤山口中之后，她就已经确定这楼凤山是自己的人了，完全被自己所控制。虽然今天连驱三次蛊虫都未曾顺利达到自己目的，但阮薏苡知道这只是还没到火候而已。没人能承受比死还难受的痛苦，楼凤山应该也不例外。

"你还在等？真有耐性。我已经说过这件事情绝不可行的嘛。"楼凤山显然是缓过来了。

阮薏苡依旧感到意外，楼凤山不仅痛苦状态比她预料中的要剧烈，恢复的速度更是比她预料中的要快许多。但她仅仅是感到意外，并未斟酌一下其中是否还有其他什么原因。

"我还在等，我相信你会改变主意的。"阮薏苡仿佛是在深情地告白。

"我知道你的意思，我也知道终究会有我受不住的那一刻。但是我真的不能那样去做，就好比有人要逼迫你对花蕊夫人下手，你也会如此坚持。"

"是的，我也会坚持。但问题是你凭什么坚持？你觉得还能扛住第四次痛吗？或者再过几日，你腹中蛊虫又熟一点，那你连一次都坚持不下来。所以你没有任何凭借来坚持，现在坚持的是我，一直可以坚持到你回心转意为止。"阮薏苡语重心长。

"你也没有凭仗坚持，如果再有一次痛，我将咬舌自尽。"楼凤山说得很轻松很随意，一个人如果经历过生不如死的痛苦，都会这样轻松随意地说出这种话来。

阮薏苡眉头微微一皱，身上驮架所挂的各种瓷瓶发出几声轻响："需要的话，我可以加些药物让你想死也死不成。"

"想死怎么可能死不成？我可以答应你去将蛊虫下给我外甥女，那你总得放我走吧。走了之后，我可以有一百种死法，甚至可以直接去找花蕊夫人同归于尽。哈哈哈，对了，同归于尽！这应该是个最好的寻死方法，哈哈哈！"刚刚还被痛苦折磨得气不能转的楼凤山突然之间扬眉吐气、万分得意了。

驮架上的各种药瓶发出连串清脆的碰撞声，但真正震动的不是那些瓶子，而是阮薏苡的心。楼凤山的话不仅瞬间将她原来的打算撕扯得粉碎，而且还直击到她最为软弱的部位。她完全没想到楼凤山骨子里竟然还有这样一股子狠劲、无赖劲，如果真要那样做的话，反是将她和花蕊夫人陷入绝境之中了。

"你是在逼我，那我现在就可以让你痛死。"阮薏苡说这话时其实已经很是气弱。

"我早就给人留下话了，如果我死了，会有人告诉大家是你干的。然后还会有人追究到蜀皇那里，再由你牵扯到花蕊夫人身上。你觉得这后宫争宠、纵亲行凶的罪名要落在花蕊夫人身上会有什么后果？说不定她那一统后宫的位置就会被我外甥女替代了。这样的话我就算死了也值当，呵呵，来吧、来吧，我在等死呢。"几句言语之间，楼凤山反倒成了要挟的一方，以自己的死来要挟。

阮薏苡沉默了，她没想到明明是自己稳稳握住的一只槌柄，怎么会突然间变成一条无法掌握的滑鳝。不，还不仅仅是滑鳝，而是一条狡蛇，突然就扭着身体反咬而来。

楼凤山也不再说话，现在轮到他耐心地等待了，等待阮薏苡改变她的初衷，更换其他条件。

沉默了许久，阮薏苡终于想通了一件事情，那就是没人愿意痛苦地死去。哪怕他的死会带来许多好处，那好处都是和他没有任何关系的。所以自己手中掌握了楼凤山的命依旧是有价值的，只是这要价不要太高，让他能够承受。

"既然你坚持不对你外甥女秦艳娘下手，那么换另外一个人。"

"不能是我儿子。"楼凤山反应很快。

"呵呵，放心。是和你没有任何关系的人。"阮薏苡只有笑声没有笑意。

"给我什么条件？"

"成了之后撤了你的蛊虫。"

"好的，我做！"楼凤山的反应和世间所有人没有什么不同。只要不是对自己的亲人下手，那么就会不惜一切手段来争取自己的生命、解除自己的痛苦。

"下次我过来带给你要下的蛊虫。到那时你体内蛊虫也已经熟透，你若反悔，我可以让你随时随地死在任何地方，而且没有任何证据证明是我所为。"阮薏苡这话倒不完全是恐吓，一旦蛊虫成熟，在一定距离内她真可以让楼凤山随时随地破体而死。

"我相信你说的，不会反悔的。告诉我给谁下，好早做准备。"

"现在说给你知道也不怕，就算你去告密，我也完全可以说是你和秦艳娘在陷害我，从而陷害我家小姐，到时候倒是对你家不利。"

"应承了你就不会泄露，说是谁吧。"楼凤山倒显得有些不耐烦了。

"蜀皇孟昶。"

"啊！……"

借皮说

大周水军在一路顺水而下直奔金陵的途中突然间诡异地消失了。南唐各水路大营调兵遣将拦截围堵的一系列计划全落了空，就仿佛重重一拳打在了垂纱之上。李弘冀是最能觉出此事可怕的一个人，因为这并不是敌人被消灭了或退走了，而是自己这边看不见敌人了。而和一个自己看不见的敌人对抗，那是没有胜算的。

大周水军消失之后，李弘冀一直都在思考大周此举的真正企图。但是还没等他窥出其中蹊跷，更未来得及对此事作出相应的对策，便因为齐王李景遂被刺之事而被禁居。于是李弘冀在被驱往汤山峪之前给韩熙载写了封书信，让他遣人查清大周水军到底藏匿于何处。否则这一隐患存在，早晚会对南唐造成巨大威胁。

梁铁桥便是韩熙载派去查找大周水军的。他原本作为一江三湖十八山的总瓢把子，对沿江上下的地理环境极为熟悉，而且江湖上朋友众多，打探消息比别人要容易许多。但是韩熙载却没有料到，正是因为梁铁桥出身于一江三湖十八山，所以他完全没有将查找的点放在江中洲。因为他感觉中很自然地认为一江三湖十八山还和自己做总瓢把子时一样，绝不可能和大周合作。而且在查找过程中他还和水军行使营接触过，了解到南唐润州水军大营以及其他沿江水总调来的兵船藏于江中洲，以作突袭和后援之用。所以梁铁桥更加断定大周水军不可能藏匿于江中洲，童正刚他们胆子再大，都不敢同时接纳对仗两国的船队驻扎。一旦双方发现后火并，无论胜方败方都会迁怒于一江三湖十八山。

但是梁铁桥怎么都没有想到，此时的一江三湖十八山已经不是他在的时候了。做主的人没主意，有主意的人却有可能是故意出的馊主意。他更无法想到，一些原来他身边的，或者是后来新入伙的，不仅存着包天的胆量，而且还存着逆天的企图。

大周船队从江中洲暗藏河道驶入，最终在一处较为宽敞的河道沿一边停靠住。江中洲水道被重重芦苇拥住，即便是在最宽处也显得很是狭窄。所以

第一章　诡异之事

只能单船前后一字排列停靠，这样一旦有什么情况，至少要保证船只可以旋转调头。

船都停好之后，一江三湖十八山里派来引船入河道的向导便一再告诫大周水军不要随便上岸。即便有必要上岸也不要进入芦苇滩中太深，只可在沿河百步之内。因为这些芦苇滩的深处有一江三湖十八山布设的特别防御，然后还有生于此处的毒鱼毒鸟凶悍非常，一旦惊动很难制止，势必会造成极大的伤害。所以还请大周水军严守告诫，以免大周与一江三湖十八山之间造成误会和猜疑。

大周水军指挥使司超并不相信向导所说，心中暗自觉得这些都是故意恐吓。是怕自己的人窥出岛上的地形分布，日后会对一江三湖十八山的老巢不利。

但是这次随水军同行的人里有赛须龙张锦岱，他曾经和赵匡胤闯过江中洲，亲身在"曲水回天"中体会过命无幸存的绝望，所以完全相信向导所说。而当他将自己的经历讲述给司超和一众水军将领听了之后，所有人都不由动容。他们知道张锦岱不会说谎，也没必要说谎，更何况他所讲述的经历中还有赵匡胤在。所以回去之后都严令自己手下不得随意上岸，更不可深入芦苇滩。

张锦岱出身江湖，虽然已经为将多年，但是江湖的一套习惯却从未改变。虽然他替向导佐证了说法，但是他自己在进入一个新环境后会立刻对周围进行一番查看。这不仅是一种自我防护的经验，同时也是看一下周围有没有自己可利用的条件。

张锦岱带着几个亲信下了船，往芦苇滩中走了也就一百多步便不敢往前走了。因为此处不仅地势低洼，芦高蒿密，而且再往前去的情景和他上次闯入"曲水回天"是一模一样。只是这里布置的芦苇苇叶苇头有些垂乏，生长得不太精神，看样子像是刚刚移植过来或整修不久。而芦苇丛之间的路径也是泥沙泛混，边沿芦根、沙泥并不整齐平滑，应该是开垦出来没多久。张锦岱虽然没有继续往前，却是横着又走一段路。他发现这里的"曲水回天"虽然像是新设置的，但是范围却比之前自己所见的那个大多了。上次那个自己一伙人在其中循环几次都回到原来地方。每次循环所用时间都不是太长，可见那个"曲水回天"的范围并不非常大。而这一回横着走了很长一段路，始终是在沿着"曲水回天"的外边缘在走。由此可推测出这一处的布设不仅仅是一个"曲水回天"，而应该是由好多个"曲水回天"接续而成的。

张锦岱心中此时有些疑惑了。一江三湖十八山的"曲水回天"主要有两个用处，一个是为了护住总舵，还有一个是为了在双峰潮合冲江中洲时让帮中的船只有一处可稳住的安全区域。而现在江中洲新设置了范围这么大、连续长度这么长的"曲水回天"，其用途到底是为什么？再从走向上看，设置的走向好像是沿着河道而行。那么会不会就是为了阻困住周军？

张锦岱突然间想到大周船队所处的狭窄河道，想到两边的重重芦苇滩，那都是遇到攻击之后无以倚仗反击的处境。如果河道两边再被"曲水回天"困住，遇到攻击之后连上岸逃脱的一线生机也都没有了！顿时，张锦岱的冷汗下来了。虽然还不清楚别人的意图，但他至少知道了自己的处境。

"如果对方是想借这环境和设置对大周水军不利的话，那向导为何要事先告诫？而且这一回是自己传书信与童正刚他们联络的，他们知道自己在船队中，那么仍采取这样的方式对付大周水军不就太随意一点了吗？更何况他们又有什么必要对付大周水军？现在一江三湖十八山有很大一部分利益是与大周关联着的。"张锦岱不是个草率的人，他很快就回过味来，觉得此中应该另有隐情。

就在这时，他们几人身后忽然传来一声音量不高的嗯哨，众人立刻抽拔兵刃回身。绿色芦苇的遮掩中有一个穿水绿色劲服的人，用同样水绿色的帛巾遮面。如果不是他主动发出那声嗯哨，真的很难发现此人就跟在身后。

"你随我来，私下里有些话说。"那人伸手指一下张锦岱，然后转身就走。

张锦岱眼珠一转，马上跟了上去。他没有将背后枪囊中的枪抽出，却是暗暗握了一把飞石在手中。有手下想阻止，有亲信想跟随，但张锦岱横手臂做出个止住的手势，口中断然说了句："都在此处等我。"话说完立刻快步追上，很快便与前面绿色身影一前一后地消失在密密的芦苇丛中。

第一章　诡异之事

张锦岱紧跟前面的绿色身影，始终保持着十二三步的距离。在这过程中张锦岱每走一段便会在合适位置随手摘下一片苇叶或折断一根嫩枝，留下记号以保证自己还能走回去。

绿色身影是往"曲水回天"的方向走的，一路虽然七扭八拐，但其实并没有走出多远的直线距离。当再次站住时，张锦岱发现，他们已经是从"曲水回天"的阻挡中穿行过来，到了阵形的另外一边。而刚刚他们所走的路径完全不是"曲水回天"中设置的路径，而是在一些芦苇中穿行。所以可以肯定前面的绿色身影是非常熟悉此处布置的，他应该是带着张锦岱从两个相连的"曲水回天"交接缝中穿过的。用坎子行的术语来说，这就是安全的坎沿。

"看看吧。"绿色身影回过身来，示意还在观察周围情形的张锦岱往一个方向去看。

张锦岱迟疑了一下，但最终还是迈出几步，轻轻拨开几层密如墙壁的芦苇往前看去。前面是一片宽敞的水面，水面上停着许多的兵船。从旗号上看，这些全是南唐水军的船只，而且不是来自一个水军军营。

"周军不善水战，进入江中洲的大周水军我估计已经是倾国而出的全部实力。这龙吞塘中驻扎的南唐水军只不过是润州水营和附近巡江小营总的船只，还不到南唐长江水军全部实力的十分之一，但已经是在你大周全部水军的实力之上。"绿色身影说道。

张锦岱没有说话，因为那人所说的是不争的事实。同时他心中也很是奇怪，那人将自己引到此处说这话到底为了什么。所以张锦岱保持沉默，在不清楚对方目的时，保持沉默应该是最为恰当的应对方式。

"大周要攻南唐，必须是要有强大的水军才能为战。否则即便在小处得胜，大局面上拖下来最终还是会劳而无功甚至牵累成害。但是现在你大周水军与别人相比太过弱小，而且此次全数沿江而下袭扰金陵之举其实已经将水军全数置于别人重围之中。如果不是江中洲这一处可以躲藏，南唐沿江几个水营合力阻截围剿，大周仅有的这些水军恐怕就得尽数灭于长江之上。眼下虽然有地方藏匿，但你们却如一条死鱼。无论往上游去还是往下游去，都已经无处可逃。"绿色身影继续陈以利害。

"你凭什么说大周会攻南唐？你是何人，为何对我说这些？"利害关系张锦岱是一点就透，但他更想知道对方告诉自己这些的目的是什么。

"大周会不会攻南唐，你应该比我清楚，而且你即便不清楚，也是可以询问到清楚内情的人。至于我是谁，我若不介意别人知道，也就不必蒙面与你相见了。让南唐水军与你们大周水军同驻江中洲是个对你们极好的方式，有南唐水军驻扎，便不会有人怀疑大周水军藏匿此处。另外他们在明你们在暗，到必要时，你们还可以借皮化形。呵呵，这借皮化形可是很高明的一招，借相是借皮，借地也是借皮，顺手而为不必专门劳心费力是最好的。"

"借皮化形？你的意思是突然出手套了对方，然后取其皮冒充南唐水军。但是我大周暗藏此处的人马并不比南唐的多，这套儿恐怕是落不下。"张锦岱从借皮化形遁逃这几个字里，听出这绿衣人像是江湖人，所以也以江湖口气对话。不过同时在他心中也不由得感到奇怪，一个江湖人为何会如此关心大周和南唐水军的事情，而且是存心帮着大周。他到底是谁？这样做的目的又是为什么？

"嘿嘿，死皮也是皮。"

"死皮又该如何说道？"张锦岱这回真没听明白。

"南唐水军潜伏此处，肯定是为了伺机突袭。可密切关注，在其欲动之时，以船堵死龙吞塘出口，然后放火烧船烧芦荡，将其尽数灭了。到时候你们再从江中洲出来，不打任何旗号，也会被认为是南唐水军。"

"火烧江中洲？那会不会殃及一江三湖十八山？"张锦岱虽已为官，倒仍是很讲江湖义气的。

"呵呵，这个嘛就难说了。不过你还是预先考虑好是否会殃及自己吧，别烧熟了肥油烫伤了手。"其实这一句张锦岱也没听懂意思。

"我相信你所说都是好意，可这好意又是出于什么缘由？"张锦岱追问一句。

"要问缘由的话，是因为我想帮某些人一统天下。你可以把我说的一切告知周世宗。"绿衣蒙面人像是答非所问。但他的话没有错，张锦岱真可以将刚才说的那些话转告给赵匡胤，赵匡胤再将这些话告诉周世宗也是很方便的事情。而且事实上张锦岱心中已经打算将刚才所见所听用火急军文传递给赵匡胤了。

"传递过去又能如何？"张锦岱好奇地追问一句。

"哈哈，之后便要看悟性了，风云变化、是非成败都在那一悟之中。"绿衣人说完转身就走，这一回身速度又快又突然，身形在芦苇间闪动几下便不见了踪影。张锦岱刚才正在咂摸那人所说这一悟到底是什么意思，猛然间没来得及反应，虽追出两步却没能坠上踪迹。而且这芦苇荡中危机处处，他贸然不敢往深处追去，所以还是赶紧按原路退回，只是沿途做下了一些更为固定的记号。

当晚，张锦岱就拟了一封火急军文，详述今日所遇所听。然后由军中信使乔装后连夜驾快舟过江，寻到大周安置于南唐境内的军信暗道将军文送出。

局外局

范啸天在吴王府周围转了三回，按他一贯谨慎的习惯他其实还想再多"点漪"几趟才能彻底放心的。但是一则齐君元说时间不允许，再则吴王府周围也真的太危险了，每一趟走过，都时刻有交替的审视目光从身上扫过。这就像在榨油坊里炫新衣，稍不留神就会沾上洗不脱的油斑。

最终选择的位置应该是最为合适的，是范啸天经过多方面条件综合确定下来的。虽然这个点距离吴王府远了一些，但已经是在吴王府的几重防御之外。周围没有虎翼军守护，也没有夜宴队的暗伏位。因为这个点是在樟树街继续往北延伸的乐坊街上，而且是在这条热闹大街的路中间一段。

单从选的位置上就让人感觉范啸天所做的几乎是个无法想象的事情。一个刺客要在热闹大街的路中间出手，而且是对距离数百步之外吴王府里没有确切位置的李弘冀下手。

其实就连范啸天自己都无法想象，他将所有招法权衡几次后，始终都觉得很难达到预想的效果。距离实施刺局的时间越来越近，范啸天觉得在这剩余不多的时间里有必要与齐君元和卜福再次商榷一下自己的观点。

"齐兄弟，我觉得你的想法的确很不错，延续你之前独入汤山峪给李弘冀做下的刺局，再次从外界制造突发状态给他身体施加意外压力，让他病情进一步恶化。但我想来想去要想达到这样的效果，单凭我那设计好的三招恐怕无法做到。吴王府范围不小，我那招'鬼灵入宅'就算进了吴王府，那李弘冀也不见得能看到。"范啸天虽然有时候异常地自信自恋，但他并不狂妄，做事还是很实在的。

"放心吧，没问题的，你肯定行。我是知道你本事的。诡惊亭的'鬼脸入宅'也就你能从那么远的距离放进去，而且效果肯定会非常好。就算那李弘冀看不到也没事，你不是还有第二重设置'附骨鬼火'吗？"齐君元如果不是真的赋予范啸天极大的信任，那就纯粹是在敷衍。

"第二重设置也不保险，你想吴王府中守护那么严密，稍有点风吹草动都逃不过护卫高手们的觉察。鬼脸后面的鬼火苗儿只要一起，立刻就会被发现。这鬼火虽然一般人很难扑灭掉，但吴王府里都是御前护卫的高手和私聘的江湖高手，外面还到处暗伏着夜宴队的高手。这种小伎俩肯定难不住他们，不会引起惊乱的。"

"不是还有第三招'游魂滚瓦'吗？那动静应该可以惊动到李弘冀。"

"我估计也很难。像李弘冀那样在杀场上、血河里、死尸堆中闯过的，这小魂小鬼的手法吓不到他的。而且……就算惊吓到也不一定有作用。"范啸天是实事求是。诡惊亭所有技法的实施首先是要对刺标有所了解，包括心理、经历、状态等多方面的了解，然后才能抓住薄弱点对症下招儿。所以范啸天做了这方面的功课，他通过了解到的情况再加以推断，得出李弘冀心理和胆色都极为强大的结论。转而再看之前齐君元那个刺局，其实恰恰证明了这样的结论。那个刺局中所做手法是"气"与"悔"两招真正起到的作用，"惊"只是辅助而已，甚至没起什么作用。

"这刺局是我与随意两人共同设定的。你只管去做，有没有作用最终由我来承担后果。但你如果不做，那么我们大家都要等度衡庐责罚。"卜福插了一句话，直接表明范啸天的担忧已经没有商量的余地。

"好吧，既然这样说了，我也就不说什么了。只是……只是，你们不会还有其他什么意图未曾告诉我吧？"范啸天表情尴尬地嘟囔着。

齐君元微微一愣，随即哈哈大笑："哈哈，范大哥不仅精研离恨谷技艺，而且智慧过人，我们就算有什么其他意图又怎能瞒得过你呢？你根本不用相信任何人，只需从你自己'点漪'选下的位置以及做局的招数来判断。那样四通八达的环境，其实你只要不说，就连我们都不知道你会从哪里出现，也不知道你做完活儿后又会从哪条线遁走。而且你的活儿时间极短，三下五除二就能抽身走人，这么短的时间你觉得又能利用到你什么呢？"

"啊，啊。"范啸天"啊"了两声没再说话，但他心中其实真的觉得有些什么不妥当的地方。

范啸天离开之后，卜福觉得自己也有必要和齐君元谈一下。晚上刺局就要实施了，可是他现在的感觉和范啸天竟是如此的相似。

"你真觉得二郎这三招能将李弘冀惊吓得病情恶化，最终不治身亡？"卜福面有忧色地问齐君元。

"不能，肯定不能。"齐君元很平静地回答了卜福。

卜福的眼珠一下瞪得要爆出来，唇上髭须连续抖跳："既然明知道不能，那为何还要延续上次刺局的方法？"

"没错，我的确是要延续汤山峪刺局二次再杀李弘冀，但我并没有说是用老范那三招来延续刺局二次再杀。"齐君元依旧平静。

卜福的髭须一下止住抖跳，眼睛却依旧瞪得很大："那你准备怎么干？难道让二郎去做这事情真的是有其他意图？"

齐君元并没有直接回答卜福："延续上次刺局二次再杀，那是因为我们这里还有一件可以置李弘冀于死地的利器。让二郎去用三招惊吓李弘冀，则是因为那利器就在他身上，只要稍加合理运用，便能置李弘冀于死地。"

"利器？二郎身上？你直说怎么回事吧。"卜福此刻显得有些焦躁。

"宝藏皮卷，范二郎身上的宝藏皮卷可以让李弘冀死！"

卜福一按桌子猛然站了起来，但随即觉得自己有些失态，慌忙间干咳两声予以掩饰："宝藏皮卷？对，广信显形的宝藏皮卷在你们手中。你是要牺牲宝藏皮卷和范啸天？"

"没错，皮卷就在二郎身上，这一回咱们只能是拿他来玩这趟活儿，否则不知道什么时候才能候到一个刺杀吴王的机会。"齐君元说的他，让人一时间无法弄清到底指的是皮卷还是范啸天。

齐君元每一次都不会随便设置一个刺局。长干寺的僧客墙上有佛学高人写下的"勿视他视，其视或更在你上；勿觉他觉，其觉或更灵于你。辨其谬者，只析其心"。齐君元便是从这句偈语中有所悟出。所以从夜闯秦淮雅筑到现在的再杀李弘冀，他的真实计划其实只有他自己知道。因为如果不能完全有把握地控制和诱导别人的思考，那么就索性不要让他们知道。

再一个原因是齐君元被几次出卖之后，他学会了牺牲。但这牺牲的肯定是别人，只有牺牲别人才能保存自己，实现自己的意图。

齐君元觉得这一回如果需要牺牲哪一个同伴的话，最佳人选应该是范啸天。范啸天看着有些呆傻懵懂的样子，但其实可能是城府最深的一个。齐君元做出这样的判断是在夜闯秦淮雅筑的时候，他知道了范啸天其实是有自己擅长的兵刃。那兵刃便是范啸天藏在袖中的"夜寒蝉"。也正是因为"夜寒蝉"，齐君元想到在前往广信的路上，一众聚义处和夜宴队两路围堵哑巴时，有类似响箭的尖啸声穿空而过暗示方向。后来细想，那尖啸声不是响箭而应该是"夜寒蝉"。

再有这"夜寒蝉"藏于袖中，短距离弹射几乎是悄无声息。六指临死时一左一右由范啸天和哑巴撑扶着，六指本来是想说出谁给他"一叶秋"指示刺杀齐王的，但就在要示意指出的瞬间突然断了仅存的余气心力。所以齐君元觉得很有可能是范啸天利用架扶的状态，从六指腋下将一支夜寒蝉射入了他的心脏，因为六指的死相有很多迹象显示是与心脏坏损有关的。

照着这思路推断下来，那范啸天可能具有一个完全不同的另一面。他虽然一直装傻充愣，事实上却很有可能是谷里暗派的一路主事者，否则宝藏皮卷那么重要的东西不会交在他的手上。而且这人心狠手辣、不择手段，是可以不惜牺牲同伴来达到自己目的的一个人。所以在自己设计的刺局中如果需要牺牲哪一个的话，齐君元会首选范啸天，因为他觉得范啸天会是一个暗藏的危机。

"可是、可是……"卜福觉得有什么不妥。

"那宝藏皮卷在广信显相之后，谷里再没有其他指示要求后续如何处置，所以很大可能是假的。即便是真的，谷里也同样没有指示要求我们保护或转移。那么我们也索性装作什么都不知道，且把眼前的活儿了结了再说。"

"看来你这几天和我商议的各种布设计划都是在做戏，真正的计划其实还在你心里。时间已经不多了，你现在能不能告诉我你到底要怎么做？"卜福很是焦急，离范啸天实施原定的虚假计划已经只剩半天时间，而真正的计划他这个代主还一无所知。

"知道你会问，而我也正等着你问呢。下一步的事情需要你去做，只剩半天时间了，你得抓点紧才行。"齐君元此刻是一副已经轻松卸担的样子，"这半天时间里，你有两件事情必须做到。第一件事，往吴王府中发出密信，信上直接告知携带宝藏皮卷者已到金陵，将会与吴王接洽送上皮卷。第二件事让人联络郑王李从嘉，可用无意间透露的样子告知他有人会在今夜间当街发信与吴王府联络，此人身上携带重要物件，关系到南唐皇位的继承。"

"第一件事情办起来不算为难，让菜头周旋一下就能做到。第二件事急切间却是无从下手，我没有途径可以和郑王拉上关系呀。再说了，那郑王整天研究词赋，对朝堂之事根本不感兴趣，这事情告知他又有何用？"

"我们能藏在这皇家画院中，恐怕也不是你能办到的事情吧？有时候我都怀疑你到底是不是真正的代主，或许你真就是替谁冒代主之名出面的，因为真正的代主不便暴露其身份，他还需要长久地周旋在南唐皇家、官家的高层范围中。"齐君元淡淡地说，"所以我说的两件事，包括利用宝藏皮卷和范啸天来给李弘冀致命一杀，你还是抓紧时间去找该商量的人商量一下吧。"

卜福的脸色很难看，一个自以为欺骗着别人、掌控着别人的人，一旦发现其实别人早就知道了他的真实面目时都是会有如此反应的。

　　当晚二更时分，齐君元就躲在乐坊街街尾的绝艳楼里。他没有要房间，而是挑了两个姑娘坐在楼角挑亭中摆了一桌菜喝花酒。这挑亭虽然是暖亭，周围一圈都有窗户，但这种初夏的天气所有窗叶都是打开的。从这里可以将整条乐坊街都看得清清楚楚。而齐君元到这里来并不是要做什么事情，虽然这次依旧是他布的局，而且是延续了他上次的刺局。但他真的没什么事情可做，选这么个位置只是要看看自己计划的事情进展的过程如何。

　　即便都是离恨谷训练出来的刺客，其实性格不同行事上也会有差异，很多人面对为难的事情还是会瞻前顾后犹豫不定的。但是卜福应该算是个很讲效率的人，他的情绪没有受齐君元太大的干扰。离开了没多久，他便急急赶回来告诉齐君元，一切都在按计划行事。

　　这样快就作出决定，而且是关系到宝藏皮卷存留的大决定，至少可以说明两点。一点是卜福本人或者卜福背后的那个人，掌握的权限比想象中更大；还有一点是刺杀李弘冀这件事情真的非常迫切，已经到了不惜一切代价的地步。

第二章　二郎遭暗算

跂磨盘

　　这一晚吴王府中的照明比平时多了很多点位，周围虎翼营的固定和流动哨位也密集了许多。而外围似乎也多了些装束和神色稍有差异的便装人，这些应该是夜宴队的高手。总之整个吴王府的防御强度在不动声色之间增强了许多，估计是吴王府中已经收到有人会找吴王接洽，送上宝藏皮卷的暗信。而李弘翼并不清楚皮卷的事情，之前齐君元在沐虬宫中也说清这只是陷害他的众多手法之一。所以吴王府中肯定会加强防御，以免出现汤山峪沐虬宫那样的局面，再次被迫陷入说不明、辨不清的泥潭中。

　　不过增强了的防御在范围上却没有扩大，所以范啸天选定好的位置依旧可以自如运用。而且只要操作手法和掩饰技艺做到位的话，就算距离很近的人也不一定会发现。

　　范啸天的样子像个蜷缩在小酒肆门前的醉汉，醉汉的形象在乐坊街上很多很自然，范啸天很早就决定扮成醉汉做这趟刺活儿的。但其实他的装扮还是有破绽的，真要遇到卜福那样的查辨高手，一眼就能发现细节上的不合理。因为他这个醉汉怀里紧紧抱着的是离恨谷诡惊亭中独有的三件器具，而不是酒罐子。

乐坊街街尾有几家紧邻的花楼，它们为了显示自己姑娘漂亮有档次，会在夜间二更之后，将这一晚自己家包价最高的姑娘名号和包价用红牌示出，然后还会打锣鼓吹喇叭地热闹一番，这在过去花行中叫挂红牌。其实过去的挂红牌是花楼招揽嫖客的一种经营、宣传方式，同时也是花楼和花楼之间相互竞争的一种方式。不过在古代对于一座州府而言，挂红牌则是显示这座城市太平繁华的特征之一。

虽然是在夜间，而且已经过了二更，但挂红牌仍是乐坊街一天中最热闹的时候。喧闹的时间很短，只要喇叭锣鼓一响，周围行人、附近酒客、寻乐的嫖客都会聚过去看今晚谁家红牌价格最高。

范啸天要等的就是这个最热闹的时候。他之前已经仔细度量了几家花楼前的位置，算好了距离、风向、角度。只要锣鼓一响，他便会一起聚到人群里点燃第一件器具。第一件是支焰筒，飞起之后，会有一束蓝莹莹的萤火光焰腾空飞起，然后斜落下来时会随风展开成一张萤火鬼脸，正好飘向吴王府。

中间龟公报价后，会有一阵激烈的锣鼓和掌声、喊好声响应，此时范啸天会发第二支焰筒。第二支焰筒仍然是先高射，然后随风飘。这支焰筒会发出五朵绿色火绒，火绒中有磷粉、脆石、斑油等多种物质调和而成的燃烧物，俗称附骨鬼火。此火绒撞击即燃，燃不能熄。但燃烧范围并不会蔓延太大，除非是落点处有易燃物。

最后红牌挂完，还会有一阵相互对抗般的锣鼓对敲。范啸天会趁这个时候做第三招，这一回不是焰筒，而是射筒，这筒里会射出一只轻飘飘的弹球。范啸天选的是三跳弹球，他选定了两处过渡点。这弹球会先在几十步开外的醉白楼楼脊上第一次弹起，然后在稍矮些的吴氏绸布庄门堂翘角上弹起第二次。第三次就应该是紧邻吴王府的樟树街街口牌坊，然后飞入吴王府中。经过三次弹跳的弹球在最后一次飞行中会爆散开来，撒开十几个小弹哨。这些小弹哨落在屋顶上、地面上会继续蹦跳着乱窜，同时发出渗人的尖

第二章　二郎遭暗算

厉怪叫，就如同阴阳界窜入人间的游魂。

而当这一切都做完之后，范啸天可以任意选择街尾的两条岔道和一座小桥从容离开。即便吴王府中护卫和夜宴队暗伏高手发现了异常，也都来不及将他拦下。范啸天之所以会按着齐君元安排来做这件他认为不会有太大效果的事情，就是因为最终他有非常妥当的退路。

花楼前又挂起一盏灯笼，这是牌头灯笼。一会儿红牌就挂在这灯笼下面，这灯笼是专门为红牌照明的，让人看清红牌上的姑娘名字和包价。这牌头灯笼一出，也就意味着要开始挂红牌了。里面的吹鼓手们也开始陆陆续续地出来，喜欢看热闹的人也开始往那边聚拢过去。

范啸天晃晃悠悠地站了起来，然后很认真地迈着步子。他这样认真并非因为自己是装扮的醉汉，需要强行控制脚步才能走稳，而是因为他要针对参照物计算步子找到位置。远距离施发器械，首先就是要找准位置。特别是他要施放的第三个"游魂滚瓦"，机栝力道全都已经设定好了。稍有一点点差错，就无法完成准确的三跳。

齐君元搂抱着两个花楼姑娘坐在绝艳楼的暖亭里，他的位置可以清清楚楚地看到范啸天。但是现在齐君元根本没有看范啸天，而是有些焦急地搜索着周围，搜索着那些可能出现的人以及不可能出现的人在什么地方。他要找的是一些不同于一般的人，一些可以瞬间将范啸天拿住的人。这其实是他计划中非常重要的一个步骤，也是他最担心无法完成的一个步骤。因为这个步骤完全要依靠别人的努力，依靠第三方的态度，是他自己完全掌控不了的。可是到现在为止，他还没有发现第三方的人存在。

花楼的前面已经聚集了一些人，范啸天晃晃悠悠地撞到一个人。不是他装醉汉装得太逼真，而是因为那人占住了他选定的位置。

那人只是厌恶地看了范啸天一眼，随即走开几步。一个清醒的人是不会招惹醉汉的，除非他比醉汉醉得更厉害。

锣鼓喇叭响起来了，范啸天也像是在这一刻被唤醒了过来。他虽然还是低着脑袋弓着腰，却已经用很自然的动作将焰筒从挂在脖子上的布袋里拿出来。不死火（古代江湖人所用各种点火器中的一种，是用烟煤和绒芯混搓成的，点燃后闷在铜管中，需要时打开盖子可将里面的绒条吹出火星来）的闷管也掏了出来，用牙齿咬住管子的盖套，将其拔掉。

齐君元搜寻的视线范围是一幅平静的画面。但是范啸天刚刚将占住他位置的那人撞开却是这个画面中的一个意外，这意外让齐君元搜寻的目光猛然跳动了一下。于是他立刻转移了视线，落在那个被撞开的人身上。

范啸天撞到的那个人虽然穿着一身缎袍，戴一顶书生巾，但仍可以看出他身壮体硕、虎背熊腰，宽大的缎袍下隐隐还能看出突起的肌肉块垒。到现在为止，这应该算是一个不同寻常的人，特点符合齐君元期望的人。齐君元赶紧继续在那些渐渐聚拢的人群中找寻，于是发现了更多类似的壮汉。他们有的在人群中，有的在花楼门口，还有的索性就是吹鼓手的装扮。这些人虽然各种各样的穿着装束，但他们的站位却隐隐有着某种规律。齐君元迅速在脑海里寻找这种规律的出处，只要知道了别人训练娴熟的阵势，也就有可能知道这些人来自哪里。

"不好！"齐君元心中暗喝一声猛然站起身来，盅子里的酒都洒泼掉一些，将那两个姑娘吓了一大跳。真的是不大好，因为齐君元看出那些汉子的站位是兖州小雪山甑门的"跤盘磨"。

小雪山甑门的技艺大都为最简单、最实用的角斗术，其中最厉害的就是空手入白刃和跤术。所以这一派出来的门人大都成为各国的军中教头，训练和传授军中格斗技巧。而"跤盘磨"就是甑门跤术的一个群斗阵，主要用于擒拿重要人物和敌军高级将领。一般是以单个六合组为单位，组合延伸，形成多重单面两人的合击态势。一个技击本领再高的人陷入这个阵势中间，都是很难脱身而出的。因为这阵势运行起来之后，就像翻腾起来的沼泽，会越陷越深无法自拔。除非是被陷之人能比"跤盘磨"中的人出手更快，而且要一击即毙，从头到尾都不让任何一个人沾上自己的身体。但是六面的同时扑击，力大速疾，而且重复不停，一般而言很少有人具备那样的速度和杀伤力来阻止他们近身。

齐君元觉得自己可能有必要提醒范啸天放弃行动。他拿起了桌上的酒杯，随时准备将酒杯扔到街上提醒范啸天。问题就出在"跤盘磨"上，这阵

第二章　二郎遭暗算

形是军中擅长且特有的技艺，郑王整天研习字画诗词，手下养些异士高人是可能的，但绝不会有这样一群会"跤盘磨"的跤手。所以这些壮汉应该是李弘冀手下，他主持军务久在兵营，身边带有这样一群人是很正常的事情。牺牲宝藏皮卷和范啸天是为了给李弘冀致命一刺，如果这皮卷被他得到，那效果就会恰恰相反。

"低估了李弘冀，此人果然并非一个易与之辈。"齐君元是在埋怨自己太过大意和自信。他原来觉得李弘冀一朝被蛇咬，十年怕井绳，得到有人送宝藏皮卷的密信后肯定怀疑和上回汤山峪刺客见他的目的是一样的。更何况上一次齐君元在沐虬宫里已经说过宝藏皮卷显形就是为了陷害他。但是没想到的是李弘冀加强吴王府防御的同时，依旧没有放弃这个可能是陷阱的信息。而且之前肯定有高人帮他盘算过，确定前来送宝藏皮卷的人不管是什么目的，出于对自己安全的考虑，都会选择在热闹的乐坊街上显形和交接。而那高人肯定也知道乐坊街最热闹的时候是二更后的挂红牌。

不过到现在为止有一点还算好的，就是范啸天始终都没有置身在"跤盘磨"的中心位置。这意味着"跤盘磨"兜子上所有的人爪子并不知道范啸天就是他们要拿住的目标。他们也在等，等异常出现之后才能确定目标，然后整体移动阵势封住所有兜面，就能确保拿住目标。

范啸天将身体站直，摆好焰筒的角度和高度。这都是经过精确计算的，可以保证萤光鬼脸飘入吴王府中。他对不死火的闷管焰头吹了两口气，见有些许烟冒出来了，赶紧将焰头靠上了焰筒的引线。

焰筒爆起的声响本来就不太大，又在锣鼓喇叭声的遮掩下，更是很难引起别人注意。但是根本没有等到焰筒爆起，就在引线刚刚点燃的瞬间，范啸天感觉自己被一双眼睛锁定了。

这是一双熟悉的眼睛，也是一双可怕的眼睛，是曾经锁定过他的眼睛。范啸天冥冥之中已经料到今晚可能会出现意外，却没料到意外会出现得这么早，在自己未曾实施一招之前就已经出现。

那双眼睛意味着危险，而感到危险之后，范啸天瞬息之间绷紧了身体所有的神经，并且因为紧张身体还微微哆嗦了一下。这些都是很自然的反应，但这种反应有时候却能告诉别人自己所处的状态。

齐君元站在亭窗前，他的心神全都关注在范啸天的身上。范啸天自然的哆嗦他看到了，也是因为这个哆嗦让齐君元感觉到来自其他地方的危机。于是他停住本想掷出的酒杯，这酒杯一掷，他自己肯定也就暴露了。

酒杯虽然没有掷出，齐君元却是将其中一个搂抱着的姑娘转到了靠窗口这一面。这样就能将他大半边的身体遮住，而他却可以躲在姑娘后面继续窥看外面的大街、大街以外的黑暗，并从黑暗中构思意境，找寻危机从何而来。

范啸天依旧保持着原来的状态，他还心存一丝侥幸，希望这双眼睛落在自己身上只是暂时的，很快就会移开。另外他也是不死心，早就筹措好的招数一个都未施放，他很难死心，这可能也是一个刺客骨子里养成的执着。

焰筒爆起的同时，所有锣鼓喇叭声戛然而止，像是得到什么统一的信号。周围一下安静下来，所以可以非常清楚地听到焰筒爆起的声响。

有一个人在范啸天的身后喊道："他在发信号！是他！抓住他！他是送宝藏皮卷的！"

喊声确定了范啸天是目标，但同时也提醒了范啸天周围有伏击他的人。随着这声喊，刚刚被范啸天撞到后让开几步的那个人侧身扑了过来，他的架势是想拦腰将范啸天抱住。

很明显，这个爪子是仓促而动的，他并没有等到"跤盘磨"的兜子整体到位。不过此人反应也是快速且勇敢的，喊声提醒了范啸天，他肯定会立刻设法逃走。而一个人的动作速度肯定要比一整个兜子的移动速度要快，所以这时候已经不能再等兜子到位，而是应该以最快速度先粘缠住目标。

范啸天想都没想，单手伸出，一枚夜寒蝉迎着那人面门从额头射入。距离太短，速度太快，没有惨叫，也没有夜寒蝉的呼啸。但有骨头的碎裂声，还有碎骨、碎肉、脑浆、血花四散飞溅。那人一下子重重地摔落在范啸天的脚前，就像一捆湿面口袋。

但这才是开始，那人才倒下，周围人群中又有两人扑了过来，依旧是采取抓抱的架势。由此可见他们技法很统一，是受过专门训练的。目的也很明确，不惜代价擒住范啸天。但同时也显示出他们对范啸天不十分了解，并不知道他身上带有可连续快速射杀的武器。而这武器只要使用得足够娴熟迅捷，那是可以用来对付他们的"跤盘磨"的，更何况他们此时的行动仓促而没有章法。

范啸天扔掉了焰筒，身体微转，双臂伸出，样子像是要将那两人推开一样。就在那两人的手即将碰到他的衣服时，两枚夜寒蝉几乎是贴着对方的皮肉射出。一枚射穿其中一人的咽喉，还有一枚则从另外一人的口中射入，从后脑射出。夜寒蝉的强劲力道不仅瞬间要了对方性命，而且还将他们的身体大力掼出。

"快来！就是这个人，宝藏皮卷在他身上！快抓住他！"范啸天后面的那人还在喊，不过他只是乱叫乱喊而已，自己并没有过来。而看他的样子也不像是在招呼樟树街吴王府那边的虎翼军和暗伏的夜宴队高手，就像是自娱自乐一样叫喊一气，只为证明自己发现了目标而已。

而吴王府那边似乎也没有什么人在意这个人的喊叫，他们发现有意外情况发生后都未采取行动，只是坚守自己位置，提足精神加强戒备。这也难怪，他们的职责就是守护好吴王府，生怕被人调虎离山后乘虚而入。另外半空中突然晃悠悠出现了一张荧光鬼脸，朝着吴王府飘落下来，这状况更是让他们不敢大意离开。

很多人在继续扑向范啸天，这些人有的是路人打扮，有的是花楼门前的吹鼓手，还有一些是刚刚从酒店里出来的酒客、花楼里出来的嫖客。虽然衣着形象各不相同，但他们采取的行动方式却和最初扑击的三个人是一样的。

藏有形

范啸天手忙脚乱地应付着，虽然样子狼狈，但下手却极为狠辣。每一只"夜寒蝉"都是射在面门、脖颈、心脏等要害，而且全是近距离击杀，一击毙命，不让对手有二次出手的机会。

看到楼下杀人，被齐君元搂抱的姑娘吓得花容失色，一个劲儿地要往里缩。但是齐君元却将其稳稳地按住，不让其离开。黑暗中的那个危机还未现身，还有他期望出现的第三方也没有出现。所以他仍需要这样一个掩护，所以他仍在继续搜寻。

就在范啸天两手臂上的二十四枚夜寒蝉射得差不多的时候，他脱身了。虽然一路跌跌撞撞、连滚带爬，连未来得及施放的"附骨鬼火""游魂滚瓦"全都扔掉不要了，但他真的脱身了。

在热闹的大街上做局，可以混在人群中不容易被发现。而一旦被发现或者被对方预伏了，那处境反而会对范啸天更加不利。因为他的虚境技法在这种人来人往的环境中很难施展，会出现实际碰撞。再有虚境最怕正反被看，像这种四面都有人的状态下，总会有一面是虚境的实境。所以范啸天现在只一心要逃走，这是目前对他而言最为实际的方法。

前面就是三岔道，只要过了那路口，至少就能摆脱掉三分之二的危险，逃走的可能则会提高更多。范啸天很果断地连续扔下几枚"平地遁烟丸"，这本来是做鬼域虚境时用来作为辅助手段的，但现在倒是可以用来迷乱对手的视线。

到了三岔路口，范啸天没有选择任何一条街，也没有从桥上走，而是贴墙而行，然后在一个墙缝处倒退着缩身钻进去。这是一个堵死的墙缝，严格点说连墙缝都不算，只是两边房子连接处的一个凹道。进去之后范啸天立刻往背囊中伸手一掏，掏出一个布轴。将轴在墙缝中卡住，布卷垂下，便俨如一面实墙，根本无法看出背后有个凹入的小空间。

范啸天也许算不上离恨谷中优秀的刺客，但他却是个喜欢动脑子做些意外事情的刺客。就好比他在潭州以己为局去找周逢迎，又好比他在广信以皮卷为饵既刺杀了防御使吴同杰，又顺带将皮卷显相的活儿做成。同样的，乐坊街尾的三条岔道他随便走哪一条道都会在别人意料之中，所以真正要想出人意料，就是哪一条道都不走。不逃走，而且就躲在别人眼皮底下，这做法虽然是大胆的，但有时候可能也是最安全的。所以范啸天针对这个路边的凹进空间，专门定制了一个布轴。轴上画布与两边墙体的配合可以说是天衣无缝、难辨真假，加上只有窄窄的一道，所以要是不去碰它，单凭眼睛是很难

第二章　二郎遭暗算

辨出的。

吴王府这边开始有所动作了，既然"跤盘磨"的兜子被扯碎了，那么其他后续行动肯定会展开。不过夜宴队暗伏的高手却都没有任何动作，由此可以看出吴王府得到密信之后并没有告诉任何人，而是准备完全由自己来处理这件事情。这一点其实正是因为李弘冀在汤山峪吃了亏，所以在没有完全掌控这件事情的全部真相和目的之前，他不想有外人知道。

突然在三条道岔口处出现的人齐君元都没有见过，领头的是一男一女，但他不知为何却有种似曾相识的感觉。而这似曾相识的感觉是让人感觉非常难受的，因为其中带有无穷的压力，一种可以轻易摧毁别人生命的压力。

"快找，他没走任何一条道，那就应该就在附近。"领头男的对那女的说了一句，然后便独自往乐坊街这边走来。从架势上看，他是要阻住吴王府的人过去，就凭他一个人。

果然，那领头的男的真是以一己之力挡住吴王府的人。他站在街口，先凝视一下往这三岔道口靠近的大内护卫和吴王府私聘高手，然后将眼皮微闭，张口叱喝一声："郑王府属下做事，请勿扰！"

这一叱喝音量其实并不高，但是听到的人却都觉得心中乱颤，胸腹间翻腾不已。而正对着他的那些吴王府手下更是神晕目眩、脚下晃荡，有几人脚下连续的碎步跟跄，差点没有摔倒。

"啊！是他，可他怎么会自报郑王府属下的？"齐君元是从声音听出这是什么人的，因为他曾经在一个记忆深刻的地方听到过这种记忆深刻的声音。那地方是东贤山庄，发出这种声音的是东贤山庄第一高手大悲咒。这世上也只有大悲咒了，否则谁还能发出这种玄音摄魂夺势。而东贤山庄五大高手中还有一个齐君元没见过的是大天目，那么现在正在辨查找寻范啸天踪迹的那个大眼睛女子不用说肯定就是大天目了。

范啸天其实更早的时候就觉出附近那个盯住自己的眼睛是大天目了。否则他也不会在那么危急的状况下还撒烟丸掩身，而且一撒就是一大把。如果单凭周围物体树木为遮掩的话，范啸天估计自己绝难逃过大天目的锁定，从而顺利钻入预先选好的凹缝。

这一趟是范啸天第三次与大天目遭遇了，第一次他在东贤山庄与大天目对决，最终以藏胜查压过大天目一筹。第二次在天马山前，大天目看出戴着面具的范啸天并窥出他与倪大丫在暗中交流，应该是反压了一筹。两次一胜一负算是平局，所以这一回找到和逃脱也是各占五成把握。

或许是因为情况突变让范啸天太过慌乱，或许是因为他太过自信根本就没有在意一个细节，也或许是因为有大天目的威胁让范啸天不能将所有步骤都做得仔细。总之有一点范啸天疏忽了，这个以往谨慎而胆小的人这一回不仅是背着身体缩进凹入房缝的，而且缩入之前没有仔细查看凹入的房缝里是怎样一种情况，是不是还和平常的时候一样。

今夜这个房屋连接处的凹缝真的和平时不一样了。它正对外面的墙体上有两块砖已经完全松动。而这堵墙的墙根下有一根弯曲的竹片穿透到墙的另一边，并且用浮土盖着。

范啸天能感觉到外面大天目那双可怕的眼睛在到处扫视，几次都从布轴上闪过。所以他尽量放缓呼吸，同时身体尽量往里退缩。因为如果离悬挂的布轴假墙太近的话，稍不小心一个重点的呼气就有可能让垂挂的布墙微微颤动。真要出现这种情况的话，范啸天估计绝难逃过大天目的眼睛。

但就是因为身体尽量往里退缩，所以范啸天的脚跟踩踏到浮土掩盖的弯曲竹片上了。刚刚踩下范啸天就已经感觉到脚下的异常，但他已经来不及收回，只能在心中暗叫一声"不好！"

背后有两股大力冲击而出，距离太近，速度太快，杀伤太急。

暗藏在墙体后面的是两支枪棱直杆钢棍，这种分量颇重的钢制射杀武器一般需要极为强劲的机栝器具才能平稳射出。这里预先设置机栝装置的肯定是个高手，不仅准确度算了武器需要的机栝力量，还度算了推开前面松动的砖头需要多大力量。不仅如此，设置的高手也是非常了解范啸天的，机栝设置的高度和位置正好是在范啸天后背的左右两胸。所以枪棱直杆钢棍飞射出墙体时，首先推动松动的砖块击打在范啸天的背上。然后就在砖块击打石头的同时，钢棍的枪棱尖头击碎了砖块。并且余势不消地继续往前，很顺滑地插进了范啸天的后背。

第二章 二郎遭暗算

一感觉到脚下有异常，范啸天便立刻伸双臂撑住两边墙体。他不知道背后有什么，但不管是什么，人在这个狭窄的凹入房缝里躲不开，也来不及躲。此时只能是强撑住，不能因为背后的攻击而导致身体前冲，也不能让攻击的武器冲过自己身体的阻拦。因为不管什么东西，只要碰触到布轴假墙就肯定会被外面的大天目发现。

砖块的撞击很疼痛，就像要把骨头击碎一样，但是范啸天撑住了。钢棍的枪棱尖头插进身体很顺滑，虽然实际伤害比砖块的撞击大多了，但强撑的力道倒是不大。

枪棱直杆钢棍被机栝弹射出来的声响，砖块击中范啸天以及钢棍击碎砖块的声响都不算大，在外面嘈杂的环境中很难被发现。而且范啸天在撑住两重打击之后竟然能忍住剧痛未发一声，所以擅长眼力而不擅长听力的大天目依旧没有发现这一处墙体的异常。

"找到没有？吴王府的人又逼过来，夜宴队也开始有所动作。再不走我们就被兜住了。"大悲咒回头问一句。

大天目没有说话，但他也没有焦急。如果还想在这很紧张的状态下找到目标的话，就必须冷静再冷静。

范啸天还在强撑着，其实如果不是很及时地用双臂撑住两边墙体，他早就站不住了。但是这两下之后，范啸天现在面对的已经不是疼痛和躲藏的问题，而是存活的问题。他能感觉到身体里的热血正顺着钢棍在往体外快速流淌，他能发现自己一呼一吸间的气息量在快速降低。他想躺下、想睡去，但是意识中却始终有个声音在吵闹着他，让他不能安心平复："怎么可能？怎么可能？我是弃肢！这回我是弃肢！可是他难道忘了吗？我身上还有很重要的东西。难道正是因为这东西我才成为弃肢的吗？他们是要我用这种方式来传递皮卷！我得撑住，我得撑到外面的人离开，撑到自己的人来，我要告诉他们这人很阴险，这事情很阴险。"

"噗"，鼻子里喷溅出了几滴血珠。范啸天始终紧闭着嘴巴，他是怕自己发出疼痛的声音，也是怕鲜血一旦从口中喷出后再无法停止。但是鼻子里喷溅出的鲜血却是无法控制的，那是肌体的自然反应。

有一颗血珠喷在了布轴上，仅此一颗而已，也没有让布轴挂成的假墙有丝毫晃动。但是这一颗血珠却是会渗透过去，渲染开来，所以大天目的双眼一下子便在扫视中锁定住了这堵会流血的墙。

"找到了！在这里。"大天目指向那堵假墙，旁边立刻有人冲了过去，直扑假墙。但是他们都是久经江湖的高手，虽然是在紧迫的情况下，仍未失去该有的谨慎。扑过去的身形虽急虽猛，却是避开了那堵流血假墙的直对范围。

范啸天听到外面的说话声了，他知道自己再也躲不过去，于是决定采取主动攻击的方式。能冲出去最好，冲不出去也可以拖延些时间。他有种感觉，齐君元就在附近，他要找到他。

但是范啸天忽略了自己现在的状态，他已经是个重伤之下将死之人，还有主动攻击的能力吗？

假墙的布轴是范啸天自己扑开的，他是想主动冲出来的。但是刚松开撑住墙体的手臂，他便脚下一软直接扑倒出去。扑倒的过程中，他没有忘记发出所剩不多的"夜寒蝉"。但由于枪棱直杆钢棍的射入位置牵住肩背，另外也因为他快速消耗的体力，他的一双手臂已经无法挥动自如了。所以只能勉强施展指腕，毫无目标地将"夜寒蝉"射出。

有的"夜寒蝉"射在两边墙上，溅起朵朵火星。有的"夜寒蝉"打在地上，直接陷入泥地之中。还有的"夜寒蝉"和范啸天自己一起，裹进了他面前的布轴假墙中了。没有一枚"夜寒蝉"是射向那些高手的，而那些高手也都停止了行动，看着这个趴在地上正快速失去挣扎气力的垂死之人。

"还等什么？快搜！"大天目发出一声喊，这时候她开始焦急了。

听到喝令后，那些人再不迟疑，一起上去将范啸天身上搜了个遍。装宝藏皮卷的布囊被搜了出来，扔给大天目。大天目只抽出一点儿来看一下便插回囊中。她的眼力不仅可以发现那些难以发现的东西，还具备鉴别物件年代、质地、出处的能力。所以只需看这么一眼，她便已经可以确定这东西是件年代久远、质地奇特的东西。也只有这样非同一般的东西才有可能与宝藏存在关系。

第二章　二郎遭暗算

"得手！走！"大天目说完后在一群高手的护卫下率先快速撤离。而大悲咒此时从迎头阻挡变成扫尾断后，他缓缓退步，一直退到房影的黑暗中后，这才猛然转身疾走而去。

齐君元从花楼中冲出时街上其实很安静。吴王府的人在大悲咒的震慑下没敢往前，而夜宴队的高手虽然有所动作，那也是采取避开大悲咒锋芒迂回包抄的方式。街上刚才那个叫喊着指认范啸天的人已经不知道去哪里了，街道两边店铺中虽然有不少人，在看到街上发生了如此惨烈的杀人事情后，全都缩在店里不敢出来，怕引火烧身。

齐君元就是抓准这个该动的人没动、在动的人还没动到位的时机冲出来的。今晚发生的实际情况和他预先设计的有所差异，所以他必须去看一眼范啸天，确定一下最终结果到底是什么。

范啸天趴在地上，已经是出气多进气少，身体完全无力动作。唯一显示他生命还在进行着抗争的就是一口接一口重重的呼气，那呼气一次比一次更多地将地上的尘土喷扬起来。

齐君元没有说话，只是站在范啸天身边看了两眼。一眼是看那个凹进的墙缝，他是离恨谷妙成阁的高手，所以只需这一眼就能看出范啸天是中了别人什么样的设计。那应该是下挂触发的双架崩杠弹射槽，这套玩意儿虽然威力挺大，但是结构简单，可以就地取材用极为常见的材料制作。而用此装置射出的两根枪棱直杆钢棍，看杆身就知道也是临时取材制作，随便找两根钢棍校直后将一头打制成枪棱尖头。

齐君元第二眼看的是大悲咒离去的路径，他决定追过去，确定一下他们到底是不是郑王府的。如果不是，那么也就意味着刺局失败，他必须立刻采取补救措施。

"他、他很坏，他、他把我当作了弃肢，当心，防着他。"范啸天竟然说话了，刚想离开的齐君元猛然停住脚步。

"他是谁？"齐君元决定停步多看范啸天一眼。而这一眼告诉他，范啸天的目光是清澈的，他知道自己在说什么，也知道自己在对谁说。

"你说的他是谁？"齐君元想问清这件事情，因为他觉得范啸天如果还认得出自己，那么肯定会怨恨和责怪自己牺牲了他和皮卷。但事实不是这样的，范啸天明明认出了自己，但他表示怨恨的却是另外一个人，一个不知道是"他"还是"她"的人。

二次杀

齐君元此刻心中万分的惊讶。这一次真的轮到范啸天了？不是因为自己设的局，而是有人利用自己设的局让范啸天成为真正有用的弃肢。而自己之前推测了范啸天的真实身份恐怕是有很大差错的，否则他也不会着这样的道儿。

自从秦淮雅筑里知道范啸天惯常使用的武器是"夜寒蝉"后，齐君元就已经将所有背后操纵自己、牺牲自己的怀疑都转到范啸天身上。六指死时范啸天在一边架着他，完全有机会在暗地里使用"夜寒蝉"，从腋下射入心脏杀死六指，阻止他指认让他提前设兜行刺局的那个人。

但这一个怀疑仅仅是提示，齐君元接下来想到的更多。范啸天虽然老是表现出一副胆小没经验的样子，实际细想一下，从上德塬开始，到东贤山庄化形躲过大天目，潭州以己为兜见周迎逢，广信一个时辰设局刺杀吴同杰，然后还有和大家一起夜闯秦淮雅筑，每次都表现出极高的手段。再有，如果范啸天不是一个离恨谷中极为重要的人物，那么重要的宝藏皮卷又为何会让他携带？

可是范啸天现在趴在地上等死，更悲哀的是，他竟然是在自己设计好的藏身处被人预设的杀兜机栝暗算的。为什么会这样？他说他被人当作了弃肢，他又说让自己防着什么人，那也就证明范啸天的心中是非常清楚谁暗算了他，这应该是个和他很熟悉的人，而且是范啸天根本不曾提防的一个人。是哑巴？如果从六指死时的状态来确定，另外一个架着六指的人的确是哑巴。可哑巴是用什么暗巧的杀器神不知鬼不觉地杀死六指的呢？而且不管从身体条件还是刺杀技巧而言，哑巴都不大可能是背后操控的那个人。

范啸天依旧在抗争着，他想用最后的一点气息将想说的话说完。但是刚

第二章　二郎遭暗算

才那一句话已经将他出多进少的气息节奏打乱，想要重新调整过来需要很长时间。而这个时候，夜宴队的人其实已经虚围了一个圈子，将齐君元围在中间，离得最近的夜宴队高手已经可以将齐君元抬头纹看清。

说实话，这一回齐君元已经是犯了刺行大忌。本来此局没有他的事情，他就不该好奇出现。而现在不仅出现了，为了等范啸天一句未曾说完说清的话，他竟然将自己深陷在危险之中，并且还被官家做活儿的人看清容貌。

也就在这个时候，一个身影从对面一家已经关了门的药铺里蹿出，两个大大的纵步直奔齐君元而来。齐君元期待的目光虽然在范啸天身上，但他却清楚地听到了直奔自己而来的脚步声，因为那人并没有做任何掩饰。钓鲲钩抽出，身形回转，步伐配合手势都已经是即刻发起杀招的状态。但齐君元最终没来得及出手，因为奔过来的那人距离十几步时就已经报出了自己身份。

"是我，老卜！"来的果然是卜福，但只能是从声音听出，因为他用从头到脚的黑色披风将自己遮住，而且脸上还戴着一个大头娃娃的面具。"刺局已成，还不快走！夜宴队外围包抄过来，再不走就入了现成的兜了。"

卜福不仅嘴里急促地说着，而且拉着齐君元就走。此时形势真的已经十分危急，夜宴队虚围的圈子即将封口。从吴王府那边过来的护卫们，也已经有人清楚地看到了齐君元的模样，可见距离之近。

两个人是从平石板的小桥上离开的，跑到桥上后齐君元又停步回头看了一眼范啸天。范啸天的嘴巴还在张合着，但即便他能发出些声音，齐君元所在的位置也已经听不见他临死的嘟囔了。

走过小桥时，卜福也回了下身。但他回身不是要看些什么，而是不让人看些什么。他往身后也甩出一把"平地遁烟丸"，整条街立刻烟雾翻转流溢。两边的店房就像是被淹没了一般，再看不见一个移动人影。

而范啸天张合的嘴巴也就是在这个时候停止的，紧紧闭上再不动一动。

范啸天夜惊吴王之事在《江璧轩后朝秘考》中有类似记载："后周显德六年八月，贼入金陵，以鬼焰怪声惊病重文献太子。郑王使人拿贼，有擒有杀。元宗视其重情，为功。"

齐君元跟着卜福快速离开。但这一次卜福并没有将他带回皇家书院里的小院落，而是直接带到金陵城西水门的附近，敲开一户普通人家的门。这户人家只有一个单身汉住着，是菜头手下的一个伙计。菜头事先已经和他说好，会安排一个人在他家里借宿一宿。

"为何将我安置在此处？"齐君元问卜福。

"旁边就是西水门。明天一早有送菜船卸货，你便随那船出城。"卜福回道。

"为何让我走？"齐君元又问。

"怕你坏事。你的局是绝佳的，所以不但按你的设计做了，而且上面还作了一些加工。为后续可能的事情预留了手段。"

"不能告诉我？"

"你的活儿已了结。后面的事情也无须知道。"

"但是前面的事情我必须有个确认，以便知道自己的局到底有没有成功。"齐君元并不死心。

其实既然卜福说齐君元的活儿了了，他就可以什么都不再管寻路撤出就是了。但这一趟中再次出现的变化让他心惊胆战，本来他操控的刺局虽然也是牺牲范啸天和宝藏皮卷，但那是要范啸天在乐坊街上闹出动静后直接被郑王的人擒住。可是现在的局相却在自己完全不知道的状况下发生了诸多惊险变化，首先是范啸天差点被吴王府中的人所擒，然后是大悲咒、大天目的出现，最后范啸天被暗算而死，而且是借用了他自己选择的藏身处进行的暗算。所以现在齐君元觉得自己恐怕也不能像以往的刺活儿一样，代主或刺头告知完成，自己便放心地择路归谷。有些事情必须要确认一下，以免自己不知不觉中再次成为下一个被暗算的弃肢。

"你还需要知道些什么？"卜福表情沉稳，但语气却显得有些不耐烦。

"那大悲咒、大天目是怎么回事？他们成了郑王手下？"

"他们现在还不是郑王手下，但今夜之后他们就是了。因为已经有人说服他们抢了皮卷投靠郑王。"

卜福的回答有些不着边际，但是齐君元却能听懂。之前楚地发生的一些事情范啸天都告诉给齐君元知道了，大悲咒和大天目已然倒反唐德，脱出楚主掌控。估计他们两个脱出之后，五大庄其余高手和一些手下也会离开。而他们脱离楚主之后的唯一出路就是夺到皮卷、找到宝藏，这样才有机会东山再起，或者从此寻一地避世逍遥自在。所以大悲咒、大天目一路追踪宝藏到达金陵算是意料中的事情。

但是现在可能真像卜福所说，有人说服了大悲咒、大天目他们。其实要想说服他们并非难事，可以先给一个条件，就是提供给他们皮卷准确所在的信息，这个条件是大悲咒他们现在最希望得到的。然后提出他们抢到皮卷之后要当作进见礼献给郑王，并且辅佐郑王。李弘冀被废黜，郑王是最有希望继承皇位的，如果再有进献宝藏皮卷给元宗的功劳，那么这皇位几乎就是稳坐的。而大悲咒他们最终求取的也就是富贵和地位，如果能够跟定一个将来的皇帝，求得世代的荣耀与富贵，那比原来无名无分跟着唐德做些挖墓盗坟见不得人的勾当就强太多了。而且唐德不管怎么做、做得如何好，都不可能成为楚主。这也就意味着他们也永无出头之日。

所以在这种条件下，大悲咒他们只需前后稍加权衡比较便会按别人劝说的去做。他们本身就是盗匪出身，飘到哪里哪里是家，并不在乎辅佐哪一个。而且如果不选择辅佐郑王，不将抢到的皮卷献给郑王的话，即便皮卷到手，他们能否逃出金陵、逃出南唐，那也是很难说的事情。

"范啸天原本不用死的，那凹入夹缝里的设置是自己人做的吧？还有之前吴王手下设的'跤盘磨'，那个位置也是有人故意透露给吴王那边的吧？"早在范啸天被暗算后伏地挣扎时，齐君元就已经想到自己并没有高估李弘冀。而是因为自己这边有人透露了更多的信息，并不仅仅是有人要送来皮卷。至于他现在追问这些，也并不是为范啸天的死追讨些公道。只是希望能从这些事情中找到一点儿规律，以便确定自己之前的经历是不是与此类似，而之后会不会再有这样的经历。

"你没觉得这样做的效果会更好吗？李弘冀本可得手，却差了那么一点，最终让郑王捡个现成的果子。那么当李弘冀知道全部情况之后，必然懊悔、气愤至极，这一回他必死无疑。随意，你也不用继续细问了，我告诉你，我们只是将你计划的局运作到了最大限度，以便产生最佳效果。同时我们在其中预先加入了一些我们需要的条件，以便以后能派上其他用场。你放心地走吧，此地事情与你再没有关系。"卜福最后的话让人感觉是在和一个临终的人告别。

这样的态度让齐君元猛然想起了一些事情，当初的情景再次在脑子里回放。灌州城里自己刺杀顾子敬，但是当自己追踪秦笙笙到了临荆县，并且在北门外的山林间困住秦笙笙和王炎霸时，卜福意外地出现了。卜福之前是在灌州城追查顾子敬遇刺事件，要做的事情也就是要把自己找出来。而卜福是离恨谷派出的潜影儿，追踪辨迹的高手，所以他能一路找回临荆县现在想来一点都不奇怪。这从金陵城里自己所有预先逃遁路线的设计都未能将卜福摆脱掉就可看出，并由此可以想象到卜福当时在灌州城中通过自己留下的微末痕迹一个环节接一个环节地查找下来。也就是说，自己当时如果不是一步未曾迟疑地追着秦笙笙出了灌州城，而是试图在某一个自认为安全得出乎意料的位置上躲藏起来的话，那么肯定会被卜福带着大批铁甲卫和官兵将自己擒住或杀死？自己很早之前的结局就已经和今天的范啸天一样了？

"我该去哪里？有没有给我的后续指令？"至此齐君元终于转变了原有观念，自己最初出谷所要做的刺活儿并非没有完成，因为那一次自己真实的任务只是作为弃肢或者说好听点儿是人爪，最终目的就是以死给对方下兜子。但是自己意外脱出，未让那兜子做得完美。但不管结果如何，自己出谷的活儿其实已经了了，那刺活儿再做不做都没有意义了。

"没有，不过马上离开金陵是必须的，之后你可以留在附近等指令到来。"卜福的回答似乎有些奇怪，齐君元将此处的活儿做完了，按道理他应该可以回离恨谷了。

"这里还有活儿吗？"

"我也不知道，反正我是不需要你再做什么了，谷里也没有要我安排你做其他事情。你要是自己有啥事倒是可以趁着这空闲去办办。"

齐君元笑笑没说话，其实他早就考虑过自己下一步到底要去哪里的。卜福建议他自己有什么事情可以趁这机会去做，他之前真有过南唐刺局之后去蜀国找秦笙笙的想法。不知道为什么，虽然他心中对秦笙笙始终存着某种疑

第二章　二郎遭暗算

问，但秦笙笙和他分手时的每句话、每个眼神都像割舍不断的牵挂，始终吊住齐君元的心，让他时常会生出些心痛和心酸。

除了秦笙笙，齐君元还产生过另外一种冲动。那个宝藏皮卷是真的，虽然只有半幅在自己身上，但凭着这半幅或许也可以找到大笔的财富。甚至可能赶在拿到另外半幅的南唐皇家之前找出全部宝藏。

但最终齐君元还是退缩了，这些念头都仅仅是一闪而过。他是个优秀的刺客，睿智而冷静。所以无论欲望还是冲动，在缜密的思维下最终都会一一放弃。但在放弃的同时，另外一个他认为正确妥当的想法却逐渐坚定起来。

卜福离开后，齐君元找个巧妙的时机将借宿那户人家的单身汉子敲晕并捆绑起来。然后他出门在距离不远的河道中找了一艘花舫住了一夜。一夜中他并没有睡下，而是一直都在严密监视着那户人家。不过夜间还算平静，未曾有针对他的异常情况出现。可见卜福他们虽然是将范啸天彻底牺牲了，却没有将自己当弃肢。不过即便如此，齐君元还是在第二天一早选择金陵城南门旱路离开了，并未按原来的计划乘卜福安排好的送菜船。

也是这天夜间，郑王府府门半夜时被敲响。一个平时就与郑王李从嘉有所交往的皇家画师引荐了大悲咒他们，这个画师便是游走斡旋于各大皇亲官宦之间的顾闳中。

大悲咒将宝藏皮卷作为进献礼送给李从嘉，而李从嘉拿到此物之后害怕夜长梦多，早早就在众多高手保护下赶往皇宫。然后一直守在寝宫之外等候着，等到元宗出来上早朝时，直接就在寝宫门口将皮卷献上。

郑王献上的宝藏皮卷在半天之内便被鉴定为真的，因为不管是皮卷上的文字、地名，还是材质，都可以确认是来自传说中远古的金沙国。然后又只用了半天时间，这消息便传遍了整个金陵城。

李弘冀肯定是第一时间得到此消息的。即便有些亲信想瞒住这消息不让他知道，但是挡不住有人会想方设法让他知道，要不然前面做的一切便没有意义了。而要想让一个人知道些事情远比瞒住他些事情容易得多。

听到这个消息后，李弘冀首先是心中大悔。自己既然已经得到密信，为何不直接与送来皮卷的人接洽，即便是有所怀疑，也可以设下套子先将送皮卷的人控制住才对。又是只差了那么一步，一个可以让自己彻底翻身的好机会没有了。

然后便是大惧。这皮卷被郑王得了并献给父皇元宗，而且经鉴定后是真的。夺皮卷的人肯定会说这皮卷本来是要送吴王府的，这样一来，父皇肯定会认为自己早就暗中插手夺取宝藏皮卷之事。在楚地所有人都亲眼看到蜀国不问源馆夺得皮卷，而在汤山峪自己身边曾有不问源馆手下保护。广信刺杀皮卷显形，本身就在制造让自己接应皮卷的假象。让别人觉得自己和蜀国暗中勾结，甚至怀疑自己借用蜀国力量夺取皇位。再往深里追究，诡画刺杀元宗、刺杀齐王李景遂、刺客逃出汤山峪等等事情，都会被认为自己是主谋。

大惧之后是猛然的惊觉。那一次齐君元独入沐虹宫曾说广信出现的宝藏皮卷是专门用来陷害他的手段，此刻再细想又觉得他的话本身就很有可能是个兜。为了不让皮卷落入自己手里的一个兜，为了让丰知通他们离开自己的一个兜。

惊觉之后又是万般的无奈。不管别人做的是什么兜子，下的是什么爪子，都不是直接针对自己下手的，而是从与自己有关联的方面下手。而他们要的结果也并非自己的反应和表现，而是别人的看法和理解。是让父皇误会自己，让朝中大臣误会自己，让朝野上下误会自己，而这些误会又不是可以凭借自己的力量和努力来扭转和避免的。外围旋起的漩涡，看着根本沾不到自己边，但其实形成的中间深洞注定会让自己坠落到最底下，完全由不得自己。

就是从这天晚上开始，李弘冀旧疾复发，呕血不止。皇家御医虽医术高明，却也回天乏术，用遍良方也无法将呕血之症止住。如此过了数天，于后周显德六年九月初，文献太子李弘冀归天。

《黄帝内经》："百病生于气也。怒则气上，喜则气缓，悲则气结，惊则气乱……"齐君元针对李弘冀设计的两次刺局，都是利用了这些情感的极致状态。不仅让其进入状态，而且还要经受状态的突变和情感的大起大落。最终气滞魂断，自己将自己推入万劫不复之地。

第三章　合击兜

空谷静

　　齐君元出了金陵城后先沿扬子江一路朝东，走出百十里后找个荒僻的乡村小店住了好几天。因为他心中一直有事放不下，所以走留难定、忐忑难安。一个是再刺李弘冀到底能不能成功，再一个自己是应该按卜福所说的留在附近等下一步指令，还是应该赶回离恨谷。万一没有成功需要再做刺局，那还真得是留在附近，以免耽搁事情再被谷里责罚。只是自己留在附近哪里才合适？千万不要一不小心再落个和范啸天一样的结果。

　　当李弘冀病死的消息传出后，齐君元最终坚定了念头，即刻动身义无反顾地往离恨谷赶。因为他现在已经没有了之前刺活儿失利的担忧，也没有了被谷里同门捕捉的顾忌，所有与他有关的一切他都搞清楚怎么回事了。而且这一次金陵城里两个最为艰难的刺局他都顺利完成了，离开金陵又是卜福安排的。且不管卜福的代主是真的也好，或者背后还有操控他的人也好，自己只管将他当作做主的人。他说再用不上自己了，自己就当作可以回离恨谷的许可，回头要有什么说法只管往他身上推就是了。另外齐君元心中已然肯定卜福不是一个能够合作的人，他为了目的可以随便欺骗同伴、随时牺牲同伴。而现在的齐君元只想着要急切地远离欺骗和牺牲，回到让他觉得是家、是归宿的离恨谷去。至于他身上的半幅宝藏皮卷以及去蜀国找秦笙笙的念头，这些都应该是在回到离恨谷后确认了一些情况、解开了一些疑惑后，再作决定是否去做才是最为妥当的。

有这样的想法一点也不奇怪，齐君元自灌州刺局出来已经很久了，连续意外且异常的经历让他感觉疲惫了、害怕了。特别是范啸天临死前没有说完的那句话，让齐君元有急于逃回离恨谷的冲动。相比外面的世界，离恨谷真的算得上一片净土，一个可以依赖的归宿。在离恨谷中身边虽然都是杀人不眨眼的刺客，但之间的关系却像一家人。可是出了离恨谷之后，就算是一家人，都随时可能想方设法置你于死地，只要他觉得有此需要。而这一点可能也是齐君元此趟出离恨谷做刺活儿得到的最大收获，也是之前在离恨谷中从未有人教给他的一种规则和技法。所以他也常常在心中疑问，这一种规则和技法是别人忘记教给他了还是原本就没打算教给他。还有，那天卜福说离恨谷遗恨是六恨而不是五恨，是自己没能彻底悟出还是卜福自己悟错了？这些问题只有回到离恨谷才能找到答案，但离恨谷中会有人给自己答案吗？

离恨谷中没人给齐君元答案，因为离恨谷中没有人！

齐君元晓行夜宿好多天，终于到达离恨谷外围。然后又在周围盘桓几天，确定身后没有坠上钉子、尾儿后，这才由暗口进入离恨谷。这是离恨谷外出做活儿的蜂儿回来时必须遵循运用的道道，防止让叵测之人发现进入离恨谷的方法，重蹈许多年前被偷技的覆辙。

可是当齐君元熟门熟路地从隐秘路径进入离恨谷时，却连续发现了一些不对劲的迹象。

进入离恨谷的隐秘路径是不设暗哨的，因为这路径要是不知其掩藏的路口、关键转折以及走向规律的话，那是根本无法找到离恨谷所在的。但是这路径却并非完全无迹可寻，因为在关键处会利用一些天然物体作为标志，如大石、崖壁、巨树等等。这些自然物体虽然不会刻意留下痕迹，但是由于处于重要的经过位置，时常会有人走过和触碰，所以周围的草木苔痕和其他地方生长的是会有一些微小差异。但是齐君元这一次在经过这些位置时却没有看出这些差异来，也就是说，这里已经有很长时间没有人走过，或者只偶然有人走过。

离恨谷很大，有很多造型怪异的房屋居所。就比如工器属属主的居室，便是大树上一个鸟巢般的悬屋。而属下的谷生，也都是住在大树上的小木阁或悬壁上的小石窟中。这倒不是显示他们的工器技艺如何高超，而是这种形式的居所既可以相互间不打扰，又在整体上有一定联系。而行毒属、吓诈属的居室在造型布置上就更加怪异了，全都隐没于山石密丛之间，像坟茔、像兽穴、像虫洞。这倒也不全是他们故作玄虚才如此建造的，而是因为属中有些技艺的训练和毒料的培制需要如此形式的居室。

谷里整体环境本就已经很是奇特怪异，而现在这里连一个人都没有，听不见一句说话声，这就难免会显得诡魅阴森。齐君元在这样的静谧环境中可以清楚地听见自己的心跳，而突然传来一两声鸟雀的鸣叫则会让他的心跳不时地出现加速。本来齐君元的特质是越有危险心跳越是平稳，现在明明没有危险，但他的心跳却比任何状态下都要混乱。

这一刻齐君元还感到气息的沉滞，身体像是被什么东西压抑住一样。这是因为无形的恐惧和蓦然的失落，就像一个昏睡后再次醒来的人发现属于自己的一切全都不见了。

齐君元没有发出一声呼问，而是沉默不语地在那些房屋居所间迅速跑动着、寻找着。他并不抱希望可以找到什么人，他想找到的是人们离去的原因和去往何处的线索。

没有人！没有线索！更没有原因！他能肯定的是所有查找的地方都已经很久没有一点儿活人迹象了。所有的东西摆设都和以往一样，包括日常的用品都没有带走，而且归置得非常整齐。这样子要么是故意保持原状有准备地离开的，要么就是突然间因为某个紧急情况而离开的。这虽然是两个极端的情况，却有着相同之处，就是不让人知道他们什么时候回来，还会不会回来。

"怎么会这样？人都去哪里了？从痕迹上看已经没有人很长时间了。可自己一直都在接受谷里的指令，这些指令是从哪里发出的？还有，谷里出

现如此大的变动,在接受众多指令时却没有一个附加的提示给自己,就是卜福在安排自己离开金陵时也都没有丝毫说明和提醒。是他们忘记说明谷里情况了?还是他们觉得自己根本不会回到谷里?或许真是以为自己不会再回谷里,以为自己一开始出谷时就是作为弃肢。"

齐君元又查看了几处居所,所有情况都完全一样,是很久没有人迹的情景。不知不觉中,他已经到了诡惊亭一属所在的位置。看到诡惊亭隐于山石树木遮掩中的门户,齐君元猛然想起了范啸天。和自己一起做刺活儿的几个人中,真正像自己一样是从谷里直接派出的谷生只有范啸天和六指。其他要么是谷客,像唐三娘、秦笙笙,要么是身有残疾被安置在外伏波或洗了影的谷生,像哑巴、六指、裴盛。而范啸天虽然是同在谷里的谷生,但齐君元却觉得从来都没有见过他。这个疑问其实一直困扰着齐君元,但这也是需要回到谷里才能找到答案的。

如果说诡惊亭的居所真有像亭子的地方,那就只有在它的大门口。那门檐有层层树木伸展而出覆盖住,真就像半边巨大的亭顶。但诡惊亭的居所却绝不像亭子,它是一个山体上挖凿而出的道口,就像一个墓道。但进入之后却是另外一番情景,里面绝不是一两个墓室那么简单。在山腹之中,有开凿而出的多层石洞居室,室室相连、洞洞相套。即便最高级别的墓穴都不可能达到其十分之一的规模,更不可能分平面构成上下多层的布局。所以再加上其中各种诡秘怪异的装饰和布置,真的让人觉得更像是进入了地狱之中。

因为离恨谷所在本身就隐秘,而且进来的路径上也设有一些监视和警告的消息装置,所以真正进入之后并没有什么精妙的机关布置,最多就是在一些比较重要的环节处有些普通锁具而已。再说了,凭着齐君元妙成阁的高超技艺,就算真有什么设置也难不住他。因此齐君元毫无障碍地进到诡惊亭属主的居室,并且在一个小桌抽屉里找到诡惊亭属下名册。

名册上根本没有二郎的隐号!名册上没有洗影的、暗伏的谷生谷客是很正常的事情,因为这些是需要保密的信息,整个谷里只有寥寥几人掌握。但是本身就在谷里的刺客隐号都是会在名册上的,不单在名册上,而且还会记录他们各自的特点特长,以便针对刺活儿性质进行派遣。

第三章　合击兜

可是范啸天的隐号为什么会不在名册上？难道是因为他平时很少做刺活儿而是做的杂活？那也不对，即便做杂活的也会在名册上。画图、联络、取物这些事情也是刺活儿的组成部分，不入册的谷生是不允许派出的。特别是与恨家联络、取物之类的事情，一般都是会派遣对方熟知的或认识的谷生去做，所以这些谷生肯定是早就在册并且做过多次刺活儿的。

除非！除非两种情况。一种是这个人的身份原本就不在离恨谷里，这情况基本不会出现。离恨谷最是以严谨缜密见长，不会让一个不是离恨谷中的人连续去做多个活儿。还有就是早就死去，再重新造抄新册时不再将其录入。可这不是一本新造的册子，难道范啸天是个早就死去的人？

齐君元猛然间想到了什么，他放下名册转身冲出诡惊亭的居所，直奔自己工器属妙成阁的大鸟巢而去。大鸟巢是属主居住的，齐君元经常到此处来。所以他比进入诡惊亭更加熟门熟路地打开门锁进入其中，找到妙成阁的属下名册。

在名册上齐君元很快找到自己的隐号，但和其他人有所不同的是，隐号后面记录自己特点特长的整个一大栏被用墨笔画了个大大的黑叉。

齐君元捧着名册一下子呆在那里。因为他知道只有当谷生已经死了或者背叛了，才会用黑叉记号将其从名册里抹去。可是自己没死也没背叛，怎么隐号会莫名其妙地被画上大大的黑叉。是从被派往濉州城时起自己就已经注定要死或者被除名？

齐君元眼珠转动一下，他突然想到什么。随即转身奔出属主的大鸟巢，往旁边一棵更大的大树而去，那大树上有他居住的小木阁。当来到木阁门前后，齐君元没有马上进去，而是站定了平息一下气息和情绪，然后才启开房门活扣慢慢推开房门。

房间里空空荡荡，什么都没有。齐君元原来所有的日常用品、衣物、书本以及一些收藏物全不见了，似乎他从没有在这里居住过。甚至是连桌椅、床榻也都没有了，不仅像是齐君元从未住过，还像从来都未曾住过人的居室。

离恨谷中有规矩，当一个刺客死去之后，会从各方面抹去他所有的痕迹。因为哪怕一个极微小的痕迹，都可能会对后来的其他谷生、谷客造成影响，形成刺杀过程中与已死刺客相似的方式和特点。

这样的影响对于江湖中其他行当的人还无所谓，但对于刺客来说却是很可怕的。因为前面已死的刺客之所以会死，一般都不是因为巧合，而是他独有的刺杀方式和特点已经被别人研究并掌握，所以在刺杀刺标的过程中反成了别人的目标。即便真是由于巧合造成的失手，那么在他死后别人也是会针对他的行动、衣着、武器和其他携带物进行研究，查出他的独到之处。而后来的谷生谷客如果受其影响，那会成为一个外界早就有防范方式和应对技法的刺客。

自己已经死了，面对属主名册和自己的房间，齐君元知道至少在离恨谷的范围和概念中，自己已经死了！

看到这样的情况齐君元不能不感到震惊。虽然最初他被派往灌州做刺局是个假幌子，实际是将他当作一个人爪或一个弃肢。但那并不意味着他就一定会死，而事实上他也真的没有死。不仅逃过各种险象环生的境地，还为谷里出色地完成了后面几个刺局。可离恨谷中为何会将自己当成死人处理了？如果自己真的已经是离恨谷的一个死人了，那么怎么还不断地有离恨谷中指令发给自己？离恨谷中早就无人了，那么后来的"刺齐王""刺吴王"的"一叶秋"又是谁给自己的？是从何处发出的？

"一叶秋"上没有名字和隐号，交给谁全凭传递的人说。因为离恨谷中所有人都知道离恨谷行动严谨、规矩严格、惩处严厉，所以没人敢在如此重要的"一叶秋"上动手脚。正因为这样，也就没人会怀疑传递到手的"一叶秋"其真实性如何。就是说必须有真实性这个前提，才能确保"一叶秋"成为最可靠的信息传递方式之一。而一旦没有切实的手段来保证其真实性，那么"一叶秋"便可以成为最容易也最方便弄虚作假的传递方式。假的"一叶秋"，或者本该某人的"一叶秋"，传递者却可以交给其他什么人。还有……

齐君元正在往深处思考着，突然间眼角余光一跳，窗外天光云色中有个灰影一闪而过。他赶紧一个箭步冲到窗前，因为恍惚中他感觉那灰影像一只

第三章　合击兜

离恨谷的信鹞，一只当离恨谷无人之后不该再飞回此处的信鹞。

齐君元站在窗前，他真的看到了一只灰色带雪花颈羽的信鹞。信鹞没有做丝毫盘旋，直接掠过浓密的树冠，从枝叶间不大的空隙中落下。这说明信鹞对此处非常熟悉，知道下面是安全的。

当信鹞已经距离地面很近的时候，它将双翅尽量展开，平滑向地势低矮的流溪，并最终站在溪水边一个枯枝枯草搭成的尖顶草棚上。

"度衡庐！"齐君元心中暗叫一声，"难道离恨谷中人没有走光，这度衡庐中还有人？只是整个离恨谷单留下度衡庐的人是为什么？"

荡落逃

度衡庐是离恨谷中单独的一个从属，专门负责惩处离恨谷中犯错的谷生、谷客，清理叛逃的门人。度衡庐直接由谷主辖领，属下都是身份地位和杀人技艺都极高的谷生，其中有些人的辈分并不比各属属主低，甚至是不在谷主之下。而更重要的是，这些高人都是曾经身家遭遇惨祸的，所以不仅杀人技艺神乎其神，而且个个铁石心肠、手段毒辣。所以离恨谷中谷生、谷客平时都远远避开度衡庐，更不要说进到里面看看了。而刚才齐君元虽然满谷里奔走着寻找有没有人，却根本就没想到独处偏僻一隅的度衡庐去看一看。

灰色信鹞甩下脖颈，翅膀再抖动一下，便轻巧地从草棚尖顶上跳落到低矮庐门的门头杠子上。然后爪子和硬喙齐用，在杠子上又抓又啄，就像是在敲门。

"信鹞催门"，这个齐君元不仅知道而且还见过。度衡庐专有的敲门鹞，比离恨谷中一般信鹞、信鸽能力都要强。而且就算度衡庐，也只有在最紧急的情况下才会使用这种不仅能快飞远飞而且别具灵性的信鹞。因为它携带的是最为紧急重要的讯息，不仅要及时送到，还要躲过一路上可能会出现的拦截和危险。

敲门鹞在到达之后会主动提醒收信者，在脚上信管未取下之前，它会抓啄、扑打翅膀甚至撞窗撞门。这倒不是其天然灵性，而是经过专门训练才具有的习惯。

一只手伸出度衡庐的低矮庐门，是一只肤色极度黝黑干枯的手，可能只有已经入殓许久的棺材中才能伸出如此黝黑干枯的手来。但是手的黝黑干枯并不影响它的细致灵巧，只是在信鹞脚踝处轻抹一下，那信管连系带就落入掌心，随即缩回庐门之中。

敲门鹞立刻安静了，松下翅膀，蓬开羽毛，缩着脖子，像个颓废的雕塑一样站在门杠子上休息，一动不动。这情景让齐君元感到更加诡异，偌大的一个离恨谷里他只刚刚看到一只黝黑如死尸的手，然后就是这只像被魔鬼下了定咒的灰鹞子。

但信鹞的脖子刚刚缩进去后就又猛地探了出来，这是被惊动后的最快速反应。还没等信鹞的脖子完全探出，度衡庐的庐门里蹿出了一个修长而矫健的身影，这身影的速度比鹞子探出脖子还要快。

蹿出的身影什么都没做，只是在门口站定，然后扭头。于是一双如闪电、如刀光的眼睛朝齐君元这边看过来，而且是直直盯住齐君元房间的窗口。

齐君元的反应很快，当度衡庐中有人蹿出时，他便立刻将身形往一边躲避。只是那人的动作和目光都太快了，他完全没有把握确定自己有没有躲过那双目光。

度衡庐前的人一动不动，就像刚才如同雕塑的敲门鹞。他一双眼睛死死盯住齐君元这边的窗口，眼中的光就像要将这木屋剁碎、点燃一般。

齐君元在窗户一侧也一动不动，他甚至连呼吸都放缓了。因为他觉得哪怕一个极微小的动作都会让那双目光震颤、流动起来。

但是动作可以加以控制，心跳却无法进行控制，齐君元的心跳在短时间内快速提升起来。越是面临危险，齐君元的心跳会越加缓慢。但是此时齐君元加速的心跳却不是因为面临危险，而是因为他想通了一件事，这事情就是自己的危险将会从何而来。

名册上，齐君元看到自己已经死了。原来居室里的情景，也证明着自己已经死了。自己的死应该在很久之前就已经发生，或许在去灌州做刺活儿时

第三章　合击兜

就应该发生。所以自己的死有可能是谷里早就安排好的，而且不管有没有自己确实死去的消息传回谷里，谷里都已经将自己当死人处理了。因为谷里做主的人很自信，只要是离恨谷安排下要死的人，这人肯定就得死。还有就是可能在很早之前就有什么人传递消息回谷里，说自己已经死了，所以谷里才会除名销迹。但是，一个已经确定死去的刺客又回到了离恨谷，那不仅仅是给别人诈尸还魂的感觉，更重要的是他可能已经背叛，可能已经看穿谷里的重大秘密，接下来将会给离恨谷带来一连串的危险和麻烦。

灰色敲门鹞刚刚给度衡庐带来的讯息很有可能就是某个知道自己未死的人发来的，发来这个讯息的目的也很简单，就是让度衡庐再杀死自己一回。而度衡庐中蹿出的那个人肯定也从信件的时间上推测到，自己这个时候差不多已经进入了离恨谷。

僵持的时间很长，度衡庐中蹿出的人一直盯住齐君元这边的窗口，但奇怪的是他却没有采取任何行动。如果真是发现了齐君元的话，他应该缓缓逼近才对。然后逼近到齐君元觉得再躲不过了，准备采取行动逃离时，对方再突然间发力疾奔而来。

虽然度衡庐与齐君元所住木房距离很远，但是齐君元需要出门、过枝、下树。然后在这过程中还要尽量避免被对方盯住尾儿，度衡庐中高手一旦盯住了尾儿是根本甩不脱的。而那度衡庐中出来的人只需一线直奔，最终守住树下必经之路就行。所以两边比较下来，最终从度衡庐出来的人并不见得比齐君元速度慢多少，说不定正好能在树下截住齐君元。

但是那人始终站在原地未曾采取行动，离恨谷中所有刺客都懂的技法他却没有运用，这不由得让齐君元心中产生一丝侥幸。说不定那人确实是没有发现到自己，甚至他现在盯视的根本就不是自己的窗口。

但这侥幸的想法只一闪而过，随即另外一个更可怕的想法替代了它："如果度衡庐中出来的那个人确实发现了自己，但他却没有采取正常的技法来追击自己，而是站在原地以视线压制自己。那么他这样做的目的只有一个，就是让自己不敢动，让其他人从其他方位路线来偷偷接近自己。"

齐君元想到这一点后只略微愕愣了一下，随即便不顾一切地直冲出了木阁。出门之后他立刻挥手抛出钓鲲钩，勾住右侧上端的一个横着的大树枝，将身体斜荡出去。作为一个刺客，很习惯地会在自己周围设想出多条逃离路径，更何况是一个居住了很长时间的木屋。这样做倒不是觉得离恨谷中不安全，也不是早就想过自己哪一天会在离恨谷中遭遇截杀，而是一种下意识中练成的职业习惯，一种自我保护的本能。这样在外面执行刺活儿时也才能让自己随时随地设想好各种逃脱途径。

就在荡出的过程中，齐君元看到大树主干后面露出了一张脸，一张笑容可掬的肥脸。只是这张笑脸上偏偏生了一对倒八字眉，横生垒起的肉也让脸显得有些变形、僵硬。所以那肥脸虽然是笑着的，却并不比哭好看多少。

那张脸看到齐君元荡走的瞬间，这正好是在他赶到之前，或者说是在他有效出手之前。由此可以看出齐君元的反应还是及时的，措施也是正确的。但那张肥脸却并未因为自己错失了良机而收敛笑容现出沮丧来，他依旧僵硬而难看地笑着。不仅笑着，而且还毫无顾忌地背着手从树干后走出，选了两根大树杈一脚一树枝地跨踩着。身形像风中的树叶那么随意，又似乎比大树本身还要沉稳。虽然只是闲立楼栏般地一站，但那站位已经是将差不多整棵树的所有立足点都笼罩在他的杀势之中。

就在这个时候，度衡庐前站立的那个人动了，就像刮起一股黑色的妖风。而这妖风所行路线并非选择一条到达小木阁所在大树的最短直线距离，而是折转不停地在乱石、杂草、灌木间蹿蹦跳跃。

齐君元利用钓鲲钩荡了两回，已经远离了那张笑容可掬的肥脸。这让他心中陡然增加了无数自信，因为从眼下情形上看，自己从容摆脱度衡庐中两个高手合谋的阻击应该不是问题。这主要是自己反应快，及时发现了对方一压制一偷袭的真实意图，另外也是因为自己早就无数次设想过从自己居室逃脱的各种路径，可以说是在很早之前就已经做好了最妥当的准备。

但这个自信在眨下眼之后便消失了，因为齐君元通过脑海中闪出的意境觉察出了危机。这危机来自下面狂飙而至的黑色妖风，也来自大树上稳立不动的肥胖笑脸。

妖风选择的途径是艰难的、不正常的，却又是最正确、最到位的。因为

第三章 合击兜

齐君元的逃走路线，最终可选择的几个从树上下来的落地点，都将在这股妖风刮过来的连续冲击范围内。而且从速度和节奏上还可以看出，那妖风的确是进行着很好的控制。他是在等待，他是在伺机，他的速度和节奏必须与齐君元的落地点吻合。不管齐君元最终从哪个点下来，他都正好可以在刚落下的瞬间给予全力一击。

从度衡庐中蹿出直到现在妖风一般狂卷而来，齐君元其实始终都没有看清这个黑衣高手的具体模样。但不管看得清看不清，他都能真切地体会到后发而至的危险。此刻他的心中闪过一丝疑惑，度衡庐前盯着自己的黑色身影和那个悄悄逼近自己的肥胖笑脸，到底谁才是真正执行压制的？谁才是真正实施偷袭的？

很多时候有问题不见得就能想出答案，更不见得有时间找到答案，尤其是在一个决定生死的关键时候。

犀筋索第二次的荡起已经到了尽头，如果再继续用钓鲲钩挂枝荡过一个角度的话，齐君元就会重新绕回到距离那个肥胖笑脸很近的位置。但是就算不绕回去，他也无法在树上找到一个落脚点，因为肥胖笑脸的占位已经是将齐君元这边可以落脚的点都笼罩住了，只要齐君元脚沾树杈，各种可以想象的远攻近击都可以对他进行极为有效的杀伤。这就仿佛有一张无形天网将齐君元这只飞不起来的麻雀连同整棵巨大的树一起罩住。

树上没有落足点，偏偏落地也不行。只要从任何一个位置下来，就正好会是在黑色妖风有节奏、有步骤的连续攻击范围中。这就像是铺下了一张地网，齐君元怎么下来都必定是在网眼之中。

根本没有思考的余地，随时都有可能在天罗地网中魂飞魄散，齐君元只能果断决定不再荡过下一个角度。同样的，他也不能在树上立足，也不能在树下落脚。他只能在第二个荡出快终了时，抢先在旁边一个木阁壁上轻轻踏一脚借力，将身体重新往回荡。所不同的是这一次往回荡时他开始边荡边沿着犀筋索下滑，让身体尽量接近地面。

守住树干的那个肥脸也觉得齐君元会无奈地继续荡向自己的，所以齐君元突然的反向荡回，这让他的笑意刹那间变成惊愕。他这惊愕并非因为齐君元的做法，而是因为齐君元的警觉和辨查。仅仅是在荡出的刹那过程中，齐君元不仅能发现到地面上狂冲而来的危机，而且还能看出其中全是针对他落地的有序攻击。另外同样是在这个刹那间的过程中，他同时还能意识到自己的占位和杀势封住了所有树上的落脚点。不管怎么荡，只要在树上，就都逃脱不了自己的杀伤范围。天罗地网兜子的配合是利用实际环境随机而成的布局，布设者的意图本身就是急切的、随意的、即兴的，那么被困者又如何能辨别出来？可事实上齐君元真的辨别出来了，因为他不是在看，他是从下意识构思出的意境中觉察出来的。

黑色妖风的脚步下突然尘土扬起，同时有杂草和断枝乱飞。这是因为脚步有了很大变化的表现，是在用很大的力量调整和扭转步伐的大小和方向。齐君元突然的变向打乱了黑色妖风原有的速度和节奏，虽然齐君元可能的落脚点仍在他的攻击范围内，但是他原有的冲击攻势却不再流畅，必须强行加以调整。这就像一个高手对已经完全掌控的目标全力攻出一招后，却突然发现目标在转移位置。虽然仍来得及做出调整，但是在攻击力量的连贯上、气息的顺畅上肯定会非常难受、别扭。

如果齐君元荡回去并顺势滑下落地，这依旧不算太过意外。对方两人或许会对他的反应表示惊讶，却不会觉得他的逃脱途径和技法运用在他们的预料之外。因为度衡庐是离恨谷高手中的高手，几乎所有刺客会采用的伎俩都在他们掌握之中，否则怎么能作为惩处刺客的执行者。但是这一回齐君元真的让他们意外了，因为他没有在树上寻点立足，也没缘犀筋索滑下落地，而是直接朝着一个不可立足也无法落地的枝杈摔了下去。

所有立足点和落地点都在度衡庐那两个高手的料算之中，但是他们怎么都不会想到齐君元会选择一个时机将钓鲲钩抖落松脱，让自己的身体直接摔落下来。摔落的点是个枝杈头，有枝有叶，但这位置是立不住脚的，所以肥脸不会对这样的点加以控制。同时这位置按理说也完全不会被考虑为落地途径，所以这下面的落点，也不在那黑色妖风的掌控中。

可是齐君元偏偏就是从这里落地了，而且是以很狼狈的摔落姿势。因为他知道，如果采用双脚直落的方式，树枝枝杈容易对身体造成意外损伤。但是团着身体以大面积摔落，那枝杈反倒可以托他一下，化解掉急跌之势。这是齐君元在烟重津跃下悬崖得出的经验，不是离恨谷中传授的技法。所以他能做到，但度衡庐的高手却没法想到。

流溪冲

落下的点不在对手预算好的范围点位上，这就相当于从布设好的天罗地网兜子里钻出了一道缝隙。落地之后的齐君元就地连续滚出十几滚，这样可以远离树干树根。同样的，这种很市井的逃离方式再次出乎对方意料，对方即便能及时变招采取后续攻击，那些攻击的招法恐怕也都是针对正常人的，对于一个已经躺倒在地上的人无法实施有效杀伤。

肥脸感觉自己眼前恍惚了一下，齐君元身体落下让他的心猛然一荡，这是视觉意外造成的，也是心理意外造成的。不仅齐君元坠下的方式，而且坠下的身体一闪之后也被枝叶遮掩不见。作为一个高手来说，眼中锁定的目标突然间从他所有预算的结局中逃脱了，难免会带来刹那间的视线错觉和心理冲击。

黑色妖风掀起了更多尘土枝叶，其中更有碎石泥沙乱飞，而且冲过之处连续几棵小树都被他从根部蹬断。疾速间，又是已经蓄足力道劲势的状态，再要强行借力调整目标方向，只能是沙石翻滚、枝折树断了。而且即便如此极力扭转，也不一定能及时调整到位。

逃出了两个高手布下的天罗地网，却并不意味着可以逃出离恨谷。其他不说，单从行动速度上看，齐君元就远远不是黑色妖风的对手。至于那个笑容可掬的肥脸，只知道他的占位妙到毫发之径，至于有怎样厉害的杀伤技法，却是毫不知情。

滚出去的齐君元借着一处斜坡顺势站了起来，然后没有丝毫停顿地拔足狂奔。他知道自己争取到的时机太短太短，稍有迟疑便会被黑色妖风追赶上。但是从他奔逃的方向来看，却又似乎有些慌不择路，竟然是朝着度衡庐的方向而去。

这又是一个意外,天罗地网的两个高手在齐君元从一个不可能的位置落地后,就立刻在脑海中闪过他各种的逃跑路径。同时针对各种路径的最佳追击、阻击方案也立时在心中展开。但是所有方案中没一个是针对度衡庐方向的,不管从齐君元该有的正常心理反应考虑,还是从他们自己的自信和直觉来说,这都不可能是齐君元会选择的一条路。

不可能的路,现在却偏偏是在上面奔跑着。所以两个高手出现的错愕比刚才更大,迟缓的时间比刚才更久。这就给齐君元多出了十几步的余地,可以在肯定能追上他的黑色妖风最终追到他之前,赶到度衡庐旁的流溪边,纵身跃入溪中。

早在甩脱钓鲲钩收回犀筋索团身坠落下树之前,齐君元就已经想到了。就算自己可以顺利落下树去,终究都不可能有一条路径可以让自己逃出离恨谷。度衡庐的高手是从离恨谷曾经最优秀的刺客中挑选出来的,他们不仅自己身怀绝妙刺杀技艺,而且对谷中各属的技艺都了如指掌。所以一个再优秀的刺客,他们运用的技艺都逃不过度衡庐高手的法眼。除非是和自己摔下树一样,采用非常手段,选择非常途径。

齐君元选择的非常路径就是那条流溪。流溪虽然不宽不深,但是水流湍急。流溪往下去还有几个落差较大的落瀑,这是凶险之处,也是可以借以摆脱追赶的可用之处。齐君元带大家第一次从东贤山庄逃出时,就是利用的水流大而急的环庄河。也正是这个经验才让他想到利用度衡庐边的流溪逃生,这对于度衡庐的两个高手来说又是一次意外。

妖风般疾速的黑衣高手速度再快,但沿着乱石参差交错的流溪岸边奔走,是很难快过湍急的溪水的。而且在几处落差较大的落瀑前,都是需要绕过很长一段山路才能到下面的。当然,他也可以同样跃入水中,紧随齐君元之后不放松。可是溪水湍急,沿途水道下可能有尖锐乱石,落瀑下深潭中更是情况不明。齐君元毫不犹豫跃下,因为他是逃命的人,已经没有什么可顾忌的了。而黑衣高手是杀人的人,他不会愿意冒险将自己变成一个可能被各种意外原因杀死的人。

在流溪中挣扎的齐君元很艰难地回头望了一眼,这一眼他没有看到黑色

第三章 合击兜

妖风和笑容可掬的肥脸。就好像这两人从未出现过一样，刚才的一切恍然如梦。没等齐君元确定自己刚才遭遇的到底是真实还是幻觉，他已经进入一个快速下滑的水段，并且在最终处身体一空，坠下了第一个落瀑。

齐君元很及时地发出一声惊恐惨呼，在山岭树林间久久回荡。他从回到离恨谷中后始终未曾开口发出一声，现在顺着流溪快速远离离恨谷反倒是发出了高亢悠长的一声惊呼。这声惊呼，或许可以算是对离恨谷中不见了的那些同门的呼唤，也可能是和离恨谷最后的告别。

齐君元坠下了落瀑，下面等待他的是生死难料的深渊。而此刻的蜀国也和他一样，正在朝着一个深渊坠入，只是速度没有那么急切短暂。

其实早在汤山峪沐虬宫齐君元对李弘冀实施第一次刺局之后，大周与蜀国的对仗局势就已经出现了很大的变化。周世宗放弃三路同进夺剑阁入川中的策略，只留少数兵马佯作攻势，牵制成都和蜀国各地调来的援兵。自己则带领赵匡胤往西与甘东道大将军王景会合，继续实施之前的"游龙吞珠"策略，只是改吞为咬了。

周世宗这种做法是正确的也是坚定的，虽然赵匡胤怀有私心地几番劝说，想让周世宗驱动兵马直取成都。但周世宗是一个有自己思想的人，不会轻易受人左右。再说他最初也是因为分析了赵匡胤的"游龙吞珠"策略，觉得有利有效这才采取行动的。所以赵匡胤也不敢强劝，他知道要是不能说出更好的理由来推翻自己提出的"游龙吞珠"，那么不仅劝是白劝，而且会让周世宗觉得自己心怀其他目的。

西路甘东道大将军王景与蜀国保宁节度使李廷圭的对仗是场棋逢对手的较量。虽然王景稍有失利，但也只是几百人的损折，根本无伤大局。更何况王景虽折损了人，却占住了上风地势，也就难说谁赢谁输了。

在周世宗和赵匡胤到来之后，赵匡胤奉旨视察局势战况，决定利用自己现有的上风地势，以快打快、以力制力，尽快见分晓。

翌日，周军便从草头路偷入，对蜀军左前营换值守防军实施突然攻击，俘蜀将士三百余人。同时派人马快速逼近马岭关，攻破关前一总两卡。

李廷圭立刻反击，派先锋李进据马岭关，阻止周兵西进秦州；另一路出小斜谷，屯白茧镇，呈横击周军之势；令王峦由小峪河经唐仓出黄花川，断周军粮道。

王景随即遣裨将张健雄率兵两千迎战王峦，另派一千兵马断其归路。王峦兵败黄花川，逃至唐仓再遇埋伏，三千将士被俘。随后周军突破小峪河，分两路迂回夹击秦州。

马岭关及白茧镇蜀国援兵闻风而溃，李廷圭退守青泥岭。秦州、成州、阶州被围困一段时间后相继被拿下，凤州成为一座孤城。

随后周世宗亲自驱兵马围困凤州，但他没想到这一仗会杀得血染苍穹，极为惨烈。

凤州原来守将为王昭远安插的镇守使王威福。但是周蜀开战之后，驻扎于凤县的凤州节度使王环、都监赵崇溥赶到凤州，取得了指挥权。然后带领全城官民死守凤州，等待孟昶从成都派遣兵马过来内外夹击周军。可是王环怎么都没想到，赶来增援的主将赵季札在王炎霸的"魔魔唤魂"暗中作用下，没与周军接仗就已经逃回成都。而且现在由成都运兵而来的道路也已经被周军占据，将凤州与成都的联系完全断开。

周世宗给王环发过不止一封招降书，并许以高官厚禄。但王环为人耿直忠诚，丝毫不为所动，依旧据城死战，不惜血洒城楼以报蜀国。

本来"游龙吞珠"的策略是围城不战，耗尽城中所有粮草后再夺城，之前的秦、成、阶三州都是如此，没费太大劲儿就拿下了。而凤州由于周世宗先迎战赵季札后转战李廷圭，回过头来才彻底将其围困住，所以围城比其他三州晚许多，凤州中的粮草军需还能撑一段时间。

就在这种状况下有火燎军文送到周世宗面前，报知在入川的三合口、虎啸寨、把剑关，以及一线展开的告神岭、祭台关、云寨、留文寨都有赛人出现，总数达好几千。这对于大周来说是一个很不利的信号，也是周世宗坚决不直入成都而选择回转继续围困凤州的原因。

之前淘沙口周军遇赛人守关，韩通、赵匡义带上万精兵强将被数百赛人阻住，三路并进的策略无法顺利实现。而现在又出现了更多的赛人，如果他们分几部分据守要隘。然后蜀国再从山南西道节度使、武定军节度使、韶武节度使三方出兵合击，将周军赶入狭小山地，那将会是周军的灭顶之灾。而现在再从得到的消息以及实际战况进行分析，之前不选择直入成都真的是明智之举。一个是剽悍善战的賨人确实不好对付，再一个蜀国要再多几个王环这样的将才，像守凤州一样守住其他重要关卡，那么本来准备困死蜀城的周军反而会被拖死。

　　差不多也是在这个时候，大周京城中先后来了几封书信。先到的几封有王朴的，还有户部、吏部、兵部各部主事官员的，内容大同小异，都是劝周世宗回兵的。这些信周世宗之前也常常收到，但是几部官员同发还是第一次，让他开始觉得书信中所述情况的严重性。本来自己觉得突征蜀国可以获取大量资产粮草，但实际上每座州城都是坚战到最后才被拿下。所储辎重和民间存资几乎都已经消耗殆尽，所以大周此次征战的应用和军需还是要从国内不断运送而来。而大周国内之前物涨粮缺的窘境尚未缓解，由此可想象国内民众负担之重。治国之道，民生是根本，如果民间百姓食不果腹、衣不遮体、劳不养家，那真的会出大乱子。

　　紧接着又送达的一封信是后宫护卫总管林喆所写，是说正宫滋德殿夜出鬼魅，符皇后受惊失魂之事。这封信的下面加盖了符皇后的凤印，世宗知道，这是为了证实所述事情的真实性。

　　护卫总管林喆在信中说道："国无正主为镇必会多出妖魅，是自商朝起就有的说法。皇上御驾出征在外，朝中便以正宫皇后为镇。但是符皇后阴柔不刚，体弱多病，以她为镇反会招引来妖魅近身作祟。现在滋德殿每夜都巨烛华盏通宵照明，宫女太监十多人始终守护。可符皇后仍是每夜都会梦中惊醒，说有鬼眼窥视。即使是请了高僧方士，也无法查出是何怪异，更无法消除化解。然而正宫虽出妖魅，符皇后却又不能移居他宫。正主不在，正宫移宫，于国不利。再说了，正宫移宫，也就是让出其正位，这要传出去也是说不清道不明的事情，与规矩不合。眼见符皇后日渐憔悴，还望皇上定夺应对之策。"

　　周世宗是个不信鬼神的人，否则他也不会灭佛夺佛财。所以看到这封信他首先想到的是符皇后病体有变，然后又想到会不会是符皇后采用这种方式让自己结束征战。但这两个念头都只是一闪而过，因为他知道符皇后的性格。如真的是自己病体有问题，符皇后肯定是独自承受，绝不会让人告知影响他征战的。再有，符皇后是信佛之人，最为诚信不欺。她如觉得有不妥时会直言奉劝，绝不会采用这种欺瞒作假的方式。于是周世宗很自然地想到了第三个可能，就是符皇后真的有难。但这难不是来自鬼神，而是有人要害她。至于谁要害她，可能极多。就符皇后对大周的重要性、对他柴荣的重要性来说，宫里、朝里、民间、他国都可能有人害她，这需要回去细查后才能找出端倪。

也就是在收到这封信之后，周世宗作出两个决定。一个是将困死凤州改作攻占凤州，全军压上，一定要在短时间内将凤州攻下。再一个是他发一道御旨回京，让符皇后出宫陪驾征战。

很显然，他急于拿下凤州是想早日班师回朝，这样就可以查出到底是谁。而让符皇后出宫陪驾征战，虽然只是个临时举措，却可以让符皇后名正言顺地先脱离危险境地。只要顺利到了自己身边，那么谁要想再害她几乎没有可能。

转征唐

围困变成了鏖战，大周和凤州双方都损失惨重。惨重的损失对于兵强马壮的大周军来说无碍整体局势，但对于孤城凤州而言却是被推入了毁灭的深渊。因为他们守城的有生力量锐减至半数以下，军需器械也消耗殆尽，最重要的是兵将们因为久不见外援都已经陷入绝望。所以王环虽然还在勉力支撑，其实他自己也知道已然是强弩之末。

从围城到城破，总共都未曾用到百日。凤州节度使王环、都监赵崇溥及五千兵将被俘。周世宗虽遭遇王环如此强劲抵抗损失众多兵将，但心中仍是钦佩王环的忠诚和勇敢。不但未杀他，而且还封他为右骁卫将军。

凤州拿下后，赵匡胤知道自己献策"游龙吞珠"的真实目的将要泡汤。

揣测周世宗下一步要做的肯定是驻军据守四州，封住蜀国突袭大周腹地的可能。这个后顾之忧的解决，对于柴荣来说应该是极为满意的。此次征蜀能达到这样的效果，对于国中不稳的大周来说已经是极为幸运的。

但是赵匡胤的目的不是这个，他是要去成都，去从孟昶手中夺回自己的京娘。每当想到自己真爱的女人在别人怀里时，他便会生出一种可以毁灭一切的杀心。他甚至假想过如果周世宗决定班师回朝，自己将杀死周世宗夺取兵权继续挥兵攻向成都。

也就在这个时候，军信道有传信官给他送来一封密信，这密信正是张锦岱从江中洲秘密传来的。信中不仅详述了自己沿江而下的经历和所见，重点还讲述了蒙面人带他偷察江中洲龙吞塘南唐水军船队的经过，以及蒙面人对自己所说"借皮化形"的一番道理。

赵匡胤接到这密信之后沉吟了一会儿，他是在琢磨那个蒙面人所说的话。"……借皮化形可是很高明的一招，可就地借皮，也可他国借皮，顺手而为不必专门劳心费力是最好的。"赵匡胤的眼睛猛然一亮，他想到了一个理由，一个可以让周世宗放弃班师回朝，而继续往南进攻成都的理由。

赵匡胤赶紧去拜见了周世宗，他要用刚刚受密信启发想到的理由来再次说服周世宗。

"皇上，我们此番以'游龙吞珠'之策虽然是将蜀国成、秦、凤、阶四州拿下，一解蜀国东进攻袭大周腹地的后顾之忧。但是最实际最迫切的问题却没有得到解决，就是国内的粮盐物资的窘迫。蜀军强悍，每仗都是官资民资消耗殆尽时才能一举夺定胜筹。而后又要驻军守城重新部署城防军需，虽秋麦即熟，但就算尽数收了也不能抵上此役消耗，更不要说缓解国内窘迫了。"

周世宗很认真地听着，他很能理解赵匡胤所说的道理，这其实也是他觉得此役未曾胜得彻底的主要原因。"九重将军莫非有良策弥补此中遗憾？"

"不算良策，但眼下可算唯一可行之策。"

"哦，你说来听听，我权衡下这独木桥到底稳不稳。"柴荣心中其实还是颇为忐忑的。如果像赵匡胤所说，只有不算良策的唯一之策，那实质的意思就是要他铤而走险了。

"直入川中，取成都，一路所获肯定颇丰，最终还可逼迫蜀王孟昶供奉不菲钱粮，足以完全化解我国窘迫。但是臣权衡后觉得蜀境山险水恶，易守难攻。民风剽悍，还有寳人助战。而大周军一则地势不熟，再则与蜀军相比更善于平原作战和马战，强攻之下势必推进艰难，损伤惨重。"

靠坐在虎皮圈椅中的周世宗听到赵匡胤的话后频频点头，赵匡胤之前数次劝自己继续攻入蜀国腹地，而自己正是出于同样的考虑才未成行。

"但是我们这家不吃吃那家，可以转个方向。"

"你说的是哪家？"周世宗一下坐直了身体。

"可赶在秋熟之时攻入淮南一带。"

"转征南唐？"

"对！大周出现物价飞涨、粮盐紧缺，其实都是因为南唐提高过境税收所致，伐南唐可以说是名正言顺。而淮南为粮盐丰产地区，拿下之后便可完全恢复大周之前所有损失，一解窘迫。再有淮南为平原地区，地势平坦，有利于周军作战。"赵匡胤说到此处时语速放慢，因为他觉得周世宗肯定会有问题要问。

"你觉得周军铁骑可以直入淮南纵横无阻吗？"周世宗果然提出疑问。

"虽是平原，但对我大周兵马而言还是有两处障碍。一处是淮河，一处是扬子江。南唐军可以河为拒、以江为拒，利用淮河水军巡弋拦击，利用长江水军运兵调度。我军兵马不擅水战，水军又弱。全部水军力量不及南唐十分之一，而且大部分现在还被困匿于江中洲。"

"既然知道这阻碍，那你所提伐淮南又是以何为把握？"

"借皮化形，我水军不行，可取他国水军为我所用。东边有吴越水军为助，我们的水军已暗中驻于金陵左近的江中洲。现在只剩西边无水军可用，这张皮恐怕还得从蜀国手中夺取。"赵匡胤开始转入真正的正题。

"借皮化形？借皮化形。"周世宗口中重复两遍。

"对！皇上，你来看这。"赵匡胤边说边铺开桌上的地理图，"我周军已拿下凤州，下一步可由此处横穿子午谷，沿凌清道、白河、嘉建镇，佯作继续攻夺睦州之势。而实际可从彬县转道往东，从我周境过，再借道南平入东川，暗袭江口蜀军水营。蜀国境内江窄水急，蜀水军常在激流中对战，其控船力和战斗力都极为凶悍。如能暗袭成功夺蜀水军为我所用，沿江而下由西面压制南唐，这样水陆协攻，定可轻易夺取南唐淮南一带。"

赵匡胤的计划真的很周密，实施顺利的话真的可以突袭到蜀国水军军营。但难度也是存在的，这样大的一支队伍的运动，沿途还有小部驻扎蜀军的阻截，要想做到神不知鬼不觉，真不是一件容易的事情。即便最终暗袭成功了，能俘获多少蜀军船只，俘获后的蜀国水军能否为己所用也是个未知数。

但是对赵匡胤而言暗袭蜀国水军是否成功，能否俘获为己所用的问题都不重要，最为重要的一步他没有讲也不能讲。那就是在攻袭蜀国水军如果不成功，那就意味着攻南唐无望了。这样他就会借机再劝柴荣利用东川平坦地形，分兵几路由东川直入西川腹地，进逼成都。如果攻袭蜀国水军成功了，这一批偷入东川的大周兵马也来不及调转至淮南战场，所以他可以再劝周世宗或者私下直接指挥，仍是进逼成都。

"借皮化形！借道南平！那我何不直接从南平借用荆州水军？九重将军，这一回你献的不仅不算良策，而且也不是唯一之策。夺取蜀国水军不是不可行，但不可控因素太多，谁能料到如此大的辗转过程中会遇到怎样的意外？而南平与我国之间无遮无掩，完全陷于我大周攻势之下，我提要求绝不敢拒绝。再说了，借皮化形，那是借，而不是夺。如果真不得已要袭取水军为己所用，我觉得不如直接袭取南唐的淮河水军……"

赵匡胤顿时觉得如雷轰顶，柴荣后面继续说些什么他全都没听进去。对于自己暗含私心以迂回方式所献策略，他估计以后在实施过程中柴荣肯定会看出弊端来。可怎么都没想到借皮、借道这两个借反倒提醒了柴荣，让他觉察出自己策略中的不足，从而想到直接借用水军和直接夺取南唐淮河水军。这样的做法肯定要比赵匡胤的方法完美得多，所以赵匡胤知道自己的暗中打算泡汤了，自己想早日夺回京娘的心愿破灭了。他的心中莫名间生出些对柴荣的恨意来。

"可是就算有了水军也不能小觑了南唐,别忘了南唐李家还有个李弘冀在。也奇怪了,原来赵普、王景回来时不是说李弘冀与孟昶暗中有联盟,我征蜀之后南唐也稍有异动,怎么后来却偃旗息鼓了,再没有一点消息。九重将军,难道是之前水陆双下一起袭扰的假象起到了作用?那李弘冀至今都没看出来?"

"什么?谁没看出来?"很明显赵匡胤神思飞驰得很远,根本没听柴荣在说些什么。

"我说李弘冀。"柴荣重复一下,其实他也没看出赵匡胤根本不在听他说话。

"报!有礼部加急报文送到。"柴荣的手下亲信在门外禀报。

"礼部?怎么会有礼部的加急报文直接送到这里?直接拆报吧。"柴荣心中一直觉得礼部不会有什么秘密大事,所以就让亲信直接在外面将报文拆开念下。

"禀皇上,南唐元宗李璟昭告天下,齐王李弘冀痼疾突发归逝,现立郑王李从嘉为太子。"

"李弘冀死了!李从嘉做了太子!哈哈哈!好,太好了。真是天助我取淮南啊。"礼部报文的内容一扫柴荣心中所有沟壑,原先有所顾忌的转征南唐一下变成最为可行的大好决策。

"来人,吩咐下去,立刻收拾准备。三日后,不,两日后奔赴宿州,转征南唐,誓取淮南!"

赵匡胤面如死灰,心中纠绞。以往征战对于他来说是快事,但如今只有为了夺回京娘的征战他才觉得是有意义的。但是柴荣的决断将他和京娘的距离再次拉远,他不知何时才能戎装持戈再战蜀川,为生命中一个期盼太久的愿望而搏杀。此时此刻,赵匡胤心中真的很恨柴荣。

第四章　夜奔淮南

无可逃

　　溪水潺潺，林木森森。近处崖壁如削，远处峰峦起伏。周围不算安静，除了溪水的流动声外，还偶然才可听到鸟雀的叫声和大兽子的咆哮，但是齐君元构思的意境中却静谧得可怕，因为只有人发出的声音对于他来说才是真正的声音，其他的声响都可以忽略不计。也正因为如此，所以即便有一点点风吹草动、枯叶飘落，他都会全身神经做出反应，将自己戒备得像张拉得满满的弓。

　　这已经是第五天了，但齐君元并不认为危险就此过去了。离恨谷中的刺客最擅长的就是等待，他在等待，对手也在等待。他知道对手早晚会停止追踪和搜索，不管是谁，在用尽所有办法都找不到目标的情况下，终究是会放弃并停止的。但齐君元也知道自己接下来必须更加小心，因为对手在找不到目标的情况下，他们会变换思路，改变搜索方向和范围。所以对于齐君元而言，真正的危险还没有开始，逐杀和被逐杀的游戏随时都会再次展开。

　　和上一次烟重津跃下悬崖不一样，那次齐君元是以最快速度离开现场，消除踪迹。这一次齐君元却是在坠下两处流溪落瀑之后马上拼尽全力游到了岸边，然后找一处林密草深的地方藏了起来。

刺客行事，一般在出手和被发现之后都以最快速度离开现场。只有在相对安全或者逃不能逃的情况下才会找个地方藏起来。因为逃是主动的，掌握在自己手里。藏是被动的，有利、不利全都寄希望于对方。对于这一点，从古至今的刺客行基本都是一样，离恨谷的技艺规则也不例外。但这一次齐君元却是反其道而行，他在还未完全逃出离恨谷范围时就已经选择躲藏。他觉得自己即便顺激流很快逃走，所有规律痕迹仍难以逃过度衡庐两个高手的追踪。那一次金陵城中摆脱不了神眼卜福就是一个先例，更何况两个高手专事离恨谷惩处职责，循迹追踪的本事更在卜福之上。

但是只藏了一天齐君元就后悔了，因为他突然想到自己并不是第一个采用这种出人意料方法的。不久之前范啸天就是采用这种方法就近躲在墙体夹缝中，结果他被别人提前设下的装置杀死了。而自己的方式和他如出一辙，这样做会不会也正好落在别人的设置之中？另外从天罗地网两个高手手中逃脱，自己已经多次使用意外手段。一种手段用得太多，就会物极必反，那两个度衡庐高手肯定已经意识到应该从意外的角度来寻找、追踪自己了。

所以之后的几天里，齐君元始终绷紧全身神经，不敢有丝毫懈怠。周围的任何一个微小变化，包括云色天光的移转，他都会构思在意境中，用心感受现象背后是否存在着危险。

还好，虽然五天里齐君元身心疲惫到了极点，但危险始终没有出现。他暗暗庆幸自己的运气要比范啸天好，也或许是因为自己和范啸天当时的环境不一样。离恨谷以及周边范围太大，自己可躲藏的点也太多。而范啸天所处的环境中只有那么一个合适的点位，而且之前"点漪"定位时还有可能已经被人知晓他会藏身那个凹入的墙缝里。

不过一直这样藏着肯定也不行，度衡庐高手不管想到或没想到齐君元转换了遁逃方法的顺序，在遍寻不到他的情况下早晚会搜索到这里，只要他们不曾就此放弃。而根据时间推算，齐君元觉得五天应该是个契合点。发现自己就近躲藏，或者往远处搜索了再往回逐渐缩小范围，都差不多是在第五天

第四章 夜奔淮南

的时候改变追捕方向，圈定自己藏身的位置。所以齐君元觉得这个时候应该是自己转为快速遁逃的最佳时机，利用对方方向和方式的转换时机，抢到一条可行的缝隙冲出去。

齐君元的速度真的很快，他用最快的奔跑速度再次来到流溪边，用最快的跳跃速度扑进流溪，然后再用最快的泅游速度随着激流前行。想法一点都没错，在离恨谷中他就是利用流溪遁逃的，所以追踪的度衡庐高手开始肯定会将搜索的重点位置放在流溪中。流溪以及流溪两边的范围应该是追踪者第一时间排查并排除掉的，而且估计他们应该不会再掉过头去重复搜索，至少在将其他地方都搜过来之前不会。所以齐君元现在继续选择这条逃生途径相对而言是最为安全妥当的。

流溪的尽头是一弯深绿湖水，被几座山峦相夹的大湖。齐君元没有滑入湖中，在流溪汇入湖水之前比较平缓的一段上，他就甩出钓鲲钩犀筋索，吊住流溪旁边的一根枝杈上了岸。上岸之后他丝毫不敢喘口气休息一下，立刻拔足急奔。溪水湿透的衣服在奔跑过程中被体温和带动的气流双重作用渐渐干了，但还未等完全干透，就又被流淌的汗水再次湿透。

齐君元这一次是有目的地在奔跑，他要去一个地方找到一些东西，这些东西将会为他下一步的逃亡提供条件。每一个刺客都有一个或者几个只有他自己才知道的秘密点，刺客是杀人的人，杀人杀多了自然会成为别人想杀的人。所以对于刺客而言，危险是无处不在的，而找一个秘密点预留一些装备和财物是非常必要的基本手段，以便在需要时用来对抗危险或帮助自己逃脱危险。

两块下巴石，大片云盖松，齐君元终于跑到了自己的秘密点。他的东西便藏在以两块下巴石之间距离为一边的等边角上，头顶上方有层层松枝遮盖。

从流溪上来的地方到这里，足足有二十几里的路程。拿现代衡量方式来说，齐君元差不多完成了铁人三项赛里游泳和跑步这两项。但是找到位置后他仍是未曾喘气歇息，而是立刻趴在地上，用钓鲲钩刨开土层，撬起下面一块石板。

石板下面有一个不大的青瓷缸，里面有几个包扎得很好的油布包袱。这些都是齐君元亲手包扎的，所以不用打开他便知道哪个包袱里是后备的整套钩子，哪个包袱里是金银细软，哪个包袱里是更换的衣物。逃亡的人，武器、钱财肯定是不能少的。而换行头改变形象，也是非常必要的。

齐君元决定先换一身衣物，自己现在的样子已经扎在度衡庐高手的眼中了，如果不改换衣物，即便是被他们在很远的地方看到，也是可以准确辨别出自己的。

但是齐君元伸向衣物包袱的手却停留在装了全套钩子的包袱上，因为就在这个时候他觉出了异常。那不是一般的异常，是将他陷入天罗地网中的异常。这异常太过突然，以至于齐君元连回手从身上掏出武器都来不及，只能选择最为快捷的途径去抓装钩子的包袱。

齐君元拿起了装满钩子的包袱，但仅仅是拿起了而已。所有围绕着他的光影、风声、刃气让他知道，自己接下来一切有意识和无意识的反应都不再有丝毫意义。因为根本来不及有任何反应，他就会成为一个死人。

从地上飞起的是一根细长的鞭，只有一根，就像一张网上的一根线。这根细长鞭子原来应该是隐藏在杂草、落叶、浮土下的，齐君元到这里后没有发现异常，一方面可能是他太过焦急而疏忽了。还有一个方面是因为这根鞭子已经藏在地下很久了，自然而动的落叶、小草、尘土已经让其从痕迹上很难辨别出来。

虽然飞起的只有一根长鞭，却一样可以织成无处可逃的网。网上的确只有一根实在的鞭子，但是这一根鞭子却幻化出无数的鞭影。鞭影有纵横交错的，有回转盘旋的，重叠铺展，由下而上，像个提起的网袋将齐君元兜裹在中间。而齐君元不仅来不及在这地网展开之时寻隙逃出，甚至连动一动的可能都没有。因为从长鞭舞动的劲道和风声可以判断出，触碰到地网上任何一根鞭影，都会是头裂腹绽、骨断筋折。

与鞭子飞起的同时，还有东西从头顶落下，是三枚细巧得有些像松针的刀子。刀子落下来的速度不快，翻转着，闪出三朵菊花般的光团。三个光团有高有低、有先有后，之间的空当也很大，打眼看着似乎都挨不到齐君元的

第四章 夜奔淮南

边。但是只有在这三个光团笼罩下的齐君元才能真正体会到杀法的精绝,三枚刀子无论是在布局、力道、速度的控制上都更胜长鞭。

三枚小刀子的摆列形式看似稀松,其实却是完全配合了齐君元现有的身体状态。这状态不仅是身体在这一刻呈现的外在姿势,更多的是包含了身体内部的气息、经脉、筋骨、肌肉在这个瞬间中所处的趋势。这趋势也可以说是惯性,可以说是条件反射,总之是身体下意识间不能逆转的反应。

所以即便没有地上飞起的鞭网,即便齐君元行动不受任何约束,他依然无法控制身体避开那三枚刀子,也无法抬手拨挡那三枚刀子。因为这个瞬间他肌体的反应与意识是脱离的,肌肉、筋骨中蓄足的势力会让他无可避免地主动送上刀口。而最为痛苦的是,齐君元已然意识到自己会将咽喉、心脏和小腹送上去,却无力将身体避让开来。

又是天罗地网,只是用武器替代了人的占位和跑位。刀子是天罗,仅用三枚刀子就摆出的天罗。这样运用刀子的方法其实已经脱出了刀法的范畴,是将刀法与阵法融合在一起的高明杀技。鞭子是地网,一根鞭子运用后幻化出无数鞭影织成的网。长鞭子的运用可以细至每一寸每一分的区别,到这程度鞭子其实已经成了身体的一部分,不,是可以比身体更灵活、更可靠操控的一部分。

虽然过程描述得很多,但其实全在一念之间。齐君元的一念就是眼睁睁地等死,因为他连闭上眼睛的时间都没有。

天罗地网的武器攻击双双准确命中,齐君元闷哼一声倒在地上。不过倒下的人并不一定就是被杀死的人,齐君元没有死,因为对方还不曾要他死。

长鞭缠住了齐君元的右腿、腰部和左手,虽然都不是要害部位,施加的力道也只是确保齐君元无法再次逃脱。但其实持鞭者和齐君元心里都十分清楚,只要需要,这鞭子随时可以发力,扯开肉体、扯断筋骨,将齐君元变成几块。

三枚小刀子分别穿透了齐君元的衣领、左胸处衣襟、下袍摆,全是险险地贴肉而过,其准确度的掌握其实比直接击中要害更加困难。但这三刀真正的精妙之处并不是在准确度上,而是在力道上。虽然只是三枚很小很轻巧的普通刀子，但是刀落的势头却是完全顺应身体的动态趋势。在巧妙的角度、绝佳的时机添加了一个并不算大的外来的力道，顺势借力，将整个人带倒。刀子不仅是穿透了三处衣服，而且还将这衣服钉在地上。这是一种猫玩老鼠的戏弄，还是一种飞鹰夺巾的震慑？

齐君元没有动弹，没有死的他在继续等死。虽然刚才只是经历了一个瞬间，但这个瞬间已经足够将齐君元的心理彻底打入绝望的深渊。这是一种他从未体会过的绝望，一种被长久恐惧、突然惊吓充斥的绝望，让心神尽散、魂魄尽散的绝望。

多少天一直绷紧神经煎熬着，终于抓到希望以为熬过一个段落了，却在一念之间全部破灭。这一刻齐君元莫名地想到了李弘冀，他深深地体会到了李弘冀陷入自己所设刺局中是怎样的一种感觉。所以不要说他被天罗地网双双制住无法动弹，即便是能动他也不会动。有时候死会比活着更轻松，眼前的情形就是如此。

直到这时候，出刀的和出鞭的人才现身。他们躲藏的位置并不隐秘，却很巧妙，从齐君元过来的方向以及打开藏物缸的位置是绝难发现他们的。这说明他们不仅预料到齐君元会出现在这里，而且还预料到齐君元出现的路线、位置。

出现的两个人并不让齐君元感到意外，因为之前在离恨谷中已经遭遇过一次，所以知道能让自己连下意识反应都没来得及做出就已经被制的，最大的可能就是度衡庐的那两个高手。

化天骥

"你不该在这儿的。"肥脸依旧笑容可掬。

"是的，因为我没想到你们也会在这儿。"齐君元已经心怀求死之念，反而将一切放下，思维重新运转自如起来。虽仍倒在地上处于被制状态，言语间的气势却是不卑不亢。

"我不是说这个秘密点，离恨谷的人没有秘密可以瞒过度衡庐。"肥脸

第四章　夜奔淮南

说话时露出一种自信和傲然。

如果之前有人这样说的话，齐君元绝不会相信。但是在经历了刚才那个瞬间后他完全信了。从暗藏的鞭子，从顺势借势的刀子，从瞬间制住自己的布局，齐君元知道自己前面心惊胆战藏了几天完全是白费的。对方早就掌握了自己的秘密点，也知道自己早晚会到这里来。所以从一开始就没有搜寻自己，而是一直在这里等着自己。如果说这次逐杀是一场耐心等待的比拼，或者说这是一场以意外和信息量决定胜负的逐杀，那么齐君元的确是输了。

当心中完全理清楚这一点后，齐君元突然生出了更多的恐惧。自己的一举一动完全都在离恨谷的掌控之中，根本没有一点秘密可言。而自己却完全觉察不到这些，这对于任何一个人来说都是极为可怕的事情。

"我是说离恨谷，你不该出现在离恨谷。"肥脸补充了一句，将齐君元从短暂的遐思中唤了回来。

"是的，可我不知道自己在离恨谷的名录上已经死了。"齐君元依旧是不卑不亢的语气。

肥脸和黑色妖风对视一眼，他们可能没想到齐君元已经知道了很多，也可能没想到齐君元是这样的态度。

"事实上你没有死，所以你应该在做没有死的事情。"肥脸的笑容敛去了些，让人觉得他这话是严肃的。

听了这话齐君元突然间醒悟过来，他此时才意识到无论是在离恨谷中还是到达这秘密点后，他脑海里构思的意境都没有觉察到危险。那并不是因为高手已经将杀意敛于无形，而是从开始他们就没打算杀死自己，只是想制住自己，防止自己逃脱。

为什么会是这样？齐君元脑子在飞快地转着。自己的名字从名录上划去，从离恨谷中情形看应该是很久之前的事情。也就是说，濉州的刺局的确是要牺牲自己来达到需要的目的，但是自己不仅意外逃出了，而且在后续的一系列刺活儿中都充当着意外。以至于离恨谷中主事之人意识到有些刺活儿只有自己能做，特别是在刺杀李景遂和李弘冀之后。所以现在自己已经不需要死了，而是需要做更有价值的事。

"按你所说我不该在这里，那应该在哪里？"齐君元这句话是试探性的。

"你本应该去大周的，但是几天前接到飞鹞传回的'顺风飞云'，情况变化了，你现在还得回南唐去。"

听到这里，齐君元心中一阵惊喜，连气息都粗重起来。随便什么人在完全绝望后突然知道自己不用死了，都难免会出现这样的情绪变化。

"回南唐？还是金陵吗？"

"不是，这一回是去淮南。准确地说是去南唐淮南与大周的交界处，而且要尽早赶到。"肥脸觉得自己说的话已经让齐君元完全领会和信任了，于是笑容尽情展开，而且更加灿烂。只是这笑容始终是无声的、缺少变化的，就像是画在脸上的一样。

齐君元从地上坐了起来，钉住衣服的三把小刀子稍一用力就解脱了。坐起之后，他便自说自话地又去解缠住自己的鞭子。此时越表现得随意自在，便越显得他对那两个人的信任。对别人的信任是可以放松别人戒备心理的，拉近和别人之间的关系。所以不管最终自己和这两人的关系是何种状态，这种信任态度都是对齐君元有利的。

黑色妖风握鞭子的手紧了紧，他是准备制止齐君元这样随意地解开束缚的。但是肥脸提前制止了他的制止，以一个眼色示意他让齐君元随意解脱鞭子的束缚。

"淮南地界距离这里很远，要尽早赶过去恐怕不是件说说就能做到的事情。再有淮南的范围可不小，没有具体点位指定，到了那里之后来回辗转奔波也是麻烦事，肯定也会耽搁很长时间。"齐君元说的是实际困难，他觉得在度衡庐高手面前说实话比说虚话好。因为说实话可以有两种后续，真去做或不去做，做不做都是有底气的。而说虚话一般都是已经打定不去做的主意了，这其实更容易被对方从言语和行动中辨别出来。

"这事你不用担心，有他在。"肥脸指指正收回长鞭的黑色妖风。

"怎么，他要和我一起去吗？"齐君元有些惊讶。

肥脸没有理会齐君元的话茬，只管自己说着："你听说过化天骥的驾驭术吗？他就曾经是天骥厩的传人。到离恨谷后不仅将化天骥的驾驭术发扬到

第四章　夜奔淮南

极致，而且还融入了行毒属的'畜魂夜狂'，创出一招纸马化天骥的绝招。就是一头老牛，施术之后都可以日行百里，夜行百二，其他马骡一类的牲口就更不用说了。他与我们俩同行，随意抓来牲畜，便可飞驰而达。"

"我们俩？你也和我一起去？"齐君元并没有注意听什么纸马、天骥，但肥脸最后一句却是清楚地进入他的耳朵。

"还有帮手已经在那边等，接应的洗影儿也早就开始确定刺标所在。或许在半路上我们就能得到具体点位。"肥脸只说自己的话，对于齐君元的疑问全无回复。

齐君元没再多问，因为问了也得不到回答。但他知道这次的活儿也不会小，除了度衡庐两个高手陪着自己一起，或者说是押着自己一起前往做活儿外，那边还有召集的其他谷生谷客在等候，而且连洗影儿潜伏当地的谷生谷客也都起用了。洗影儿的谷生谷客中不乏优秀刺客，但他们要做的只是确定刺标具体点位，由此可见这刺标的重要性，还有防护措施的严密、隐秘。之前刺杀李弘冀、李景遂时他们都不曾有这样层次的防护措施，那还会有谁有此待遇？难道是元宗李璟亲自暗赴淮南了？

可是也真的奇怪了！既然已经有那么多谷生、谷客了，时间又很紧，那么这两个度衡庐的高手为何不急着往淮南赶，偏是耐着性子守在这里一定要抓住自己？自己真的就那么重要吗？这个刺活儿少了自己就不行吗？

此时的齐君元已经不是一年前离开离恨谷去往濉州的齐君元了，所有事情特别是略显不合理的事情他都想找到正确的原因，因为这些原因可能是关乎自己性命的。齐君元可以很爽快地死在高强的对手手下，但决不愿意成为别人利用的物品，死在别人的股掌之上。那种死是一种愚弄，更是一种羞辱。

思索着的人动作一般会放缓，而心中存有疑问的人即便是在无奈的强制之下，也会故意放慢动作速度以此显示自己希望得到解释的意愿。但是很显然，两个高手对齐君元放慢速度的做法并不在意，都非常耐心地等着他将秘密点青瓷缸中的所有东西一件件都拿出来带上。

其实知道自己已经不是度衡庐追捕的对象后，齐君元根本不需要将秘密点的东西都带上，只需稍作补充就行。但是齐君元却不嫌累赘地将三个包袱全数带上，因为他觉得自己说不定什么时候就会再次成为被追捕的对象。

直到与度衡庐的两个高手一同上路后，齐君元才真正打量了两个高手的外表，并从交谈中震惊地知道了他们的身份和来历。

首先让齐君元震惊的是黑色妖风驾驭马车的能力。他以前真的没听说过化天骥、天马厩，更没听说过由"畜魂夜狂"创出的绝技纸马化天骥。但是那黑衣人很快就让他见识到了这一神技，那是一种让齐君元感觉如同是在乘风而行的绝技。虽然齐君元从未在离恨谷中见过这个如同黑色妖风的人，但是就从他驾驭车马的技艺来判断，齐君元确信这是离恨谷的人。而且肯定是度衡庐的高手，否则不会有如此出神入化的驭术。

黑色妖风不仅是穿一身黑衣，而且人也黑瘦。尤其是黝黑干枯的一双手，很难让人相信可以将细长的鞭子挥舞成一张网。黑色妖风年岁并不大，其实也就三十多一些的样子。但是因为长得黝黑干枯，所以打眼下会让人觉得要比实际年龄老上二十岁，抑或他生命中真的有二十年已经死去。

黑色妖风当然不叫黑色妖风，他的名字叫郁风行，隐号驾魂，其意是可以驾驭魂灵而行，亦有驾驭别人魂魄之意。

离恨谷的高手一般是六属之中技艺突出后被选中，然后再进行二次训练和考验后才有可能成为度衡庐的属下。而这郁风行却不是，他刚进离恨谷就直接成为度衡庐的成员，然后直接学习了度衡庐中包含各属特点的技艺后才去复仇消恨。所以他是度衡庐中唯一的一个例外，而之所以成为唯一的例外，那是因为他找到离恨谷时已经是天马厩的唯一传人，天下只有他还懂天马厩的化天骥驭术。

天马厩其实不算江湖门派，而是一个专门驯养各种名马、研究驾驭之术以及治疗牲畜病症的手艺人家。他们家研究出的化天骥驭术可算古往今来第一的驾驭秘术，无人能达其速，无人能如其稳。可惜的是多年前天马厩在一夜之间所有人尽数失踪，没人知道发生了什么事情，化天骥驭术也再未出现世间。

但是就在天马厩出事几年之后，郁风行进了离恨谷，而他是会化天骥驭

第四章　夜奔淮南

术的。这种驾驭车马如风一般行走天下的驭术对于度衡庐来说非常有用，度衡庐处罚叛逃或戴罪的谷生谷客，首先就是要抓捕到他们。而抓捕一个对象的前提就是要能比追捕对象速度快，这一点天下人可能没几个可以与郁风行相比。

而郁风行在加入度衡庐之后还将药隐轩"畜魂夜狂"技法融入化天骥驭术，创出了纸马化天骥的绝技，又叫纸马灵驭，这项绝技夜行比日行更快。有人说是因为夜间路上无人可更加放肆狂奔，也有人说灵符有召唤夜间阴魂的功效，而阴魂附了牲畜体后可为其助力。而度衡庐中有人会这种天下独步的驭术，就算被追捕者逃到天边，他都会被追上。

三个人刚走出离恨谷的范围，那郁风行就不知道从什么地方搞来一辆马车。但是凭齐君元对马和车的了解，这并不是一辆急跑赶路的马车，而应该是短途拉运重物的马车。

郁风行拿出了两张马形纸符，分别贴在了拉车马匹的两肋上，然后点一支粗短的香对着纸符念念有词。念完之后再上马车，手中长鞭撒出，凭空一个脆鞭响起，那马便开始撒着欢儿奔跑起来，而且越跑越快，全不知疲累。到最极限时，速度可达平常辕马的三四倍，这种速度是齐君元以往从未体验过的。

郁风行坐在前面驾板上，并不牵拉笼头缰绳。只是将手中长鞭随心意挥动，以不同方位的鞭响来替代缰绳控制辕马的奔跑方向。也就是说，他的驭术中，长鞭实际的作用不是驱赶辕马，而是用来控制辕马。真正驱赶辕马的是那张纸符，或者说，那马形纸符已经替代了辕马的灵魂和意志，现在只是借助着它的肉体在奔跑。奔跑的速度越快，那马车便显得愈加平稳。这倒和纸符没有关系，全是靠了郁风行长鞭的控制之功。

明代太常寺编修龚鸿朗等七人编写《神器说论》中曾提到"纸马符"，又叫"纸马驭"。此书中是将这种以"纸马符"驾驭牲口的技法归为巫术。

而清代著名兽医彭风宜在《百神左性析》中则提到，北宋前后出现的"纸马符"驾驭牲畜，很可能是在在纸符上含有某种提升牲畜潜能的药物。药物药性通过香薰而出直接渗入牲畜肌肤，作用于牲畜内腑再转而达到四肢，将潜能尽数发挥出来，力量与速度可达平常时的数倍乃至十数倍。

《神器说论》《百神左性析录》中提到的"纸马符"估计和郁风行运用的马形纸符是一回事，但是他这绝技到底是巫术还是提升了牲畜潜能的医术，我们却不得而知。

庇天下

当适应了郁风行驾驭马车的速度后，齐君元以一副没话找话的态度提出了一个一直想问的问题："离恨谷的人都去哪里了？"

郁风行没有说话，他依旧很认真地驾驭着马车，只是有意识地用眼角瞟了一眼坐在后面车边架上的肥脸。

肥脸的表情很严肃，他并不是什么时候都笑容可掬的。齐君元发现，平常时肥脸的表情还是很正常的。只有在应对对手时，他才会笑得那么灿烂和难看，这有可能是在对决中养成的一种习惯，用笑容震慑对手放松自己。当听到齐君元的这个问题后肥脸的表情严肃了，这严肃可能是为了让齐君元相信自己下面所说的真实性，也可能是在认真思考如何应对齐君元的问题。

"他们就把你们两个留下了吗？不会是让你两位老兄专门在离恨谷等我的吧？呵呵。"齐君元后面故意加一句调侃的话，以便把气氛搞轻松。

"是的，我们两个就是在那里专门等你的。"肥脸的话说得很认真，而这样的回答是齐君元完全没有想到的。

"呵呵呵，不会不会，我不是已经死了吗？你们怎么可能会等一个死人？谁这么傻安排你们两大度衡庐高手来等一个死人？"齐君元的措词其实很不理想，对方意外的回答让他有些慌乱，而对后续的疑问有些急躁。

"你是在名册上被除了名，这我们都知道。"肥脸承认了这个事实。而齐君元通过这个承认的事实，更加确定自己当初去灌州做的那个刺局本来是要将自己折在那里的。刺杀顾子敬不是真正的目的，也不是意义所在，让自己死在那里才能体现价值。所以秦笙笙在自己准备逃走时出手制止了，只是没能制止住，反而让自己将她一路坠上，直到烟重津才摆脱。中间去往上德

第四章　夜奔淮南

塬、东贤山庄可能也存有摆脱自己的意图，但是都没能摆脱掉，到最后反而是自己将他们带出困境。

"但是你没有死，那么就具备了更大的作用，提升了你在离恨谷中的层次。"肥脸这不是在恭维，而是说的事实。齐君元在经历了那么几次大的刺局，与多个国家的秘行组织有过冲突，南唐的汤山峪营围驻军、沐虬宫护卫以及李景遂、李弘冀的手下也有许多人见过他。所以现在的他已经不仅仅是一个经历经验更加丰富的刺客，而且可以在需要时成为一个极为重要的筹码。

"我好像问的是离恨谷的人去哪里了，而不是关于我是谁的问题。"齐君元不想让肥脸将谈论的中心带偏，所以很明白果断地把话头拉了回来。

"离恨谷遇到突然而来的外部侵扰，所以全数离开，另寻秘处安身。"

齐君元几乎不用想就知道这话是假的，如果真是突然遇侵扰离开，谷里居所怎么会如此整齐不乱。而且既然有外部侵扰，又留下他们两个人干吗，这不是在给外部侵扰的人留线索吗？

"如果是这样的话，那么你们两个就不是专门等我的，而是等那些不该回来却又回来的人，以免被外部侵扰的力量拿住后透露更多离恨谷的秘密。"齐君元顺着假话揭穿另一个假话，这种借力打力的方式虽不算话兜，却是显示出齐君元的才智。而他这样做的目的就是要告诉那两个人，他不是傻子。

"你从何看出？"肥脸的语气淡淡的。

"因为我在自己居住的树上木阁中时，你们突然出现、双双夹攻，所持的是杀势。也就是说，至少在那个时候你们所要做的还是解决不该回到离恨谷的人。而在我逃脱之后，你们才接到需要我去行刺局的指令，所以在秘密点候了我五天。"齐君元的分析有理有据。

"你错了，那时候我们其实已经收到指令，我估计你也看到了'信鹞催门'，那信鹞送来的正是带你回南唐去做重要刺活儿的指令。"

齐君元嘴巴微微一撇，摆出些不信的样子。但其实他心里已经信了，因为肥脸的这句真话恰恰推翻了他自己前面说的假话。如果是那只催门的白颈信鹞带来和自己有关的指令，那么他们就不是专门在此处等候自己的，之前他们两个留在离恨谷中又是为了什么呢？

看到齐君元不信的表情，肥脸又补充道："双双合击只是好奇，想考量一下你到底是怎样的一个人物，竟然要让我们两个陪你去淮南做刺活儿。如果真的是要你变成死人，又何须两人合击，我的刀子便可以让你永远居住在你那个木阁居室里。"

"你的刀？可以让我出不了木阁？"齐君元嘴里在问，脑海中同时也在飞快地转着。他想到了将自己钉在地上的那三把从天而降的小刀，然后一个激灵中想到了一个人，一个即便在离恨谷中也是一个传奇的人。

"你是庖天下！"齐君元的表情震惊而呆滞，这是他以往从未露出过的表情。

庖天下，本名樊安海，二十出头就已经是江湖上电刀门的当家，人称魔庖丁。电刀门刀法有两绝，快刀和飞刀。仗着这两项独门绝技，电刀门在后梁时就已经纵横西北地域，掌控多条商道和货市。

但是后来有西北三大刀堂和护商帮为争夺利益合伙设计，调出樊安海，血洗电刀门。并抓住樊安海妻儿作为要挟，让他从此退出西北，让出商道和货市。

樊安海突发飞刀杀死自己妻儿，然后转身逃走。他情愿妻儿死在自己手上，他情愿抛去所有负累来复仇，也不愿保全全家来遭受屈辱。

樊安海逃走后，找到离恨谷。由于他本来就是技击高手，所以只用了两年时间再作提高，然后就以力极堂谷客身份出来报仇。虽然只有两年时间，但是离恨谷技艺再加上他原有电刀门的绝技，已然将其打造成了天下最会用刀的刺客。

樊安海回去复仇，从三大刀堂和护商帮中所有主事人的妻儿、父母、亲戚、朋友杀起，一月之中杀二百一十七人。让那些仇人始终沉浸在痛苦和恐惧之中几近崩溃。直到最后杀得没得杀了，他才只身闯刀堂，破五行刀塔、翻天覆地千刃房和铁马风沙阵，将三大刀堂和护商帮中所有主事之人和高手尽数杀光。

第四章　夜奔淮南

此一战震惊江湖，但没人知道当时的具体情况，因为现场没留一个活口。而且最终也没人知道到底是谁所为，只推测或许是与两年前血洗电刀门有关。由于六扇门查勘之后发现所有人都是因刀伤而死的，所以便将此称为魔庖丁案，并一直悬案搁置。倒也不是不想解此悬案，而是没有一任官员敢细究此案。因为杀得了三大刀堂和护商帮的人，要出手杀光一个地方府衙会更加轻松。

复仇事了，樊安海觉得世间再无留恋。于是重回离恨谷，加入度衡庐，他应该是唯一一个由谷客身份进入度衡庐的。然后他将自己隐号定为庖天下，用三字隐号不仅是度衡庐唯一的一个，而且也是整个离恨谷中唯一的一个。但是谷主同意了，所有属主和谷中宿老也没一个人反对，或许他们都觉得一个能制造魔庖丁案的高手就应该用如此狂妄和有别于人的隐号。

"你真是庖天下？"齐君元提高声音再问一句。

肥脸很认真地看着齐君元，然后很认真地点了点头。

齐君元长长地呼出口气，尽量快速地平复自己心情，因为他从未想到自己这些天是在多么凶险的边缘徘徊着。

沉默了许久，齐君元觉得自己有必要打破这种尴尬："樊老，你二位考量我之后觉得怎么样？"

"原来觉得还行，但是现在觉得有个缺点，话太多。要是能像他一样就好了。"庖天下朝郁风行努努嘴。

齐君元笑了下："其实我和你一样，到做刺活儿时话就少了。"

庖天下微微一怔，他没想到齐君元对他的了解会如此细致。

还没真正进入淮南地界，就已经能够体会到纷乱的战争氛围了。沿途虽然稻黄果坠，应该是田地里开始忙碌的时候。但是举目望去，并没什么人在田间树下收取一年所获。并不是他们不吝这些收获，而是相比之下他们更吝啬自己的生命。所以本该收获的人都在路上逃难，越往淮南去沿路逃难的人就越是熙攘。

本来因为白天路上人多，他们的马车一路狂奔会惊世骇俗，所以改成日宿夜行，而郁风行的纸马化天骥本来就是夜行比白天更快。但到后来夜行也不行了，因为有许多难民夜间就在道路边过夜，马车疾驰很可能会压撞到他们。再有不管白天黑夜，像他们这样的极速狂奔肯定会被注意到，然后再被添油加醋地传播开去，让更多人知道，这种情况在刺客行中是大忌。所以到淮南后他们发现事实和想象的差距很大，并不像樊安海最初所说，只要有郁风行在就能及时到达淮南的任何地方。自从过了舒州之后，他们就只能在夜间随缰缓缓而行，因为到夜间所经道路两旁全是逃难的人在就地过夜。

但是他们这个车子还是有一个特别之处会让别人感到讶异，就是前行的方向总是和那些逃难的人相反的。逃难的人是远离灾难和危险，而夜间一辆孤独的车子晃晃悠悠地在朝着灾难和危险的方向前行。即便是缓行，仍然常常会被人误会为夜间的游魂，并且当奇闻异事传播开来。

至今淮南一代仍有"夜神巡杀地"的传说，说是此地每到有战争、灾难发生之前，都有夜神驾阴风巡游的预兆。是为了提醒阎王册上时辰未到的众生离开杀地，免得地府突然间鬼满为患。而这个传说很可能就和齐君元他们三个夜间驭车而行的事情有关，早在五代十国时就已经给当地百姓留下了臆想和寄托的空间。

虽然三人同行，但齐君元完全是懵懂状态，他不知道樊如海他们到底要带自己去哪里。而到后来，他觉得樊如海和郁风行自己也不知道到底要去哪里。只是与逃难的人方向相反，一直朝着最危险的沙场前沿而去。

这是一个极少有的现象，一个刺客被两个更高级别的刺客押着去做刺活儿，而三个人竟然都不知道该去哪里，刺杀的又是谁。

定策难

沿路他们听说了些消息，说大周军早就已经突破南唐境，并在河口、涂山、潢川与南唐军形成三处胶着点。幸好是南唐淮河水军营据河而战，阻止了大周军的长驱直入，也使得周军后续兵马粮草不能为继。否则的话这三处胶着点都可能无法形成，周军过河之后便会横扫淮南、无可抵挡。

从这消息推断，齐君元最初觉得自己这趟的刺活儿应该是针对南唐军

第四章　夜奔淮南

的某处高级将领，比如说淮河水军大帅、清淮节度使。可庖天下说过，除了自己这三个人，还有众多刺客在淮南等候，而此处洗影儿的谷生谷客全都起水，为刺活儿铺垫或直接参与刺活儿。这样的规模刺杀不可能只是针对一个军营大帅，刺齐王刺吴王都没用这么大的排场，除非是刺元宗李璟。难道真像自己之前的猜测，李璟亲自去往淮南督战了？但是过来时已经通过各种公文、诏书看出李璟一直在金陵，而且他是个畏怯之人，怎么都不可能亲身亲历危险的战场。可除了他又会是谁呢？

齐君元突然间灵光一荡，脑子里整个翻了个个儿："是了！李璟虽未曾来淮南，可周世宗却是御驾亲征来到淮南，莫非这一回的刺标是他？"齐君元的这种想法不是没有可能的，刺客行中接活一般不问理由。今日替你消恨，明天再替他复仇，今天的恨主很可能就是明天的刺标。南唐已经死了两个皇位继承人，而且国家正遭受别人入侵，所以现在也该轮到其他国家的重要人物成为刺标了。

可如果刺标真的是周世宗，那么离恨谷这一趟的安排便是不够妥当的。周世宗身边肯定有诸多高手，然后手下将领中也不乏江湖出身的好汉豪杰。所以虽然撒出洗影儿的谷生谷客打听周世宗具体所在和行踪，隐蔽性看似较强，但还是有可能会被对方有所察觉。而且据庖天下所说，除了他们和洗影儿外，还有许多各处参与刺杀的谷生谷客也都在周边聚集。大周兵马虽然未大动，但秘行组织肯定先行出动。所以聚集如此多的谷生谷客过来，也是极有可能会被大周秘行组织发现的。

其实周世宗虽然是一国之君，但现在是在外御驾亲征，纵横沙场，各方面的安全防范肯定是大大低于在京都皇宫之中的。所以只需要用个别厉害刺客混入周军，然后采取立功、行贿等手段尽量往中心组织和高层接近，反而可以不显山不露水，有更多机会到达对周世宗可靠下手的最近距离。或者是在战场上利用混乱和无防范的角度，采用远射杀器远距离刺杀。

如此大的刺局应该是离恨谷中最高级别的主事人来布局下兜，而且身边肯定不乏智囊协助。连庖天下、郁风行都只是陪着自己一起做刺活儿的，那么主事之人和他身边出谋划策的智囊层次能力就更可想而知了。像这样层次能力的一帮离恨谷刺客，他们肯定是会注意到每一个细微的环节，将整个兜局往自己最有利、最有可能的方向推动，所以怎么都不应该在这样一个大的策略方向上发生错误。除非，除非他们的目标不是周世宗！

不是周世宗那还有谁值得动这么大手脚、下这么大本钱呢？齐君元困惑了，他已经无思路可循。

就在大周与南唐兵马攻杀相持之时，也是齐君元带着百思不得其解的疑问在这相持的战场周围到处游荡的时候。蜀国的成都却是一片欢腾喜庆的气氛，家家户户挂灯张红，沿街都是吉幡彩旗。那感觉就像过年一样，不对，应该比过年更热闹。

大周伐蜀，蜀国丢失凤、成、秦、阶四州。这四州中成、秦、阶三州为契丹灭后晋时主动依附后蜀的，而后后蜀出兵又将凤州拿下。虽然四州原本就是蜀国的妄取之财，但是已经是长到自己身上的肉，现在硬生生被撕了去，对于孟昶而言心里怎么都不可能感到舒服。而毋昭裔、赵崇柞这些老臣就更加觉得心痛不已，因为失去这四州对于蜀国整个局势来说不仅是陡然少了一道屏障，而且是失去了东进与北扩的立足点。

但是毋昭裔、赵崇柞这些老臣的心痛是无法安抚的，除非趁着大周与南唐开战之时，蜀国再度出兵夺回四州。而持有这种想法和建议的人不在少数，他们在毋昭裔、赵崇柞的带领下曾多次找机会向孟昶表达了这种心愿。

不过也有人是竭力反对这种做法的，比如说王昭远，他所持观点也不无道理。原来大周攻伐蜀国之时，南唐并未曾出力协攻大周，逼迫大周首尾应接不暇而从蜀国撤兵。而这个时候蜀国去夺四州的话，正好实实在在地是在帮南唐解围。他人未曾对我仁，我又何必对他义？而且大周如果攻南唐失利，说不定就会迁怒于蜀国，转回头来全力再伐蜀国。而且从双方现在形势上看，也是对蜀国不利。当初蜀军以守御攻尚且不是周军对手，现在换成以攻夺守，那难度就更高了。很显然，王昭远这些观点都是建立在交易理念上的。他可以成为一个很斤斤计较的生意人，但绝不会成为一个叱咤政坛的政治家、军事家。真正做大事者应该不拘小节，不吝小利，与人恩惠其实就是

第四章　夜奔淮南

与己天地。

偏偏孟昶也是个出不了大手笔的人，自从李弘冀因病早逝的消息传到蜀国之后，孟昶便完全将南唐这个在地理位置、军事实力上可相互利用的最佳强援给放弃了。因为李弘冀不在了，南唐再没他信任的人。假如李弘冀还是个活太子，那么他倒真的会考虑趁此机会出兵夺回四州，同时助南唐解困。那样即便元宗李璟不认这个账，李弘冀也是会在合适的时候给予蜀国回报的。

朝堂之上的事情有所纠结，只有两个女人可以给他安抚和劝慰，甚至可以建议他作出怎样的决定来，这两个人是秦艳娘和花蕊夫人。

如今的秦艳娘不仅是在肉体上让孟昶极为依赖，而且在一些决策事情上也会让他听取她的一些意见。这一点如果作为秦艳娘和花蕊夫人的争斗点的话，秦艳娘又是要略胜一筹的。

但最近不知怎么回事，孟昶经常会莫名间想到花蕊夫人，即便是正在与秦艳娘纵情之时也会如此。而且每当想起，心中便抓挠般的难受，好像不马上见到花蕊夫人心肺就会被掏空一样。

所以与前段时间相比孟昶去花蕊夫人处的次数多了许多，而且仍和从前一样喜爱花蕊夫人的词曲，也热衷于在花蕊夫人身上获取欢愉。虽然每次去往慧明园，只要用了"培元养精露"，他便犹如金刚附体，久战不泄，让他在享受欢愉的同时找回不少信心和雄心。但在一些国家大事上，孟昶却很不愿意听取花蕊夫人的意见，即便有些意见是十分中肯有利的。因为他下意识中会对花蕊夫人给予自己的建议产生一种抵御的心理，而出现这种情况其实和花蕊夫人的方式方法有着很大的关系。

花蕊夫人本性是个心地慈悲之人，不喜争战。但她出身于官宦之家，从小接受的教育和熏陶便与一般人家女儿不同，深晓国应全、君不辱、士御外的道理。然后又身为蜀皇宠妃，有一群德高望重的老臣、重臣拥护，这也促使她在很多时候必须努力成为一个重要的政治角色。也就是说，她的本性在诸多外在因素的影响下，已经完全被家国利益和为臣为妃的情理压倒，或者说已经转变。多年之后花蕊夫人被赵匡胤夺取，她曾感慨蜀国的失败，写下"君王城上树降旗，妾在深宫哪得知；十四万人齐解甲，更无一个是男儿"，由此可见她骨子里另一种忠义刚强的天性所在。

这一回也是一样，花蕊夫人自己本身就觉得蜀国白白丢掉四州是奇耻大辱，于国、于君、于民都是大凶大害。然后再加上毋昭裔、赵崇柞等人不停地进言，所以她很坚决地站在毋昭裔、赵崇柞等人的立场上。多次找机会劝言孟昶，再度出兵夺回凤、成、秦、阶四州。

但是孟昶对花蕊夫人的话却不以为然，到后来甚至有些厌烦。这也难怪，朝堂之上毋昭裔、赵崇柞他们这类话正说、反说、旁敲侧击着说，他的脑袋都已经听晕了。心中本来就因为此事窝囊很不舒服，别人还拿出来反反复复地说，这能让孟昶好受吗？而花蕊夫人再加劝说，其方式方法也全是官家的一套流程，孟昶便如回到金殿之上，他又怎么可能听得进去。

秦艳娘的态度却完全不是这样的，她自始至终都没有劝说孟昶该如何去做。只是在这个时候加重了孟昶现在完全依赖的梦仙丹和"仙驾云"的分量，然后在狂风暴雨般的疯狂激情中将孟昶送上神入九霄、魂游天庭的极致感觉，让他情愿为了拥有这样的感觉而放弃其他一切。

然后在孟昶惬意舒坦之时，秦艳娘提出开个芙蓉大会。年初为解马瘟和防止再有类似大范围疫情出现，他们在成都里里外外和周边旷野山岭上种下各种品种颜色的芙蓉花。现在芙蓉花已经到了盛开的季节，孟昶以芙蓉大会为名，出宫登城与百姓同赏芙蓉。这样既可以安抚百姓前段时间因为战乱而产生的惊恐慌乱情绪，让大家知道蜀国仍旧是国泰民安、歌舞升平。另外也算是以此犒赏参与对周战争的官兵，让他们在芙蓉大会期间尽情欢乐，消除征尘和疲乏。

其实这个时候孟昶心中仍为发不发兵的事情而纠结，但是秦艳娘给他的欢愉让他暂时忘记了这种纠结，所以他可以比较客观地来审视秦艳娘的建议。经过稍许的考虑，孟昶觉得芙蓉大会的作用与发不发兵并无冲突。前段时间蜀国兵败，现在正是需要提升全民士气、休整官兵的时机，芙蓉大会真可能有这样的作用。即便最终决定发兵了，这个大会也是有利而无害的。

第四章　夜奔淮南

七宝器

芙蓉大会这一天，当孟昶被文武百官和众多嫔妃簇拥着登上城楼之后，他蓦然惊怔住了。那一番景象是他梦中都未曾见过的，就算有人告诉他是来到仙界神域，他也都会相信。

城里城外的芙蓉花全开了，仿佛霞绕锦铺一般。近处缤纷炫灿，远处氤氲飘荡。整座城都被花团簇拥，香气熏人，不是天上胜似天上。

原来孟昶认为花色最美处是在花蕊夫人慧明园中的牡丹圃、红栀圃，但此刻见到的花景与牡丹圃、红栀圃相比又有不同。牡丹、红栀虽美艳香醇，但只有少许，只能赏看之中撩拨心扉。但眼前这芙蓉花色却是将人完全融入浓艳醇香之中，是改换了天地、改换了江山、改换了心胸。

孟昶转头再看看身边雍容秀美的花蕊夫人，婀娜妖冶的秦艳娘。此时此刻，他心中不由感慨，有这样一方花重锦覆的江山，有如此美人相伴，还要更多城池土地有何用。多些穷山恶水在手中，也是徒添负累和烦恼。

此时花蕊夫人见到如此景色，也不由感慨惊叹，激情荡漾之际一首词便已经在心中酝酿而成。但扭头看到带有满脸得意之色紧依在孟昶身边的秦艳娘后，那满怀激情和酝酿好的词顿时风吹烟云般地散了，就连说出的话也多了些其他味道："没有想到，这山野俗花竟然也能斑斓城郭、缤纷宫院。不过都是刻意而种、蓄意而育，否则不会如此迷人眼、惑人心。"

"的确是刻意而种、蓄意而育，就像花蕊姐姐的牡丹和红栀子一样。花艳一半任野性，还有一半呵护来。其中玄机姐姐应该是最懂的。"秦艳娘轻笑着回了一句。

"但野俗之花终究并非大正之色，只能一时间以多逞胜叠艳压翠。殊不知多了便腻了、烦了，之后便更不值了。"花蕊夫人像是在自语，但秦艳娘知道这话是对她说的。

"大正之色如若深藏不见，也就只能摹画成绣而已。虽是有芳名远播，实际上花的艳色已是僵了、死了，反倒不如叠艳的野俗之花活泛生动，以多不仅是能逞胜，而且能够入人眼、入人心，咯咯！"秦艳娘言语毫不隐晦，句句针锋相对，说到最后轻笑出声，很是得意。

花蕊夫人虽然是宽容之人，但也受不住秦艳娘这种态度，于是俏脸一寒，准备再教训秦艳娘几句。而就在此时，旁边有人上前报知，大德仙师申道人前来求见皇上。说他带来一个献宝之人，要将一件土中挖出的宝贝献给皇上。

孟昶出宫，安全护卫的级别是最高的。所到之处，会有一个以他为中心的防护范围，这个范围的半径至少是在远攻武器有效杀伤距离的两倍以上。在这个范围内，所有的人都预先确定是完全可靠的。他们基本都是由不问源馆、外廷九经学宫和内宫御前侍卫组成，然后靠近外围还有皇城护卫的龙盘营链甲军。这四种护卫力量其实分属于四人管控，不问源馆归赵崇祚，九经学宫归毋昭裔，内宫侍卫归华公公，而外围龙盘营链甲军归王昭远。

在如此严密的保护下，所谓的与民同乐最多只是同时，而绝不会同一处。在这一点上，孟昶根本无法与楚地周行逢相比。即便是其他国家皇帝、国主，也都不会像他这样如临大敌、水泼不进。这也难怪，其父孟知祥身在深宫之中还被刺客突入刺杀，这惨痛的事情在蜀国、在孟家肯定会被引以为戒。所以即便是为皇上献来宝贝的人，也只能在很远的距离外等候着。

宝贝是由可以在孟昶面前随意行走的申道人转呈的，但即便是申道人转呈，也由不得他直接交给孟昶。申道人在蜀国的地位其实很微妙，蜀皇孟昶虽然很是相信他，但朝中众多重臣高官却是不信任他的。这情形其实和王昭远有相似之处，因为他们的出身和来历都是底层，没有任何显赫背景，所以不被蜀国的上层集团所容纳。申道人现在虽然被孟昶封作大德仙师，其实在朝堂之上是没有任何权力和地位的，毋昭裔、赵崇祚甚至还会时常派遣九经学宫和不问源馆的高手监视他的行踪。所以申道人转呈的宝贝先是经过不问源馆和九经学宫的高手们几道仔细检查，看清这宝物是真是假、有无机关暗兜存在。确认没有问题后再交予赵崇祚查看，最后才会由赵崇祚交到孟昶手中。

这是一件沉重的宝贝，伸手接过宝贝的孟昶差点就没抓住。而当打开包住宝贝的青花布后，当一片金光混杂着几道五彩光芒射入孟昶眼睛后，他知

第四章　夜奔淮南

道宝贝这么重一点都不奇怪。因为那宝贝整个是用黄金铸造的，在上面还大大小小镶嵌了七块宝石。而如此贵重华美的宝贝竟然是一个尿壶，是从古至今全天下唯一的一只七宝黄金溺器。

"这东西怪异啊，是从哪里得来的？"孟昶未曾说话，旁边的毋昭裔就已经抢先问申道人了。

申道人根本不理毋昭裔的茬儿，他朝着孟昶躬身为礼、面带笑容，就像没有听到毋昭裔的问话。他这是在耐心地等待孟昶的问话，他觉得只有在孟昶带着好奇亲口问了，那么再将心中有些按捺不住的大好消息在今天这个大好日子、大好时辰里亲口告诉孟昶，这才具有突然的震撼效果。这是一个可以让孟昶心情再度亢奋的消息，也是一个可以将孟昶暂时忘却的记忆彻底消除的消息。而自己只要操作到位，这也是一个会给自己带来世代荣华富贵的消息。

"一个溺器何必如此奢侈。"孟昶拿着那尿壶，在闪动的金光和七块宝石端庄瑞光的映照下，心中也不由觉得太过于暴殄天物了。

"普天之下，只有皇上您有资格如此奢侈。"申道人的语气一点也不像在拍马屁。

"为什么？"孟昶感觉申道人话里有话，于是追问道。

而一旁的毋昭裔、赵崇祚、王昭远更是听出申道人话里有其他意思，也都将目光放在他的身上。

"发现这宝贝的是父女二人，他们是靠在金堂一带水滩挖找印石、磨印石为生的。这宝贝应该是从上游冲下来的，刚捡到时裹满泥土，仔细清洗之后才显出如此金光宝气。"

"这父女两个倒也不易，天赐如此宝物，倒不去私下谋财，还想着进献给我，倒是要好好赏赐一番才合适。"孟昶身心全被这只金光宝气的溺器所吸引，竟然没有仔细听申道人话里所说到底带着什么其他意思。

"这种宝物落在民间，谁都不敢私下谋财。正所谓匹夫无罪怀璧其罪，一露相就可能惹祸上身。所以进献给皇上是最为明智的做法，既可凭此获取赏赐，而且还没有一点危险。"赵崇祚在旁边说道。

"其实仙师要说的不是这个意思，他是说这宝贝出现的地方很重要，那两个发现宝贝的人也很重要。"虽然申道人只说些表皮，毋昭裔却已经想到了很深远的地步。

"皇上，这宝贝是从金堂河滩上游冲流下来的，而且裹着泥土，说明是从深埋的隐匿处冲出。金堂这个地名的由来据说和古金沙国有关，而古金沙国传说是以黄金为图腾。不仅本国产金，而且四处搜罗掠夺金子。金沙国所产黄金为真正的纯质金子，并非早期中原一带以黄铜为主的杂金。从这宝贝金质成分和年代上判断，这很像是古金沙国遗留下来的。之前不是就有传言说各国追查的巨大宝藏是在蜀国境内吗，那宝藏会不会就和莫名消失的古金沙国有关？而之前无脸神仙曾给广汉耕户下过'富可坐金嬉'的仙语，广汉就在金堂上游，现在又有这宝贝出现，那么宝藏会不会就在广汉一带。"申道人再不卖关子，而是急急地将自己的想法说出。因为毋昭裔的思路已经接近关键，要是让他抢着说了，自己的功劳就会剧减。

"对对对！你这一说还真是有道理，这只七宝黄金溺器真有可能就是宝藏中流出的。"孟昶瞬间脸上放油光、眼中放彩光。

"就算能够确定那宝藏真在金堂上游，要没有宝藏皮卷也是无法找到的。首先金堂就有中河、毗河、北河汇流穿境，所以这金溺器是哪一支流冲下无法确定。而往上到达广汉，又有青白江、湔水、石亭江、绵远江及其支流白鱼河、蒙阳河六流而过，这就更难确定是由何处冲来的。"毋昭裔熟知蜀国地理，所以立刻作出反驳。也的确，就凭一个沿河冲下的物件，便想在山山水水之间找到一个神秘宝藏的所在，那真的是不大现实的事情。

"所以我说除了要赏赐献宝的父女两个之外，还应该将他们留下来。因为他们是见过宝贝最初是什么样子的，而且是他们一点点清洗干净的。所以知道宝贝最初裹着怎样的泥土，凸凹处又是夹带着怎样的细沙。凭着这些线索溯流而上应该可以找到大概的地方。这宝贝是金子的，分量很重，沉在水底不易被冲。所以我觉得藏宝贝的位置不会离发现的地方太远，要冲得太远的话，上面也就不会包裹太多泥土了。"申道人一副非常自信的样子，但只要是内行便能听出，他所说的话里谬误不少，而且表达上也不贴切。似乎是什么人教过，而他并没有全然记住。

赵崇柞迈出半步出声纠正："蜀地河流穿山越岭，水面势大，水底暗流更劲，就算是山上滚落大石，也全无阻碍直冲而下。金溺器拿手上虽重，但在那水流之下冲流极快，所以不会是太近距离……"

"好了好了，不管是近还是远，有一点是肯定的，那巨大的宝藏是在我蜀国之内。"孟昶打断了赵崇柞的话，他其实很不愿意听毋昭裔和赵崇柞说话。这也难怪，赵崇柞的话是在阻止他心中兴奋，是在破灭他看到的希望，是个人听到这话都不会开心。

而申道人带来的不仅仅是一个溺器和两个人，更是给孟昶带来了自信和决断，让他心中尚且缠绕的纠葛和不爽被快刀斩断。宝藏中意外流出的一件东西就已经是如此价值的宝贝，其他就更不用说了。而蜀国既然坐拥如此巨大的宝藏，一旦启开便可以富甲天下，他孟昶此刻又何必在乎边远之地的几座城池？

第五章　把柄

花性异

申道人献宝，几乎吸引了周围所有人的注意力。但是在城墙下不远处的一个闲置马栏前，却有人根本没有在意什么宝贝不宝贝的，而是完全被处处都是的芙蓉花吸引住。但芙蓉花能够吸引到此人的绝不是花色花香，而是花背后隐藏的东西。

相比之下，今天马栏这里应该是附近最清静的地方。久无马匹圈入，所以马栏内长出大片杂草。而在这个杂草将枯不枯的季节里，竟也有许多芙蓉花从杂草间冒了出来。成点成排成堆，就如勾勒出的图画。有两个人在清静得如图画般的马栏处低声谈论着什么，但他们的谈论并不清静也不如画，来来往往间暗雷激荡、火星四溅。

其实今天这种人多眼杂的场合阮薏苡并没有想与楼凤山有什么接触。之前楼凤山在她逼迫下将以花蕊夫人心尖血（就是中指的指尖血）培育出的蛊虫下给孟昶，从现在的情况来看，这蛊下得是很成功的。蛊下之后不久，花蕊夫人便觉察到，只要自己真心动处思念孟昶了，不久之后那孟昶就会赶来。而且据孟昶自己说，心念一动想到花蕊夫人了，要不来的话就心怀之中纠结得难受。

但是这件成功的事情，实质上却是犯了欺君大罪，从国法和宫律上论，可归为以邪术控制君主。即便这蛊是通过楼凤山下给孟昶的，事发之后可以狡辩推卸。但真要是追究下来，她阮薏苡和花蕊夫人都是脱不了干系的。因为阮薏苡炼育蛊虫的事很多人都知道，用囚犯试验蛊虫就需要通过不少人。花蕊夫人更是脱不了干系，毕竟下给孟昶的蛊虫是以她心尖血炼成。即便不直接被认定为主使者，那也是头脑心念不够清明、被人加以利用的罪过。所以这事情做完之后，最好就是再不与楼凤山那边有丝毫瓜葛，就当从来不曾有这种事情发生过。

阮薏苡常年独居药庐，宫中各种热闹她都是不参与的。但今天听说是要出宫赏玩芙蓉，她觉得自己很有必要跟着花蕊夫人走一趟。宫外环境复杂，芙蓉大会人又多，各种级别的官员和外廷内宫的侍卫高手都有可能接近到花蕊夫人近距离的范围内。能到达这种距离的一些人或许都是忠诚于孟昶的，但忠诚于孟昶的人不一定就忠诚于花蕊夫人，因为还有一个秦艳娘。所以阮薏苡决定一起跟来，防止有人会用什么阴毒的招数来对付花蕊夫人，就像自己之前要对付秦艳娘一样。

人就是这样，如果她总是对别人好、为别人做好事，那么她的心中就会觉得别人也都是对她好的。而如果她是暗中下手段害别人的人，那么就会觉得别人也会随时随地要害到她。

不过今天这种场合她是没法紧跟在花蕊夫人旁边的，因为花蕊夫人是要陪伴孟昶，始终都在孟昶身边的，以她的身份和宫里规矩，这种场合她是无法靠近孟昶的。而且今天和平常在宫里还不同，宫里的太监、宫女以及护宫侍卫基本上都知道她，所以她平时莽莽撞撞地接近孟昶也无人阻挡。但今天护卫孟昶的大部分都是驻在外廷的九经学宫和不问源馆的高手，他们不知道什么阮姑姑。看她一副不伦不类的宫里装束，都认定是宫中最下等的仆妇借机会出宫透气，所以不将其赶走已经算是客气。

好在阮薏苡曾服过异药提升了身体潜能，不仅力量、速度远远高于常

人，而且目光如炬，较远距离也能察细辨微。另外也是她医道太过高明，只从花蕊夫人的位置，以及周围护卫的位置，还有亲随伺候的宫女太监的位置，就能断定这种环境中基本没有人可能针对花蕊夫人采用什么阴毒的招数，除非是连孟昶和秦艳娘都不放过。

但是就在她对花蕊夫人那边放下心来的同时，另外一种不安却朝她包拥而来。这不安远远近近无处不在，好像就在那如锦繁花之中，随阵阵香熏而来。而就在这个时候，一个消瘦却矍铄的身影从人群中穿过，悄然朝她接近，并在她全然不知的状态下站定在她身后。

阮薏苡很突然地转身，差点与身后的人撞个面对面。身后的人是楼凤山，阮薏苡虽然没有看到楼凤山来到自己身后，但她却觉察到楼凤山的存在。因为她曾和这个身体拉扯拥抱过，因为她曾口对口将蛊虫喂进过这个身体，因为楼凤山将蛊虫下给孟昶之后，她曾将自己下的蛊虫从这个身体上解除过。所以她能记住这个身体的味道，这是她印象中唯一记住的男人味道。但是今天这个男人的味道带来的却是一种威胁、一种危机，让阮薏苡本来就不守规矩、不善镇定的性子刹那间变得更加慌乱。

"觉出些什么了？凭你的道行应该是觉出些什么了。"楼凤山的语气很真诚，就像在对一个惊慌羞涩的女子吐露衷肠。

"我觉出什么和你有啥关系？莫非这其中有什么不能让人觉出的东西，而且你是主使者？"阮薏苡不知道为何，面对真诚的楼凤山莫名生出一种惧意。虽然连续反问语速极快，其实反倒显得她沉稳不足。

"说说吧，到底有没有觉出什么。如果值当的话，说不定我与你又能做一个大家都好的交易。"楼凤山微笑着，语气淡淡，一副成竹在胸的笃定。

"你有值得交易的筹码？"

"有，而且是你给我的。"

阮薏苡心中微微一颤，但其实她也不知道自己为何而颤，因为她连楼凤山话里的意思都没有听出来。

"可是我不愿意和你交易，因为我知道你那里没有我感兴趣的筹码。"阮薏苡觉得自己必须先拒绝楼凤山，然后才能占到上风。

第五章　把柄

"好的筹码并不一定是你感兴趣的，也可以是你害怕的。"楼凤山的语气依旧淡淡的，但仍很真诚。

"你的筹码是不是我害怕的还不知道，不过我的筹码倒的确是你感兴趣的，否则你也不会来找我。"阮薏苡说话时随手从身边摘下一片芙蓉花瓣，手指搓捻着送到楼凤山面前。她真的从这遍地都是的芙蓉花中觉出些不对劲来，而这种不对劲只有她阮薏苡能觉察出来。

楼凤山笑着了："很好！其实你觉出些什么我也不感兴趣，我只需要知道你已经觉出了就行。"

"如果不是你感兴趣的事情，那就是你害怕的事情。害怕我有所发现，而这发现正是你们有所企图的手段。"阮薏苡这话是试探。她之所以不直接对楼凤山说出自己觉察出了什么，那是因为她无法判断自己的发现到底有没有价值，是不是楼凤山害怕自己发现的情况。

楼凤山没有说话，他翘着胡须斜脸朝天，眯搭的眼皮连续翻动。他这也是在暗中判断，是在细细权衡，以便确定眼前的状况有没有到必须采取措施让阮薏苡消失的程度。

其实阮薏苡发现的的确是个关键，也正是楼凤山和其他很多人害怕别人发现的。木芙蓉的花和叶都可入药，其性能清热解毒、消肿排脓、凉血止血，而阮薏苡对天下药料无不了解，包括木芙蓉。但就在刚才她注意力从花蕊夫人身上转开后，落在这遍地都是的木芙蓉上时，猛然间她觉出了两个不对。

一个不对是这种木芙蓉的花期不对。一般而言新栽芙蓉会有一年花伏期，要再过一年才开花。而这里都是新栽的芙蓉，偏是当年就开花了。这除非是花种有异，或者本就是老花整体移植。可整体移植费力费工，这么大范围的栽种，远不如扦插的方便。

再一个不对是花香的不对。木芙蓉花香应该是清爽淡雅，但是此芙蓉却是香味浓厚，熏人欲醉。如果别人觉得花香有异，一般会怀疑是因为花太多造成的，最多还会觉得是花的种植浇沃方法造成的。但是阮薏苡却不是这样想的，她首先想到的是花性的变化。花性的变化也就意味着它所含药性的变化,木芙蓉的药性变化了那还能不能有效治疗牲口瘟疾？或者会不会带来其他不利的影响和后果？

阮薏苡这个时候是无法发现真正的影响和后果的,即便后来她真正查清了这种芙蓉花的药性是清凉血气、松散心气、凝滞元气的,她依旧无法弄清这会带来怎样的影响和后果。因为她只是个研药的宗师圣手,而不是一个诡道谋策的高手。她可以治人害人,但她不懂治国害国。

另外阮薏苡发现的也不全面,因为她所擅长的本事只能发现到花香、花性,却无法发现到花形、花色的异常。异常首先是来自花色,这种芙蓉花会因光照强度不同,引起花瓣内花青素浓度的变化。早晨开放时为白色、浅红色,然后逐渐加深,中午至下午开放时为深红色。后来人们把木芙蓉的这种颜色变化叫"三醉芙蓉""弄色芙蓉"。异常的另一个方面是花形,这个花形不是指单个花形,而是指整体种植后形成的形态、景象。城头上,城郭间,院前户邻,城外山岭,每一处芙蓉花构成的图案线条都是暗含玄机的。而这其中的玄机不要说阮薏苡,就是不问源馆里最擅长奇门遁甲、机关布局的易水还当家丰知通,也是在许多年之后的一季花开之时才顿然悟出的。

但是阮薏苡不愿意告诉楼凤山自己到底觉出了什么,而楼凤山却又知道阮薏苡确实觉出了一些可能会破坏到他们计划的东西。所以在一阵紧锣密鼓的斟酌之后,他决定让阮薏苡消失。

楼凤山是玄计属天谋殿的谷生,所以他不会采取最为简单直接的方式让阮薏苡消失。那样做的话花蕊夫人肯定会追究到底,然后她又有毋昭裔、赵崇祚为助,反而会导致多方追查。而蜀国不问源馆、九经学宫中不乏查辨高手,搞不好就会把事情搞大、搞乱,让前面所有的付出都功亏一篑。

所以楼凤山决定让阮薏苡自己离开,至少要从蜀宫之中消失,从成都城里消失。而要达到这样的目的,对阮薏苡唯一有用的要挟就是花蕊夫人。

"既然你觉出了些什么,也就到了该离开的时候了。这就是我交易的要求。"楼凤山声音不高,但一字一句说得很认真很清晰。

"呵呵,我离开？我离开了去哪里？你交易的要求,你掌握了什么样的

第五章 把柄

重筹码跟我提出这种要求？"阮薏苡冷笑冷语，一副不屑表情，但实际上心中已经出现了莫名的慌乱。

"用一个人的生死，一个你最关心的人。这怎么都算是重筹码了吧？而且这个重要筹码是你给我的，所以世上好心并不一定就能做出好事，有时候反会成为落在别人手中的把柄。"

听到这话阮薏苡头皮微微一麻，她知道楼凤山说的自己最关心的人是花蕊夫人。

"你的错误是将所有心思都用在对付别人上了，却忘记了自保。而往往在自己全力打击别人的时候，也是露出最大破绽的时候，会将最大的反击机会送给对手。"楼凤山在继续，他愿意这样由表及里慢慢解释，这样才能让心性单一的阮薏苡真正意识到她的错误，也才愿意将无声地离开作为条件来和自己交易。

"呵呵，如果我可以全力打击别人的话，那对象肯定是秦艳娘。问题是我并没有对她采取任何行动，所以也就不会给你们留下任何机会。"阮薏苡的笑声是故作轻松，她其实已经意识到自己前面所做的事情可能存在漏洞，有未扫清的尾儿可被别人加以利用。

"不对不对，你已然全力打击了，只是方式不同，过程和结果也并不如你所料。你所具备的最大打击能力是下蛊，而你曾经的确是想找机会进入瑞馥宫给秦艳娘下蛊。但是这个意图被我及时阻止，并且在最终的坚持下将你全力打击的对象转嫁了。而且是在你主动的要求下，转嫁给一个最不应该打击的对象——蜀国当朝皇上。所以现在只要有人将真相揭示给皇上知道，那么你和你最关心的人都会陷入万劫不复之地。"

阮薏苡知道楼凤山说的是什么意思，但她到现在还没有真正意识到其中的严重性："你说是转嫁，我却可以推说全然不知道，那么所有人都会怀疑是你自己心怀叵测故意而为。另外即便我有流出蛊虫之责，也不至于万劫不复。要真有谁万劫不复的话，你才是首当其冲，因为那蛊是你亲手下的。再有，你又凭什么说皇上中了蛊虫，你哪里知道这心意相牵的蛊虫是怎样的反应。如果你能说出这细节，则恰恰可以证明此事是你亲自下手。"

逼离宫

楼凤山摇着头，一脸鄙夷又同情的表情："知道你炼蛊虫的人很多，宫里的宫外的，还有被你用作试验体会过蛊虫入体感觉的囚犯也大有人在。我家外甥女和你家小姐花蕊夫人是对头，我怎么会帮着你下心意相牵的蛊虫给皇上？这话说出去没一个人会相信，只会当作一个十分低级的嫁祸。"

"那也没关系，大不了我就说是我独自肆意妄为，甘愿伏罪伏法。说清这件事情与我家小姐没有丝毫关系。"阮薏苡虽然反应很快，但其实已经方寸大乱。她开始觉得自己和花蕊夫人一起被裹进一个千丝盘绕的兜子里，越收越紧，无法逃脱。唯一的办法就是牺牲自己，给花蕊夫人腾出空间脱身而出。

"你没有退路，也没有回头路，就算主动揽罪牺牲自己也没有丝毫作用。因为那蛊虫是以花蕊夫人心尖血炼成，所以只有花蕊夫人可以与皇上心意相牵。不是你想把罪责揽在自己身上就能揽的，种种现象已经说明花蕊夫人是主谋。除非，除非你们可以抢在被告发之前将皇上身上的蛊虫收回。不过我也打听过了，你曾在拿囚犯做试验时透露过，说这蛊虫是以谁的血炼成，就只能是由本人去将蛊虫找回。而花蕊夫人肯定是不会唤回蛊虫的本事的，即便你现在紧赶慢赶地教她，也是需要多年道行之后才能做到，否则自身会被蛊虫反噬。"

阮薏苡肩上驮架所挂各种瓷瓶发出一阵清脆轻响，这是因为阮薏苡打了一个大大的寒颤，就连脚步都微微移动了半步。在用囚犯试验蛊虫的时候必不可少地需要和囚犯交流，这样才能知道他们的真实感觉，指使他们按要求去做。她以为这些囚犯要么之后不久就会被斩首，要么直接会被自己所下的蛊虫折磨致死，要么混在众多囚犯之中流放到边远地带，根本不会有什么可能将自己试验蛊虫时的一些细节透露出去。但是楼凤山的话让她知道完全不是这么回事，而是有人一直都在暗中关注自己炼蛊虫的情况，不放过过程中的任何细节。就连她作为炼蛊者却不能控制和召回其他人采血炼出的入体蛊虫，也被了解得一清二楚。

第五章 把柄

"告发花蕊夫人以蛊虫控制皇上可以就在眼下，而不管事发之前或事发之后你们都无法马上将皇上身体内的蛊虫召回。那么你觉得皇上会这样任凭自己心神心意被别人所控吗？你觉得皇上会等个几年让花蕊夫人学会召回蛊虫的本事再将他身上的蛊虫解除吗？不会，肯定不会。所以我又正好打听到一个可以马上解除蛊虫牵控办法，就是杀死与之关联的蛊主。这样没有了蛊主心意血气为控，蛊虫便会蛰伏成茧，然后随被控者排泄物而出。"

阮薏苡没有再打寒颤，而是面色凝重，身体凝结，驮架上的各种瓶子再无一个有一点点摆晃。整个身体就像一棵铁铸的大树，从根到叶、从心到皮全是沉重。

"由此看来，现在不能让花蕊夫人强召蛊虫回归，蛊虫会反噬其身害了她的性命。但如果不让她召回，皇上知道真相后为了自身安全和家国社稷，肯定会采取措施，那样也会害了花蕊夫人的性命。这是个进退不是、左右不行的局面，你已经陷在死局中了。不过，你若愿意和我交易的话，却是有了可行的第三条路。"楼凤山说到这里停顿一下，他在等阮薏苡做出反应。有了反应才能说明阮薏苡完全理解了自己所说的，也才会知道自己交易的条件是何等的超值。

"你到底想怎样？"阮薏苡很快就有了反应，她对楼凤山所说的情况确实无办法化解，所以只能寄希望于对方给予合理的交易。只要不伤害到花蕊夫人，她可以付出任何代价。

"我刚才不是已经说过了吗，很简单，就是请你离开。离开蜀宫，离开成都，走得越远越好。而作为交换，我们从此再不提花蕊夫人给皇上下蛊虫之事。如若违背，让我最终受你万种蛊虫噬心而死。"

"就这样？就只是这样？"阮薏苡很意外，楼凤山的条件竟然真的只有最初时的那一句。而且让她更想不到的是，楼凤山为了表示自己对此次交易的诚信，竟然发了一个如此毒的毒誓。因为只有中过蛊的人才真正了解被蛊虫噬食心肺内腑的痛苦，而楼凤山是体会过这种痛苦的。

"能否给一个说得通的理由，让我相信把我赶走不是为了对付我家小姐。"阮薏苡可能觉得自己之前的事情做得不够周全，所以即便楼凤山发了毒誓，她依旧想确定更多的信息。

楼凤山沉吟一下，表情显得有些艰难。但他纠结半天最终还是说出了一个让阮薏苡觉得还能相信的理由，一个只有曾经经历过极度贫穷和困苦才能理解的理由。

"当着明人不说假话，实话告诉你也无妨。那花蕊夫人从现在起生死其实全掌握在你自己手中，所以我相信你会保守好秘密，不随意泄露觉察出的情况。"稍停了下，楼凤山才接着说，"世间都是人为财死，鸟为食亡，我也不例外。实话告诉你，这芙蓉花品种并非能治马瘟的木芙蓉。药性能治马瘟的木芙蓉哪可能短短时间中找到那么多？一般一大片中只有一两株。但是皇上下谕旨要在成都的城里城外遍种芙蓉花，这对于任何人来说都是一个可以一夜暴富的大好机会。我们都是不富裕的平常人家出身，从前哪有机会见到皇帝家如此大手笔的钱进钱出。也是一时利欲熏心，我与同来的两个老仆人商量，大量低价收购这种没有有用药性的芙蓉花，然后替代可治马瘟的木芙蓉在成都到处种植，如此这般从中得到不少将来养老的厚利。但是今天被你觉出了芙蓉花的异常，那么你只要留在宫里、留在成都，就会让我们有掉脑袋的危险。好在你视花蕊夫人远比我们的脑袋重，所以相信你权衡之后还是会与我做成这笔交易的。"

阮薏苡是个实在的人，也是个果断的人。她承认自己存在的弱点，也承认自己确实被别人拿住了把柄，所以权衡之后她觉得楼凤山的交易应该是眼下对自己最为有利的解决办法。所以她当天晚上就离开了，只简单给花蕊夫人留了封信，谎说自己是出宫远行寻奇珍药材。走时她没带驮架，那东西在宫外是会非常招惹人注意的。只背着一个竹筐，里面放了许多瓶瓶罐罐和记录了药方的册子，手里还提着一把药锄。所以从后门出宫时，守护宫门的侍卫和兵将都以为她是采药去。而她这个背竹筐提药锄的形象，就是后世蛊术传人所拜的祖师像。

阮薏苡被楼凤山逼走，她自始至终都无法想象自己是落入到一个设计好的兜子当中。否则她很早之前用囚犯试验蛊虫的一些细节怎么会被别人知道，那是因为人家早就在尽量搜集她的资料和信息，早就有打算利用她做些

第五章 把柄

事情。或者不声不响中就将她解决，而且不惊动任何人。

阮薏苡应该算是一个药学奇才，否则也不会成为开创蛊咒一技的鼻祖。但她药学造诣再高，终究是治不了人心歹意的，更何况那都是些下兜杀人的人。所以她入了兜，并且在别人需要的时候被拿住要害轻易赶走。

但是阮薏苡也不是一个傻瓜，她潜意识中觉得自己可能是在什么关节上上当了。所以出了蜀宫到了城外后却没有走远，而是找到一处废弃的破院落住下。楼凤山虽然最后给了她一个还算合乎情理的理由，但是上过一个一辈子都难忘的当之后，阮薏苡是很难再相信别人的，更何况这个人正是那个让她上当的人。因此她要留下来弄清真实情况，必要的时候还要出现保护花蕊夫人。

而秦笙笙、楼凤山他们根本没想到阮薏苡会独自留在成都城外。从搜集到的情况看，阮薏苡虽然药学独到，但她几乎不和外界打交道。生存能力和外界适应能力极差，而且为人诚厚，不弄虚诈。所以他们认为阮薏苡出宫之后应该是回青城徐家，或者是远途跋涉回交趾老家。但怎么都没想到阮薏苡会偷偷留在成都附近，而且最终在北宋攻破成都之前与丰知通合作，完全窥出了芙蓉花中的秘密。并且用药火焚烧芙蓉花，想替蜀国挽回败势。后来看蜀国大势已去，还曾夜闯蜀宫，想将花蕊夫人救出宫去。

周世宗撤出蜀国境内大队人马后，各部直接往南唐边境集结。与此同时，先下一道谕旨，任命李谷为淮南道前军行营都部署兼知庐、寿州行府事出兵征南唐，兵指寿州。再发一道谕旨至吴越国，让吴越国聚集长江口东沙、西沙的水军整顿待发，随时配合周军攻伐南唐。最后亲笔玉玺一封借用水军的书信，委派随驾的礼部奉节郎康喜竹送往南平荆州府交涉。

这些事情做好之后三四天的样子，世宗的大队人马进入了大周境内，并且遇上了护送符皇后的御前亲卫队。

虽然符皇后身体虚弱，不适车马劳顿。但是护卫的御前亲卫队一色的高马大车，路上尽量快行。预先也不计划路线，更不通知沿途官府，减少一切导致不安全情况的可能。

另外当宫中出现异常之后,金舌头那边马上派了万变魔手尤姬和品毒猰㹧毛今品入宫保护符皇后。那尤姬是个女的,贴身护卫符皇后非常合适。而毛今品是个假娘子,用现在的话来说就是同性恋。虽是男儿身却对女色毫无兴趣,所以让他进宫里也不会出什么岔子。当符皇后接周世宗谕旨出宫伴驾亲征后,除了这两个高手紧随身旁保护外,金舌头那边又另外加派了其他高手暗中相随。这样有明有暗的保护形式其实比再多几倍的人马和侍卫更加严密有效。因为真要有人探知符皇后行程想半路截杀的话,他们一般都是躲在暗处。然后他们注意的只会是符皇后这边的明处,却怎么都想不到另外还有其他暗藏的高手会发现到他们。

虽然安全护卫方面可以说是滴水不漏,但负责护卫的内三城都统立殿将军姚勇还是心中焦急,一路快走,希望早点儿与周世宗会合。因为他曾在军营中待过,现在又专门负责内宫内廷的安全防卫,所以知道只有将符皇后送入千军万马聚拢而成的御驾军营之中,那才真正是安全了,甚至比皇宫中都要安全。

在皇宫中,如果有外来的刺客杀手潜入其中,他们只需躲过少部分明哨暗哨流动哨。另外主要是越过或绕过许多的高墙殿房,所以面对的大部分是死物。进入千军万马的军营后则不一样,除了要在连绵不绝但外形基本一样的帐篷里找到目标位置外,还要面对一个密集度非常大的人群,几乎每两步都会遇到人。就算用易容秘术将自己改换模样,那也时时刻刻都会在别人的审视中。而人不同于死物,是有警觉性和发现力的。就算心理素质最强的人,都不可能在心怀叵测心思的状态下用掩藏的状态去面对那么多双眼睛的审视,所以会很轻易间就从动作上、神态上暴露自己。而一些心理承受能力差的,甚至会直接在这种状态下崩溃和狂乱。更何况大周禁军编制严密,同队同列、邻队邻列都是用的兄弟兵、父子兵。所以在至少一个群体内他们全是相互熟悉的,而一个群体和其他的群体之间也是有不少人相互熟悉的。即便是乔装易容混入,也是没有存身之处的。

符皇后顺利见到了周世宗,虽然一路颠簸劳累但无惊无险,并且见周世宗已经撤兵回到大周境,心中一下舒畅、解脱了许多。但是过后不久,当她

第五章　把柄

知道周世宗回军是要转而征伐南唐后，不由得马上心神震荡、魂光散淡，越发显得气衰力匮。

其实慧明宫夜现异常遍查不出原因后，深信佛法的符皇后就已经认为是神灵告诫、冤魂诉怨。因为这些年来大周杀伐过重，又毁庙灭佛，使得暴戾之性无从化解，怨魂苦鬼无从安抚。所以现在最应该做的是及时停手，休杀倡善，重立民众信仰敬畏的宗信道义，让百姓心灵和精神有所归属才对。

于是符皇后不顾体弱气乏，在见到周世宗之后的几天里不停劝导周世宗放弃征伐南唐，反复强调罢兵休战、休养民生、德泽四方方为治国正道。

周世宗在符皇后动情动理的劝导下，也不由心有松软。他倒不是为符皇后普善天下、德泽四方的言论打动，而是心疼符皇后如此不惜心力、体力地劝说，像她这般气衰血虚的体质再也经不起折腾了。所以周世宗暂缓了人马推进速度，这一盘桓便在路上耽搁了一月有余。

但是一个人的到来让周世宗再次坚定了伐南唐、夺淮南的信念，因为这人带来一个重要消息。而这个消息注定了周世宗如果不借助此时动手的话，那么以后就有可能是别人对大周动手了。

冷夜奔

带来消息的人是薛康，带来的消息是关于宝藏皮卷的。薛康本来是带虎豹队特遣卫潜入南唐攻袭一江三湖十八山总舵的，虽然最后没能将一江三湖十八山灭了，但是在这一过程中得到一个宝藏皮卷的信息。于是一路追踪锲而不舍，直至知道那皮卷已经落在了南唐郑王李从嘉手中，并且已经献给了元宗李璟。

薛康知道，宝藏皮卷到了李璟手中后，以自己的能力和实力便再难追抢到手了。现在只能由国家层面出手，从军事上打压，那才有可能将皮卷逼出来。所以他急急转回大周，来见周世宗汇报情况。

薛康私自带虎豹队先遣卫去夺宝藏皮卷的事情，其实有不少人在周世宗耳边刮过风，包括赵匡胤。这些人的意思无非是薛康贸然行事，也不向皇上和顶头上司赵匡胤请示汇报，肯定是存了私心，想自己吞了那笔巨大的财富。

但是周世宗可不是个耳朵根子软的人，要不然也不会被称为五代十国时最杰出的帝王。他本身就是行伍出身，做过下级官员，能体会将在外君命有所不受的无奈和需要。更清楚地知道像薛康那样一家老少全在京城里的，怎么都不会做背叛朝廷、欺君罔上的事情。所以他虽然听到不少对薛康不利的话，却始终未曾派一人前去寻到薛康，将其追回。

薛康是寻到洪河县见到周世宗的，此刻大周各路兵马已经全部辗转运动到洪河附近的平原地带，只等周世宗作出决断，便可分几路直扑南唐境内。

薛康见到周世宗后，将自己前后经历细说一遍。其中特别强调了几国秘行组织都动用了最强实力对此宝藏皮卷展开争夺，足以确定这个皮卷的真实性。另外就是江湖上传言，这个皮卷指点的宝藏所在的位置极大可能是在蜀国境内。再有就是潭州天马山下明明是蜀国不问源馆夺得宝藏皮卷的，但后来却有人将皮卷暗中送至金陵，这其中有怎样的变故谁都不知道。而这件事情之后，蜀国赵崇柞带不问源馆的人秘密进入南唐金陵。

在听到薛康带来的消息之后，周世宗沉思了好久。他首先想到蜀国得到宝藏皮卷之后却转而派人送到南唐金陵去了，这应该是和大周伐蜀有关。应该是蜀国与南唐之间达成了某种协定，以此皮卷为定金，让南唐出兵夹攻大周以解蜀国困境。而蜀国可能已经知道宝藏的确切位置是在蜀国境内，所以才慷慨地以宝藏皮卷来做交换。因为就算拿着皮卷，要想开启宝藏还是得进入蜀国才行。

想到这里，周世宗的心中不由自主地抖颤了一下，因为他发现这个宝藏不但可以让某些国家迅速富强起来，而且还可能让国家和国家之间结成最为牢固的联盟。

宝藏在蜀国境内，不管谁获得宝藏皮卷都必须和它联盟。而蜀国被自己"游龙吞珠"夺了四州，一旦它迅速富强之后，很大可能会对大周开战，夺回四州，甚至一路东进、直取东京。而与蜀国联盟的国家为了能顺利获取到与蜀国共同开发的宝藏，在蜀国用兵之后肯定会全力配合，共同对付大周。

这除了他们牢固的盟约之外，还因为盟国害怕蜀国一旦不敌大周，会被周军一路杀进，最终把宝藏也占了。所以盟国会拼尽全力不让蜀国战败，更不会让大周占了蜀国。而现在看来，这个盟国应该就是南唐。从各国现有实力来看，这是两个最具有与大周抗衡实力的国家。而且从地理位置上看，两国呈犄角状，可以从两面合对大周。

想到这里，周世宗知道自己下一步应该怎么做了。那就是赶在蜀国和南唐的交易实施之前，至少要将南唐的淮南一带拿下来。

淮南乃鱼米之乡，南唐全国一半多的稻米产于这里，南唐食用的食盐全部出自这里。只要将此处拿下，不仅可以完全化解大周粮盐紧张的窘迫现状，而且还可以要挟住南唐的粮盐供应。这样的话南唐有可能会用宝藏皮卷和自己交换，让自己归还淮南。即便不以皮卷交易，他们和蜀国合作后启出的财富还是会从采购粮盐的交易上慢慢易手给大周。另外从军事上考虑，拿下淮南后便有长江为屏障，可阻止和延缓南唐这只犄角的异动。

所以周世宗忘记了符皇后的劝阻，当机立断，连发数道谕旨。除了李谷的淮南道前军行营继续推进兵指寿州外，又命赵匡胤为二路行营主帅，带领禁军精锐轻甲马队直扑涡口。其意图是要直接越过淮河，迂回至南唐淮河水军大营南侧，然后从两岸合击南唐淮河水军。第三路主帅由李重进担任，带精兵杀向光州。这是要分散淮河水军沿河的攻防力量，这样才能找到他们的薄弱处作为突破口。

布置完这一切后，周世宗并没有放松，而是蹙紧眉头看着地图。过了很久之后他猛然一拍桌案，再传一道谕旨，命武宁节度使武行德率部攻楚州，然后截断海州与淮南的联系。同时沿着海岸往南推进，务必先拿下盐城县，再拿下静海制置院。这一路推进距离是最长的，可以说是孤军深入。但沿途没有大州大城，不会遭遇太大的兵力抵抗。

盐城县是重要的盐产地，南唐所有食盐几乎都是由此产出。将其拿下肯定会引起南唐恐慌，斗志上先就弱了。而静海制置院虽然只是个县制小城，没有重兵驻扎，但这个小城却正好在长江入海口，临江面海，更重要的是与东沙、西沙半江之隔。将那里拿下，可以让目前临时驻扎在东沙、西沙的吴越水军有安定的停靠处。这样就能为占领淮南后必然会出现的长江水军大战做好准备，另外后续以长江为屏障防止南唐反扑也需要有这样重要的水军驻靠点。

深秋早过，冬天已临，齐君元掐指一算，自己和庖天下、郁风行来到淮南已经一月有余。原来在夜间行走时还能遇到不少逃避战火远离家乡的百姓，而现在能遇到的只有一轮冷月、一路冷风和遍地冷霜。

也正是因为路上遇不到人了，所以原来夜间的驾车缓行重新变成了一夜狂奔。开始他们是一路直奔最危险的战争前沿，现在已经到了差不多最前沿的地方，所以他们的行进方向变成在东西线上各处的反复辗转。这种辗转速度是极快的，这更加体现出纸马灵驭夜间奔驰的能力来。这种辗转速度也是必需的，因为已经非常接近千军万马搏杀的战场，很有可能会被对战双方误会成对方奸细。虽然郁风行驾驭的车子没什么人能追上，但如果被别人大批马队合围的话，车子再快都是没法逃过去的。所以如此不断辗转而行，方向不定，是防止被大批马队合围的一个实用方法。

纸马化天骥虽然神奇，辕马拉着大车每夜都能纵横几百里。但这个可以逼出拉车牲口身体潜能的绝技还是有所缺陷的，就是不能持续。一夜跑下来就必须更换拉车的牲口，发挥过潜能的牲口必须休息十数日才能恢复，否则再跑立刻过劳而死。

不过郁风行每天总能找到新的牲口，即便是最为兵荒马乱的地带，他都能搞到极好的健壮骡马。而且从骡马身上的记号看，很多都是周军军营或南唐军营中所有。这是因为郁风行除了纸马灵驭的绝技外，他还熟悉各种牲畜的习性特点，并且学会了一种独特技法"唤牲哨"。这哨子可以用材料制作也可以直接用嘬嘴唇吹，吹出的哨声正常人根本是听不见的。这就类似于犬笛发出的高赫兹超声波，只有一些敏感的动物才能听见。所以连牲口在哪里都不需要看到，只需发出无声哨音，附近听到的牲口就会挣脱而来。

刚开始齐君元并没有觉得什么，像这样来回奔波追寻某个刺标的事情他以前也有过。但是过了一段时间之后，齐君元觉察出了一些不妥。因为他发

第五章　把柄

现郁风行的驭马狂奔似乎是故意的，原来还忌讳在逃难百姓中成为被注意的焦点，而现在到了两国兵马对峙的地带，他反倒像是想引起某些人的注意。

一路之上，庖天下的确寻到不少特别的标志，那是离恨谷中谷生谷客独有的暗号。但是令人失望的是他们并没有收到有价值的信息，最终是什么刺活儿庖天下他们也始终未对齐君元说，就好像这一个刺活儿根本不用他直接参与一样。

白天休息时，齐君元在一些还有人的村镇中听到各种关于他们夜行的传闻。很多人都传说他们是阎王派遣出来的夜神，驾阴风车夜巡人间，这是淮南地带将有无数人死去的征兆。这种百姓间流传的传闻一下提醒了齐君元，如果他们三人是怀有重大刺活儿要做的话，为何不隐秘行事？为价一定要搞得连平常百姓都无人不知？再有，如此做法既然连百姓都注意到了，那么大周和南唐的秘行组织更会有所警觉。

一场战争，动用的是从明到暗的所有力量，包括秘行组织之间的。因为消息探听、暗杀和反暗杀、潜伏内应，都是需要秘行组织先行动作的。而战略之地出现这样的怪事，不管哪一方都会防备会不会对己国不利。所以两国的秘行组织现在肯定已经展开调查，而且很有可能已经开始设兜搜捕。只是他们的行动尚未与纸马灵驭的速度应和上，所以到现在为止还没有发生遭遇和齐君元他们入兜的情况。但是只要两国坚持在关键路径和关卡设兜拦截，纸马灵驭早晚是会跟他们碰上的，所以现在其实已经可以考虑隐形而行了。

齐君元将自己的想法对庖天下说了。他觉得不管自己知不知道刺活儿是什么，最终是否能参与其中，但即便是一路同行的一员，这样的提醒还是非常有必要的。

可不知为什么，杀尽天下难杀刺标的庖天下却表现出难以想象的低级和固执。他坚持说淮南一带已经人烟稀少，虽然有人看到他们夜间如风而行，但说出来也没人会信，就算信的话也不会将他们往刺客上想。隐形之行不如无束而行，那反而显得自己正常。

齐君元连连驳斥，无束而行关键是要无异而行，是以最正常的状态。而像他们这样急速夜奔根本谈不上什么无异。可是劝说多回都无效果，齐君元便不再说什么了，只自己暗中做好一切防备。因为从庖天下的态度来看，他似乎打着其他什么主意，只是这主意是绝不肯告诉齐君元的。

又是一个料峭冬夜，马车从旷野长路上奔过，留下一串孤寂的回响远远传去。而在这回响声中，齐君元背上不时有寒意掠过。他的心收得越来越紧，神经也绷得越来越紧。他有种预感，危险在渐渐逼近。

"就这样一直走下去？"齐君元幽幽地问了一句。

没人回答他，庖天下和郁风行就像没有听到他的问话。

"也没见有洗影儿和其他谷生谷客发信儿指点刺标所在，我们这样奔来奔去，是寻他们还是寻刺标？"齐君元又问。

还是没有回答，庖天下和郁风行似乎都将注意力放在其他地方。

前方马上就到野树台，他们这段时间来回辗转已经是第三次经过这里。野树台算不上树林，整个是由几堆高大的树木组成。之所以叫野树台，是因为每一堆的树木都生长得非常密集，而且枝干生长无规律。到了春夏季节，枝叶展开之后，密匝匝地就像一座座砌起的绿顶楼台。正因为有这一堆堆的树，所以在这不算树林的树林中有扭曲盘缠的路径，而且这些路径最终会通向几条不同方向的道路。所以严格来说，野树台其实是一个不规则的分岔路口。

"慢一点，感觉今夜野树台的情形有些不一样。"齐君元的意念在构思，而构思出的结果让他感到不安和害怕。

"停下，赶紧停下！"齐君元不仅急切地阻止马车继续往前去，而且从后车座上站了起来。

但是马车没有停，庖天下和郁风行对他的阻止没有丝毫反应。齐君元瞟了一眼那两人，从庖天下的表情和郁风行逐渐蓄力的身形上可以看出，他们开始兴奋了。就像长久游荡在外的汉子，终于要回到心爱女人的怀抱一样。

齐君元将身形放矮，但没有再坐下，而是呈半蹲姿势。他知道，郁风行驾驭的辕车速度极快，如果有人设兜要对他们下手的话，最大的可能是先将车子毁了。否则一个预设好的兜子还未来得及完成全部动作，疾驰的辕车就已经冲了过去。

第五章 把柄

眨眼之间，齐君元真的只是眨了下眼睛，随后便发现辕车上只剩下了自己一个人。车前架上的郁风行和另一侧坐架上的庖天下不见了，他们就像被疾驶的马车带起的风刮走了一样。

而那风不仅是刮走了人，还刮起了巨大的烟尘。当两个人不见之后，马车后面立刻尘土滚滚而起，将冬夜寒月的一轮冷光尽数遮掩，将马车连带尚在马车上的齐君元尽数裹挟。让无人控制的马车疾速冲入野树台那片高大的黑暗树影中，而那黑暗树影正是让齐君元感觉不安和害怕的地方。

齐君元的反应是快速的，他首先想到移动到前面，想办法将辕马勒住。但是疾驶之中这样的动作在极短的时间内很难完成。他也想过甩出犀筋索缠住辕马缰绳，但是尘土飞扬中他看不清缰绳在哪里。于是齐君元的第二反应是下车，但在如此疾速奔驰的车子上，贸然跳下车肯定会摔个骨断筋折。即便动作控制得再好，结果都不会好过从烟重津悬崖上跃下。

辕车已经快进入黑暗的树影了，齐君元猛然间一个回身，朝着身后抛出了钓鲲钩。于是在尘土飞扬中，多出了串串火星。火星不亮，却很坚强地试图挣脱尘土的裹挟，挣脱黑暗树影的笼罩。

马车是突然而止的，因为辕马是被二三十支尖锐的双头钢矛钉在地上。钢矛一头钉在一个浅坑里，浅坑前面有两个不高的土堆。辕马大步跃过两个矮矮的土堆后，便直接扑在了那个浅坑里。辕马不仅被双头钢矛一下钉住，而且在它自己全速奔驰的巨大惯性力量作用下，顿时间将身体撕扯得四分五裂。

辕马被钉住的刹那，后面辕车的轮子正好冲上两个矮矮的土堆。于是马车整个翻腾起来，在空中转了两个圈后砸落在地。车身平拍在地面，分散成许多碎块。有的碎块深深地嵌在了地面上，有的碎块则继续替代整个车板飞起翻滚，只不过翻滚的圈数更多也更加快速。

辕轴断了。一只辕轮四散开来，辐条、断框满天乱飞。另一只辕轮则高高弹起，快碰触到高大树冠时才落下，一路蹦跳着滚入前面的黑暗里。

整个过程很短暂，在两声巨响和一片乱响中就结束了。然后周围再次陷入寂静，静得让人有种揪心的难受。

摇枝对

扬起的尘土渐渐散去，寒月洒落的冷光渐渐清晰，黑暗的树影与月光的投影也愈加的分明。在暗黑树影与清冷月光的交界处，从渐渐散去的尘土中站起一个挺立的身形。

这是一个看似悠闲笃定的身形，但是刚刚经历了一次生死瞬间的身形又怎么可能悠闲笃定？所以在这身形的内部其实已经将精气神蓄势到了极点，同时，紧张和惊惧也到了极点。

那个身形是齐君元，他在马车翻出前的最后瞬间下了车。甩出的钓鲲钩在车后地面拖出连串火星，但同时也给了齐君元一个带缓冲的反向拖力，将他一点点拖滑下了辕车。

辕车车板是紧贴着齐君元后脑掀翻出去的，带起大股的凉风让齐君元从脚冷到头。冷风的好处是让人清醒，再加上齐君元本身就具备越是面对危险心跳越是缓慢的特质，所以让他能够在落地之后立刻以正确的反应应对后续状况。

人虽然下了车，但身体依旧存在着巨大的惯性。而且这个时候一路拖住地面的钓鲲钩钩身已经被沙石磨损得差不多了，剩下的残留部分已经无法在地面上吃住力对抗惯性。所以齐君元的身体在车板翻出之后也跌了出去。好在齐君元心中清楚，知道这个时候应该顺势滚动。如果想强行将身体停住的话，身体被磨去半边皮肉也说不定。另外他也知道自己应该侧身滚动，这样让车子翻起的设置说不定就能将滚动的身体挡住，不让自己继续撞入其他危险的爪子。

浅坑前的矮土堆挡住了齐君元，刚停下滚动的齐君元在飞扬的尘土中摸索了几下，然后缓缓地站起身来。

尘土还在飞扬，但只有站起来后才能更早地看到周围情况。这可能也是刺客和普通人、优秀刺客和普通刺客的区别，普通人、普通刺客遇到这种突发状况后，往往会在身体停止后趴伏不动或蜷缩在某个角落，但这其实不是最好的应对方式。人家已经设好兜子来害你、杀你了，无论怎样躲，都会在

第五章　把柄

别人预先设定好的攻击范围内。而主动站起来，可以趁尘土还未散尽前作为掩护观察状况。因为对手设想中也一般是要灰尘尽散才会采取行动的，这中间有个时间差。另外主动显现部分身体反而可以让设好兜子的对手心中疑惑，觉得入兜者有所倚仗才敢如此大胆，不敢轻易动手，这样一来就又可以争取到一点儿时间。

尘土由上而下渐渐消散，最先清晰的是头部。齐君元冷静地环视了一下周围，极速奔驰、拖滑下车、摔滚出去让他失去了距离感，所以他必须先确定一下自己现在具体的位置在哪里，离着他意境构思出的危险还有多远。如果仍是在月光中，他会选择快速后退，远离树影的黑暗。如果是已经在黑暗中了，又是在翻车的位置，他将选择不动。因为这意味着自己已经进了兜子，对手除了弄翻车子的设置，肯定还有后续的杀招。

位置很巧，竟然正好是在月光与树影的分割线上，就像是阴阳的分界线。看来设兜者要么算计得极好，早就设定要将浅坑前的两个矮土堆作为开始，要么就是看到马车来了后才以极为快速的行动临时设置下浅坑和土堆。

齐君元心中希望是后一种，因为那样的话在两侧和近距离范围内就不会再有其他预设的爪子。齐君元心中也估计是后一种，因为没有一个人可以预测到他们今晚的马车行程，更无法将马车速度与月光树影的移动确定得那么准。而且自己之前所以能够觉出野树台今夜情形不对，就是觉出树影的黑暗中有异动。

就在齐君元还无法确定自己该动还是不该动的时候，别人已经动了。没有预设的兜爪，并不意味着没有其他后续杀着。而对手所采取的直接的攻击则是后续杀着中最好掌控的，也是最为简单易行的。

此处后续的攻击比齐君元预料的还要早许多，没有给他留下应该有的时间。这说明设兜的也是高手，他们清楚齐君元主动露面、抢先露头的意图。所以只是在齐君元环视一圈的过程中，两侧上方就已经有人影和寒光扑击而下，全部力道和刃风都直奔齐君元头顶而去。

面对后续突然的攻击，齐君元的躲闪显得很慌乱，就像一只受惊的田鼠。他虽然是极快地放低身体缩回尘土之中，但脚下没有离开被别人锁定的位置。只是再次蜷缩身体躺倒在矮土堆前，似乎忘记了尘土只能阻挡视线，却挡不住狂飙而至的锋刃。就算身体蜷缩得再低，攻击也是会一贯到底直击他的身体。

就在齐君元刚刚蜷缩躺倒的瞬间，几股鲜血泼得他满身满脸。两处同时扑下的攻击竟然被阻止了，但可以肯定不是被尘土阻止的。不仅被阻止了，而且被粉碎了。现在或许只有齐君元心里清楚，粉碎他们的力量来自于他们自己。

虽然被泼了满身热烘烘的鲜血，但齐君元并没有一点感觉意外的表现。他的动作依旧快速流畅，只是有些难看。血刚沾身，他便连滚带爬地绕过矮土堆，爬进树影的黑暗之中。因为扬起的尘土会马上平息，不能再作为掩护。而既然已经判断出拦马车的兜子是临时的，周围没有其他兜爪，那么接下来依靠黑暗来掩藏自己、掩护自己与对手周旋则是最正确的思路，这时候如果退到清冷的月光中反会使自己成为明显的目标。

另外齐君元钻入黑暗还有一件事情要做，就是摸到自己的包袱。秘密点中取出用于逃亡的东西都在车上，而其中现在最有用的东西就是装了成套武器的那个包袱。刚刚齐君元以钓鲲钩划地拖自己下车，马车的极速让一对钓鲲钩在泥土沙石中磨损殆尽，所以他要摸到那包袱，那里面不仅有一对备用的钓鲲钩，还有其他所有齐君元可以得心应手用来杀死敌人的各种钩子。

齐君元很顺利地摸到了自己备用武器的包袱，但他也摸到了其他东西。车上除了齐君元的包袱，还有庖天下和郁风行的东西。刺客出来做活儿，不可能什么都不带。虽然会尽量缩减以防影响行动，但是必要的器具和装备是一样都不会少的。

可这一次齐君元摸到的东西有点特别，是一本书。书这东西一般不会在刺客必要装备的范围内，但一旦带入了，就肯定是有非常重要作用的。所以齐君元顺手把书放在了怀里。

其实齐君元不知道的是，只需再往前一掌远的距离，他便会摸到一堆书。书是一整套，叠放在一个包袱里。翻车之后一叠书摔成一堆书，但包袱裹扎得很是牢靠，所以只有最上面的一本从包袱的缝隙中飞了出来。齐君元

第五章 把柄

捡到的就是那一本，这一本已经出乎了他的预料，所以根本没有想到再摸摸有没有其他书了。

除了书，齐君元还摸到了另外一件奇怪的东西。那是一个小小的螺扣轮，这种轮子是可以绕上两道以上细绳的，通过这个螺扣轮，可以减缓和控制松脱速度。

齐君元摸到这个螺扣轮后马上前后左右都摸了一遍，他是要确定这个部件是来自哪里。工器属的高手要判断一个部件的位置是很简单的事情，更何况这个部件本就在结构十分简单的大车底面上。这大车是郁风行找来的，刚出离恨谷时就已经找到。后来虽然每天都换拉车的牲口，但这车子却没有更换过。而这车子倒也给力，来回奔波了不知多少路了，竟然也没有坏过、修过。

现在想来，这辆车子肯定不是一般的车子。它除了牢固耐跑外，其中还藏有其他的设置。比如说让人在极速奔驰中悄无声息下车的装置。而这装置齐君元事先并不知道，庖天下、郁风行和他一路同行了一个多月都没有和他提一句。

飞扬的尘土散尽了，刚刚被尘土掩盖的都显露出来。借助半明半暗处的微弱光线，齐君元看清了刚刚攻袭自己的是什么人。那是两个体型统一、魁梧健壮的汉子，所持武器是入骨活节铁鹰爪。这种铁鹰爪虽然爪尖锐利，闪动着锋利刃光，但实际的杀伤力却不大。它可以直接扣入肉体抓筋抓骨，让被抓的人因为疼痛而无法挣脱。但只要不是要害位置，一般不会伤及性命。另外铁鹰爪的柄尾有皮条带系在腕上，一抓则定，一定则绑。所以其作用主要是用于抓捕，是不惜将目标搞得伤残也要将其一抓难逃的锁扣器具。不过由此器具可见，对方设兜的目的并非是要齐君元他们的性命，而是希望拿住他们，然后获取自己需要的信息或解开自己的疑惑。

虽然突袭的人并没有想要齐君元的性命，但是齐君元却是要了他们的命。两个壮汉扑下来的力道都没能一贯到地，因为他们的身体被钢矛支架在离地还有两尺的高度。

双头钢矛原来很稳固地插在浅坑里面，刚刚就是它们让辕马在自己疾奔

的力道下将自己扯碎,但辕马的冲击也让这些插得很稳固的钢矛松动了。所以齐君元轻易就拔起了好多支,然后重新将它们架在了矮土堆上。

齐君元架起的钢矛没有刻意插入地下保证稳固,只是快速随意地相互交叉支撑。但这交叉支撑的规律却是非常奇妙,这一手法叫"摇枝对",和齐君元在东贤山庄泥坑下设置的"乱枝风"同一出处,都是从奇门遁甲第二十四局"乱枝撕风"中悟出。只是"乱枝风"是用短小器物设置,伤多杀少。而"摇枝对"是用长大器物设置,杀多伤少。

风动枝摇,动静不定,影物同一,虚实不辨,这是"乱枝撕风"的特点。而齐君元架起的钢矛也是如此,看似摇摇欲倒、七扭八斜的。但一旦那两个突袭的壮汉落下,钢矛不仅戳穿他们的身体,而且很稳固地将两具壮硕的尸体支架住。其实此手法另外还有更加玄妙之处,一个是即使当时没有飞扬尘土,可以清晰地看到,但设置者仍可以根据攻袭过来的方向改变设置结构,让攻袭者视觉产生误差,看不见或看错布局,依旧会被钢矛扎到。还有一个就是这个设置除了阻挡并反击攻袭外,它的下方空间还会是一个极为安全的躲避区。只要不顾形象或躺或趴地躲在下面,一般的刀剑攻击都无法穿过那乱枝般的遮挡。

但是齐君元在这里布设的"乱枝对"就像是一棵树而不是一片树林,所以在钉上两个人后便再难起到作用。而且已经尘土落尽,别人看清下面情况,再不会从高处扑落而下。所以此时的齐君元要想应付好下一轮的攻击,那么他就必须趁着身处的黑暗状态未被打破之前再施展手段做些其他的布设才行。

齐君元动手了,他来不及更换钓鲲钩,但他还有其他好多钩子可以用。

设兜者也动手了,尘土未落之时,他们不知道齐君元在哪里。现在尘土落尽仍不见齐君元,那么就能肯定齐君元是在黑暗里。飞扬的尘土无法打破,但黑暗却是可以轻易打破的。所以他们行动了,而首先是用光明打破了黑暗。

时间上又一次出乎齐君元的估算,对方只一个火苗抛出,便点亮了周围蜿蜒曲折的一圈火,照亮了野树台所有可通行的路径。没有任何试探和对

第五章　把柄

话，周围的火苗才在挣扎，接踵而至的攻击便已经开始。

也正因为时间上估算错误，所以齐君元只来得及拉出一根带串钩的灰银绊弦，子牙钩也只放下了两枚，整体上连个自保的兜口都没做成。

对方第一轮攻击是有序的六人组。在触动子牙钩后，大力弹窜而起的子牙钩放倒了其中的五个。但仅剩的一人仍义无反顾地直扑齐君元。这人手中没有杀人的武器，连入骨活节铁鹰爪都没有。但他却显得非常勇猛，合身而进，其意图很明显，是要缠抱住齐君元。

齐君元被对手抱住了，但他却在被抱的同时将一对磨损得没有钩尖的钓鲲钩插入了那人的脖子。对手被杀死，并不意味着就能挣脱，因为死人大力抓抱后的肌体很难舒展开，要挣脱必须硬生生将其掰开。可是还没等齐君元将这一个死人的手指、手臂掰开，又有活人扑了过来。

继续扑过来的活人仍是六人组合，其中两个被灰银绊弦上的串钩缠住，然后齐君元又用镖顶锚钩射倒了两个合身扑向他的。而最后两个都搭上了他的身体，虽然齐君元在两个人身上都插入了崩花钩，而且也将那两人崩开了碗口大的血口，但那两人最后的力气都用在抓抱齐君元的动作上。前面一个死人齐君元还未来得及挣脱，现在又增加了两个死人的抓抱。

第三轮组合继续从火光背后闪出，而这个时候齐君元突然意识到，对付自己的这种人兜子是小雪山甑门的"跂盘磨"，和在吴王府外乐坊街上抓捕范啸天的是同一种方式。难道是吴王手下发现了自己行踪来为他们死去的主子报仇？还是当时抓捕范啸天的根本就不是吴王府的人？但不管是哪里的人，齐君元可以肯定这些都是来自军中，而且都是军中的佼佼者。

也就在错愕之间，第三轮组合距离齐君元只有两三步远了。齐君元没有范啸天那样连续的快射武器，再加上已经被三个死人缠住无法躲闪。所以虽然具有随意而杀的高超杀技，却终究未曾长出三头六臂。

冲在最前面的一个壮汉被他用犀筋索紧紧勒住脖子，而那人即便是瞬间被勒断了脖子，也仍是死死抱住了齐君元。后面两个被齐君元甩出的双弧圆钩击中，但只是伤了那两个人，让他们暂时停止了扑击。再后面一个扑过来时，齐君元只来得及将斜插在地上的一根马车断木迎着他面门插入，让崩落

的牙齿和碎裂的面骨在他脸上绽放开来。

这个组合还有两个跤术高手,而齐君元再也来不及使出任何应对的招数和武器。于是他的双臂被对方扭扣住,运力之下,齐君元觉得自己骨头都快被拆解开来。还没等齐君元喊出一声痛来,两个被双弧圆钩伤到暂停扑击的高手已经调整过来,双双扑压在了齐君元的身上。此时齐君元就如一根裹起黏胶糖的小棒,再也无法与四个活人、四个死人脱开关系。

当再无法出手之后,齐君元立刻停止了动作。他知道自己越是挣扎得厉害,带来的后果将会是更加大力的锁拿。不仅挣脱不出,就连其他的可能和机会也都失去。还不如将身体绷展在一个状态,给自己的肌体运动留下空间。这样在合适的时机反而说不定能找到挣脱的可能。

第六章　野树台反落兜

乱刀飞

周围的火光到这个时候才真正烧亮起来,也是到这个时候齐君元才看到旁边相互间非常紧密的树后隐藏着更多的壮汉。但这些人都是手持武器的,而且是齐君元见过的武器,狼牙短矛和挂链鹰嘴镰。

"是大周的鹰狼队,难怪'跤盘磨'运用得这么好。甄门一派本就在大周境内,不仅传授无保留,参与其中的说不定还有甄门嫡传弟子。"齐君元从对方所持的武器看出了他们的来历。

躲在树后的人没有动,他们好像在等什么指令,或者眼前局势根本就不需要他们动,他们的职责依旧是占好自己的点位。

"那么在乐坊街抓捕范啸天的会不会是大周鹰狼队的人?是的,应该是的!"齐君元突然间意识到自己之前一个判断的错误。"如果那些人是吴王李弘冀所派的话,那么在王府外巡查守卫的护卫和高手就不该那么木拙,应该是马上配合行动,多线辐射地包抄过来,以确保携带宝卷的人不会逃走。可是在这边打得天翻地覆的状况下,吴王府那边的人才慢慢吞吞、满是犹疑，久久都未曾过来。这说明李弘冀之前并没有安排跤手扑范啸天，而是大周鹰狼队不知从何处得到消息暗设兜子要拿范啸天。说不定也是卜福背后的人安排的，目的就是要让大周知道，宝藏皮卷确实落在了南唐手里。而这个信息确定之后，说不定这正是大周征伐淮南的药引子。"

就在这时候，蜿蜒的火光有一处连续晃动几下，是有人不紧不慢地从火上跨过。跨过火的人慢慢朝着齐君元走来，随着距离渐渐缩短，随着将齐君元面容渐渐看清，那人眼中有兴奋的光芒闪烁。

齐君元仍在思考着自己的问题，并没有注意朝他走来的人。因为他有种感觉，如果自己将正在想的问题想通，那么很有可能成为自己逃脱眼下困境的砝码："用范啸天和宝藏皮卷二次以大悔大惧的方式取李弘冀性命，那刺局仍是自己设计的，但是操作过程中却意外陡出。按卜福所说是谷里的主事之人另外作了调整，要将这个局运用到极致。所以做局之前不仅仅将信息透露给了吴王府那边，大悲咒、大天目的出现应该也是提前透露的。是为了将他们作为为郑王府效力的工具，将抢到的皮卷由郑王献给元宗李璟，以达到置李弘冀于死地的目的。而大周鹰狼队的出现会不会也是有人提前透露的，但是让他们出现又是为了什么？难道只是要他们亲眼见到皮卷落在南唐的手里吗？"

"又是你！是天地小还是事太巧？你这回走错路了还是搭错车了？"跨过火的人像铜柱炮烙般站在齐君元的面前。

齐君元眼皮微微抖动下并没有抬起，他只需从说话声便已经听出了来的是薛康。因为这声音曾经在上德塬给他留下了极深的印象，就和梁铁桥的声音一样印象深刻。再加上鹰狼队已经出现，按程序现在也该薛康露面了。

"我没有走错也没有搭错车，是你拦错人了。"齐君元眼皮依旧未抬。

"拦是一定要拦的，错也未必就会错。真要说错的话其实在上德塬将你放走倒是错的。"薛康这话里带着后悔，他觉得如果最早在上德塬就将齐君元他们控制住，最后那皮卷说不定就是自己夺到了。

"不是你放走的，是我自己要走。楚地水边的小镇中我不也自己走了吗？广信城隍庙前我还是自己走了。你哪一次不是想留我的，可又有哪一次能留住我的？"

"今天便留住你了。"薛康的脸色铁青，但他依旧沉稳，并未被齐君元带有讥讽的话语激怒。

"可是今天你留住我又有什么用？宝藏皮卷已经归了南唐李璟了，我对你没有什么价值了。"

"不用过谦！你现在的价值很大很大。如果我没看错的话，宝藏皮卷在金陵乐坊街被大悲咒、大天目抢走时你也在场。而那个携带皮卷的人曾经和你一起出现在上德塬，只是这一回他没能再化境而藏。也是，乐坊街毕竟和大火烧光的上德塬不是一回事，没有太多可利用来藏身隐形的地方。"薛康说道。

齐君元终于抬起眼盯住薛康，薛康刚才的话证实了他改正过来的判断，乐坊街捉拿范啸天的真是大周先遣卫鹰狼队，而且薛康本人肯定就掩身在离得很近的隐蔽处，否则不会看到自己、看清范啸天的。

"你这人真是纠结，甭管我出现在哪里，甭管我和谁在一起，你都已经得不到皮卷了。"

"我不是纠结，我是不放弃。我觉得只要你将前前后后所做事情的目的说出，以及最近在淮南四处奔波又是为了什么目的说清，我们或许可以找到比宝藏更加有用的东西，或者能寻到线索和窍要再夺回皮卷。"薛康真的很坚持。

齐君元脑门猛然一跳，他突然从薛康的话里意识到了什么。是的，薛康说得没错，自己很重要，从灌州开始，自己一直在参与级别越来越高的刺活儿。虽然自己到现在并不能完全理清自己参与的这些刺杀之间是否存在某种联系，但如果将前后经历以及所知道的信息都说出来的话，或许有些人可以从另一个层面分析出其中暗藏的玄机。而这玄机是和离恨谷有着极大关系的，或者正是离恨谷倾全谷刺客力量来达到的某个目的。

可是如果自己真是如此的重要，为何庖天下和郁风行刚才悄无声息地就将自己抛下了？就像抛下一个弃肢。对了！就是弃肢，自己这一回仍是被当作了弃肢，和灌州、烟重津时一样。或许还不止，还有上德塬、广信城，甚至于秦淮雅筑、汤山峪，自己都有可能是弃肢。如果真是这样，那么自己的价值其实不是活着而是死去。而且在经历了这么多事情之后，在与这么多重要人物和秘行组织照过面、打过交道后，自己身上携带的信息已经非常复杂。而这些信息不说清楚或者加以误导是会造成非常严重的后果的，甚至影响到几国皇家高层。所以自己死去的价值正在突飞猛涨。

想到这里，齐君元扬起了头，一个突然间意识到自己有很高价值的人往往会特别的自信。这自信是因为他心中清楚对手至少暂时不会伤害自己，弃肢不死那就有可能成为对手的活武器。这自信也是因为他心中清楚自己的同伴很大可能会不惜代价救助自己，因为自己未死，作为弃肢需要的价值并未体现。而且自己一旦松口，反会造成离恨谷的重大损失。

不过齐君元的这种自信只是一闪而过，随即便被紧张和害怕替代了。他意识到自己的同伴其实还有第二种办法，弃肢未死，他们可以替代对手将其杀死。自己的同伴是庖天下和郁风行，他们可以在飞驰的马车上从自己身边悄无声息地消失，那么即便自己在鹰狼队的掌控下，同样可以悄无声息地替对手杀了自己这个本该死去的弃肢。而且这样的行动随时会进行，而作为被杀者的齐君元却一动不能动，任何针对他的杀招他都无从躲避。

紧张和害怕往往会让人有急智而生，齐君元也一样，他突然想到一个可以让自己活下来的筹码。

"哈哈！错了，你们都错了！我的重要性不在这儿，我的重要性还在宝藏皮卷上！"齐君元很高声地说道，这让薛康感到有些诧异。自己和齐君元离得这么近，他根本没必要这么大声，也没必要表现得这样夸张。

"广信城中，宝藏皮卷一分为二，南唐只得一半。传闻宝藏是在蜀国境内，如果还有一半大周得了，那么将会出现两国争先与蜀国合作的局面，或者三国同启宝藏，和平相处，共享财富。"

齐君元这话三分推断、三分猜测、三分恐吓、一分自信。

推断的三分来自他自己的经历以及与卜福作为交换而得到的信息。之前他所做刺活儿都在对南唐下手，而且从李璟的鬼党亲信一直刺杀到他的兄弟和儿子。而秦笙笙带着些高手是前往蜀国成都的，他们后续的刺活儿应该是

第六章　野树台反落兜

要对蜀国的重要人物下手。

猜测的三分是在大周对南唐出兵之后，离恨谷谷生倾出，淮南地带处处洗影儿，很大可能是针对周世宗或大周其他重要人物下手。也就是说，离恨谷这次不管接到的是什么释恨的活儿，都不会是要这三个国家的好。如果让它们携手同盟的话，那么前面所有做的事情都可能白费。

齐君元生急智说出自己偷留了半幅皮卷，并且说要以此为引将三个国家紧密联系在一起。但他并不知道庖天下他们还能不能听到，薛康又会不会相信，更重要的是那半张皮卷到底能不能达到他所猜测的作用则更是无从知晓，这便是他恐吓的三分。

不过齐君元相信依次在对这三个国家下手的离恨谷肯定不愿意看到三个国家和平相处、共取财富的结果，至少是不愿意其中某个国家、某个重要人物安然存在于这样的局面里。所以当相信只要庖天下他们听到自己说出皮卷之事后，即便不清楚皮卷是不是真的分成两半，是不是真的由自己掌握着一半，他们都不会再让自己就这么死去。至少在没有确定那半幅皮卷最终落在谁手里、可能落到谁的手里之前，暂时不会让他牺牲生命去达到某些需要。这便是他最后的一分自信。

估计的时间再次出乎齐君元的意料，他原来觉得自己的话别人肯定会权衡考虑一下。自己虽然是被薛康控制着，不过鹰狼队为了达到自己的目的暂时是不会要他性命的，所以一旁听到他说话的人完全有足够的时间来分析状况，找出最佳处理方法来。但是齐君元的话刚说完还没来得及调整下呼吸，抓住他的人，包括站在面前的薛康还没完全将他的话回过味来，诡异且残酷的攻击已经开始。这攻击让齐君元觉得是早就设计好的，不管齐君元说不说宝藏皮卷的事情都会发生。

薛康是直到刀子飞落到他头顶只剩一尺多时才听到风声的。这是一把木柄直背三角小刀，刀尖朝下直立旋转着落下，就像一枚大钻子钻下来，所以不会带起多少风声。

薛康根本来不及思考这刀子怎么不像其他刀子那样带有飞行的风声，也来不及抽出腰后的七星蜈蚣剑来格挡。他只来得及连续后退，急速后退，险险地让开刀子。而这一步退让成功后他便再不停止，因为这个应对方式应该算是最为正确实用的。只要一直往后退入密匝的树木之间，有高大粗壮的树木作掩护，飞行的刀要想伤到他就再难有机会。

薛康的意图别人应该看出来了，所以飞出的刀变多了。不仅数量多，而且种类也多。各种奇形怪状的刀子飞行的规律各不相同，攻击的途径相差极大。有的甚至已经到了眼前了，突然间又改变方向。而让薛康感到惊讶和害怕的倒不是刀多、刀快，而是那些各种各样的刀竟然都是常见、常用的刀，有菜刀、柴刀、剔刀、刮刀、剪刀等等。这些刀有的完好锋利，有的陈旧锈蚀，有的破损变形，就像是刚刚从哪个逃难后无人的村落里搜罗来的。

但也正是因为刀的种类、形状、大小、重量、新旧等方面的巨大差别，所以每一把刀飞出来后的杀伤力道、杀伤途径也都是差距极大的。有旋转的、有翻滚的、有飘落的、有直击的、有折转的，防不胜防。飞出的刀神鬼莫测，而飞刀的人更加无从捉摸，这么多刀持续飞出，却始终无法知道那人在哪个位置、哪个方向。

所以薛康惊讶、害怕，这是一个他从未见过的用刀高手，一个自己要不能及时逃脱便肯定会要了自己性命的高手。所以他拿定一个主意，退！一直往后退避。哪怕是很狼狈地跌入身后的树林中，那也是最为成功的逃脱。

薛康的方法是正确的，他如果不是坚持往后退让躲避，只需迟疑刹那，就会被那些切菜剁肉的刀切剁了。但即便是快速不停地退逃，他也还是被各种刀子连续命中。好在那些刀子都不是伤在要害，而且他衣服里面又暗衬了牛皮甲。虽然一时间衣碎血溅，看着有些惨烈，但其实都只是些皮肉损伤而已，对于他这样在杀场上无数次浴血搏杀过的高手根本算不上什么，所以他还算及时地退入密匝的树木之间。

无活遗

但是抓住齐君元的四个活人和四个死人却未能像薛康那样快速及时地退入树木之间，所以他们比薛康要惨烈许多，包括活人和死人。

第六章　野树台反落兜

一条黑色的长条物开始像蛇一样在地上快速扭动游出，在距离齐君元还有三四步时凭空弹飞起来。即便有火光照明，但齐君元仍是没能看清这长条物到底是什么东西。只隐约觉得有些像是长鞭，又像是根套拉牲口的长缰绳。

但不管是长鞭还是缰绳，现在都不是用来对付牲口的，而是用来对付人的，包括活人和死人。只一瞬间，那扭动的皮带便缠住了所有抓抱住齐君元的手臂。而那四个活着的"跤盘磨"跤手，不仅被缠住了手臂，同时还被缠住了脖子。

这种缠绕是危险的，跤手们也都是久战沙场的，并非意识不到危险。只是那长条物真的像蛇一样，速度极快，几下扭动，还没等他们反应过来就已经尽数被缠绕住了。

缠绕只是第一步，第二步肯定是要用力，扯落胳膊杀伤跤手让齐君元解脱才是最终目的。而这一点被缠住的跤手比齐君元更能深切体会到。

长条物猛然定住，发出一声清脆"啪"响，这是要绷紧用力了。跤手们当然不愿意就这么死了。他们虽然可以视死如归，但未死之前不断的对抗和挣扎肯定是会有的，而且练家子会比平常人更加强烈。

齐君元清楚地看到那些抓抱自己的胳膊变形了，也清楚地看到那些活着的跤手突眼了、吐舌了。而不管死人活人，都在大力地往后让开，让出挺大的一个空间。齐君元施施然从人堆中走出，并随手将自己掉落地上的装了备用武器的包袱捡起来。在将包袱斜套在肩上之后，他这才朝着长条物的尾端竖大拇指喊了一声好。

"好！好一个连锁套的'不死不休'。"齐君元本身就是使用挂钩犀筋索作为武器的，所以对使用这种长条形武器的妙处非常了解。那长条物是一个扁平皮带，平时可以卷成一盘。它不是长鞭也不是缰绳，但它既可以当长鞭又可以当缰绳。皮带带身竖起时，可以快速扭动游行。而竖起的带身受力大，可以从距离端头较长的位置使力让端头抬起。而一旦皮带缠身，便可以利用其扁平形状平用力、竖用力和旋转用力，在极小的位置上使出极巧的力道。

而刚才让齐君元从容脱身的招法不仅仅是皮带自身的运用巧妙，而且还有设置的巧妙。它在缠住所有活人和死人之后其实已经成了一个兜子，也就是齐君元说的"不死不休"。这个兜子运用的是环环相套的连环活扣，而启动扣子的就是那一记皮带定位。这个定位除了给这个兜子一个力道无须太大的固定点外，同时还是给兜子中被缠扣住的活人一个提示，让他们开始用力挣脱。这提示无须所有人都领悟，只要有一个人用力了，其他人自然会对抗着用力。这种状态下几乎所有人的用力方向都只会朝着自己这边，因为他们怕被别人挣脱的力道勒死。而忘了其实要想不被勒死应该是顺着力过去，而不是对抗着来。大家都在往自己这边拉，不同方向的力道加注在形状、位置都运用巧妙的皮带上，最终会让兜子上的每个人被别人挣脱的力道和自己挣脱的力道加起来勒死。

这个兜子除了皮带运用的巧妙，而且还利用了入兜者自身的力量，更是利用了人的天性。而其实"不死不休"使用在这里虽然只是小技法，但在很多大的兜子和机关坎扣上也会运用。

齐君元脱出了，而薛康却陷入了死地，这是他之前万万没有想到的。不仅他陷入死地，其他所有掩身在密匝树木间的鹰狼队先遣卫都陷入了死地。因为他们都没有想到有些人飞出的杀人刀子并非粗大树木能挡住的，而密匝的树木之间他们又是很难避让那些飞落的刀子的。更为重要的是，有人已经决意要杀光他们，不留下一个活口将刚才发生的一切传出去。

此时的刀子已经不再是原来那些各种各样的刀子，而是换成了一种很小巧的单面带弧槽的锋利弯刃。这种弯刃叫月牙芒，两端芒头轻重不同，月牙弧背厚弧口薄。整体并不规整，仿佛那种藏于云中的朦胧魔月。但正是因为带有弧槽和不规则的弯曲度，所以刀子飞出和落下可以旋转飘绕过那些大树，然后在树后直落而下钉中目标，或者直接飘割过目标的要害。月牙芒不大但很锋利，数量更是比刚才的各种刀子还要多，而最为重要的是出手后的每一个月牙芒都能击中目标。

薛康现在已经非常后悔退逃到树木之间了，他原以为树木可以阻挡住飞刀的，实际上根本没有丝毫作用，反导致自己陷入狭小的空间里，连躲闪

第六章　野树台反落兜

的余地都没有了。更糟糕的是狭小的空隙中他依旧无法抽出七星蜈蚣剑来格挡，所以只能眼睁睁地看着刀子像雨点般往自己身上落下，像旋风般从自己身上刮过。

不！准确些说那些刀子不是像雨点和旋风，如果真像雨点和旋风的话，多少还能挤出些空间避开要害。而那些刀子简直就是活的，像飞扑而至的蝗虫，有目标、有速度，阴狠而凶残。也真就像蝗群飞过留下不见生命的荒野一样，只不过在这里丧失生命的是人中的鹰狼，是鹰狼一般的猛士。

薛康是猛士中的猛士，而且还是个有头脑的猛士，当他发现自己无法躲避那些飞落的刀子时，他强行扭动身体，让身体皮糙肉厚处替代要害承受了那些刀子。然后抓住一个落刀之后的间隙，冲出密匝树木的间隙，抽剑直往刀子飞来的源头冲去。

这是一个置之死地而后生的方法。看似冲出了有所遮挡的位置，但其实那些遮挡已经不再是遮挡，反是一种负累，躲在那里只有等死一条途径。而冲出之后虽然看似没有掩护遮挡，却是一种针对源头的反攻，逼得对手自保，直接便可以消解掉一半的攻击力。再则没了那些密匝的树木，薛康的剑不仅可以拔出，而且可以挥舞起来。对于一个可以将自己擅长的兵刃挥舞起来的高手而言，这便是最好的掩护遮挡。

月牙芒的大面积杀戮迅速收缩，集中对准了薛康。薛康并未能往飞出月牙芒的源头冲出几步，因为集中过来的月牙芒真的太密集、太快速、太诡异了，他只能是拼尽全力自保，根本无法再往前移动一脚掌的距离。

薛康挡住了飞刀，身后那些躲在密匝树木间的鹰狼先遣卫们得到了解脱。并非他们不勇敢，而是眼前的情形让他们知道不该做无谓的牺牲，这也是他们训练时一条必学的准则。有时候在必死的状况下逃生并非坏事，那样可以带回更多真实的情况，化解可能的危机，减少以后的伤亡。所以那些先遣卫拼命往外挤，企图从密匝树木的其他方向上挤出。

那个使用长皮条的人并没有追杀这些先遣卫，因为他这边还有一些躲在树顶的先遣卫和其他位置的跤手需要解决。他很认真地做着自己的事情，只求不让他攻杀范围里的任何一个逃生脱出，根本没有帮助飞刀阻截逃遁先遣卫的意思。

而齐君元此时只是从地上翻身坐起，眼下周围情况未弄清之前，他觉得坐在一堆死人中间应该是最安全的。只要没有针对他的攻击，他也没有想过要去杀什么人，更不可能主动去追击拦截那些逃遁的先遣卫了。

但是那些先遣卫并没能顺利逃脱，正当他们在树木夹缝中急切地挤行时，一条黑影也挤入了密匝树木。这黑影不仅比任何一个先遣卫要苗条和善于钻行，而且它还能在树木更高处更宽敞的间隙间纵跃穿行，就像能够飞行一样。也正因为如此，黑影攻击的都是头部。追上一个目标后，张开大口咬住脸面或脖颈再一拧转，便将那先遣卫的脖子拗断。然后立刻松口再飞跃着追击下一个目标。

看不到密匝树木间发生了什么，只能听见连串的惊叫，而这惊叫在快速减少变低。但也有一些尖叫声最终脱出了密匝的树木往远处而去，只是随后出现的一种声响让这些远去的尖叫也都戛然而止。这声响是齐君元似曾相识的，有些像是某种特别的弓弦声。

薛康根本没有战胜那些月光芒的可能，所以他决定逃走。在全力挥舞一剑挡掉眼前的几枚月光芒后，薛康将七星蜈蚣剑甩手飞向飞刃的源头。然后全不管中不中，转身就往一侧道路飞奔而去，那里有一块野树台笼罩的黑暗。

就在薛康转身的一刹那，至少有七到八枚月光芒射入了他的身体。所以他逃走之后对手并没有追击，也没有其他人拦截阻击，可能都觉得薛康已经是一个不必再费力麻烦补一记杀手的死人。

齐君元缓缓起身，到这个时候他已经把自己周围能用眼睛看到的一切都看清了。杀人的人果然是庖天下和郁风行，而所有目视可及范围内的鹰狼队先遣卫和跤手全部殒命，看不见的估计也难逃生天。所以粗略估计一下，最起码有一百多的先遣卫都死在了夜寒之中的野树台。

看到了，也就想到了。刚才这场暴风骤雨般迅疾的杀戮，齐君元能确定这是早就计划好的，好像和自己为了保命而说出还有半幅宝藏皮卷在自己手中没有关系。而今天如果自己确实是作为一个弃肢的话，那应该是要死在这场杀戮之前才能起到应有的作用的。但是当自己躲过杀机，计划未能达到原有作用时，那么将他设计为弃肢的人会不会自己动手？更何况自己刚才还透露了半幅宝藏皮卷的事情，这种罪责在度衡庐那里也是该死的。

念头如电光闪过，并且在闪过的同时齐君元的身体也如电光般动作了。腰腿间猛然用力，将站起一半的身体冲滑出去，同时双手握钓鲲钩拧身扭头。

也就在齐君元滑出的那个瞬间，本来距离齐君元挺远的庖天下和郁风行也如影子般动作了，并且最终是呈合击之势站在距离齐君元原来所处位置不远的地方。虽然看不出他们的神色表情，但从他们有些僵硬的身形上可以看出，齐君元突然的动作让他们显得有些意外和无措。

三娘愿

但庖天下和郁风行的意外和无措只持续了一眨眼的时间，随即他们便又保持犄角合击之势朝齐君元靠近。而且这一次的靠近少了很多掩饰，于是齐君元所能感受的意境之中有杀气翻滚。

齐君元刚刚已经欣赏过了庖天下和郁风行出手的速度，知道自己根本不可能有转身奔逃的机会。此时只要一转身，没等迈步就会连续遭受杀招。所以他只能缓步后退，尽量保持身体和气息的平稳。同时从袖口中、衣襟下将一只只钩子抖落下来。这些钩子有的是光钩，有的系了无色犀筋或者钢弦。齐君元这是要用钩子临时摆下一个可以阻挡强劲攻势的兜子，然后从中寻到可逃脱的空隙。

当退到那些钉死了几个鹰狼队先遣卫的"摇枝对"处时，齐君元再没地方可退了。而庖天下和郁风行也都站定下来，三人的位置正好是呈一个等边三角形。在这个三角形的区域里，已经布满了齐君元抖落的钩子。但是恰恰相反的是，齐君元并没有因为布下这么多钩子而心中安稳一点，而是变得绝望。他相信自己抖落钩子的小动作无法逃过两个强大对手的视线，如果那两个对手忌讳自己布下的钩子并抢先出手发起攻击，那么说不得他还有逃出的机会。但是那两个对手没有这么做，这就说明所有钩子对他们并不能起到什么作用。

而事实上齐君元临时放钩也真是起不到作用。因为庖天下的刀子可以直接飞过三角形区域，而郁风行的皮条长度也远远超过这个三角形的边长。现在的齐君元其实已经退无可退了，所以只能是主动冲杀出去，就像薛康一样，否则就是挨打等死的状态。

就在齐君元犹豫是否应该拼死冲一把的时候，一个灵巧的影子飞入了三角形区域之中，未等看清那扑腾的影子，齐君元已经从它的叫声中辨别出了那是只黄快嘴。

黄快嘴一出现，齐君元立刻想到了哑巴，所以他确定了自己刚才的判断。刚才阻止那些尖叫的的确是某种特别的弓弦声，而且是哑巴的弓弦声。但是从刚才的杀局来看，哑巴应该事先就和庖天下、郁风行商定好的，他们是一路的。所以就算确定哑巴会出现，那也对齐君元没有什么好处，最多也就是不协助二人对自己下手。但一般而言度衡庐的命令无论谷生谷客都是不敢违抗的，所以哑巴联手庖天下、郁风行一起对自己下手的可能性会比他袖手旁观更大。

果然，紧跟着黄快嘴的飞入，一个健硕的身影奔入了树影遮掩的黑暗，齐君元眼角余光微微一瞄便认出是哑巴牛金刚。而几乎同时，从另一个方向也有一个影子纵飞而至，这个齐君元瞄都不用瞄，便已然确定那是怪兽穷唐。刚才飞纵在树木间隙中咬住鹰狼队先遣卫头颅拗断他们脖子的正是这只怪兽。

哑巴人还未站住，嘴巴里已经有"嘘"声如同哨音如同鸟鸣，那是在逗弄黄快嘴说话。"刺头已定，要见随意。"黄快嘴发出简单的一句人语。

一场必定有人会被毁灭的杀戮风暴在一只鸟发出简单的人语之后悄无声息地消失了。庖天下和郁风行就像动都没动，即刻就要发出的月牙芒和长鞭便已经藏回了身体的隐蔽处。而齐君元在清楚自己再逃一劫之后，反而显得有些慌乱，收拾那些撒落满地的钩子时，明显有些不够自如。人有的时候就是这样，面对死亡时他也许只有下意识的挣脱和反抗，根本没有

第六章　野树台反落兜

闲暇考虑害怕和恐惧。但是事情过后，他会非常后怕。在面对一个未知的前途时，则会更加恐惧。而现在齐君元恰恰是两种情况都有，他刚刚从一个转瞬间便尸横荒野的境地中侥幸逃脱，但逃脱的代价是要去见某个刺局的刺头。那会是一个怎样的刺局、怎样的刺头，等待自己的会不会是比今夜更加险恶的处境？

　　在一个平坦地带的无人民居里，齐君元见到了唐三娘。这地方周边都是大片农田，是对于周军和南唐军都便于发起冲锋攻击的区域。所以双方军队都不抢先进入，先进入的反会成为对方明显的攻击目标。而这里本来就居住不多的老百姓都意识到极大的危险，所以很早就跑得一个不剩。

　　如果只是见到唐三娘，齐君元不会有一丝意外，一个身份地位不是非常重要的谷客更加适于随便调用。但是唐三娘这一回竟然是一路的刺头，这就让齐君元不能不感到意外了。当从唐三娘口中知道她这次做的是什么刺活儿时，齐君元就不仅仅是意外了，而是非常的震惊。

　　齐君元和唐三娘前段时间在一起经历了许多凶险境地，也一起做成了震惊天下的刺局，所以对唐三娘的手段技艺很是了解。不是齐君元看不起唐三娘，就他在离恨谷的所见所闻可知，唐三娘的用毒手段并非非常高明。就好比她在上德塬用的毒火球，平时用的大帕子，广信城外攻破"密网拖虾"的毒血淋，都是有很明显的先手迹象或动静的。老江湖一眼就能有所觉察、提前防范，不像离恨谷药隐轩其他一些高手那样可以做到无声无色杀人于无形。她的隐号为"氤氲"，其实正说明了她这方面的不足。

　　再一个唐三娘只是一个谷客，布局做刺活儿的经验和技法相对而言是较欠缺的，按理不足以担当重要刺活儿，更不要说做一路重要刺活儿的刺头了。而这一次的刺活儿难度绝对不在齐君元刺杀齐王和刺杀李弘冀之下，甚至还要更胜一筹。因为刺标是大周符皇后，一个久居深宫且有重重最高级别防护的刺标。所以唐三娘被委以刺头，齐君元觉得此中必有特别缘由。或者她只是作为一个露相的傀儡，真正做局的人躲在暗处。

　　"之前已经有伏波的和洗影的蜂儿在大周做了手脚，用诡惊之术将符皇后逼出深宫。但是她的身边防护十分严密，根本无法靠近到她身边千步范围之内，就算是最强大的弓弩都无法远射到这样的距离。所以这个刺局最先要做的就是缩短这样的距离，能够让我们的人靠近符皇后的身边。"唐三娘一本正经所说似乎全是别人告诉她的。

"找你做这活儿，就是因为你是女的，有接近符皇后的可能。"齐君元马上从唐三娘的叙述中找到结论。

"是的，只要能让我接近到符皇后二十步之内，我就有把握将她一击刺杀。"唐三娘很自信，但是这种自信是要用生命作为代价的。因为就算能接近到这样的距离，并且成功刺杀刺标，她自己也再没有任何可能逃脱生天了。

"你不可能接近到这样的距离，就算真的接近了，也绝不会给你出手的机会。像符皇后这样的身份，身边不会缺少绝顶的高手，甚至连贴身伺候的宫女都可能是厉害的练家子。"齐君元对自己的分析也很自信。

"正是因为这个，所以才让我做了刺头。也是因为这个，我才要求做这刺活儿之前见你一面。"唐三娘的语气有些哀伤。

齐君元眉头微皱，眼珠一转："我知道了！他们是要你以身为局，舍命而刺。莫非你是打算将自己做成毒血淋？可是那样不管最终能不能刺杀成功，你都必死无疑！"

"齐兄弟，你真的很厉害，猜得一点儿没错，要想成功，恐怕只能用这一招才行。不过是死是活这都是我自己愿意做的，因为不管此局能否做得成功，离恨谷都将替我完成一件久求未成的心愿。"

"你有什么心愿不能自己去完成，一定要用命来换？"

"唉，我最初加入离恨谷其实就是为了这个心愿。原先我嫁个丈夫是药农，婚后没几个月就在采药时意外坠崖身亡，只给我留下一个遗腹子。从此这个儿子便是我生命的全部意义，但是老天弄人，他在三岁时偏偏误食剧毒的'西天霓虹菇'，我为了救他一命才入的离恨谷。因为有儿子拖累牵挂，只能做谷客而不能做谷生，而离恨谷也只是以药吊住我儿性命，并不答应将他所中毒性尽解。

第六章　野树台反落兜

"没想到你竟然是因为这样的缘故加入离恨谷的？你研习药隐轩技艺，就是要找到尽解儿子身上毒性的法子？"

"对，可是这么多年来我始终没有找到，只能不断替离恨谷中行刺活儿，以命换命，获取吊住我儿性命的药物。我儿虽然性命被药吊住无丧命之虞，但全身虚弱无力，一直只能卧床静养，终究像是废人一般。"

"而这一次如果你能以自己性命行刺局，作为交换条件，谷中做主的人答应将你儿子所中毒性尽解？"

"没错，是这样的。"唐三娘说到这儿丰润的面庞上竟然泛出些红艳，显得很是兴奋和开心，"所以我要见你一面，因为这些日子和你相处之后发现你是个很实在的人。我这局做下之后肯定再无命归来，无法知道谷里会不会按之前的承诺彻底解救我儿。只能是委托你替我督促一下，如果有可能的话，还想请你日后教教我儿子独立生存之道。"

齐君元脸上没有任何表情，心中却泛起无限苦涩。要不是唐三娘要见自己交代这么几句话，此刻自己恐怕已经是游荡在野树台那里的一个孤魂野鬼了。她将以后希望托付自己，而自己以后的希望在哪里还无从可知。

"我可以答应你，但其实有些事情你可以自己做的。即便舍命以身为局，但只要筹算得周密，还是有脱身而出的可能的。我在汤山峪沐虬宫中不也以身做局死过一回吗？但最终还不是全身而退了。"

齐君元是灵机一动才说出这些话的，他突然意识到自己要想不再成为弃肢，那么就要有更重要的存在价值。而唐三娘的一个要求便能让自己暂时无险，可见刺杀符皇后的活儿对于离恨谷来说是极为重要的。而自己如果能够成为这个重要刺活儿中的重要成员，不仅眼前可以摆脱成为弃肢的危险，时过境迁之后甚至可以彻底摆脱成为弃肢的可能。再有自己可以在刺符后的过程中审时度势、以变应变，实在觉得情形不对还可以寻找或设计机会从此销声匿迹。离恨谷此番倾巢而出做的是个巨大的局，一时间不会顾及自己。等整个局全都做成之后，有伤有损，也不见得就有人还会想到自己。

"你的意思是……"唐三娘的声音不仅兴奋，而且带着惊喜。

"你首先要做的是提出要求，让我成为你这趟刺活儿中的蜂儿。"

"那应该没问题，他们能答应让我见到你，肯定也不会拒绝让你来协助我完成刺局的。"唐三娘想都没想就答应了，因为她觉得这根本就是不需要理由的一件事情。

析利弊

一切真如唐三娘觉得的那样，她的要求很快就得到离恨谷的许可，而且仅仅过了一夜便得到了许可。离恨谷在这么短时间就给出回复，这让齐君元觉得真正做主的人就在附近。对于这一点他并不感到奇怪，金陵城里二次刺杀李弘冀的计划也是短时间中得到许可的。而回到离恨谷中发现所有人都不在谷中，更让他坚信谷里能做主的人都已经伏波在诸多重要刺局的附近。不仅监督着刺局的进行，而且随时对进行的刺局进行调整。自己在野树台从一个即将成为弃肢的危急状态下逃出生天，也应该是出于这样临时的调整。

唐三娘这个刺头其实更准确些说只是件刺具，齐君元在被确定协助她后，并没有见到其他更多的帮手。除了他和唐三娘外，就只有传讯带他一起来见唐三娘的哑巴。另外庖天下和郁风行也没有离开，他们两个本是度衡庐的人，按理说已经不再参与任何刺活儿。可是现在离恨谷中所有高手已经倾巢而出，那么他们两个被委派了出谷做刺活儿也并不让人感到奇怪。而且他们两个加上哑巴说不定原来就是专门来协助唐三娘的帮手，而设兜让齐君元成为弃肢以及后来全灭了大周鹰狼队，可能就是在按谷里意图为这次重大的刺活儿做准备。否则他们和哑巴怎么可能会有那么默契的联手围杀。

之后在商量如何做成刺符后这个局的过程中，诸多细节证明了齐君元的想法是正确的，因为庖天下和郁风行关于刺符后的事情知道得很多很详细。所以齐君元继而推测他们之所以将鹰狼队全部歼灭，有可能是为了防止他们中有人在上德塬、东贤山庄见过唐三娘、记得唐三娘，这样唐三娘在设法混入周军接近符皇后时便会被识破。可如果目的仅仅是这样的话，自己作为弃肢又是为了什么呢？还有带伤逃走的薛康，当时为何不继续追杀反让其轻松

第六章　野树台反落兜

逃走？"

"鹰狼队被灭，大周方面肯定会对此事有多种设想，包括下手的人这样做其实是为了刺杀大周重要人物。所以接下来防卫力度会再度加强，接近符皇后的可能性会更加渺茫。而且逃脱掉的薛康之前有可能见过唐三娘，有他在，三娘此去肯定是自投万劫不复之地。"齐君元说出了自己的担忧，同时也是想旁敲侧击出些和自己作为弃肢有关的信息。

"不用担心薛康，他活不久。即便现在还活着，也已经无法看清三娘样子。我有两芒扎瞎了他的双眼，如不是需要他回去传递些信息，他早死在野树台了。"

庖天下很轻描淡写地排除了齐君元的担忧。但他后面为了显示并非自己技艺不够精绝才让薛康逃脱的话却让齐君元灵光一闪，猛然间抓住的一丝线索让其脑子飞快转动起来。

让薛康回去传递信息！这会是什么信息？那天夜里发生的一切非常短暂，薛康从出现到最后逃走，之间只和自己照面说了几句话，那么这个信息会不会和自己有关？对了！肯定是和自己有关。

薛康从上德塬开始便和自己打过多次交道，自己东贤山庄谎用三个与宝藏有关的条件换取脱身协助时，他是在场的。自己入楚地往西去呼壶里，他带鹰狼队追踪在后并在乌坪镇困住过自己。广信城他追踪宝藏皮卷在城隍庙处又一次堵住过自己。然后在金陵城以宝藏皮卷为诱二次刺杀李弘冀，现在已确定当时差点用"跤盘磨"拿住范啸天的是大周鹰狼队的跤手。这说明薛康当时肯定也在现场，并且绝对有可能在暗中看到自己。

这些情况连贯起来，再加上那晚按计划本该被他们杀死在现场的齐君元，应该可以让薛康得出一个结论：那就是自己不仅是被某国派出抢夺宝藏皮卷的，而且还带着抢到的皮卷替什么重要人物做交易。而这一次自己虽然没有死在当场，但为了保命说出有半幅宝藏皮卷在自己身上。这更加可以让薛康相信他所得出的结论，比留下自己的尸体更能有效地传递给薛康或者说大周某种信息，某种别人特别需要他们知道的信息。

然后再从自己这些日子先后行动的方向方位分析，不问源馆在楚地将宝藏皮卷得而复失,接下来广信城皮卷露相,再后来金陵暗传信息告知有人要传递皮卷给李弘冀,这些事情自己要么在场要么事后出现,所以薛康或者听到薛康说出这些情况的人完全有理由认为齐君元来自蜀国,身份可能更高于不问源馆,是直接帮蜀王做事情的。前往南唐是要拿半张不问源馆抢到的宝藏皮卷和太子李弘冀达成某种交易。

而现在李弘冀已经死了,齐君元再次出现在淮南周唐两军交战的区域,那肯定会被设想成是另有所图谋。而且这图谋是针对大周的,是蜀主亲自控制的。是和南唐的又一次交易,或者是为了报复蜀国成、凤等四州被夺。而与此同时刺符后的活儿正在布局,这一切……齐君元开始冒冷汗了,虽然在金陵时他从卜福口中获得了一些信息并推测出离恨谷此番做的是一个绝对巨大的刺局,可能是针对某一国的皇家的。但是现在再看,这个局可能比他之前想象的还要大许多,已经是将几个国家牵涉其中了。

"齐兄弟,你在想什么?还在担心薛康?"唐三娘看齐君元一直愣愣地,便在旁边轻问了一句。

齐君元从旁飞的思绪中收了回来,为了掩饰自己刚才的失神他毫不客气地说出自己的看法:"你们原来的计划从一开始就在方向上错了,按目前情况看来,刺杀符皇后是个完全没有可能做成的局。"

庖天下和郁风行对视了一眼,他们是在揣测齐君元所说的真实性。唐三娘和哑巴则一直注视着齐君元,他们了解齐君元,相信齐君元的能力,所以在等待齐君元接下来说什么。

"符皇后如果是在东京城皇城之中,那么每天的防卫都是有正常规律的,皇宫每天各种应用消耗的进出非常大,外工临工的需要也时常会有,这样就有机会潜入宫中防护最外围的一两层守卫圈。而且皇宫之中屋宇高墙交错连绵,很多位置的防护是将这些屋宇高墙视作阻隔物和防御物的,所以只要路线和器具合适,又可以从这方位上突入两三层守卫圈。再往里便是规矩森严的内宫,此处的防卫顾忌和规矩很多,所用人色也受局限。加上内外宫守卫相互有别,也是有机会找到些漏洞再突入一两层守卫的。而最贴近符皇后的防卫虽然都由专门的高手负责,但这些高手久居宫中少走江湖,经验

第六章　野树台反落兜

上会比较欠缺。只要能够手段合适、视情而谋，那就可以调出他们，从而寻隙接近到距离符皇后最近的位置。虽然不一定可以到达一击刺杀符皇后的距离，但终究是可以看到点儿成功可能了。可是现在呢，符皇后是在专设了保护的军营之中，那就一点儿机会都没有了。"

"你说说理由，这军营每天人进人出颇为混乱，应用需求也是极大，营中巡防也不如皇宫之中那么严密，为何反而没有机会了？"庖天下并不承认齐君元的说法，而他这样的追问恰恰暴露了他的一个弱点。他也许是最会杀人的人，即便最厉害的刺客都很难从他刀下逃过。但他却不是一个擅长布设刺局的人，特别是像眼下这种大型的刺局。

"符皇后虽说是在军营之中伴驾征战，可实际位置却在后军设立的一个单独营盘中，由禁军最为精良的兵将加以保护。这禁军军营首先就是个难以突破的铁桶，不仅仅因为那些都是最为精良的兵将，而是因为他们从训练到征战都始终在一起。每一个团体都是一起出生入死的兄弟，相互间非常熟悉。然后团体和团体间又是有着紧密联系的，所以陌生人根本无法进入，更不要说一个陌生的女人。其次，这样的军营虽然每天需用很大，但军中都是有专门的粮草运输官兵领取和分派的，这方面也是找不到空子的。再有，符皇后出到宫外，近身处肯定安排了最为厉害的高手进行保护。而这类高手不仅身怀独特绝技，而且会因为身在宫外临时加派江湖经验丰富的高手，这其中肯定不乏专门针对刺杀和意外事件的高手。稍有风吹草动便会有所警觉，更不要说让陌生人靠近了。"

大家沉默了，即便不常做这种大刺活儿的谷生谷客，只要有离恨谷技艺的底子在，听了齐君元这几句话都能完全理解。

过了一会儿，一直未说话的郁风行开口了："你也没有办法做成刺局？"这是在问齐君元。

"没有办法，我早就说过这是个不可能做成的刺局。"齐君元想都没想就回答道。

"那么让你协助唐三娘根本就不存在意义了？"庖天下依旧是那张笑脸，但此时这笑脸让人觉出一丝寒意。

"怎么可能不存在意义，我能辨别出此时无法做成刺局，当然也能辨出什么状态下可以做成刺局。"

"但是我们的活儿不能让你无限期地等下去、辨下去的，是要赶紧做的。"庖天下提醒齐君元。

"我知道，所以我们要主动做些事情，让目前的状态发生改变，那样才有可能找到做成活儿的机会。"

"主动做些事情？做什么？怎么做？"唐三娘也好奇地追问一句。

"我在想。"齐君元紧皱着眉头，并不掩饰自己感到艰难的表情。

"齐兄弟这么拆开了、掰碎了一说，看来的确是从一开始就在方向上发生了错误。早知道就不要那么费神地将符皇后逼出皇宫，费了那么些劲儿，最后反而把机会弄没了。"郁风行御车杀人的速度是极快的，但反应却好像是慢了半拍，依旧纠结在之前的话题里。

"对了，你们说符皇后是谷里派人用手段逼出大周后宫的，那是怎样逼出的？"齐君元赶紧问道，他隐隐觉得这其中有文章可做。

"具体怎么做的并不知道，只听说是用诡惊之术。是让符皇后觉得宫中有夜鬼出没无法安睡，请了多少法师神婆都无法化解。周世宗在外征战无法回朝定夺明辨此事，又怕符皇后久处此状态身体愈发乏弱，就下旨让符皇后暂时离宫陪驾亲征。"

"好！就在这里！机会就在这里。"齐君元猛地拍下大腿。

没人说话，大家都只用眼睛盯着齐君元。大家都是离恨谷中的高明刺客，所以知道什么时候该说话，什么时候该聆听。

"咱们可以先行将刺客安排到大周宫里，然后将符皇后逼回皇宫。"齐君元此刻恢复了最为平常的沉稳状态，一个刺局的构思在脑中已然逐渐成形。

驼夺船

秋冬相交之际，河水干浅，周军便是利用这个时机对南唐淮河水军发起

第六章 野树台反落兜

了突然攻击。

淮河宽浩绵长,即便是干浅季节,也是需要乘舟才能渡过。周军无船,即便有船也无法在南唐淮河水军措手不及之间快速击到对方。所以淮河水军之前根本就没有考虑过大周会采取任何突击方式的攻袭,更没想到他们有比舟船更加快速的过河工具——骆驼。

周军的攻袭是赵匡胤组织的、他以往多次进入南唐境内渡过淮河,对淮河的大概水深和水流有所了解。然后这一次又经过多次勘察,寻访河边居住的当地老人,最终确定在河水最浅的季节,从十八里滩的河道拐弯处用骆驼渡河直接快速地攻击南唐淮河水军,夺取对方船只。

当然,要想按自己意图在选定的地方实施攻袭,首先就要将对方吸引到选定的位置上。所以赵匡胤让赵普带人连夜在翁鱼肚这一段水道搭建浮桥,而且是数座浮桥一起搭建。

翁鱼肚这段水道比较宽阔,北边是鱼肚的弧形河岸,南边却是鱼背的直线河岸。正常而言,此处地形是有利于南唐方面的防守的。但如果几道浮桥同进,同时出击,即便有兵力阻挡,也是有机会突破防守的。而从此处过河之后,有三条分叉开的大道直通东、南和西北。往东可以直扑濠州,往南可攻击濠州后援南关城,往西北可以迂回至南唐淮河水营,也可以包抄水营的陆上依靠羊马城。

在翁鱼肚附近有一个驻扎的营总,连水军带步军有一千多人。再加上沿河设置的水障、岸叉、滩棘,坚守一段时间不让周军渡河登岸是没有问题的。但想彻底粉碎周军渡河企图,则必须有淮河水军大营出战船拦河攻击才行。

赵匡胤正是看出了这一点,而结果也正和他预料的一样。浮桥才搭起一小半,淮河水军大营便得到消息。但是为了防止是圈套,水军等到天色发亮之后才派出大小几十只战船往翁鱼肚而来。而水军船队前往翁鱼肚,龙角弯将是必经之处。龙角弯是个急弯,也正是因为有这么个弯,此处才会淤泥堆积,河道狭窄水浅。

船队到龙角弯之前河道两岸一切正常,但就在要穿过龙角弯的时候,突然间烟雾滚滚，整个河面都看不清了。

"西北风向，烟是顺河而来。"有船队瞭哨在高喊。

"烟带硝味，是人为放的烟火，大家小心，船只间尽量拉开距离！"有经验丰富的水军将领在高喊。

这种情形下肯定有很多人是慌乱的、不知所措的，他们的表现已然注定了此次突袭的成功。

也有些人是镇定的、有经验的，所以马上组织箭弩车、甩抛车构成防御架势。烟虽然是顺河而来，但是最近的攻击却来自北岸。刚刚没有烟雾可以看清周围时河北岸的确一只船都没有，所以即便藏有些小快舟用于突袭的话，现在最多也只是借着烟雾遮掩将船推下水或刚刚离岸。于是防御的箭弩车、甩抛车调整的角度和高度都是将攻击点估摸在离北岸二十步范围的水面上。但是他们的判断错误了，错误引导的快速反应一样改变不了此次突袭的成功。

未等对方箭弩车、甩抛架调整妥当，大周第一批的两百多只骆驼已经冲入了河中，并且以极快的速度朝着那些战船靠近。赵匡胤之前已经仔细测算过了，此处的水深足够那些高大的骆驼踏着河底行走。虽然水下迈步要比陆地上艰难些，但一只骆驼只带一人在水下行走还是比船只要快速许多，特别是刚刚冲下河的那一段。所以当那些南唐水军估测他们才将藏在岸上的快舟推下河时，那些骆驼已经快冲到他们的船下了。

当南唐水军兵卒发现骆驼时，那些骆驼已经到了船舷边了。而内河水浅，所以使用的战船不像海船，船体较轻较低，船舷较低。所以首当其冲的赵匡胤和禁军教头潘彪只需踩踏驼背，便分别纵身上了船队的头船和二船。不过紧随他们之后的其他禁军兵将却没法像他们一样上船，而是纷纷掏出抛钩、绳砣等攀援器具并甩上船来，在结实的部位固定好再快速攀爬上船。

赵匡胤在江中洲曾经历过一场巨浪中的船上大战，所以对船战算是很有经验的。上船之后便如下界的凶神般毫不手软，盘龙棍挥起，棍上龙身撒开，横扫船头，将靠得近的对方兵卒直接砸进河里，将离得远的兵卒逼退到河里，将反应敏捷、动作灵巧的兵卒逼迫得只能趴伏在甲板上抬不起头。

只凭着一棍之力，赵匡胤便完全控制住了船头部分。而后续的大周禁军便都从船头位置攀援上船，刚上到船上就立刻将船头船锚扔下水去。

潘彪擅长连环镖的绝技，抢上二船后也是一样，双手连环发镖，抢占住船头位并放下船锚。头船二船一停，后面船只便挤拥上来。虽然及时落帆转舵相互间未曾撞上，但整个船队的顺序方向瞬间全乱了。

船一乱，船上本来就有些慌乱的人变得更加慌乱了。虽然也有部分清醒的人意识到应该阻止那些突然抢上船的人，但真正拔兵刃冲上来的却并不多。因为他们更加清醒地意识到自己不是那些人的对手，冲上去后只会成为一个牺牲品。

而原本准备攻击对岸河边的箭弩车和甩抛车则全都失去了攻击方向，只两三个发出了箭弩和铁钉球，却都不知道飞向了哪里。而就在这个时候，第二批五百多只骆驼下了河，快速往已经乱了的船队冲来。紧跟在骆驼后面的是翘头快舟，这种小船只需五六人就能抬动，放到水里之后却能搭乘十几人，而且水中划行特别灵活快速。周军藏在此处的这种快舟特别多，很快便几乎铺满了半边水道。

而这时候前面上船禁军抛出攀援器具的另外用处也显现了出来。他们上船之后便立刻将这些器具的绳尾互抛扎紧。这样一来，所有船只便像连接在一个大的蜘蛛网中，相互拽扯不开。

一切发生得太过突然，可是一旦南唐水军清楚发生了什么，肯定是会马上组织最有效的反击的。因为他们毕竟也是征战多年的战士，是称霸淮南一带最厉害的水上军队。

"砍断连接的绳索，杀光上船的周军。"头船船楼里冲出了南唐淮河水军副指挥使司骐惠，他高喊一声之后立刻提九环关刀直扑赵匡胤。

赵匡胤知道此时绝不能让对手有丝毫喘息的机会，毕竟对手更善于船战水战，而且人多势众。一旦回过味调整过来，自己这些禁军虽然勇猛，却不见得能在这舟船上占到便宜，所以一定要速战速决、制敌制首。于是他也主动迎着司骐惠冲了过去，未等双方靠近，盘龙棍已然挥舞而起。

司骐惠看到赵匡胤挥棍过来，但他并没有将此当一回事。因为双方距离还远，棍子根本够不到自己，所以这一招在他认为只是一个震慑对手的虚招而已。但是很快司骐惠便知道自己错了，棍子的确够不着他，可随着棍子的挥舞，棍上疾飞而出的盘龙却是够得着他的。更怪异的是那盘龙并非完全随着棍子的挥舞方向直接扫击过来，而是扭曲着、翻滚着、悠忽不定地伸缩着。

司骐惠没能挡住那条龙，他的刀也确实挥出了，也碰到那龙身了。但这一碰反让那龙改变了方向，龙头绕过九环关刀后径直斜斜撞向司骐惠的左侧太阳穴。司骐惠穿着重甲厚盔，但那龙头仍是一下便将厚盔撞裂、将头骨撞碎、将太阳穴撞瘪。

随着司骐惠的尸身直直倒下去的一声响，整个头船上顿时寂静下来。船上主帅倒下，这比战船主桅倒下更让人感到心惊和绝望。一条船是由很多人整体作战的，需要一个指挥官统一调度。一个船队是很多船整体作战的，也是需要一个指挥者统一调度。但现在整条头船乃至整个船队的指挥者死了，一招之下就死在了敌将手中。所有看到这情形的南唐水军官兵心理都彻底崩溃了。

"落帆！倒桅！"赵匡胤站在船楼的楼梯上叱喝一声，那气势便如天神下凡一般。

头船上的南唐水军被赵匡胤的叱喝惊得同时一哆嗦，整条船仿佛也猛地顿颤一下。然后有人仿佛丢了魂一样马上按赵匡胤所说的去做，完全忘记了这是一个刚刚杀死他们主帅的敌人，只觉得他的话是必须照办的。

头船的帆落了桅倒了，而古时水军战船只有三种情况才倒桅：退役的船，遇到险情需要倒下桅杆的船，还有就是成为敌人俘虏的船。而现在的情形只可能是第三种。

主船桅杆一倒，离得最近的几条船首先放弃抵抗，也马上落帆倒桅。接下来这情形便如多米诺骨牌一样，很快船队大部分船只都放弃了抵抗，倒桅投降。不过也有十来艘战风剽悍的船只试图反击突围，但是它们被各种攀船器具的绳子拉住挣脱不开，然后第二批骑骆驼冲杀过来的大周禁军精英也都

第六章 野树台反落兜

及时抢上船来。而紧跟着那密密的如同水蜉蝣般的翘头快舟也围聚过来，其势便如群狼扑虎一般，很快就将那十来只船彻底制服。

这便是后周淮南战役中经典的十八里滩骆驼夺船战，赵匡胤亲自设计并参战。这一战大周以极小的损失夺取了南唐淮河水军四十多条战船，格杀两千多人。但这一战的意义不仅如此，当淮河水军拦河阻击的意图被打破之后，赵普带人在翁鱼肚那里佯搭浮桥立刻转为真搭浮桥。然后在赵匡胤缴获的四十多条南唐战船的协助下，击溃翁鱼肚那里的守防营总，让大周大军顺利渡河。

而大军过河之后，赵匡胤所率禁军骑兵立刻分作两路，一路疾奔羊马城，一路从陆上包抄淮河水军大寨。与此同时，潘彪率领缴获的南唐战船由东往西攻击淮河水军大营，王审琦带领周世宗最近在大梁城西汴水侧集工徒建造的楼舰百艘，由西向东攻击淮河水军大营。

从翁鱼肚过河的还有招讨使李重进，他带兵从另一条道路攻取南关城，由此扼死濠州的后路，断了他们的补给和援助。这样一来只等淮河水军大营被拿下之后，濠州便彻底孤立在周军的围困之中了。

而就在赵匡胤十八里滩之战大获全胜时，武宁节度使武行德率部围困楚州已经许久，城中粮草殆尽无力抵抗，只稍动手脚便拿下楚州。而武行德分出的另一路兵马沿海岸往南推进，也已经拿下盐城县，将南唐产盐之地控制住。此时他们正继续南下，直逼静海制置院。而一旦静海制置院拿下，吴越助攻的海上战船便有了可靠的立足根基。

所有这一切让周世宗非常的兴奋，他觉得自己决定转战淮南的策略是正确的。淮南是南唐的盐产地，又是很重要的粮食产地。只要将淮南拿下，那便是掰下了南唐半国的资产。这不仅可以缓解大周的经济窘态，而且从此可以锁住南唐咽喉让其受己摆布。

原本周世宗想到过攻打淮南的艰难，这么重要的区域，南唐肯定会全力守卫寸土不让。而实际情况也是如此，南唐军确实很拼命，不惜投入大量战斗力很强的人马。但可惜的是人马虽多虽强却没有很好的统一调度，缺少一个可以掌控整个战局的军事人才。这人才南唐本来是有的，就是李弘冀。但是天助大周，那李弘冀不久前染病死了，所以现在的战局已经开始呈现一边倒的趋势，很快大周将全线出击占领淮南。

就在周世宗最为兴奋的时候，有人带回了奄奄一息的薛康。这给周世宗浇下了一盆冷静下来的凉水。

薛康是虎豹队的先遣卫找到的。虎豹队的先遣卫是赶到野树台的杀戮现场后未发现薛康尸体才一路找寻下来的。而当他们找到薛康时，他已经是在一个村户门口的草垛中躺了三天。身体开始发寒僵硬，只剩丹元处的一口暖气还未曾散。

"是何人下的手？什么原因？"周世宗觉得薛康气若游丝，回答不了什么问题了，所以挑了他认为最重要的问。

"蜀国刺客，不知原因。"薛康勉强吐出几个字，又耗掉了他半口气。

"能确定是蜀国刺客？"周世宗顿时觉得问题有些严重了。

"禀皇上，从现场来看，应该是薛将军发现异常情况后设局截拿目标，却被目标破局反杀。目标人不多，但极其厉害，从现场散落遗留的物品看，应该是蜀国的人，因为其中有很多卷的《花间集》。"一旁统领虎豹队的赵匡义主动替薛康回答了周世宗的追问，野树台那里的现场他是亲自查勘过的。

"有《花间集》，那应该可以肯定是蜀国派遣来的。"周世宗似乎对《花间集》不是一般的了解，而且从语气可以听出这《花间集》还具有不一般的功能，至少是可以用来证实齐君元他们是来自蜀国的。

"刺客身上有半张宝藏皮卷。"薛康这一句话耗费了他余下的半口气，好在他将自己认为最重要的说完了。其实不管发现得早还是晚，薛康都是难逃一死的。庵天下的月牙芒有五枚都钉在气脉五行穴上，这便是为了给薛康留下五个喘息说话的机会。而五个喘息的气量一旦用完，那就必定气绝身亡。

"宝藏皮卷，不是听说被南唐李璟得到了吗？半张？只有半张，我知道了，看来南唐下血本了，是要让刚刚被我夺了四州的蜀国出手助他。既有利得，又可复仇，蜀国何乐不为。"周世宗很快便由薛康最后留下的两句话里理清了头绪。

第六章　野树台反落兜

"可是那些蜀国刺客是要对谁下手呢？难道是我？哈哈，想在我千军万马之中刺杀我，那蜀国派来的刺客有这本事吗？"周世宗傲然而笑，他并没有将这些可能是对他下手的刺客放在眼里。

第七章　试探

巧启锁

　　齐君元设计的刺符皇后刺局可以说是一举两得。因为这个局要想实施下来，必须是分两路进行。而齐君元心中早已想好，他将和唐三娘一路先行直奔大周皇都东京城，让唐三娘揭了扫除后宫邪秽的皇榜混入宫里去。而将符皇后逼回东京皇宫的事情则由庖天下、郁风行和哑巴来做。这样唐三娘是先入宫而非直接接近符皇后，而且宫中真正的高手都随行保护符皇后去了，所以被怀疑、识破的可能性会大大降低。而符皇后被逼回宫时，宫中又正好邪秽已除，这在时间节点和事态发展上也都是顺理成章的事情。再有，齐君元自己也算是终于摆脱了庖天下和郁风行，没了这两个人在旁边，自己会感觉心安许多，而且很多自己想做的事情也能不受制约。

　　和之前同样的，齐君元的刺局唐三娘这个刺头说了行并不算数，还是要哑巴用黄快嘴发询行帖问过离恨谷中主事之人才可付诸实施。好在这一次仍然只用了一天便得到了回复，但是谁都不知道那一份露芒笺是何时由何人端端正正地摆放在房间桌上的。

第七章　试探

这份露芒笺说是许可了齐君元的想法，还不如说是重新分配了刺符后的刺活儿。唐三娘这个刺头由齐君元陪同急速赶往东京，到那里之后，会有洗影儿的蜂儿主动出现协助，尽快让唐三娘以最为安全合适的身份进入大周皇宫。而庖天下、郁风行和哑巴则赶往符皇后现在所居的大周禁军营盘，在十五天之后开始采用一切手段让周世宗和符皇后觉得此处极不安全，迫使符皇后离开此处返回东京。而对庖天下他们的指示，其实也是给了唐三娘他们一个时间限制。必须尽量赶在十五天内到达东京并混入宫中，如果时间拖得太长等符皇后回宫后，再想进入难度和危险就大多了。

看过这份露芒笺之后谁都没有多说一个字，唐三娘和齐君元收拾一下在半个时辰之后就上路了，似乎对庖天下、郁风行都有一种迫不及待要远离的欲望。他们所在的位置离着南唐与大周的边界很近，躲过双方军队的巡查进入到另一边对离恨谷的谷生谷客来说是非常简单的一件事情，所以当晚他们两个就已经深入大周境内几十里远。

进入大周境内后他们两人并没有采取什么潜行方式，只管找寻各种能代步的方式往东京急赶。在这兵荒马乱的年景，这样两个平常乡人装束的男女在路上着急忙慌地赶路是很正常的现象，反不会引起别人注意。于是一路的日夜兼程，他们只用了十二天的时间就进了东京城。

虽然符皇后回宫的日子不一定，但对于唐三娘来说，最佳的时间节点是赶在庖天下他们动手之前。否则那边开始逼驾还宫，这边正好混入宫中，还是会让有些人产生联想的。

刚进东京城南城门，齐君元便和唐三娘在路边一个小面棚子里要了两碗面坐下，然后随手用桌上茶杯筷子搭了个"探海寻"。东京城人生地不熟，而且这里又是皇朝国都所在，衙门衙役、九城城防、侍卫府等组织的或明或暗的巡查到处都有。所以齐君元决定还是先不要乱闯乱撞，联系上谷里安排接应的洗影儿再说。

面吃完了，又等了两盏茶的工夫，始终没有一个人过来与齐君元他们搭腔或有所示意。齐君元看着城门那里进进出出的人流，不由皱紧了眉头。南城门应该是自己最有可能进入的方向，而且城门口人多嘈杂，也是最合适暗中联络的地方，为何那应该主动找来的洗影儿却没有出现呢？齐君元决定不再等下去了，他果断决定离开。最合理的位置不曾有合理的事情进行，那就说明存在着某些不合理。

正当齐君元和唐三娘起身离开面棚子时，一个人从齐君元身边轻轻碰过。这一碰非常轻巧，轻巧得就像没有碰到一样。但是，这轻巧地一碰却似乎是瞬间带走了些什么，让齐君元蓦然间心中空落落的。

"快，跟上那个泼皮，他顺了我的瓢儿（拿了东西的意思）。"齐君元悄声对唐三娘说一句。

唐三娘并没有完全清楚发生了什么状况，更不知道齐君元被别人拿了什么东西、这东西值不值得去追。但是她见齐君元已经迈急步往前追去，她也只能立刻横向拉开几步距离，沿着临街店铺屋檐下的滴水砖快步跟上。这样一来两人之间不仅拉开距离呈前后斜角状相互呼应，而且还可以在需要时对前面那个人采取包抄之势。

前面那个泼皮破落户模样的人似乎意识到齐君元他们跟了上来，于是加快了脚步，而且很快离开大街转入人迹越来越少的小巷。那些小巷纵横交错，就像迷宫，也只有人群聚集的大都城里才会出现这样复杂的聚居环境。齐君元非常相信自己的直觉，刚才那人碰过自己时运用了一招手法，他觉得这手法自己非常熟悉，和自己所属离恨谷妙成阁中技法似同源而出。所以即便周围环境变得复杂危险，他依旧很坚定地跟在后面。

但是此刻唐三娘却紧张了起来，因为进入小巷之后她和齐君元再呈不了斜角呼应状态，只能是一前一后拉开七八步的距离。而就在又转入一条弯曲的小巷之后，她闻到一股淡淡的味道，有一丝酒香又有一丝花香。那味道一直跟在背后，不远也不近。

唐三娘一直没有回头，如果坠上的是可怕的对手，回头是没有用的，回头的时间已经足够对手杀死自己。她只是将脚步稍稍放慢了一些，和齐君元的距离再拉开了一些。同时手指轻捻，暗暗将藏在指缝间的毒料热化。只有在不回头的状态下出手，那才有可能击退后面坠上的对手。即便自己不能一举击退对手，那么将自己与齐君元的距离拉开，这样至少可以让齐君元多出

第七章 试探

反应的余度，也是为了让他在自己出手无效之后可以及时回身救助自己。

但让唐三娘没有想到的是，齐君元突然停住了脚步，站在原地一动不动了。她此时还没来得及拉开自己觉得合适的距离，但为了保证现有的距离，她只能也赶紧停住了脚步。身后的味道没有停止仍在继续地靠近，所以唐三娘只能出手，头也不回地出手。

齐君元突然站住是因为失去了前面的目标。很奇怪，只是转过一小段突出的弧形墙，前面的人就不见了。

这人会去哪里了？这个巷子应该是几户人家的后院墙相夹而成，左右各有几扇杂木门。但这些门要么是从里面关得紧紧的，要么是在外面挂着大小不一的铜锁。刚才齐君元紧跟在后面，前面的人从他眼里消失只是瞬间。即便那人有钥匙开锁或有器械挑开关紧的门户，那也是来不及的。更何况进到门里又如何能将锁从外面锁上，所以那些挂着锁的门可以不作考虑。最大的可能是其中有扇门原来是打开的，前面那人转过之后进了门再从里面将其关上了。

齐君元左右扫看几眼后最终坚定地站在了一扇门前，但这门却不是从里面关死的，而是有一把大铜锁锁住了门扇左右各一只搭环。

"出来吧，我知道你在里面。"齐君元朝那门躬身轻声说道，就像在召唤自家一个调皮捉迷藏的孩子。

而早在齐君元停住脚步的那一刻，唐三娘已经出手了。她真的没有回头，只是将一只轻捻之后却变得异常红艳的手掌挥向身后。手臂很短，出掌很轻，所以这手掌打不到什么人，而且肉乎乎、粉嫩嫩的一只手也打不动什么人。但是这手掌是有味道的，比后面跟上来的味道更加浓郁更加好闻。

随着"噗——"的一声，身后的味道也瞬间变得浓郁，真的有酒香，还有桂花香。不仅变得浓郁，而且还在瞬间遮盖了唐三娘手掌挥出的味道。

唐三娘除了闻到了味道，还感觉自己朝后挥出的手掌温温的、湿湿的，但是没有疼痛感。她知道刚刚有东西喷上了她的手掌，却不知道那到底是什么东西，对自己又会造成多大的伤害。

齐君元依旧站在那扇门前，依旧躬身缩头在低低地说话："直匙拔榫锁，看着虽大，其实结构简单，只一个凹损锁定。懂得其构造的高手只需空手在锁身前端一分半的位置用力敲击一下，同时配合好拉动锁杠，就能将锁打开。进去后，将锁身竖挂住一侧门的拉环，另一侧门的拉环扭转成横放，将门合上时，另一侧门的拉环也正好会在锁杠里。而另一门的拉环碰撞被竖挂住的拉环，可使锁身下落，依靠其重量自行锁上，并且刚好会是顺着双门环挂落的位置。唯一的一点异常就是扭转横放的门环会有些上翘不是顺挂，而我也正是由这一点辨别出你是躲在这里面。"

门里面没有声音，似乎真的没有人，又似乎在等待齐君元继续说下去，说到他满意为止。

"但这有些上翘的状态其实是有大用处的，此时进到门里的人要是还想出来，只需将门拉开一些，就可利用这别扭的上翘将门环和锁杠别住劲不动。而锁身前端一分半又正好对着拉开的门缝，只需用一根手指或手指粗的物件顺门缝往锁身上再敲击一下，这直匙拔榫锁便又打开了。"

门里还是没有动静。

"凭妙成阁中技艺从门外或门内打开这锁我也行，但是只在视线中消失的一瞬间里就将这锁打开并重新锁上，却并非一般的妙成阁技艺能成的。不仅是加入了其他属技艺练成的独到手法，而且必须针对锁具专攻修习多少年才成。就如同我之前遇到的六指便是如此，他是以妙成阁技艺加力极堂巧力绝学才练成指间刀的。"齐君元确实觉得能在瞬间开锁进门、关门反锁的高手除了熟悉器具机巧外，还必须在力量的运用上有一定造诣。

门响了一下，没有看到任何敲击那锁就自己打开了。

"我和六指恰恰相反，他是专修力极堂巧力技，兼学妙成阁技艺。而我是专修妙成阁机巧构造，再去兼学了力极堂的运力之法。你刚才所说从里开锁的方法没错，但啰嗦了。其实只需开门时将左右门扇错开一分二后同时推出，那门和门环就能直接撞开这种锁具。"

门里走出了刚才那个泼皮，这么冷的天他只穿一件薄薄的单棉袄还敞着怀。里面光光的没有其他衬底衣，露出红彤彤的皮肉，也不知道是天生如此还是被冻的。他一张脸也是红彤彤的，胡须不长但很多，满脸颊都是毛，单

第七章 试探

看脸就像没进化好的一只毛猴。身材本就不高还有点佝偻，满头的乱发披挂下来几乎把眼眉都遮住看不见。

齐君元相信那个泼皮的话，因为只要对锁具结构熟悉并且用力巧妙，确实可以直接用门将其撞开。但这不是一般妙成阁的高手或力极堂的高手能做到的，这样的高手必须是具备娴熟巧力之功并且精研过各种锁具结构达到极致程度的才行。而面前这个泼皮就是这样的高手，不仅仅因为他刚才确实直接推门撞锁出来，还因为更早前在面棚子那里他轻撞一下齐君元，便很轻易地从齐君元怀里的一本书上撕下了一张纸。这也就是齐君元，一个正警惕着的高明刺客，换一个人根本无法觉察到。所以不管此人是不是一个优秀的离恨谷刺客，但可以肯定他是一个绝顶的偷盗高手。而他那乱发遮眼的装束也正说明了这一点，偷盗的人最不希望别人知道他的眼睛在看什么。

后边的唐三娘此刻已经收回了手掌，带回了一手的酒香和桂花香。她也是身体凝固了很久之后才收回手掌的，其实凝固的这一段时间是在等死，等着后面追加的杀招，等着手掌上异常情况的发生。但是没有，什么都没有，要没有那飘荡的酒香和桂花香，就好像什么事情都没有发生过一样。

手掌真的没事，只是被别人喷了一口酒，一口带有桂花香的酒。其实唐三娘如果不是捻热手掌中的毒料朝后出手攻击，这一口酒也是无需喷的。后面的人只是为了防止毒料伤到自己，急中生智用这一口酒将唐三娘手掌中捻热的毒料再次湿粘住。

"你对危险的感觉很灵敏，这可能是出于女人的细腻感应。另外你的嗅觉非常突出，我出酒店坠上你们时，将最后一口桂花稠酒含在嘴里没咽下，你竟然不用回头只从含在嘴里的酒味便发现到我的存在。"

"但是，我知道你会说但是，因为刚才实际情形我已经是在你手中死过一回了。"唐三娘直言直语，并不掩饰自己刚才的危险和窘迫。

"但是你不是一个用毒的高手，要不然刚才就是我在你手里死过一回了。所以我现在很担心这个刺活儿你到底能不能做成。"

唐三娘缓缓转身，她想看看背后到底是怎样的一个人。这人一直只看到自己背影，而且也只化解了自己挥出的一掌，连交手接招都算不上。但他却能清楚地辨出自己技艺的高低强弱之处。

身后说话的是一个身材英挺的男子，三十几岁的样子。很是清秀俊朗，颌下有一缕飘柔的短髯。而最为特别是他一身的装束，护肩护腰虎趴靴，外氅之中衬皮甲，那是一身禁军内卫的打扮。

"该试的都试了。路旁草木落闲语，不要在此处啰嗦了，有话到地方再说，先跟我走。"前面那个泼皮模样的人说完便再次往前快步走去。齐君元和唐三娘快步跟上。

桃木人

四个人一言不发只管迈步走路，很快就从纵横交错的小巷中钻出。出了巷子没走多远就是一个不算小的河塘，河塘的对面紧邻着一座不算小的宅子。这座宅子和平常的大宅子有些不一样，它不是整体一座前厅后园左右院的宅子，而应该是许多独立的小院落组合而成。但是从格局、材料、位置、门户进出等方面看，这些小院落又是统一的，全附属于中间一个大院落。

"这里是赵虞候府，是特意建造这种样式的院落。因为他的江湖朋友多，许多外官边将也都和他交好，所以家里总有人来来往往。那赵虞候便让来访的朋友兄弟住在这些单独的院落里，这样他们自己随意轻松，也不会叨扰到家里内眷。另外有些家在外地的将官，特别是禁军的一些头领，赵虞候也会让他们住在这里。这一来可以更拉近他们之间的关系，再则有突发事情时招呼起来也方便。"走在最后的禁军内卫主动向齐君元和唐三娘说明。

"哪个赵虞候？"唐三娘回头问道。

"禁军总统领、殿前都点检赵匡胤。因为之前他是虞候出身，东京城里的人都习惯叫他赵虞候，管这大院落叫赵虞候府。"禁军内卫解释道。

"我们临时的落脚点就在其中一个小院落里？"齐君元也问一句，但其实他心中基本能肯定会是这样的。

"是的，东京城中不管哪一级衙门、守军都知道赵虞候府这里是不用巡查的，因为住在这里的本就是维护朝廷的重要人物，他们都是本领高强的武

第七章 试探

将、教头,还有江湖高手。再有这些院落住的人都与赵府关系极好,但他们之间却不见得有太多交往。加上住的人又是有一定官职的,地位相差很大,从江湖人到朝廷重职都有,所以一般没有什么事情他们是不相互打扰的,这也就是为何要建许多独立小院的原因。"那泼皮模样的人接着解释道。

"所以我们要是在其中一个独立小院落脚,那也不会遭遇到巡查和打扰的。"齐君元主动替那泼皮下了个结论。

"没错。"

"但是独立的小院中如果有人住的话,那么我们是无法借用的。如果是没人住的话,那随时可能会有人住进来。所以最合适我们应该是一个本来固定有人住,但现在那人没住在里面,而且短时间内不会回来的小院落。"

"是的。"

"不过也可以是一个虽然有人住,但那人也是离恨谷中洗影儿,或是长时间伏波于此的蜂儿。"齐君元回头看一眼禁军内卫,"他官服级别只是一般侍卫,不够资格住进这样的院子。如果像我所料算的那样,谷里在此处应该安插了一个更高职位的蜂儿。"

"你问得太多了,有些事情不该你问的。"禁军内卫装束的人回了齐君元一句,语气比身边冬寒的河塘水还要冷。

"我没问,只是自说自话而已。"齐君元笑了,他不是要结果,他只是要看反应,刚才那禁军内卫的反应已经让他获取到某些信息。

四个人说话间已经绕过河塘,到了赵府的后面。那赵府正院落的后院墙有一段是没有的,这样正好将河塘包进去一块,成了府中后花园的一景。

"等等,这片水面有些奇怪,周围像是有异常毒物。"唐三娘突然停步说道。

"不会吧,这水是金水河流过来的,此处是它一条分支的终端。那金水河从东京城中过,百姓多用此河水洗用,从未曾听说有毒物伤人啊。"泼皮模样的人感到很是诧异。

"不,真的是有,而且可能是人为饲养。不信你看那湾口处,水里还拦着钢网呢。"唐三娘很坚持自己的发现。

后面的禁军内卫说话了:"我前些时候听说赵虞候从南唐江中洲带回一种剧毒的鱼,叫什么虎齿毒刺昂,会不会就养在这里?"

"虎齿毒刺昂?听说过,那是一种极为少见的嗜血食肉毒鱼,可养那东西又能有啥用处?"唐三娘真的无法理解一个朝廷重臣养毒鱼会是为了什么。因为她虽然是一个杀人的刺客,但盘算琢磨的只是杀死很少数量的目标。而赵匡胤却不一样,他的杀伐目标是战场上成千上万的兵将,所以他觉得如果是在一个临近水面的合适区域与敌对仗的话,将虎齿毒刺昂和黑婆鸦放出,不管从明还是从暗,都是可以将敌方人马大批毒杀的。

齐君元在旁轻声说道:"我也听说过这种毒鱼,它好像与一种叫黑婆鸦的鸟是天敌,但又相互依存。有鱼便有鸟,有鸟便有鱼……"

"什么鸟呀鱼呀的,和我们有啥关系?赶紧地,趁着没人进东巷,二道左边第一个院子。"泼皮模样的人没等齐君元话说完就将他打断了。

唐三娘和禁军侍卫尴尬地笑了一下,随即紧跟那泼皮的脚步溜进那片院落群。而齐君元却是稍稍迟疑了一下,然后才跟了上去。

等进了那个小院后,两个人首先报出了自己的身份。

"在下侯无卯,隐号'即开',离恨谷谷生,位列工器属。"

"我叫王彦升,隐号'剑尔',是功劲属的谷生。"

唐三娘旁边捂嘴一笑:"一个猴无毛,偏偏脸上都是毛。一个奸儿,看样子倒真有几分奸。"

齐君元的表情却很严肃,只从两人报出身份的态度,他便发现两人的一些特点了。那侯无卯虽然一副浪荡的泼皮模样,其实说话做事却十分严谨规矩,这其实与他工器属出身是有很大关系的。而隐号叫"即开",肯定是说他盗窃开锁的技艺出神入化,入手即开。那王彦升虽然一副工整的侍卫装束,说话做事却是有些轻佻随便,这应该是在官府军营那种环境中为掩饰身份而养成的习惯。他的隐号"剑尔",应该是说他剑术有独到之处,以剑取尔等性命手到擒来。

报完身份后,侯无卯便立刻向齐君元和唐三娘说清了一些情况。由此可见他虽心细手巧、严谨规矩,但性格方面却有些焦急直率。这其实也是局限

第七章 试探

他技艺发展的一个原因，注定他的绝技只能专攻某一项，比如偷盗。另外一方面从侯无卯的态度也可以看出，他们对此趟刺活儿很是重视，而且时间上也真的很紧张。

侯无卯递给齐君元一角纸，那是他在面棚子门口从齐君元怀里那本书上撕下的。因为那书是庖天下他们做兜子暗中放在大车上的，那夜野树台翻车后从包袱中掉出一本来，齐君元在黑暗中摸到后藏在身上。而后来由于庖天下、郁风行一直在身边，他都没有机会拿出来看一下。终于摆脱了庖天下、郁风行之后，又和唐三娘一路昼夜兼程，也没意识到要看一下那本书。今天侯无卯用神偷手法从他怀里的书上撕下一角纸来，他才终于想到了这本书。

"我们两个这几天都在南城门口候着你们，但是为了确定你们做的暗号不是巧合，我们没有认错人，这才施用些手法试探一下。"侯无卯解释道。

"城门口勉强能解释是为了认对人，但巷子里开门闭锁就不是为了认人吧？"齐君元虽然嘴里说着话，眼睛却一直盯着那本书，那是一本蜀国毋昭裔私资刻印的《花间集》。这是一套词集，一套有好多本，齐君元拿的这本是第一卷。

"是的，"侯无卯显得有些不好意思，"我们还想掂量一下你们的能耐有几成，因为这个活儿毕竟不是个小活儿。"

"不仅仅不是小活儿的问题，更重要的是你们想知道成功的几率。如果觉得根本没有成功的机会，那你们是不会告知真实身份的，也不会把我们安置妥当的。说不定我要认错门的话，你早就拍拍屁股离开了。与其我们失手暴露了你们，还不如你们自己想其他办法做出那活儿，我说的对吧？"齐君元说话时依旧是把眼睛盯在那本《花间集》上。

"不完全对，即便现在，你们的几成本事也未能让我们满意。"王彦升说话了。

"虽然没有满意，但是你们却看到了成功的希望。"齐君元终于抬起了头，眼睛从王彦升和侯无卯脸上扫过，最后还是落在那本书上，"所以还是先说说如何能让三娘进宫吧，那宫中闹鬼是怎么个设置，如何不着痕迹地破解。"

"大周后宫闹鬼魅之事其实很简单，就是在进献的农夫纺妇那两个桃木人上做了手脚。其中一个设置是我和诡惊亭的高手一起做的，是在木人的胸腹内，叫'齿磨弦'。这是从锁具上悟出的招法，用带浮泡的单向齿环和钢弦做成。现在这种天气，白天天热时，木人内部热气带动浮泡将齿环顺向翻上，不触钢弦。夜间温度冷却下来后，齿环再落下，单向齿环的反齿带动钢弦发出怪异声响。天太冷时，反无法启动，单向齿环会咬死钢弦。这套机栝虽是锁具悟出，但那钢弦倒是完全出自诡惊亭，是叫什么'鬼音夺'。"

"'鬼音夺'我倒是知道，这声响是醒时夺魂，梦中夺魄。是一种刺激性极强的暗音，对体质柔软、神经衰弱敏感者尤为有效。"齐君元插了一句。

"对对对，那弦子虽然发出的声音很微弱，但这种微弱声响在木人胸腹腔、房屋等多重共鸣作用下，是可以对体弱神衰、易惊易恐的人产生极大刺激的。而且这样的共鸣之音是很难找到发出源头的，即便听辨寻音高手都很难找到。不过要想破解这个设置，只需在巳时至辰时这段时间内用一根针插入木人右乳处的一个细眼，便可以戳破浮泡再不会发声。"

"一根针解决，这倒是简便容易的，可做到不着痕迹。另一个呢？"唐三娘也插了一句。

"另一个设置则全由诡惊亭高手做下，是在木人眼睛上，叫'半夜妖目'。是以不规则圆球做了木人眼睛，一面还是原来木头，另一面却是涂了幻蝶荧粉。白天天热时眼珠正常，夜间转冷收缩，不规则的眼珠圆球便会时不时翻转一下。这翻转的荧光一般人是根本觉察不到的，但是神虚、心慌、气血不济之人却能下意识中感觉到。而且幻蝶荧粉又叫妖相粉，其特点是天寒时呈冻结透明状，即便眼珠翻转也觉察不到。而天热之后，粉质流动，便显出异常荧光了。而且你不正眼看时，可感觉到荧光发亮闪烁，你真正视寻看过去，反是一点都看不出，就如虚幻透明一般。谷里传来解法，这一设置其实只需用蜂蜜、熟糯米抹入那木人眼球的缝隙中便能解了。"侯无卯真的是个实诚人，齐君元提及刺活儿的事情，他马上将细节说得清清楚楚。

"你说的这些或许可以让我装成神婆顺利混入宫中，可我们最终的目的是要刺杀符皇后。这你们有何计划吗？"唐三娘终于说了一句像刺头的话。

第七章　试探

"我们的协助只能是帮助你入宫,至于怎么刺杀我们真的没有办法。但是我们今天之所以要试一下你们的本事有几成,是因为要想混入宫中并且在符皇后回宫后不被觉察,那就必须搞定两个人。否则即便入了宫,这刺活儿要想成功也是没有可能的。"王彦升说的话让人觉得有些像撂挑子。

"哪两个人?"齐君元的眼睛再次离开那本《花间集》,缓缓抬起头来。

抚纹在

"万变魔手尤姬和品毒狻猊毛今品,这两人现在贴身保护符皇后安全。那尤姬不仅杀人手法千变万化,更重要的是能看出周围环境中的一切变化,从而发现所有兜相的布设和异常。她之前也许看不出木人中的设置,但只要经过她手,一定可以发现破解设置之后的木人与之前是有差异的。"侯无卯对尤姬的了解比较多。

王彦升接着侯无卯的话头介绍那毛今品:"品毒狻猊这人善用毒,更善品毒,随便什么无色无味的毒料,他看、摸、嗅、尝总能品查出来。三娘此次进入肯定是要用毒料刺杀符后,那么毛今品这一关你恐怕很难混过。而且就算你趁着符后未归、毛今品不在时混进宫了,但像你这种外来无可靠背景的人只能做些外围杂事,基本没有接近符皇后的机会,只能是采用间接的物件设置毒料。而就你所显示的用毒技法,所作设置绝逃不过毛今品的品查。"王彦升话里的意思很明确,他认为唐三娘的用毒技法很差劲,根本不是毛今品的对手。

"那尤姬的魔手真的这么厉害?你巧力加巧工的手法也比不过她?"齐君元的兴趣终于从那本书上转移,抬头盯着侯无卯问道。

"没比过,但从传闻推测,我比这女人最起码要输两筹,一筹是在细致上,一筹是在变化上。其手上触觉功力可细致到辨查出两双洗净的筷子,哪一双是刚吃饭用的、哪一双是刚吃粥用的。而变化之功更是匪夷所思,所有物件到她手中都可顺势顺力改变形态,变成可杀人的武器。"

齐君元听到这里越发感兴趣了,因为他觉得这个万变魔手是一个和自己很相像的人。自己天生做瓷器的细致感觉也是能发现最细微变化的，而自己虽然做不到瞬间顺势顺力改变物件形态用来杀人，却能利用周围的一切物件来达到杀人目的。

就在齐君元眼神微眯，在脑海中构思那万变魔手到底应该是怎样一个人时，坐在他对面的侯无卯突然间拔出一把宽刃直匕，朝齐君元胸前递刺过来。

齐君元眉角一抖，身形未动，伸左手迎刃而去。

匕首在齐君元胸前一尺处猛然停住，而齐君元的手指也正好搭上那匕首的宽刃。侯无卯沉气稳住手中匕首，齐君元食中二指轻轻从匕身抚过，就像从一件精美的瓷器上抚过。

"这把匕首五分处有肉眼看不出的八字细裂纹，这是一把救命匕，用巧力折断后可呈锥尖。自己可在需要时以折断匕首迷惑对手二次锥刺袭杀，落在敌手可以使力拗断匕身以前段反击对手。"齐君元从小便能从细致的瓷器上抚摸出眼不能见的细纹，所以也能抚出匕首上的裂纹。

"你可以对付魔手。"

"你肯定？"

"不肯定，但如果再加上我应该能行。"侯无卯眼中是信心满满的光芒。

王彦升轻轻叹出半口气："你们两个或许可以合力解决万变魔手，但还有一个品毒狻猊怎么解决？"他终究还是担心唐三娘。

"如果我以身为毒器，你觉得毛今品能辨出吗？"唐三娘心中也思忖了好久，她觉得要想成功，可能还是只有以自身为兜毒杀符皇后这一条道。

"你要以身为毒杀器？那你这毒料在身上能伏多久？不要未曾有机会下到符皇后身边自己便已毒发身亡。而且我觉得你身上带有即将发作的毒料，那毛今品还是可以从你肤色、气味等方面觉察出来的。"说到底，王彦升都是小看唐三娘的，哪怕唐三娘是豁出命来做这个刺局。

"可以采用另外一种方式，我慢慢摄入毒料，对符皇后的毒杀也慢慢进行。只要有足够的时间让我在后宫之中，我从符皇后常会出入停留的位置以及常会触摸的物件上下毒爪子，每次都以身体中析出的微量毒料布设，这样

第七章 试探

便可以做到在无声无息、无色无味的状态下将其毒杀。"

"这个我觉得倒是可以的，三娘要是能进宫顺利解了夜鬼惊宫之事，宫里肯定会留她下来长久服侍，以防今后再出现类似的情况无人化解。那后宫之中可不在乎多一个人吃饭拿饷。这样就可以长时间微量地摄入微量地施放，那毛今品应该很难觉察到。"侯无卯首先表示赞同。

"对，即便毛今品有所怀疑，但一时之间查不出真凭实据他是不会有所行动的。而且一个用毒的高手怀疑有人施毒自己却又查辨不出真相时，反而会勾起他的兴趣和挑战欲望。他会让迹象更加明显，直到自己辨出。而等他真的辨出真相时，这个刺局差不多已经做定。"齐君元也赞同唐三娘的计划。

"但是还有一个问题，你慢慢摄入的毒料如何带入宫中？无来由的外人入内宫是不得带入一针一线的，而且要净沐换衣。也就是说，进去的必须是一个光溜溜的、洗干净的人。"王彦升是禁军内卫，知道宫里规矩，所以提出了一个很实际的难题。

"你不是内卫吗？可不可以由你将毒料带入转交三娘？"齐君元问道。

"我这内卫只能到前廷，你如果是要我偷听些朝官议策那是没问题的。甚至要让我偷偷修改一两件秘密奏章，只要机会恰当，我也可以冒险而为。上次我便按谷里布置用一叶秋的流墨树纸偷改过赵虞候留给周世宗的一份秘奏，把佛财两字铺染成灭佛取财。但是内宫我是进不去的，以我的职位就算是靠近到内宫位置也已经是犯大忌了。"王彦升为了表明自己说的是实情还专门提到修改密折的事情加以佐证。

齐君元听了修改密折的事情后心中立刻确定那是一件大事，天大的大事，这更加证实了他最初的推测，离恨谷此番要做的是一个涉及天下的巨大刺局。但他没有追问怎么回事，因为此时他已经不再把这些事情放在心上，这些都和他没有太大关系。他现在要做的是完成眼前刺活儿，寻机摆脱被当作弃肢的后果。

"有没有可能由其他什么人或途径将毒料带入，或者那宫里有没有什么现成的毒料可以用。不管什么种类的毒料我都可以加以利用。"唐三娘有些着急了，因为这一个刺活儿是她儿子恢复正常的希望。不管成与不成都无所谓，但必须去做。可现在遇到的问题是根本没有机会去做。

"没有，都没有，这毒料除非是天上飞的鸟儿给带进去。"王彦升斩钉截铁地回答了唐三娘的问题。

"鸟儿！你说鸟儿，带毒料的鸟儿。"齐君元嘴角微微牵动，漾起一丝笑意，他想到办法了。

蜀皇孟昶最近觉得身体有些不妥，虽然面对秦艳娘妖冶婀娜的身体总会勾起更强烈的欲望，但是身体上的反应却是迟缓的，甚至有些时候是没有反应的。为了欲望能够发泄，他只能更多地服用养精露、梦仙丹还有"仙驾云"。

另外心境上也是有些烦乱，每次在秦艳娘这边肆意销魂之后，总莫名其妙地会想到花蕊夫人。要不见到花蕊夫人，心中便烦乱得无法消解，吃不下、喝不下、睡不稳。总要见到花蕊夫人，总要再服了提起功能的药物在花蕊夫人身上又一番纵情后，那烦乱感觉才能消失。

但是与身体的不妥相比，更让他觉得不妥艰难的是朝廷事务。原来发放代券民资官营导致的恶果渐渐显露出来。到了年底，一些持代券的百姓开始要求兑换银两，而实质上大周易换盐粮的牲畜带来的是一场瘟疫，使得蜀国非但未能像王昭远开始预料的那样盈利，反而是亏得个血本无归，只落下些腌肉而已。另外与大周一场大战消耗国资巨大，最终还失去了秦、凤、成、阶四州，少了大块地盘的税收供奉，真可谓雪上加霜。

今年蜀国的收成也不行，特别是成都周边。明明年成挺好风调雨顺有种有成，但偏偏不知为何，很多农家都错过时间晚收了，秋雨一来许多粮食都毁在了田地里。然后各种市场的交易也变得不如往年兴旺，所以到年底时许多百姓都指望把代券赎回过个好年。

其实早在瘟疫发生时这代券就已经价值无几了，虽然后来花蕊夫人以"绯羊首"之法将病畜变存肉，挽回不少损失。然后秦艳娘的仆人又以芙蓉花彻底解除了瘟疫，但事实上那些代券的价值在这之前已经耗尽。后来大周

第七章 试探

征蜀，为了安抚民心，防止对外有战事时再出内乱，官府对外宣称代券价值正在恢复，还有许多易换后未曾病死的牲畜因战事而价值大涨。

但是这一个谎言是需要用真金白银来圆的，让蜀国官府未曾料到的是谎言潜在的危机会来得那么快、那么急、那么集中。原来总以为代券变现会是慢慢地有先有后、稀稀落落地进行，这样的话，户部总能从其他地方调到银两粮食应付。但是没想到成都周边有代券的百姓就像约好的一般，全集中到年底来兑付。而偏偏这一年一场大战四州被夺，然后国库税收也因为收成不好、交易清淡而锐减，根本无力来应对这样的事情。于是只能将代券价值压到极低，但这做法与之前对外的说法相差太大，老百姓怎么可能承认。于是各处骚乱冲突不断，有些地方闹得凶的不得不派兵进行压制。这样一来，朝廷在百姓心中的信任度大减，转而导致官府税收、派官工等正常事务进行艰难。

这一天户部转来南唐一纸皇文，是元宗李璟直接发给孟昶的。于是孟昶马上召集官员到皇殿上商量此事。

李璟的皇文内容很简单，就是要做笔交易。这笔交易看起来对蜀国而言是非常有利的，出发点是对付共同的敌人大周。现大周已经侵入南唐淮南地界，南唐将投入大量人马与周军在淮南决一死战。这时候应该是蜀国出兵夺回四州的最佳时机，大周现在兵力和财力根本不够应付两方面的战争。而这场大战之后，几个国家都会大伤元气。但是现在南唐手中有宝藏皮卷，如果蜀国与南唐合力击溃大周，之后两国共同开启宝藏，很快就会恢复国力。而大周想要恢复元气却是很难，那时候就是他们凌驾于周国之上了，甚至可以再度合力吞并了大周。

"这是一张纸画的饼，我们不能出兵。如果周世宗此番因我们出兵未能拿下淮南，那么肯定迁怒于蜀国，会集中人马全力攻打蜀国。"王昭远首先提出了异议。

"这不完全是一张纸画的饼，其中有一半是真的。据不问源馆暗探获得的消息，那宝藏皮卷的确是落在南唐手中。"赵崇柞用事实纠正了王昭远的一个观点。

"即便是有一半是真的，我们也无须出兵。"毋昭裔说话了，他非常难得地和王昭远站在了一个立场上,"首先大周攻我四州时,南唐并没有出手夹攻相助,所以我们此次不出兵也在情理之中。其次,即便是我国出兵,那四州也不是一时半会儿可以拿下的,但南唐又能撑多久?如果大周一举夺取了淮南一带,那么所获就不会让其损失元气。回头再攻我蜀国,那南唐还会与我国一起夹攻大周吗?再有,我国若出兵,攻四州牵制大周,大周淮南败北。到时候南唐势力会大增,周边南平、吴越、楚地将以它马首是瞻。而我国即便将四州收回,仍是大周眼中之钉,背靠蛮夷无强协强助的局势依旧不会改变。"

孟昶咂吧了一下嘴唇:"可是还有一个宝藏皮卷在南唐手中,如果两国同启,即便四州夺不回,淮南被抢走,我两国还是可以借助宝藏财力再战大周的。"

"说到宝藏,那就更无须出兵了。他握有宝藏皮卷不与其他有实力国家合作,而偏偏找刚刚失利于大周的我国,这说明什么?这说明宝藏在我蜀国境内的传闻是真的。我国出不出兵他都必须与我们合作开启宝藏,而且南唐如淮南之地被大周夺了,国力元气大伤,那就会更迫切地与我合作开启宝藏,到那时我们可以得到更加优惠的条件。"

"可是我国代券之事正需要银钱解决,要是启了宝藏,这件麻烦事就可以了结了。否则朝廷违信百姓,终究不是回事啊。"孟昶提到代券之事,下面的王昭远不由自主地往人后缩了缩。

"就是启那宝藏也是需要时日的,远水解不了近渴。所以还是想其他办法撑过这一阵再说。"毋昭裔心里暗说,自己阻止出兵的原因其实正是包括代券的事情。现在国内民心民情尚且不稳,如何能用兵对外。

"那大家有什么好的办法撑过此难关?"孟昶问道。

皇殿上一阵沉默,每个人都不敢抬头直视孟昶。也难怪,这世上最难解决的就是穷困之事,需要用钱解决的事情,用其他法子都行不通。

"其实可以效仿一下南唐。"

终于有人说话,大家转头看去,原来是缩在别人后面的王昭远。

"怎么效仿南唐?"孟昶急切地问道。

第七章 试探

"提税,提高出入境货物税收。我前段时间让人仔细核查盘算,算出只需将税率加三成,便可以在短时间内获得一笔不菲财资,用于解决代券之事应该绰绰有余。"

"真的可行?"孟昶是在征求大家意见。

但是没有人回答,虽然有不少大臣包括毋昭裔、赵崇柞都觉得此事隐隐不妥,可自己又没有其他更好的办法可用,那就没有理由来阻止这个看似目前为止唯一可行的法子。

"好,户部即刻拟文,将出入境货物税率提高三成。"

孟昶金口一开,一条国之大律便发生了改变。殊不知那王昭远提税建议只是听智諲和尚曾经偶然在耳边刮过,这一回急切间说出来只是为了掩饰自己之前过失,什么核查盘算都是子虚乌有。而实际上蜀国多是自给自足,进出的货物极少,提税之后更影响了运输量和市场交易量,非但不能短时间内获取财资解决代券问题。反而还让一些蜀国贫乏但又必需的物资减少了输入,特别是战事需要的物资,留下了无穷后患。

惊凤回

大周后军的一个独立禁军营盘守护得格外严密,几乎是一步一哨,针扎不入、水泼不进。而且这样严密的守护不仅仅是外围营墙这一圈,从外到营盘中心的符后大帐,类似的守护重重叠叠,不下十道。而这还不算禁军内层的内卫和御前侍卫组成的几道防护。

但是就在这样严密的防护中,出现了异常情况。刚开始有人并没有在意这情况,因为只有一两个禁军内卫的腰牌和更换军服丢了。但是连续三天丢了四块腰牌、三套军服后,有人觉得不对了。于是禁军营派出四路内巡队,由最有经验的中军校尉带队,在夜间对整个营盘进行巡查。

内巡队巡查的第二天便发现有黑影潜入营盘之中,这黑影是从营墙外的树上直接飞进来的,所以躲过了头道守护。然后这黑影便无声地在营中各帐篷上飞行,一直过了禁军兵卒帐篷,到达内卫帐篷时才滑下篷顶,钻入帐篷。

内巡队的人没有马上实施围捕，因为这位置过去就是御前侍卫的帐篷，离符后大帐不算太远，他们怕惊吓到了符皇后。再有他们也想跟住这个黑影，看他到底来自哪里，还有没有同伙。

这一路内巡队是第二天天亮后在营盘西南五百步开外被人发现的，发现时他们已经全都成了僵硬的尸体。杀死他们的武器很统一，全是一种有点像月牙的小刀片，与杀死薛康和鹰狼队的那种杀器一模一样。

这事情作为最紧急的状况报知给前营督战的周世宗，周世宗才一听到这情况便立刻做出判断："符皇后危险，这是对手要用宵小手段对一个女人下手，从而达到打击我的目的，迫使我停止继续进兵甚至撤兵。看来薛康遇到的蜀国高手就是来替南唐办这事情的，南唐以半张宝藏皮卷让蜀国协助攻周。蜀国刚刚被我打败心有余悸不敢出兵，所以就想用这种阴险招数来挣宝藏。不过这对他们来说真的很实惠，只需几个人就能做成大事。"

"皇上所料没错，按情况分析，这些刺客是想盗取内卫腰牌服饰然后混入禁军营盘对皇后下手。但是被内巡队发现后为了脱身只能将内巡禁军全数杀死，他们可能觉得这样可以不暴露他们的刺杀目的和身份，就像将鹰狼队全数杀死一样。"一旁的赵普分析道。

赵匡胤听了赵普的分析后微微皱了下眉头，他觉得今天赵普有点失常，把事情分析得太幼稚了一些，也将刺客估计得太弱智了一些。对方如果真的是派来刺杀符皇后的，那刺客的身手、经验、智慧都会是最顶尖的，不可能用杀死全部内巡队的方法来掩饰自己的刺杀目的。欲盖弥彰，如此同样手法、同样武器的杀戮肯定是有着其他更深的意图。

"我觉得可能还有其他什么原因，刺客不露相地逃走应该比杀死那么多内巡禁军更恰当。之前杀光鹰狼队的嚣张态势我就已经觉得有蹊跷，像是故意要向我们显示些什么。而这一次用同样的杀器同样嚣张地杀光内巡队，就更意味着有什么内情和企图。"赵匡胤说出了自己的看法。

"其实很简单，现在别人对大周的所有企图就是要我们停战撤兵。所以刺杀不是最佳选择，显示刺杀的能力才是最佳选择。如果他们刺杀了皇后

第七章 试探

或哪位大将军,那么皇上肯定不会退兵,反而会加强攻势,势必要将南唐扫荡干净才算罢休。所以他们不敢真正实施刺杀,只是传递一个他们可以也可能刺杀的信息,让大周攻击适可而止。"赵普这话说得倒是大家都觉得有道理,不过并不意味着完全对。

"皇上,我知道用兵至此你绝不会半途而废的。所以为了没有后顾之忧,也为了防止对方刺客真的狗急跳墙,我觉得应该将符皇后暂时送回东京。哪怕后宫有鬼魅之事也比在这里遭受刺客威胁要安全许多。而且回到东京后皇后如果觉得实在不愿住在宫里,其实还有祖寺等地方可以暂时居住的,只要将安全防卫做好就成。"赵普的这个建议也是大家都觉得很正确的,其实符皇后随军征战让很多将领都觉得不方便,是个累赘,而且符皇后向佛少杀的劝慰也常常会影响到周世宗的决策。

周世宗身体往后靠住椅背,仰首微闭眼睛稍稍思索一下,然后睁眼果断下旨:"传旨后营,明日拔营保护符皇后回转东京城。禁军内卫全数改换兵卒服饰,避免刺客混入。任命赵普为正宫凤驾监护使,随禁军护卫后营一起护送皇后回京。"

然后周世宗站起身来朝赵普走近两步:"赵普啊,这次让你护送皇后一同回京,是让你回去后审事而为。宫中事情能解决最好,如依旧不适于皇后居住,你一定要将其妥善安顿,有些虚规俗律可不予理会。"

"下官领旨,一定不负皇上厚信。"赵普领旨而去。

第二天一早,后营独立的禁军营盘便整体开拔返回东京。符皇后临走时给周世宗留了封信,其意无非还是劝慰周世宗怜悯苍生、多积善福,及时收手结束战事,免百姓涂炭、将士殒命。

拿到这封信,想着为避开危险而离去的符皇后,周世宗心中不免有所触动。他觉得真的是应该在一个合适的阶段收兵停战,让百姓休养生息。

看到浩浩荡荡离开的人马,躲在不远处残垣断壁后面偷看的三个人终于松了口气。那三人是庖天下、郁风行和哑巴,他们三人是按照原定计划逼符皇后回东京皇宫的,但事实上这事情比想象中要难做多了。三个人在后营周围徘徊了好多天,已经错过了原来约定的时间,却还是没有想出一个妥善的办法。

最后还是哑巴看到从禁军后营中丢出的一些杂物这才灵机一动，找到些很明显属于禁军内卫的物件，然后让穷唐嗅闻之后放它入营，从营中叼出衣物和腰牌来。而他们也预料到了，营中突然间少了这些东西肯定会引起注意，会派人追查。所以他们又将追查的内巡队诱出军营，用杀光鹰狼队的手法杀光内巡队，这样就把前后发生的事情对应上了。他们相信会有人将这些情况与符皇后联系上的，特别是关心符皇后的人，会认为符皇后留在这里已经是处于危险之中，并因此而把符皇后送回东京。而事实证明他们的方法是正确的，结果是成功的。下一步就全看唐三娘和齐君元的了。

唐三娘顺利进了宫，没有利用任何关系。只假说自己是来自楚地的傩教净婆，专门做祛除邪秽的活儿，直接在内务衙门口揭了悬赏找法师破解夜鬼惊宫的榜文。

当时的傩教净婆其实也不多见，从文字记载可知这应该是一种较低档次的巫师种类，在《楚俗略记》《熊氏厅群语书》等书籍中都有记载。这种巫师作法时只有非常简单的祭祀形式和极为单调的咒语，然后便是像一般仆妇一样用全新的清洁工具打扫房屋，擦拭他们认为的重要位置和物件。

唐三娘之所以冒充净婆，是因为她住在紧临楚地的蜀境，经常来往楚地，多次见过净婆祛秽。然后祭祀形式和咒语都简单，她学起来不容易露馅。而最重要的一点是净婆的祭祀形式中是要用到糯米和绣针的，而她破解桃木人身上的设置正需要这两件东西。要不然急切间还不一定能找到合适的物件来解"半夜妖目"和"齿磨弦"。

虽说侯无卯已经将木人的破解方法告诉给唐三娘了，但是那木人制作极其精巧，所说的可转动眼珠处衔接极其吻合，右乳上的细孔也藏于木纹暗色之中，很难找到。而且孔眼细如牛毛，要在擦拭过程中以别人很难觉察到的动作将绣针插入真的不太容易。这也是幸亏安排了唐三娘在符皇后回来之前冒充净婆入宫解这夜鬼惊宫的设置，要是拖到符皇后回到宫里有那万变魔手尤姬在场的话，唐三娘很不娴熟的手法肯定是逃不过她眼睛的。

第七章 试探

  唐三娘装模作样地施展法术之后，符皇后寝宫之中果然两天没再出现诡异声响。不过自从天气转寒之后，那诡异声响本就出现频率变少，不能就此肯定已经被唐三娘完全破解。另外也是为了防止此情况再有反复，或者宫中其他位置再出现类似情况，所以内务总管和后宫主管都一致觉得必须将唐三娘留在宫里，所以在兑现悬赏的同时强加了一份奉饷给唐三娘。连商量的机会都没留给唐三娘，她就已经成了大周后宫中最高等级的伺妇。

  进入宫里的进展一切顺利，但是唐三娘却没有觉得丝毫的轻松。这只是整个刺局的一个开始，下一步还要看宫外齐君元和侯无卯能否顺利解决尤姬，尤姬不解决，唐三娘还是陷入在极度危险中，刺局的成功几乎没有希望。另外还要看毒料能不能按预想的那样带入宫中，这也是十分关键的。齐君元所想到的带入毒料的途径是从未有过先例的，而没有毒料，一切都是枉然。另外就算毒料被顺利带入了，施毒过程中会不会让毛今品看穿也是一个关键问题。所以唐三娘的等待过程非常忐忑，比混入宫中时更加的紧张和不安。

第八章 豆腐坊

入云坊

　　蔡县是符皇后回京的最后一站，过了这里只需一天路程就能赶到东京城了。齐君元便是在这里见到尤姬和毛今品的，这两个人与他想象中完全不一样。

　　尤姬是个黑丑的女人，年岁应该和唐三娘差不多，但面相却比唐三娘显老许多。不过自古以来越是显老的女人越是喜欢装嫩，而尤姬偏偏又不是个会装嫩的，只能是将头发扎一对豆蔻髻来冒充少女。至于身材如何，根本看不出来，因为除了脸，颈部以下她都用一件很长很大的白色对襟袍罩着，整个就像一个会走的雪人。齐君元只看一眼她这身装束，便知道尤姬是会运用"无中生有"技法的。"无中生有"技法是中国古彩魔术的前身，是在宽大的衣袍中藏了许多难以想象的东西。当然，尤姬的衣袍中藏的肯定都是可以杀人的器具。但这些东西要能无中生有、出其不意地杀人，还必须有很快的手和变化莫测的手法。

　　毛今品比尤姬美多了，别说尤姬不能比，就是符皇后身边那一大片花团

第八章　豆腐坊

锦簇的宫女都无法和他相比。不仅相貌无法相比，衣着也无法相比，他的一身宫女装束是最为艳丽的。但是一个大男人，即便穿的是艳丽的宫女衣饰，装扮得比宫女漂亮，混在一群宫女中，齐君元还是可以一眼将他辨认出来，因为太妖冶、太诡魅了。就像菌菇一样，越是艳丽的毒性越大，越是怪异的毒性也越大，更何况两者兼而有之。齐君元觉得毛今品这样的人不要说用毒了，就是用他的外相都可以将人毒死。

尤姬和毛今品都没有乘车骑马，而是一边一个扶着符皇后的车驾在步行。这两人虽然是江湖草莽出身，但在金舌头的调教下，都显示出更胜于一般人的忠诚。

整个车队过去时，路边的行人都被提前戒备的禁军兵卒赶到远离道路的地方，挤成一堆不准乱动。人群中显得比平常人更像平常人的齐君元虽然能看到过去的车队，也能看到尤姬和毛今品。但是要想靠近他们，不仅需要脱出人群，突破提前戒备的禁军、后面护队的禁军，然后还有护车的内卫和御前侍卫。看来不要说刺杀符皇后了，就是想接近尤姬、解决尤姬那也是极为困难的。所以齐君元开始担心了，侯无卯信誓旦旦地说今晚肯定将尤姬诱出，他能采用什么办法？按理说尤姬没有特殊的原因是不会离开符皇后身边的。

差不多是头更刚过的时候，赵普急匆匆找到尤姬，把一把锁递给她。

"十二庚子母锁，吴越甄县蒲家独门秘制。每次锁上都可调整十二庚锁齿顺序重置子母套，所以每次打开除了需要一把固定钥匙外，还需用三针挑开每次重置时对应的十二庚锁眼才行。一个错了，锁芯便彻底脱散锁死，成无用之锁。"尤姬没接那锁，只瞄一眼便看出出处。

"没错，这锁是我早年身在江湖时意外得到，一直用来锁极为重要的一只随身铁箱。但是刚刚这锁被人打开了，拿走了铁箱中的监护使官印。"赵普说道。

"这锁虽然精妙，但也不是没有打开的可能。只要熟悉其中结构，手中触感极好，便能辨出每次重置的对应锁眼。"尤姬并不觉得这锁有太大了不起。

"那么说尤大姐是可以打开的了？"

"怎么，程将军是怀疑我拿了你的官印？"

"当然不是，我是想告诉尤大姐，这锁是在守卫换岗的间隙中被打开的，只半杯茶的时间。"

尤姬听到这话眉头猛然一挑："这么快？加上躲过守卫的进出时间，也就是手起手落就把锁打开了。高手！这绝对是一个高手。但这和我又有什么关系？"

赵普面带奉承："我也知道这肯定是高手，所以想请大姐出手追回被盗的官印……其实除了官印外，还有其他一些东西，真的事关重大！"

"我的职责是保护皇后，你那里的失窃之事我管不着。再说那偷盗之人拿了东西还不赶紧逃走，等着你们去找他抓他呀。"尤姬想都没想就拒绝了。虽然一个那么快打开十二庚子母锁的高手对她很有吸引力，让她心中一比高低的念头蠢蠢欲动，但坚守自己职责的原则还是压制了这个念头。

"丢失的除了官印外，还有皇后回京的路程安排以及回京之后的居住安排，偷盗之人偷这些东西肯定是别有图谋，想对皇后不利。所以偷到手之后应该不会远去，就在附近。因为他要继续观察我们的动向，然后寻找机会达到他的目的。"赵普的分析很准确，其实即便他不作这样的分析，只要将被盗的是什么说出来，尤姬就已经可以领会事态的严重。

"带我去看现场，再派人去调派天马号、行什号两组御前带刀侍卫来协助我。"尤姬说完之后拢大袍小急步往凤驾监护使营帐而去。

只大概查看了一下现场，然后用双手轻拂了一下关键的物件和地面、墙面、帐门等部位，尤姬便确定了追踪方向。

"我先追下去，等天马号、行什号的带刀侍卫来了，你让他们往北跟过来，我会沿途留记号的。"尤姬对赵普交代一句后便出营盘追了下去。

一个灯烛通明的大作坊，里面飘散出阵阵豆香味，还有烟云般缭绕的热蒸汽。这是一个做豆腐的作坊，也只有做豆腐的作坊才会在夜间赶工。因为过去磨豆子是用的石磨，速度慢时间长。另外豆子泡的时间长了会暴芽，那就做不成豆腐了。所以古时大的豆腐作坊头更过后就开始磨豆子，这样连夜把全部程序完成，第二天一大早才能有豆腐和其他豆制品上市去卖。

第八章　豆腐坊

但是今天这个烛光通明的大豆腐作坊里却没有人，不仅没人，而且连里里外外所有的门都锁着。

尤姬站在门口，她能感觉到从作坊里面飘出的热蒸汽，满含豆香的热蒸汽。也就是说，刚才这里面应该是有人的，而且磨好的豆浆已经在锅里煮了。但是现在没有了，至少是没有人在磨豆子制作豆腐了。至于是不是有人被打晕了、捆绑了或杀死了，却不得而知。

院门上的锁是一把鸳鸯交颈锁，而且是一把有些年岁的老锁。尤姬有点儿好笑，这种锁一般是有钱人家用来锁装贵重首饰、金银珠宝的暗室暗柜的，现在却用来锁一个豆腐坊的院门。这样的做法如果不是这个窃贼没有经验弄巧成拙了，那就应该是故意以此来和自己较量。而一个可以在半杯茶时间里打开十二庚子母锁的盗窃高手绝不可能是第一种情况。所以尤姬虽然可以越墙而过，虽然可以等带刀侍卫赶到砸开门户，但她最终还是决定当即开锁进入。现在哪怕稍长一点时间的迟疑，都会被对手认为是技弱心怯。

尤姬小指背面触碰了下那锁，这一触，她便可从感觉上知道这锁上有没有设置什么毒料、麻药。确定没有问题之后，她才用中指和无名指将那锁掂量了一下，确定其内部结构的各部件所在位置。然后才五指连同手掌一起运用，拉、扭、扯、顿、敲，没用任何辅助工具便将那把老锁打开了。打开的锁拿在手里，感觉很是温滑，除了上面被些许热蒸汽湿润了外，应该还刚给这锁上过油。估计这老锁要不处理一下已经很难锁起来了，但处理后打开也同样变得轻松。

推门进到院子里，温度变得更高，蒸汽也变得更浓。尤姬黑丑的脸因为热热的蒸汽而涌起两朵红团，再配上她两个豆蔻髻和拢得像个雪人似的袍服，那样子就像办丧事时纸糊的童女。

院子里同样没有一个人，这早就在尤姬的意料之中。作坊大门紧闭，也用一把锁锁着，这也在尤姬的意料之中。这次的锁是云赶山特产的红铜大锁，按理说这种锁的结构要比十二庚子母锁和鸳鸯交颈锁简单许多，但打开此锁的难度却绝不在那两种锁之下。因为红铜大锁锁芯锁扣做好之后是放在模子里直接浇铸的，所以其中结构没有可缓冲和忍让的余地。另外整个锁又大又沉重，要想判断内部结构和部件位置也十分困难。

尤姬心中清楚，自己用发簪或挑针只需稍稍拨弄一下锁眼便能将红铜大锁打开。但是如果自己真的这么做了，那么还是输了一筹。这样的锁放在这里，就是要与自己比试手上感觉和手法的。

整体浇铸的红铜锁身，没有结构上的缓冲和忍让，所以尤姬决定从锁眼下手。不能用辅助的器具，那么就完全靠手指的感觉和巧力。于是和打开院门一样，在确定锁上没有其他设置后，尤姬将整个锁一把握住。然后她将大拇指的柔弱指肚堵住锁眼，轻轻按压，从锁眼中回馈的气压感觉来判断锁芯锁齿位置和状态，并借助按压的气压力量对一个个锁齿进行适当的推动，到达可打开状态。

锁打开了，并没有尤姬想象的那么难。这同样是因为锁环和锁眼中注入了一些润滑的油脂，所以很滑爽，很利于打开。特别是锁眼中的油脂，不仅让锁齿更便于滑动，而且还有助于拇指按压的推动。因为这不仅仅可以借助气压传递的力量，还可以借助油压传递的力量。当然，最重要的还是靠她神奇得让人难以置信的手感和手法。

门推开了，提着两只打开的锁尤姬信心满满地走进作坊里面。虽然进入时她有那么一丝诧异，自己让调派过来的两号带刀侍卫怎么到现在一个都没有出现？难道是他们走错方向了吗？但是再看看轻易打开的锁，她觉得自己完全有足够的能力对付里面偷盗的高手，所以她进去了。

作坊里的灯烛很亮，但灯光只能照亮黑暗却无法消除雾气，所以作坊里面依旧是看不清楚的。几口大锅里的浓豆汁在咕噜咕噜地翻腾着，大片的蒸汽让整个作坊沉浸在温暖浓湿的雾气中。

不仅是看不清楚，豆腐坊里的环境也是很复杂的，那里面有砖灶、有石磨、有晾帘、有水缸……还有吊着的过滤豆渣的纱布兜，有垒得很高的豆腐木格笼。墙角还有装满豆子的布袋，有拉磨牲口的笼头挂架……

尤姬不惧怕复杂的环境，越是复杂她便越是有更多的利用物可变作杀器。她也不惧怕环境的模糊，在看不清的状态下触碰的感觉便会变得更加重要，而这方面没人能和她相比。

第八章　豆腐坊

在作坊主梁的一根撑柱旁还安置了一个供龛，供奉的是豆腐的祖师爷汉代淮南王刘安。而供龛的前面此时正站着一个隐约可见的身影，背对着祖师爷的塑像。所以可以肯定这人不是在拜祭祖师爷，而是在等待一个要杀死的人，也或者自己就是一个等死的人。

出现的人影也没让尤姬有丝毫的意外和惊惧，她到这里来就是为了找人，有人正说明她的判断和行动都是正确的。所以虽然两号带刀侍卫没有及时赶到，她依旧以极为沉稳的步伐逐渐接近那个模糊的身影。在接近的过程中，她展开双臂，张开五指，将经过范围内能触摸到的东西都碰触了一下，以便确定周围的环境和可利用的器物。

疯魔疾

站在雾气中的身影是齐君元，他此刻微闭双眼，再次将豆腐坊内的所有情景回想一遍。当确定每一个可利用的细节和之前完成的设置都在脑海中清晰明了、不差分毫之后，他这才把所有构思集中到渐渐逼近的尤姬身上。

这已经是齐君元第三次在雾气中冒险，第一次是在南平界的烟重津，第二次是汤山峪沐虬宫中。但不知为什么，齐君元这一次要比前两次害怕得多，感觉从头到脚被许多根坚韧的筋索绷拉着丝毫无法松解。这是因为尤姬极度危险，她整个人就是一件杀人的利器，而且这件利器还能随时随手将衣袍下藏着的器物变化成无数的利器。所以齐君元决定抢先动手，在这利器未动之前动手，在这利器还未变化之前动手。

没有用最为熟悉的钩子作武器，而是将供龛上的一只烛台作为杀器直刺向尤姬。而在刺过去的同时，他左手已经抄到一个长柄竹筒勺，这将是后续第二击的武器。

齐君元才一动，尤姬便也出手了。她将右手里提着的那两把大开的锁扔砸向了齐君元，就像两把小锤一样。小锤般的锁逼得齐君元用烛台格挡自保的同时，尤姬的左手拎起一只竹晒筐，筐底直撞向齐君元，这是她后续的攻击杀器。

齐君元右手里的烛台被扔砸过来的锁砸断，于是他左手的长柄竹筒勺挥抽了出去，长柄竹筒勺阻挡住晒筐，长柄也在他手中暗劲和筐底的作用下砸断。随即一个变招，折断的长柄变成一支竹剑刺透筐底，直逼尤姬的面门。

但是就在晒筐筐底被刺穿的刹那，那筐碎了。碎了之后的晒筐化作了无数细密的竹藤碎枝射向齐君元，同时筐沿筐圈的竹条也弹开直击向齐君元。这便是万变魔手的厉害之处，到她手里的东西不仅可以成为杀器，而且可以变换成更厉害的杀器。

齐君元只能退步避让，同时右手拉过旁边一个吊着的过滤纱布兜挥挡出去，这时候也就只有这样宽大的湿漉漉的纱布兜可以挡住那么多细密的竹藤碎枝和弹出的竹条。

纱布兜不仅挡住了碎枝和竹条，而且还挥洒出暴雨般泼洒的豆汁。但是尤姬全不顾泼洒过来的豆汁，杀人的人应该摒弃一切外在影响来达到杀人目的。这时候不要说泼洒的是豆汁了，就是粪便尤姬也不在乎，她绝不会放松一丝一毫已经抢到先机的攻势。所以抬手间便是一片晾帘罩向齐君元。如果被这晾帘罩住，晾帘上的篾条会瞬间变化成几十支利箭插入齐君元身体。另外晾帘上连接篾条的细麻绳也会锁住齐君元的脖子。

齐君元只能再退，躲开晾帘。他记忆中在接下来退后一步的磨盘上有个小水桶，所以想都不想顺手一扫将水桶砸向尤姬。

水桶在空中破裂了，是被一根磨盘柄砸碎的。而尤姬抄起磨盘柄砸碎水桶之后，并没有在意空中四散的水花落在自己头上、身上，而是连续挥舞磨盘柄，将水桶的碎木块砸飞向齐君元。

破碎的木块在这样的砸击下速度和力道都非同小可，所以齐君元只能继续避让。而这一次已经不是后退能躲让的，他只能弯腰俯下身体。为了防止自己这种状态会遭受尤姬更快的追击，他只能随手拉倒旁边的一只水缸，让大半缸的水冲向尤姬。

谁都没有想到尤姬也会俯下身体，而且不仅仅俯下，还顺势前冲，冲过水浪。并在前冲的过程中双手抓住一块破碎的大缸片儿，锐角朝前，继续朝齐君元攻击过来。

第八章 豆腐坊

齐君元只有再退,连续的退,而当那块大缸片儿在尤姬手中爆碎开来,变成无数片箭头般射来时,齐君元已经退跌到地上,以连续打滚的狼狈动作才勉强躲过……

这才是真正的搏命厮杀,没有任何形象、身份的顾忌,有的只是杀死对方保存自己的目的。不留给对手一丝喘息机会,全力以赴,从各种不可思议的角度途径实施攻击,将身边一切可利用的东西都变成不可思议的武器来夺取对手性命。这种状态的搏杀一般持续时间不会太长,但不长的时间里展示的会是最为激烈凶险的场面。就像现在一样,雾气中模糊不清的豆腐坊里碎片乱飞、水花四溅,对决的两个人狂舞跌撞、颠仆爬滚,这看似混乱不堪的状态中其实只需一丝一毫的差错和迟疑便会决定一个高手的生死。

齐君元已经不知道是第几次从生死边缘逃脱了。而现在的他不仅衣服扯烂、发髻散乱、心神慌乱,而且周围再没有可利用的东西当作杀器,只有手里握着两块砖头还没丢掉。而这市井泼皮常常使用的武器在这种场合可能是最没用的,甚至还不如一支筷子、一只茶杯甚至一根棉线有用。

尤姬的手中便是一根棉线,是那种很结实的用来缝布袋、纳鞋底的棉线,这在豆腐坊里是划切豆腐用的。就是这样一根棉线将齐君元逼到了两个连膛的灶台前。虽然他一左一右有两口正翻腾着的大锅,大锅里有沸腾了许久的浓厚豆汁,但这都无法利用来作武器。这锅这豆汁上手就得先把他自己烫死。

尤姬还是没有给齐君元喘息的机会,平伸双手将棉线拉开,中间用牙齿吊住。而此时棉线上挂了不下十支弯尾长钉,这些长钉都是用来炸油豆腐的,可以穿了豆腐挂在油锅边上炸。而现在只需尤姬松口,将棉线绷出,就可以把齐君元当作油豆腐钉在这些长钉上。

齐君元也知道自己没有喘息的机会,所以身体才扑到灶台边他便把双手高高举起。尤姬反而愣了一下,因为她没有看出齐君元要干嘛。是要用手里的两块破砖头砸自己吗?就是砸的话那也应该面对自己,背对着自己朝向灶锅是要干什么?

就在这一愣之间,齐君元出手了。他不是要砸尤姬,而是砸了灶台上的锅。锅破了，锅里的豆汁一下全焖在灶膛里。于是更多更浓的蒸汽一下涌出，灶膛里的炉膛灰也随着蒸汽飞扬而起。刚刚只是模糊不清的豆腐坊瞬间变成了伸手不见五指。

尤姬这下不能仅仅是愣住了，而是马上撤步往后。在突然间谁都看不见谁的环境里，应该马上改变自己的位置。因为面对的对手很大可能会利用这个机会全力反扑，而故意制造这种环境的对手则有可能早就想好了这一招，是他整个计划的一部分。所以此时更应该改变自己原有位置，防止入了对手的兜儿。

在看不见的情况下改变自己位置，最合适的方向是往后。因为那是自己刚刚过来的方向，已经清楚那里的一切，不会有意外的危险存在。而前面是自己未曾涉及的范围，是对手了解的范围，哪怕是往前挪一步，都有可能着了别人道儿。尤姬是经验丰富的老江湖，当然清楚这样的道理。但是道理不是什么时候都能讲得清的，有时候明明合理的往往会成为最大的意外，而这一回对于尤姬来说就是的。

迅速往后挪动了三步，这是可以躲开对手连续三招的距离。但是就在退后的第三步上，尤姬被定住了。

一个高手的习惯是不会改变的，特别是一些好习惯。所以尤姬即便是在后退，是退入刚刚经过已经了解的范围里，她依旧是将一只手伸在身体前面。是以提前触摸探明情况，也是以一手替代整个身体先行查探危险。本来这只是一个习惯的动作，但这手意外地碰到了一根弦线，一根她刚刚经过时并不存在的弦线。这弦的出现只可能是在刚才雾气让周围看不见的那一个瞬间。

可怕的不是弦线，可怕的是弦线带来的东西。尤姬立刻做出反应，她的特长便是以触摸发现异常，然后在异常发生之前脱身而逃，这特长是从多少次机栝弦簧中训练和实践后才拥有的。要是没有这特长，她已经不知多少次死在各种各样的机关坎扣里了。

但是这一次真的出意外了，她没能逃出弦线带来的变化。弦线虽然只有一根，触碰之后带来的却是一张网，一张沾上后就再也脱不开的网。尤姬陷

第八章　豆腐坊

入了这张网里，就像是一只陷在蛛网中拼命挣扎却无法脱出的虫子。而且这拼命的挣扎持续的时间极短，有人早就想好，一旦她陷入这种状态立刻便剥夺她挣扎的可能。因为她一旦挣脱，把长衣袍中藏着的那些器物运用起来，那么别人就没有活下去的可能了。

杀死尤姬的是一支绕指柔绵铁打制的签子，这签子本来是用来打开一些最为保险、牢靠的锁具的，但是现在这签子却从后颈处插穿了尤姬的咽喉，如同打开一把锁一样放出了尤姬的血和气，放走了她的生命。

豆腐坊里的雾气渐渐散了，尤姬依旧站立着的尸体逐渐清晰地显露出来，此刻的她更像办丧事用的纸糊的童女了，只是样子要比纸扎童女丑陋狰狞许多。

尸体的确是被一张网网住的，这是齐君元用无色犀筋和灰银扁弦编制而成的一张网，叫"百爪蛛神网"。网的形状真的像蛛网，八个方向的拉线固定了从小到大各个线圈构成的网。网线上布设了针对从头到脚各处身体部位的不同钩子，以保证落入网中的人无法脱出。

这张网的触发也是一根无色犀筋，这根犀筋也真的是侯无卯在两口锅破裂豆汁浇灭炉膛产生大量蒸汽的瞬间设置的。当时侯无卯就憋气躲在一口有水的水缸里，而且是一口齐君元为了阻挡尤姬而推倒的水缸。齐君元已经估计好了，尤姬在前面一个水缸砸来时以破碎了的缸片儿实施了攻击，当再出现一个水缸时她不会再采用类似方式。而一个水缸如果不去看它内部、摸它内部的话，只凭触碰外表是无法知道里面藏了人的。

从水缸中蹿出的侯无卯设置了那根无色犀筋，而这根无色犀筋连着的是屋顶上的钩网。凭获知到的信息以及实际的演练，齐君元知道凭尤姬传说中万变的身手，他们两个这样的合作即便成功也不一定兜爪得住尤姬。她灵敏的触觉发现到机栝之后的逃避，是会快过机栝动作到位的。所以要想让尤姬落入设置好的兜子中，还必须降低尤姬的触觉灵敏度和动作速度。

降低灵敏度的方法是侯无卯想到的，他在院门、作坊门上加了两把锁并非多此一举为了较量技艺，而是为了让尤姬手上触觉灵敏度降低。那两把锁上确实有润滑的油脂，两把老锁加些油脂那也是很正常的事情。但是感觉到有油脂润滑的尤姬却没能感觉出那是什么油，那是侯无卯特别调制的蜡油。这油不仅能非常好地润滑锁芯锁齿，而且可以套出钥匙的匙模用来制作钥匙。但用在这两把锁上的目的，是为了将它黏附在尤姬的手上。因为蜡油凝固后能在手上生成一层感觉不到的蜡膜，从而阻碍尤姬那双魔手触觉的灵敏度。

降低速度的方法是齐君元设计的，这场打斗是在齐君元预先选定的环境里，他本可以设置更多对他有利的器物或武器。但是他没有，而是尽量应合豆腐坊特点设置了许多的水桶、水缸，包括过滤的纱布兜。只不过水桶、水缸中的水以及纱布兜带起的豆汁都不是平常的水、平常的豆汁，那里面是含有石膏粉的。齐君元家是做瓷器的，他无数次见过搅拌好的湿瓷土弄在身上、围裙上干透后的效果，那会变重变硬，变得影响动作。而他和尤姬的对抗会在瞬息之间，用瓷土肯定不行，只能采用凝固速度比瓷土快的石膏。石膏水湿透了衣物之后会发生凝固，虽然也不是立竿见影的，但只要有些许的凝固就够了。齐君元不是奢求妨碍尤姬行动，只需要在行动中让她的速度发生一点点迟滞，一种几乎没有觉察但实际确实存在的迟滞。

两种效果不易觉察的设置，其实都只有极其微小的影响。但是它们累加起来之后导致的结果却让尤姬在正常反应下采取正常动作时未能躲开那张网，并且最终丧命在侯无卯毫不留情的"天匙签"下。

毒料飞

齐君元喘着粗气，盯住尤姬固定未倒的尸体好一会儿才确定她的确是死了，这才松了劲儿，渐渐平复下来。刚才的一切发生得太惊心动魄了，完全不是他之前预料的那样。本来他觉得按自己筹划好的紧密而连续的节奏进行下来，他会从容不迫气定神闲地完成刺局。可是尤姬的攻势连贯速度快、势头猛，如同疯魔一般，根本没有让他以设想的节奏进行。到了最后齐君元其实已经完全是在凭着本能躲避和动作，幸好这些动作他早就构思好在脑子里并反复预演过，每一个细节都考虑得很周全。否则还没等到最后的

第八章 豆腐坊

设置启动,他就已经丧命在尤姬的手下了。另外尤姬的速度和势头也让他担心侯无卯能不能恰到好处地抓住时机,这个机会快一毫、慢一毫都会让这个计划前功尽弃。

侯无卯也在大口喘着粗气,他虽然没有遭遇尤姬狂风骤雨般的攻击,但他躲在水缸中憋气了很久。出来后还要抓准瞬息即逝的时机设触弦、杀网中人,不仅动作要迅捷快速准确,而且承受的心理压力也是极为沉重的。好在最终未负所愿,顺利完成。

将近天明之时,赵普被盗的官印和计划文册吊在禁军营营墙的一盏风灯下。变化了的灯光很快便让巡逻的禁军兵卒发现了。虽然尤姬直到天大亮后拔营出发都没回来,但她这样的怪人出现这种情况大家都不会感到十分意外。就是同她关系最近的毛今品都说随她去,估计是虽然追到窃贼取回东西,但过程中肯定也吃了亏受了伤。所以她将东西送回后独自离开找地方恢复养伤,是怕回来被人见到损了面子。

符皇后回宫了,唐三娘听到这个消息后心一下提到了嗓子眼。她并不知道外面针对尤姬的刺局进行得怎么样,如果未能得手,非但刺杀符皇后的活儿没法做成,自己也将陷入必死的危险之中。

唐三娘没法知道尤姬死没死,因为她根本没有机会见到符皇后身边的人,也打听不到符皇后身边的情况。至于符皇后本人,她更是没有丝毫机会可以见到,更不要说接近她、刺杀她了。

不过也不是没有一点好消息的,那符皇后知道自己寝宫诡异之事被化解之后非常高兴,亲自赏下来一朵簪花。有了这朵簪花,唐三娘在大周后宫中的地位便陡然上升许多。宫女太监以及内宫侍卫多少都对她客气了许多,走动上也不再那么受限制。

另外符皇后是个信佛之人,知道长持修才能见正果的道理。所以不仅非常满意将唐三娘留在宫中的做法,而且还要求唐三娘每隔三天便去她的寝宫清扫除秽一遍,将避免诡异事情再发变成常态化。正所谓常净常清,才能荡秽荡垢。

这两个情况对于唐三娘来说真的是极好的消息,因为身份有所改变,行动变得宽裕自由，那她寻找从外面送入宫里的毒料就方便多了。而如果能找到毒料，则说明外面的进展一切顺利，尤姬已经被除。否则她已经陷入危险之中，外面也就不会再做往里送毒料的无谓事情了。

第二种情况更好，这给了唐三娘施毒的机会。符皇后每天都会回到寝宫休息，所以在这里选择合适的器物和位置施放微量毒料是最为合适的，可以持久连续地让符皇后摄入身体。但是怎么施放、施放在哪里却是需要考虑得非常仔细的，因为有品毒狻猊毛今品在，稍有差池就会被他察觉出来。

但是接下来的事情却并不太顺利，唐三娘始终没有找到送进来的毒料。开始时她只觉得那毒料送入的位置不确定，很有可能是在自己无法去到和够及的地方。但是好多天后仍未找到一点儿毒料，她开始觉得可能是原定计划出问题了。是因为尤姬未被解决所以不曾按计划送毒料进来？还是齐君元的方法不行而送不进来毒料？

没有毒料，那就一事无成，这个刺局便成了一个死局。所以唐三娘很心焦，这是一次她不惜用生命交换的机会，寄托着她唯一的希望。

在唐三娘进宫之前他们就已经约定好了，如果尤姬未除，那么唐三娘便立刻自己设法逃出后宫逃生。如果一个月内未曾见到毒料，说明此局已经不成，唐三娘也可以马上撤出，出来后另设其他刺局再刺。现在时间已经差不多要到了，唐三娘已经在斟酌该何去何从。

这些日子王彦升其实也很是心焦，他早就觉得齐君元送入毒料的方法可能不行，做起来并不像想象中那么容易。偶然性太大，不仅是送入的偶然性，还有有无毒料的偶然性。所以他在期盼着齐君元和侯无卯赶紧回来，看是否需要对这个送毒料的方法进行调整和补救，而此时距离约定好的时间已经所剩无几了。

那天王彦升说到要想将毒料送入大周后宫，除非是天上飞的鸟儿才行。这句话提醒了齐君元，他想到刚刚在河塘边发现的虎齿毒刺昂。当初在离恨谷中读到《天下相生相克物》时其中便有关于虎齿毒刺昂的记载，这种鱼出现的地方，肯定会有一种叫黑婆鸦的水鸟存在。这种鸟以捕捉虎齿毒刺昂为食，同时也是促进虎齿毒刺昂的劣汰和繁殖。因为虎齿毒刺昂身体带有剧

第八章 豆腐坊

毒,所以黑婆鸦捕食它们之后,剧毒在身体中消化发酵,排出的粪便毒性会更加剧烈。而黑婆鸦还有一个特性,就是具有追踪到毒刺昂的特别能力。哪怕是将那黑婆鸦带出几十里开外,它都能找准正确方向,以最直线的距离飞回附近有毒刺昂生活的水域。所以只要养了虎齿毒刺昂,就相当于也养了黑婆鸦。这鸟儿都不用关不用拴的,肯定就在周围不会飞远。

所以齐君元决定用黑婆鸦将毒料带入后宫之中。只要先捕捉到黑婆鸦,再将它带到与河塘之间隔着大周皇宫的某个地方,将黑婆鸦放出,那黑婆鸦便会飞越大周皇宫找回有毒刺昂的河塘。而飞鸟为了保证能够长距离地飞行,会在飞行过程排掉粪便减轻体重。只要算好距离,那剧毒的粪便就能排在皇宫里面。而这粪便,就是提供给唐三娘的毒料。

有毒刺昂就有黑婆鸦,这一点不用怀疑。抓到黑婆鸦也不是什么难事,齐君元和侯无卯共同制作的"点水八扣网",只需黑婆鸦扑下来捕食毒刺昂时触动水面,那几张藏在水面下一点的崩网便会弹飞而起,八扣齐锁,活捉黑婆鸦。

赵虞候府的位置在大周皇宫东南,所以用笼子将黑婆鸦带到皇宫西北的月亭坡。从这位置放飞黑婆鸦不仅可以正好从后宫上方经过,而且可以远远看出它们飞行的大概路线。

第一天王彦升就觉得有些不对,那两只黑婆鸦放出之后飞到接近皇宫时突然改变了方向,并没有像齐君元说的那样直线越过皇宫飞回赵虞候府外的河塘。王彦升觉得这可能是意外,可是又放了两天还是如此。于是王彦升觉得应该调整方向位置,改换到皇宫北边的玄武楼。可是从这里放了两天那黑婆鸦还是绕开皇宫飞行,直到第七天的时候,也都不曾有一只黑婆鸦飞过皇宫。

这下子王彦升急了,毒料送不进去那之前所有的策划都前功尽弃了。齐君元的方法不一定是错误的,但他所知道的黑婆鸦的特性可能是一种理想化状态,现实中其实有更多的因素会影响到黑婆鸦找寻毒刺昂的特性。

离恨谷的刺客都是不轻言放弃的。只要唐三娘还在宫中,王彦升就会继续。他一边继续捕捉黑婆鸦、放飞黑婆鸦,查找让它们不能按目标直线飞行的原因，一边期盼着齐君元和侯无卯尽早回来帮忙一起解决问题。但是齐君元和侯无卯将尤姬杀死之后为了不败露导致计划失败，他们是要费些工夫消除痕迹的。另外按离恨谷的规矩，刺活儿做好之后要绕行甩尾消影子，所以没那么快回到东京城。

唐三娘没有见到尤姬，但是见到了毛今品。一般用毒的人都会非常小心谨慎，因为这种技艺是出不得半点差错的。那种大大咧咧的性格说不定就会在学习用毒的过程中杀死自己或错杀别人。本来就是谨慎之人，再加上尤姬突然不见了只剩自己一人贴身守护符皇后，所以毛今品便越发的小心谨慎了。

当听说宫中鬼魅之事被破解后，毛今品打心里佩服破解之人。因为鬼魅之事发生之后，他和尤姬在这里查办了不下十几天，从机栝设置到药物施放什么细节都查过了，就是没有发现到底是什么问题，都觉得可能真的是鬼魅作祟。而现在有高人将其破解了，毛今品当然非常想见见这个破解之人，请教一下这其中到底是怎样的一种玄妙。但是当知道破解之人已经被留在了宫中，之后还将继续负责皇后寝宫祛秽除垢之事，很有可能接近甚至接触到符皇后，毛今品的心理立刻发生了变化，对唐三娘存下了十万分的戒备。

这已经是唐三娘第三次进符皇后寝宫滋德殿祛秽除垢，也是第三次见到毛今品。还没走进滋德殿大门，毛今品便拦住了唐三娘，这也是他第三次在同一位置这样拦住唐三娘了。

每次祛秽除垢都是选在符皇后前往宫中菩提别院敬香诵佛的时候，这样既不会打扰到符皇后，也避免了符皇后与下面人的接触。菩提别院是专门给符皇后敬佛诵经用的，虽然只是个一堂双偏房的小院落，但它正经是挂在大相国寺名下的分支别院。所以周世宗灭佛取财之时差不多毁尽大周境内寺庙，但这大相国寺却是分毫未动。

菩提别院是符皇后表达虔诚的地方，也是寄托心灵的地方，所以这里她轻易是不让别人来的，就是日常打扫什么的，只要她在宫里，都是她亲自带了贴身伺候的宫女去做的。前段时间宫中闹鬼魅，要不是怕亵渎菩萨她都想搬到这里来住，当时她相信这宫里只有菩萨能够庇护她。

也正是因为特殊，所以此处的守护和安全是不用担心的。就好比唐三

第八章 豆腐坊

娘,她虽然得到皇后赏赐的簪花,可以自由行动,但这个地方却不是她能来的。所以毛今品也只有符皇后进了菩提别院之后他才不用紧跟着保护,可以出来做一点自己感兴趣的事情。

闻声回

还和以往一样,毛今品在滋德殿门口拦住唐三娘之后绕唐三娘转了三圈。他已经不再看、不再闻,看和闻是第一次、第二次拦住唐三娘做的事情。而这一次他是在感觉,以一种对毒物、毒料的超常感应来发现它们的存在。这可能是一个用毒者的最高境界了,是对毒性物质所携带微弱场势的感应。

唐三娘心中其实很害怕,她知道毛今品在做些什么。在离恨谷中研习用毒技艺时药隐轩中宿老高手曾经示范过这样的能力。随便是什么毒料,随便藏在身体的什么部位,都可以准确地发现它们的存在。

毛今品很是疑惑,他都已经开始怀疑自己的能力是不是退化了。从第一眼看到唐三娘他就觉得这是自己应该很熟悉的人,是和自己属于同一种类型的人。他们的身上有着相同相通之处,那很可能就是有着一种由毒性注定的关系。但是查辨的结果却让毛今品否定了自己的结论,因为无论是看还是闻,他都没有发现这个女人身上有一丝与毒料有关的迹象。而现在自己已经只能用感觉去判断了,再要发现不出什么的话,那么差不多是应该放弃了。持续盯住一个根本没有任何发现的目标只会显示自己非常的无能,那是对自己的一种羞辱。

唐三娘早在毛今品前几次拦住自己时就已经觉得这次的刺局没有太大的希望了,自己即便是微量地服入毒料、微量地带入符皇后寝宫施放给符皇后,那也不一定能逃过毛今品的察觉。这是个用毒的顶尖高手,比自己强很多很多。别说到现在根本还未能将毒料送进来,就算真送进来了,没准毛今品还会在自己之前发现到。

毛今品真的有些绝望,虽然他依旧觉得唐三娘是个和自己相似的人,但他也真的没有发现到一点毒性的痕迹。不管是什么人,没有毒性那就无法以毒杀人，这是确定一个人是不是用毒刺客的根本。所以毛今品自己都开始觉得再这样每次都拦住唐三娘会显得太过多疑，甚至会被别人认为是愚蠢和偏执。

唐三娘前几天已经在寻找合适的逃脱途径，她发现黎明时有几辆往宫外运污物的车辆应该是最合适自己借以逃出皇宫的途径。因为出宫的车辆和入宫的不一样，相对在盘查上会宽松许多。而且那时候守卫最为困乏，又是运污物的车辆，所以检查会草草了事。和外面约定的一个月时间已经过了三天，她已经做好最后打算，再延后三天。要是还不见毒料送入，自己马上离开皇宫。

但是今天毛今品拦住她，以那种让她觉得非常危险可怕的超常感应能力来辨查自己，这让唐三娘彻底畏惧了、慌乱了。她可以不惜用生命去换取自己想达到的意愿，但她绝不愿意在不可能达到意愿的情况下无谓地牺牲自己的生命。所以此刻她心中已经暗暗打定主意，明天黎明时就离开。即便明知自己目前确确实实未曾带毒料，毛今品就算使出浑身解数也无法发现什么，但她还是坚决地要离开。因为唐三娘觉得自己承受不了这样的心理压力，怕自己在反复这样的压力之下露出马脚。

"可能傩教净婆也是属于邪异门路，所以这类人身上也都带有异常的特征。而唐三娘和自己相近的是在特征的异常上，和使毒、有毒无关。"毛今品最终真的没有查出什么来，所以他摆弄风姿般地摸了摸自己的宫女装束，给自己这样一个自认为合理的解释。同时他也暗自决定，今后不再对唐三娘进行盘查了。

毛今品的决定唐三娘并不知道，这天天黑之后她便偷偷开始准备。本来她是准备躲入往宫外运送的污物堆中的，但是今天毛今品那一身宫女装束提醒了她。即便守卫再放松，再厌恶那些污物，到时候都是要走过场大概翻看一下的，所以躲在那污物堆中并不是最安全的。而正因为注意力是在污物上，对人就不会太在意了。每天搬运污物的劳役、赶车的车差以及监督引领的太监加起来有不少人，加上黎明时天色最为昏暗，混在这些人当中反而比藏在污物中更安全。所以她从滋德殿出来后便直接到内侍重杂处顺手牵羊拿

第八章　豆腐坊

了一身太监衣服，准备第二天黎明时混出皇宫。

但唐三娘还是过于仓促了，并没有把自己要逃出的途径完全摸清楚。她只觉得有套太监的衣服就能混出去，却没注意到她偷的是一套从六品的太监服。而运污物是宫中最为低等的事情，监督引领的太监都是最低层次的九品。而且每次监督引领的只有两个太监，不像那些劳役和车差有好多个。唐三娘要是以一个从六品装束的太监随污物车出去，不仅没法混过，而且会非常扎眼。

这一夜唐三娘完全没有睡，算计着时辰差不多了，她偷偷溜出住处，避开几处夜巡夜哨，来到东小门处的一个暗角里藏着。东小门是宫中出入各种需用杂物的便门，运污物的车子必从此过。唐三娘想好了，等那几辆车子过去时，她便坠在最后跟上去，然后慢慢往前赶混入人堆中。

车队按时过来了，两个监督引领的太监走在最前面，车差都坐在车上，十来个搬运的劳役三四个一堆跟在车队后面。唐三娘果断地从暗角出来跟了上去，并且随着车队渐渐接近到东小门。

虽然是黎明，但东小门门口灯火明亮，并不像想象中那么昏暗。守门的带刀侍卫和内卫禁军虽然显得有些困乏，但远远看着车队过来，还是强打起精神准备例行盘查。

唐三娘在这个时候已经接近到了前面三四个一堆的劳役们，也有一两个劳役注意到她。注意到她的劳役虽然表现出些异样的表情，但谁都没有吭声。他们都知道宫里规矩太多，怪事也多，莫名其妙多出个从六品的太监他们虽然不知道是为什么，但只要和自己无关就是好事。如果和自己有关，那么采取闭口不言装没看见也是最正确的做法。

劳役们虽然都闭口不言，但小东门处的带刀侍卫和内卫禁军那是绝对混不过去的。所以唐三娘这一次真的是在自投罗网，毛今品未曾将她辨出，她却马上就要把自己暴露出来了。

离小东门越来越近了，车队已经进入门口灯火照明涉及的范围。而守门的带刀侍卫中已经有人恍惚觉得今天的车队有些异样，好像在什么点上有些不正常。

唐三娘就是那个不正常的点，而且非常明显。可她自己却不知道，仍随着车队在往越来越明亮的灯火光亮中走去。

　　就在这时，唐三娘身后深邃的黑暗中传来一声异常声响，就像赶在黎明之前回到地府的游魂发出的哀怨声。唐三娘听到了这声异常声响，她放缓了脚步，却没有停下来，依旧在朝着暴露的危机接近。

　　又是一声响，这回比第一声清晰多了。唐三娘慢慢停住了脚步，因为她觉得这声音像鸟叫，而且很像她进宫之前专门听过多次并深刻留在记忆里的黑婆鸦叫声。她犹豫了，自己是该继续随车队出宫还是该留下。那真的是鸟叫？即便是鸟叫会不会真的是黑婆鸦？可是黑婆鸦又为何会在黑夜之中出现呢？

　　就在王彦升几乎要绝望的时候，齐君元和侯无卯赶回了东京城。听到王彦升的描述之后齐君元怎么都觉得不可能，因为黑婆鸦的这种特性他不止在一本典籍上看到，而且那些都是描述极为真实的典籍。这其中肯定有其他原因，齐君元决定亲自放飞黑婆鸦找到它们不直线飞过皇宫的原因。而这个时候其实已经离和唐三娘约定的时间很近很近了。

　　齐君元与王彦升一起，先找之前已经选择过的放飞点位放了几只黑婆鸦，然后又按齐君元凭感觉调整的点位放飞了几只。结果都是一样，黑婆鸦全不按直线最短距离飞行。但这个过程中齐君元倒不是一点收获没有，他发现这些黑婆鸦也并非按某个固定的迂回曲线飞行，而是尽量绕开大周皇宫的范围。因为他们在选择皇宫外靠西南的点位时，黑婆鸦是往南往东绕飞的；选择靠东北的点位时，是往东往南绕飞的。

　　刻意躲开皇宫，是因为什么原因呢？齐君元一时之间也找不出问题所在，而焦急查寻中，已经过了和唐三娘约定的时间。偏偏在这个时候谷中又有乱明章送来，指示他们不仅要完成刺符后的刺活儿，并且要尽快完成。这一下就将齐君元他们将在那里，不知下一步该如何操作。王彦升由于对黑婆鸦送毒料的方法已经完全绝望了，所以他的建议是另外策划刺局，不排除潜入宫中直接刺杀。

第八章　豆腐坊

"只要唐三娘还未出宫，那么我们就要继续找原因，设法把毒料送进去。"齐君元很坚决地要继续原来的刺局。这不仅是一个刺客不到最后不放弃的素质，更重要的是齐君元知道唐三娘迫切希望完成这个刺局，实现她的愿望。

约定的时间已过了三天，齐君元终于找到了原因。是经过一家女红店铺时，店里的铜镜给了他提示，是反光！皇宫里屋宇、殿房、花墙瓦檐上琉璃瓦的反光让黑婆鸦不敢从那上空飞越。

齐君元当机立断，在夜里放飞黑婆鸦。黑婆鸦能在很远距离外发现虎齿毒刺昂的存在，那它肯定不是凭的眼睛，而是身体里具有某种特别的功能或灵性，所以白天放飞和夜里放飞没有区别。而夜间放飞可以消除很多影响飞行的因素，这便相当于一种理想状态，可以让黑婆鸦以直线最短距离飞行。

这一次他们总共捕捉了十只黑婆鸦，不仅捕捉了黑婆鸦，而且还从河塘里偷捕了一些毒刺昂。他们选择在三更以后夜色最浓的时候放飞，放飞前将这些黑婆鸦都用虎齿毒刺昂喂饱了，这样在飞行过程中才会有更多粪便排出体外。这样做也是为了保证带入的毒料足够，毒料毒性也足够。同时也是要闹出稍大些的动静，留下更多的痕迹，让唐三娘知道虽然过了约定时间，但他们仍在努力，未曾放弃。

实际放飞的时间要比预定的拖后了半个多时辰，因为为了确保成功，齐君元坚持要等一块被夜风驱赶的云朵将小半个月牙遮住后这才放出黑婆鸦。两个一对，连续放出了五对。五对黑婆鸦在黑夜之中全部飞入了大周皇宫。

又是连续几声声响传来，唐三娘猛然间转身，沿着墙体的暗影急步而走。她此时已经确定那是黑婆鸦的叫声，而且不止一只，先后已经有好多只飞过。黑婆鸦出现了就意味着有毒料，有了毒料，自己的意愿就有可能达到。为了儿子的恢复唐三娘可以牺牲一切，所以此时喜悦的心情完全摧毁了毛今品给她制造的压力。

唐三娘离去得好及时，那几个觉出今天运污物车队异常的带刀侍卫已经主动迎了过来，警觉的他们因为同样的发现而决定提前将车队拦下查看一下。而及时返回的唐三娘最终让这些带刀侍卫都认为是自己太过困乏而产生了错觉。

皇宫中到处都有彻夜的灯火照明，但要借助这些不太明亮的灯火找到些鸟粪是不大可能的。但是唐三娘找到了，而且找到好几处，是靠可以发现王彦升口中含住一口稠酒的嗅觉找到的。她进宫前不久听过黑婆鸦的叫声，还闻过黑婆鸦粪便的味道，并且做了很多试验确定了黑婆鸦粪便的毒性特征。虽然唐三娘不是非常好的用毒高手，但到现在为止，她至少是世上最了解黑婆鸦粪便和虎齿毒刺昂毒性的一个人。

毒料终于被送入宫中，而且正好阻止了唐三娘选择错误途径逃出大周后宫从而暴露自己的行径。刺杀符皇后的刺局再次运转起来。

第九章　斗毒

自运筹

蜀国没有应南唐之邀出兵夹击大周，那便没有任何意外因素来阻止大周踏入淮南地界的铁蹄了。

赵匡胤所率禁军拿下羊马城，然后和另一路禁军合兵从东南陆上包抄淮河水军大寨，配合潘彪率领的缴获的南唐战船和王审琦带领的楼舰百艘，东西南三面夹击拿下南唐淮河水军大营，扫清淮河上拦河而击的威胁。

差不多也是这个时候，武行德已经拿下围困的楚州，现正往西移动兵马围困了泗州，消除了沿淮河东段南唐所有军事力量的威胁。

随后周世宗亲自领军自涡口渡淮直趋濠州，布下重重重兵堵住濠州东西北三面所有路径。而此时李重进也已经攻取南关城，从南边截断濠州退路，阻止南唐南来援兵。

南唐濠州节度使、上淮应援兵马都统郭廷谓是南唐不多见的将才，他能征善战，在前几次与大周的局部对战中屡屡获胜，始终占了上风。即便这一回周世宗亲率大军与之相对，并且从四面围困住濠州，他都没有慌乱，而是镇定以对。一边与州将黄仁谦商定固御之计，一边派人向朝廷求援。他是想采取以自己的濠州为中心，让清淮节度使、保信节度使、镇海节度使聚集寿州、泗州、滁州、润州、和州、庐州、建武军所有兵力过来，与周世宗大周军队来个大决战。

但是郭廷谓却不知道，周军已经沿海而下，取了盐城、兴化、泰州，直扑江海制置院，所以镇海节度使自顾不暇，辖下建武军、江都府兵马都调度不过来。而泗州自己也被围困，更是无法出兵决战。另外濠州西边的寿州也已经被周军堵截，清淮节度使无兵可调。保信节度使调动了部分庐州兵马援军寿州，也已经捉襟见肘。而滁州和和州的兵马却不是可以轻易调动的，它们一个已经是金陵城江对面最后一道防御，一个是在长江上游策应滁州和金陵的重要位置。所以郭廷谓的这一策略是缺少基础的，南唐方面最多是调出一些兵马来作为他的后援，打开濠州某个方面的围困。而这援军在哪里、什么时候能到、能不能突开围困都是未知数。

郭廷谓的策略虽然错误，但固御之计却实施得很到位。他在城东北滩地树立绵长木栅为第一道防御，然后以滩地环水为第二道防御。正对周世宗大军的城北则在城外水面屯列了数百艘战船，并在水面下竖了许多巨木阻截周军。另外郭廷谓还组织了数千人的死士，不断以攻为守，袭击周营。这些防御全数运用起来，非常有效地拖住了周世宗大军很长时间。

但越是艰难的战局越能激起周世宗的斗志，在寻访当地百姓、降将和老卒之后，周世宗决定采取"铁鲤化火龙"的策略。这策略其实是与一个民间传说有关系，传说鲤鱼跳过龙门之后便可化作天龙。有一条鲤鱼跳了多少次，总是差了一点，都是被龙门顶上琉璃挡住了。于是这鲤鱼发怒了，找一只铁帽戴上，撞破琉璃跃过龙门。而它过去之后立刻化身为一条会喷火的龙。

周世宗让铁匠将十几艘坚固战船的船头都用铁壳包住，并在船上放置许多易燃物，然后选定时间，水陆并进。铁头船冲破水障、木栅，燃烧后冲入濠州屯列的战船群，冲向濠州的水道城门。焚南唐战船七十余艘，连水道城门的铁栅都全给烧弯烧断了，最终攻克濠州。

第九章 斗毒

继而周军再破南唐派来濠州的水路援军于洞口，乘胜沿淮河往东，十数日之内便相继攻占泗州、海州。

也就是在这捷报不断的时候，周世宗又收到符皇后一封书信，内容依旧是劝他可怜天下苍生，适时住手，还民安乐。

周世宗是个强悍之人，也就只有符皇后的劝阻还能听一些。因为他心中知道符皇后是非常懂分寸的一个人，她的劝阻都是会选择最合适、合时、合乎情理时才会出口。于是周世宗召集手下重要的谋士和将军，明说是要给予各部立功将士和谋士以封赏，其实是想和大家商议一下目前状况是否应该就此打住。大周现在已经占住半幅淮南地界，而且控制住了南唐产盐、产粮的重要州府。如果再进南唐势必会疯狂反扑，到时候反两败俱伤、得不偿失。

赵匡胤接到旨意后从前锋营一路快马加鞭往御驾中军大营赶，刚进大营营门正好遇到了赵匡义。赵匡义在攻占濠州之战中带虎豹队事先潜入城里，攻打濠州时南城门和东城门都是他们打开的，立下了大功。所以现在被调至周世宗中军大营做了四路接应使。

赵匡义现在在周世宗身边，所以他知道此番召集赵匡胤他们前来的真实目的，于是主动在大营门口等着赵匡胤，因为有些事情他是做不成的，必须利用赵匡胤去做。

赵匡义带虎豹队、千里足舟去楚地寻薛康夺取宝藏皮卷，临行之前赵匡胤曾指点他遇到难事应该去找他的一斧之师帮忙。那一回他没能控住薛康，也未曾有丝毫宝藏皮卷的边子摸到，于是他真的去找了自己的一斧之师。

一斧之师是他曾经救助的一个无名老人，这人只教了赵匡义一式斧招，赵匡义便能以一把玄花云头短斧应对诸多江湖高手。这一回去，那一斧之师并没有答应出手帮助赵匡义，而是告诉他另外一件事情，一件完全合乎赵匡义心中欲望的事情。

一斧之师告诉赵匡义，他当初是装作落魄之相让赵匡义救助的。因为他看出赵匡义并非凡人，而是有着九五至尊的骨相和气脉，天下早晚有一天会掌控在他手里，所以才与他结识并教给他斧招的。现在差不多是到了点醒他的时候，将来他要做了皇帝，那自己这个一斧之师也便入了史册。

但是凭他现在的境况去努力,即便是得到了天下那也得许多年之后,所以必须走捷径。所谓捷径就是借助别人之手先夺天下,然后再将位置夺在自己手中。

这话一下点燃了赵匡义心中的那团火,他早就觉得周世宗的天下是他们赵家打拼下来的,没有赵家便没有大周。而所谓捷径虽然说得并不明了,但赵匡义是个聪明之人。他很快想到首先应该利用大周的力量尽量扩充地域,然后利用自己哥哥赵匡胤先夺取皇位。因为赵匡胤的身份地位以及在大周和诸国中的影响力不是他可比拟的,甚至已经在超越周世宗。特别是周世宗灭佛之后,导致民心背逆。此时也幸亏有一个向佛心慈的符皇后缓着劲,否则大周境内肯定已经民乱不断。而赵匡胤不仅很得民心,掌握重要兵权,更有一帮遍布大周各地的军中和官府中的朋友兄弟,所以要替代周世宗是完全有可能的。只要是天下归了赵家,他赵匡义便可以再采取其他非常手段从自己哥哥手中夺到皇位,而且可以夺得不露声色、名正言顺。

有了这样的希望和思路,赵匡义便越发要邀请一斧之师出山助他。但一斧之师坚拒,不过为了弥补赵匡义的遗憾,他又教他一招"阴魂出斧"。这是一种更加诡秘的招数,是将自己隐藏在虚境假相中出招杀人。甚至不需要出招,便有可能将胆小神虚之人吓死。

另外,一斧之师替赵匡义盘算了一下,觉得赵匡胤身边最有能力也最有可能帮助赵匡义的人是赵普。因为这也是个绝顶的聪明人,知道自己和赵匡义合力将赵匡胤推上皇位后,他将会成为获取很大好处的人之一。而日后赵匡义再要坐上龙椅,他将成为除赵匡义以外获取最大好处的唯一一人,身份地位一下就能升级到一人之下万人之上。但是聪明人一般是不会冒太大风险的,所以要拉拢赵普的话就一定要在最有可能实现目标的情况下才能说出来,否则反而会引祸上身。

赵匡义其实也是个绝顶聪明的人,在这种事情上他不仅精明,而且贪狠,比赵匡胤还要精明贪狠。所以他做到不露声色,依旧很忠心地为大周打天下,伐蜀、征南唐赵匡义都是身先士卒,因为他觉得这就是在为自己打天下。

第九章　斗毒

但是当听说周世宗准备就此罢兵不再征讨南唐了，他心中和当时周世宗放弃伐蜀时一样难受，就像丢掉的是自己的江山一样。他之前已经想好，伐蜀伐至剑门为止。那里易守难攻，但这对双方都是一样的。而征讨南唐至少要到长江处，这样可以据江而守，而这对双方也是一样的。如果哪一天真的是从周世宗手里夺了皇位，肯定有不服的国家来征讨护宗主。那样至少这两处可以据地势固守，以免刚刚夺位之际内忧外患再被别人渔翁得利了。而之前伐蜀至剑门的想法没能够实现已经惋惜，现在征讨南唐至长江的想法必须实现。

"你在大营门口作甚？"赵匡胤看着思绪旁飞有些呆滞的赵匡义问道。

"哦，哥，我是在等你。"赵匡义猛醒过来。

"等我有事吗？有事快说，皇上是急召的旨意。"

"哥，你知道皇上为何急召你们吗？如果是要论功封赏又何必在战事之地急召？他是要罢兵，就此停战。"

"怎么又要停战？正是大好的局势，要是停战了以后再来征讨还得花费大量兵马和财物。"赵匡胤感到奇怪，因为这不是一个合乎军事策略的正确决断。

"还不是符皇后又有信劝阻嘛，皇上专爱于她，除了她的话还能听谁的话？"赵匡义此刻心中真的对符皇后有一种要置她于死地的恨意。

"又是符皇后，上次伐蜀半途而止也是因为她的劝阻。本来伐蜀之策是我力推的，而且我是要直打至成都迎回京娘的。"

"迎回京娘？"赵匡义惊讶地问一句。

赵匡胤此时心中也在对符皇后愤恨着，因此并没有注意到自己弟弟讶异的语气："是的，自从你来信告诉我京娘并未投湖，而是投奔呼壶里，并且辗转进了蜀宫成为今天的花蕊夫人，我便无时无刻不想立马发兵将蜀国灭了。要没符皇后从中干扰，我真的是要直捣成都的。"

赵匡义没有说话，他不知道是谁假借自己名义给赵匡胤传递的这个信息，但他觉得现在根本没有必要纠正这个信息，因为这消息对自己是非常有利的。

"这一次绝不能再受符皇后左右,一定要打至长江才能算数。只有将淮南整个占了,大周粮盐无忧、国库充实,那才有可能再伐蜀国。"赵匡胤未曾进九龙大帐心中已然确定了自己的信念。

"对!而且蜀国此次暗中协助南唐,派刺客威胁符皇后逼迫大周撤兵,这便可以作为再伐其理由。"赵匡义非常支持赵匡胤坚持的信念。

那一天在周世宗的九龙大帐里,赵匡胤一反常态,没再以最为圆滑、城府的态度对待周世宗已经准备确定的决策,而是陈以利害、据理力争,使得周世宗最终未作出立即停战撤兵的决定,而是将目标定为夺取淮南全境。

但是周世宗也提出一个问题,要想夺取淮南全境便必须控制长江。否则即便夺取了,南唐还是可以利用他们的长江水军随时反扑。那么长的长江水面,是不可能全线进行防御的,除非是有足够可以拦江而击的水军力量。可是静海制置院还没拿下,吴越的战船还不能有效运用。南平虽然借了一些战船给大周,但他们能为大周拼死而战吗?而大周原来侵扰金陵的水军船队现在依旧躲藏在江中洲连面都不敢露。至于大周夺取了南唐淮河水军的很多战船,还有自己建造的那些楼舰,都被堵在北神堰,根本进不了长江。

这一个问题难住了所有主战的谋士和武将,包括赵匡胤。

毒截脉

立春之后的一天下午,符皇后晕倒在了菩提别院中。赶来的太医马上对符皇后进行了诊断,没有发现任何异常。所以最终还是确定为符皇后血虚气弱所致。

元宵落灯那天傍晚,符皇后在祭宗阁敬香各路神灵时再次晕倒,而诊断的结果还是和原来一样。

但是第二次晕倒后,毛今品品出些不对来。因为他询问了太医,以往符皇后也有晕倒,但从未这么短的时间内接连出现两次。拿太医的话来说,立春之后到元宵落灯这段时间宫中太忙,符皇后可能是操劳了才连续出现这种情况。但是毛今品并不这样认为,因为宫中过节不是一回两回,各处调度都

第九章 斗毒

已经熟悉。而今年由于皇上征战在外，另外也是为了节省花费，已经省了很多过程和规矩。所以与往年相比，符皇后今年应该是最轻松的。

毛今品又询问了符皇后自己的感觉，符皇后说这两次晕倒之前没有感觉任何不适，但不知为何突然眼前一黑就倒了。

符皇后所说现象让毛今品心中猛然一惊。或许导致这种晕倒现象的原因有不少，但毛今品熟悉的只有一个，那就是"毒截脉行"。这是一种中毒现象，是身体里有毒性突然进入血脉，导致血脉在突然间发生收缩、扭曲。于是血流便会出现暂时的停顿，导致眩晕或动作停滞。

符皇后中毒了？毛今品给自己提出了一个极为严峻的问题。符皇后几乎所有饮食都是经过他的检查的，而且还有专人试毒，怎么可能会出现中毒现象？难道是自己判断错了，这晕倒还是因为其他原因造成？

毛今品皱了下眉头，立刻转身而去，他要去看看试毒的人是什么情况。如果真的是"毒截脉行"，那么这毒性应该是非常非常微量地缓慢摄入的，否则自己不可能没有觉察。而如果确实是微量摄入，那么符皇后出现状况了，那试毒的人也应该有状况才对。哪怕状况没有像晕倒这么明显，至少也应该有偶尔眼花、目眩、手脚发麻的现象。

没有，试毒的人什么迹象都没有。

难道真的是自己多疑了，符皇后不是"毒截脉行"，而真的如太医分析的那样。不对！毛今品依旧坚持自己的判断，他情愿多疑也不放过任何一种可能。

"莫非是渗入施毒法？"毛今品想到这个时眉头皱得很紧很紧，因为渗入施毒法是通过肌肤触碰导致毒料渗入身体，然后再慢慢渗入血液的。符皇后虽然每天所到的地方不多，但触碰的东西却真的不少，要从那么多东西中准确找到一件被设置了毒料的物品真的非常不易。

虽然不易，但毛今品还是做了，他将符皇后每天能触碰到的所有东西都查了个遍，包括符皇后的私物、饰物他都查了。前后总共花了三天时间，但最终依然一无所获。

本来到了这个地步毛今品应该彻底放弃，承认太医的诊断。但是他没有，因为就在这天中午，符皇后再次晕倒，而且这次晕倒的时间比前两次都长，醒来后还将刚吃的午饭全吐了出来。

是中毒了，肯定是中毒了。但是不知道这是什么毒，也不知道这毒是如何施加到符皇后身上的。所以这个施毒的人是高手，可以连他品毒狻猊都瞒过的高手。

毛今品从符皇后第三次晕倒后变得亢奋起来，他没有告诉任何人符皇后是中毒了，也没有通知金舌头再派什么人来协助自己。他要自己将这毒料找出来，将施毒的人和施毒的途径找出来。这对他来说会是一件很有乐趣也很有意义的事情，他相信当自己最终将这施毒高手揪出来后，他自己的用毒技艺也将更上一层境界。

可是连毒料是什么、用毒的途径是什么都不知道，那又如何查辨呢？毛今品有毛今品的办法，他准备从施毒的人查起。施毒的人必定藏有毒料，而只要是携带了毒料，毛今品便能辨出异常来。

可是这一次毛今品并没有这么想，江湖人的思考方式总是特别而实际的。他要查找的对象应该是一个感觉特别的人，但无法从他身上辨查出毒料和毒性。否则的话那施毒之人就不是高手了，就不会让人无法知晓他所用的毒料和施毒途径。而从这个范围条件上来圈定的话，毛今品立刻想到了唐三娘。

唐三娘知道自己被盯上了，这是早晚的事情。缓慢施毒是有前期症状的，而症状一旦出现，那就再无法瞒住品毒狻猊毛今品。唐三娘原来的计划是一旦符皇后出现症状她便加大药量，争取在尽量短的时间内置符皇后于死地。这样即便毛今品觉察出来了，他要是辨不出是什么毒料，不知怎么对症解救还是没用。但是那样的话自己也会变得危险，隐秘的施毒方法也可能被辨认出来。所以唐三娘决定赌一把，继续按自己原来的速度节奏进行刺局。她要像齐君元所说的那样，赌毛今品一时间看不出自己的施毒途径，更无法辨别自己用的是什么毒料，毒料又从何而来。由此吊住毛今品的好奇心和好胜心，让他坚持自己最终破解真相，这样就能拖延到自己所需要的时间了。

这一次盯上唐三娘后，毛今品不仅仅是在滋德殿门口拦住唐三娘转几圈

第九章 斗毒

了，而是连续几天抽出一两个时辰跟着唐三娘，特别是唐三娘在滋德殿里祛秽除垢的时候，他都是全过程陪着的。甚至在夜间他也会突然间到唐三娘的住处走一趟，看看唐三娘到底在做些什么。因为有时候别人看似很正常的举动，说不定就是毛今品发现问题的关键。

很多天过去了，毛今品有了一些发现，他更加强烈地觉得唐三娘不是一般人，和他像是一类人，是一种会用毒杀人的人。但只是提升了强烈度的感觉依旧和原来一样没有丝毫作用，唐三娘用的是什么毒料，毒料藏在哪里，又是怎样施毒的，他依旧一无所知。而发现不到这些，再强烈的感觉那都是零。

毛今品跟随的时间越长，对唐三娘的压力便会成倍地增加。但同时也是在不断给予唐三娘信心和希望，因为随着时间的流逝，刺局成功的可能性也越来越大了。如果不是毛今品盯得紧，唐三娘怕不慎露馅而放弃了两次施毒机会，那现在的符皇后应该是处于卧床状态才对。

到了这个时候唐三娘最担心的其实是毛今品再次用那种对毒性超常的感觉来从自己身上寻找破绽。因为和原来不同，原来她是真的没有携带一点一丝的毒料，这个时候她的身上已经携带了毒料。毛今品即便不能确定那是哪一种毒料，但他发现到自己与之前相比有陡然增加的毒性是没有问题的。但很幸运的是，毛今品没有再运用那样的方法去查辨，高手对自己是绝对自信的。一种方法使用过后如果没有效果，他是不会再去采用这种方法的。

唐三娘还有一个担心，那就是依旧每天在往宫里传送毒料的黑婆鸦。外面的齐君元、王彦升和侯无卯并不知道她有没有拿到毒料。黑婆鸦传送的毒料在位置上是很随机的，可能正好在护卫明暗哨点位上，可能在大殿顶上，可能在唐三娘根本进不去的某个区域范围中，所以他们还是坚持每天放飞黑婆鸦。

夜鸟惊飞宫院上是个很容易引起内宫护卫注意的事情。那些护卫都是高手，而且其中有一部分出身江湖，都有夜鸟惊飞必有无常事的经验。一次两次那些护卫或许会疏忽掉，每夜都出现势必会有人发现。而这件事情要被毛今品发现或让他听说，肯定会联想到毒料的由来。

好在滋德殿是个彻夜灯火明亮的地方，所以夜间放飞的黑婆鸦并不从那里飞过。毛今品虽然是个心思缜密的人，但他也是要睡觉的人。偶然他也会夜间突然去往唐三娘那里一探虚实，但放飞黑婆鸦差不多是在黎明前，那时候的他正在睡梦中。不管好梦坏梦，总之是梦不到黑婆鸦的。

但意外终于还是发生了，唐三娘的第二个担心成了事实。黎明时运送污物出宫的车队里，有一个劳役突然间双手乱舞乱抓，然后很快身体抽搐着死去。那死时挣扎的样子以及死后的状态非常诡异，就像被夜鬼卡了脖子似的，所以尸体放在那里一直没人敢动。也幸好是这样，否则毛今品还看不到这具尸体。

"是中毒！果然是中毒。这后宫中有剧毒的毒料，而且就混在很多地方都有的污物中。可这是什么毒料呢？它到底是怎么送入宫中的？"毛今品心中有发现的兴奋也有难解的疑惑。

毛今品又仔细查看了一下，尸体额头已经有了灰白腐烂的痕迹，眼睛如同打散了的蛋黄……他已经知道自己应该从哪里打开突破口了。

"这具尸体是中了非常剧烈的毒料而死。这毒料入眼眼瞎，入口断气，入血血凝。即便是沾在肌肤上，也是会腐蚀皮肤渗入肌血致人死亡的。也就是说，这具尸体是刚刚中毒，下毒的人就在离他很近的位置。"毛今品一身宫女装，姿态妖娆让人觉得比真女人还美。但他从大家脸上扫过的目光却像毒蛇信子一样，让人不寒而栗。

"没有，我们没有毒杀他。""这样的剧毒，我们自己碰了不也要中毒吗，怎么能拿着毒他。"……太监、劳役、车差不住口地一阵喊冤。

毛今品转动着眼睛，他信了，这些人里真的没有一个人是可以操控这种剧毒毒料的。可是那就奇怪了，这一个劳役是怎么死的？他身中毒药是从哪里来的？难道是天上掉下来的吗？

"天上掉下来的！"一道灵光闪过，毛今品感觉自己离谜底的关键已经近在咫尺。

"他死之前你们见到、听到什么异常现象了吗？"毛今品问那些运污物的人。

第九章　斗毒

"没注意，每天一大早干活又困又累，谁还管其他事情。""没有，当时除了我们在这条石道上，其他什么都没有。"……

"我听到一声鸟叫，不知道算不算异常？"终于有人说出些不一样的来。

"那算什么异常，近来每天那个时候都有鸟叫鸟飞的。"旁边有人驳斥他。

"每天那个时候都有鸟叫鸟飞？你们确定？那可是天色最暗的时候！"毛今品突然爆发出的嗓音把那些人都吓愣住了。宫里常见尖着嗓子的太监，却从未见过粗着嗓子的宫女。

就在那些人下意识频频点头时，毛今品再次查看了死尸额头已经灰白腐烂的痕迹。是的，这痕迹像是空中掉落的鸟粪。

唐三娘听说了凌晨发生的事情，她担心的这一个危机一下铺展开来。下一步毛今品有可能做的事情首先是从黑婆鸦粪便上下手，确定毒料是不是和符皇后所中的毒有关。然后他会从黑婆鸦粪便的特征来辨别谁是携带毒料和下毒之人，当然，被怀疑者中唐三娘是首当其冲。再有，他肯定会追查黑婆鸦，确定毒料来源，那么齐君元他们就危险了。而最为重要的一点是，齐君元他们要是被擒的话，就能追查到黑婆鸦、虎齿毒刺昂的出处和特征，毛今品说不定就能制作出针对毒料毒性的解药。那样的话，刺局彻底失败就成了必然。

没有思前想后，唐三娘以最快的速度作出了决定。她决定抢先动手，赶在危机完全爆发之前将刺局完成。

第二天又是祛秽除垢的日子，唐三娘提前做好准备，她要在这一天把刺局做定。而提前做定刺局的代价她心中是清楚的，可是她现在已经全不在意。

毛今品获知天天凌晨有夜鸟惊飞的情况，但听说的都不见得是事实，必须自己亲自确定。不仅确定夜鸟惊飞的存在，更要确定夜鸟惊飞与符皇后中毒有着关联。但他做的第一件事情还不是这些，因为这些需要等到翌日凌晨才行。他首先做的是派人盯住唐三娘，从现在开始，他需要知道唐三娘所有的行动细节。

这一天白天毛今品多休息了一些时间，午夜刚过，他便带着十几个善用袖箭弓弩的护卫高手分布在经常出现夜鸟惊飞的区域，耐心等待着夜鸟出现。

唐三娘已经发觉到自己被盯住，但现在她能做的只有和平常一样，以一种比平常时更轻松自然的状态去做该做的事情。她这还是在赌，她赌毛今品即便发现了黑婆鸦却并不一定能及时将其毒性析出并与符皇后状态对应上。她还赌自己所玩的手法只有尤姬和毛今品可以看出，但是尤姬不在，而毛今品今天会忙碌于黑婆鸦的事情中。最后她赌的是就算毛今品辨出毒性并与符皇后症状对应上，却并无立刻解救的方法，或者因为自己这一次抢先出手让他来不及解救。

大斗毒

四只黑婆鸦，这一次只放飞了四只黑婆鸦。从第一夜放了十只黑婆鸦之后，齐君元便开始逐渐减少放飞的数量。那十只不仅是想把毒料送入，更重要的是想让唐三娘知道虽然已经过了约定的时间，但他们还在坚持，让她在宫里也不要轻言放弃。

但那之后便不能再每次都放那么多了，因为夜鸟群飞过皇宫上空是会引起一些人注意的。宫里不缺高手，而且他们都是专门负责皇家安全守护的，警惕性更高，哪怕是空中飞过的夜鸟。但是真的确定只是夜间惊飞的夜鸟后，他们便不会再加以注意，态度就和那些运送污物的劳役是一样的了。因为要察觉出一个现象背后更多蹊跷和玄妙的，必须是更高层次的高手，是有针对性和特殊绝技的江湖高手，就像毛今品、尤姬这样的。

惊飞的夜鸟被射下两只，毛今品认出这是黑婆鸦，善用毒料的高手不可能不认识剧毒的毒物。但他也是第一次见到黑婆鸦，以往的了解全是来自书籍和描图。所以他虽然知道黑婆鸦本身无毒，其粪便带毒是因为捕食了一种叫虎齿毒刺昂的毒鱼。但他却不知道黑婆鸦粪便的毒性特征，更不知道毒刺昂的毒性特征，这些毛今品是需要时间进行一些试验和调配后才能分析确定

第九章 斗毒

的。单从这一点上来讲，用毒技艺远远不如毛今品的唐三娘却占了上风。

品毒狻猊毕竟是用毒的绝顶高手，只用了一天时间，他就大概了解到黑婆鸦身体中所存的毒性。如果再让他继续研究下去，他肯定可以掌握更多信息，找出符皇后中毒的途径，甚至找出最佳最灵验的解毒方法。但是他没有时间再去做这些，有人已经限定了他的时间，而限定了他的时间；也就相当于限定了符皇后的生存时间。这个人，当然就是唐三娘。

差不多是在晚上头更时分，天色尽暗，后宫中四处的灯盏已经掌起。符皇后正在寝宫中卸饰梳洗，更换随意的便服。但就在她从梳妆的铜镜前站起时，身体一晃，再次扑跌晕倒。连妆台上的铜镜都被推倒在青砖地上，摔出一道差点儿贯穿整面镜子的大裂口。

毛今品此时还在后宫厨舍的院子里，正拿一群活的鸡鸭羊兔认真细研黑婆鸦的毒性。有一个滋德殿的太监急急地跑来告诉他符皇后再次晕倒，而且晕倒之后虽经太医救治仍没能醒来。

毛今品这次的反应反而没有前两次慌急，而是缓缓挺直了身体。因为现在有黑婆鸦在手，他已然可以说自己掌控全局了。符皇后即便中了毒，即便再次晕倒了，但是还没到最终殒命的危险时刻。而他这边只需要再有些时间，就能理出头绪找出刺客，找出解毒的办法。

"祛秽净婆今日都做了些什么？"毛今品没有问符皇后的情况反而问唐三娘的情况。

"那净婆今天还是跟往常差不多。除了有一个时辰是在滋德殿祛秽除垢外，其他时间都是在住处。她最初进宫时哪里都不熟，规矩也不太懂，反是好奇地在宫里到处窜。现在也可能是都转过来了，乏味了，变得不再愿意跑动。"

"最初进宫她到处跑动？她是在寻找鸟儿留下的粪便。"毛今品心中暗自说道，他非常确定自己这样的推断。

"今天在祛秽中有没有什么奇怪的做法？"毛今品继续问。

"没有，你知道的，她每次入滋德殿都是需要沐浴更衣之后才可以的，这过程中便没了携带毒料的可能。而且作法祛秽时除了我们几个外，还有滋德殿的主事太监、近身宫女在旁边盯着。十几个人看着她一个人做事，稍有什么不妥和异常都是会有人提出和制止的。"那侍卫怕符皇后晕倒的事情联系上自己，所以说的话带着推卸责任的意思。

"好的，我知道了。你们几个先去把那净婆控制起来，不要再让她乱走一步。我去滋德殿看一下，过后我也会去见那净婆，是到了揭开她老底的时候了。"毛今品觉得不能太难为那几个侍卫，他自己也跟住唐三娘很多天，同样是一点异常都没有发现。

宫里侍卫的执行力是绝对强的，他们立刻前往唐三娘的住处去控制唐三娘。带刀侍卫走后，毛今品并没有马上动身去滋德殿，而是看着自己刚刚给下了微量黑婆鸦粪便毒料的羊和鸡鸭，直到它们慢慢萎靡、挣扎、死去。

"看来这种毒药是无法在身体中留存的，下毒即毒发。只有外渗而入的微量毒料才会偶现发作现象而不立刻致命，需要多次积累之后才能损害身体内部器官导致死亡。"毛今品边微微地点头边自言自语，他心中有了更大的把握。

"咯咯咯，你错了，只要在摄入毒料之后饮用一种东西，就能将那毒裹住而不发作，并且可以随粪便排出体外。否则这黑婆鸦捕食毒刺昂之后自己为何不中毒身亡？"有个人突然出现在厨舍院门口，笑着对毛今品说。

毛今品猛然回头，他看到了唐三娘，就站在院门口。这是一个和以往差异很大的唐三娘，不仅一改傩教净婆没有表情的神像脸为娇媚笑颜，成为一个未老的美丽徐娘，而且笑声和言语中还带着一种魅惑之音，很容易就让人分神、迟钝。

"你想知道那东西是什么吗？这厨舍里就有，就是那裹粽子的芦叶。新叶取汁，老叶煮水，芦秆芦根也行。那黑婆鸦就是常常啄食芦叶芦根才能捕食毒刺昂而不中毒的。"唐三娘很主动地在教毛今品与毒料有关的特性。

"拿你的几个侍卫呢？"毛今品一声喝问，是想借此控制住自己有些分散的心神。

"都死了呗。"

"是你杀死的？"

第九章 斗毒

"是他们自己撞毒料上死了，那黑婆鸦可能是把粪便拉在门链珠子上了，不巧他们正好碰上了。"

"那你到这里来想干什么？"毛今品的眼角在抖。

"让你也死了算了。"唐三娘说这句话的时候竟然特别甜腻娇媚，这和她的相貌年龄真的很不合适。

"哼哼，你觉得自己能杀死我？"毛今品冷哼两声。

"不能，但我想让你自己杀死自己。"唐三娘就像是在撒娇。

"你觉得我是傻子？"毛今品心中泛起一丝愤怒，这是当别人将他当傻子时自然流露的愤怒。

"你会的，"唐三娘的娇媚中还带着一丝轻蔑，"因为我要和你斗毒！"

毛今品想都没想便接受了唐三娘的挑战，斗毒对于他这样一个用毒高手来说是充满冒险乐趣的过程，也是证明自己和检验功力的大好机会。

而对于唐三娘而言，毛今品接受斗毒挑战除了他本身感兴趣外，还由于她兼修的玄计属"以语移念"技法起到了作用。她这次运用其中"性情惑"一招挑起了毛今品的斗志，却摧毁了他的理智。

所谓的斗毒，是用毒高手间最为残酷、最为凶险的比拼，也是最为激情、最有成就感的比拼。双方将自己认为最厉害最拿手的毒料尽数拿出，予以施放和服用，然后看哪一方能坚持到最后。在这过程中可以利用周围的一切东西解毒，或者控制和减缓毒性发作，但绝不能用自己配好的解药来解救。当一方无法控制和承受而毒性爆发时，那另一方就赢了，可以用自己配制的解药来给自己解毒了。

虽然看着这是一个一拳还一拳硬碰硬的赌命比拼，但其实是有很大技巧和算计的，特别是在高手之间。他们会考虑到自己毒料和对方毒料的相克相辅关系，考虑到自己承受时间长短和过后的解毒问题，考虑到如何利用毒料相互作用让对方快速毒发而且无法解救。但是今天对手的两个人似乎根本无需考虑得太多，因为他们所携毒料都很拮据，只管全数用上就是了。

在宫中保护符皇后不能像在宫外那样随意携带各种毒料，虽然那些毒料都是毛今品完全可以自如掌控的，但还是会让符皇后和宫里其他人感到恐惧。一个浑身是毒的人在旁边谁都会觉得很不自在的。所以毛今品此刻身边只带了他运用最为拿手的五种毒料，其中有"金蝶牡丹""阎王尿""太乙阴香""美人唇""鬼抹粉"。

这五种里，"阎王尿""美人唇"是服用的毒料，江湖人称"阎王一滴尿，死透十世身""美人唇沾口，从此阴间走"。而"金蝶牡丹"是黏附在肌肤上即可毒杀人的毒料，这毒料叫金蝶，是从西域喇谷金蝶身上提取的金色荧粉。荧粉一沾肌肤便立刻呈红线四散开来，最终在尸体身上形成一片片的大红斑，就像盛开的牡丹一样。"太乙阴香"是需要点燃的毒香，一般用于暗中设兜的毒杀。"鬼抹粉"则是具备攻击性的，是可以在搏杀中挥洒攻击对方。今天这些毒料的运用都不再需要任何技巧，只需要将其在双方周围施放或让双方服下，最终看谁能运用手段技法从这些毒料中逃生出来。

而唐三娘更是寒酸，她只有一种毒料，那就是黑婆鸦的粪便。而且这粪便到底在斗毒中该如何运用谁都无从知晓，包括唐三娘自己。

所以无论从形式上、毒料数量上还是毒料运用的娴熟上来讲，毛今品已经占据了绝对上风。他其实只需要想办法尽力应对黑婆鸦的粪便就行，其他的毒料他自己都可以稳稳控制，就算拖延时间太长他也可以从厨舍中找到合适的东西进行缓解。而唐三娘则不同，她不仅需要应对毛今品的五种毒料，就连自己的黑婆鸦粪便她也是没有对应解法的。所以她其实是要在六种奇特的剧毒中设法逃生出来，这几乎是不可能的。

没有多说一句废话，斗毒已经开始。似乎所有斗毒的高手都是这样的，不仅因为他们心地坚韧阴狠，而且多说话很有可能会被对方利用，在没有很好防备的状态下将毒摄入身体。

毛今品首先点燃了"太乙阴香"，随即将"鬼抹粉"一抖手洒得漫天飞扬，然后冷冷地看着唐三娘。唐三娘媚笑一下，扭动丰腴的腰肢，迈步走入了"太乙阴香"和"鬼抹粉"混合而成的剧毒烟尘团中。

唐三娘刚刚站定，毛今品便立刻将一片"金蝶牡丹"贴在自己手背，拈起另外一片递给唐三娘。唐三娘继续微笑着，柔柔地将雪白润厚的手掌伸出去，用手背接住那片"金蝶牡丹"。

第九章 斗毒

毛今品的动作非常连贯，递出"金蝶牡丹"后回手就取出"阎王尿"和"美人唇"，各倒一点服下。这一回唐三娘没有非常爽气地接过"阎王尿"和"美人唇"，而是抢在毛今品递过来"阎王尿"和"美人唇"之前先递给他一小块干干的黑婆鸦粪便。

毛今品另一只手接过粪便后皱了下眉头，他并不知道唐三娘这黑婆鸦的粪便要如何比拼。唐三娘递出粪便之后顺手将毛今品"阎王尿"和"美人唇"的瓶子拿过来，然后再取一小块干干的黑婆鸦粪便放在口中，连同倒在嘴里的"阎王尿"和"美人唇"一起吞下。

毛今品的面颊抽搐了一下，喉咙滚动了一下。随即抬手也将黑婆鸦的粪便放进了口里，显得很是从容、笃定。

淡淡的夜幕，淡淡的轻烟，淡淡的粉尘，两个人面对面站立着，神情淡淡，目光淡淡，就像一场初次的邂逅，迎面而过后便再记不起彼此。谁又能知道这是一次决定生死的邂逅，之后不管谁生谁死，他们都永远不会忘记彼此。

唐三娘的媚笑凝固了，扭曲了，原本雪白柔润的脸庞变得潮红起来，而且越来越红，就好像随时会有血滴从皮肤下挤出。唐三娘的身体也开始起伏扭动起来，但不再是那种丰腴妖冶的扭动，而是一种想缓解身体不适的扭动。

毛今品依旧冷冷地看着，他并没有因为唐三娘出现毒发状态而放松自己的控制。用毒之人是最敢于冒险的，但又是最为谨慎的，即便面对的是个完全不在一个层次的对手，在没有确定最后胜数之前，他们是不会有丝毫松懈的。

唐三娘移动了脚步，有些蹒跚。毛今品知道，她这是要找一些东西来延缓和化解毒性的发作。

唐三娘很快找到了一件东西来缓解自己目前的状况。但这件东西让毛今品知道自己面对的真的是个很不堪一击的对手，一个自己必定能够战胜的对手。

唐三娘找到的东西是从旁边死鸡身上拔下的一根鸡毛。她张口将鸡毛塞到自己喉咙里搅动着，然后脖子一伸大口呕吐起来。这是一种实用的引吐方法，是要将吃进去的毒料吐出来。这又是一种最为简单的解毒方法，一种物理手段的解毒方法，一种在此时根本没有丝毫作用的解毒方法。

在鸡毛引吐下，唐三娘吐出来大量的黄绿水，毛今品看都没看便知道那些黄绿水里不含一点毒料。"阎王尿"和"美人唇"入喉便会直接渗入内腑器官中，黑婆鸦的粪便据他了解毒性应该从入口时开始便已经入血。唐三娘的鸡毛引吐根本无法将这三种毒料吐出，即便吐出，"太乙阴香"和"鬼抹粉"的毒性也是无法化解的。其实厨舍中的一些芹叶、荟根，还有墙根下的枯苔、蚁土等等，嚼食之后是可以缓解毒性扩散和发作的，但唐三娘似乎全然不懂。

而"阎王尿"和"美人唇"是毛今品自己拿手的毒料，所以毒性即便入了内腑器官他都是可以加以控制的。黑婆鸦粪便的毒性虽然他不懂如何控制，但是在放进嘴里之前他已经运气从肺喉间提起一口黄稠浓痰，将其裹住在口中，不让毒性散开入血。这也就是毛今品在服下黑婆鸦粪便前为何会面颊抽搐、喉咙滚动的原因。

唐三娘已经有些站不稳了，但她还在坚持。以一种侧跨步弯腰的姿势与毛今品相对站立，散乱的头发已经快垂挂到地上。

毛今品冷冷的表情已经开始轻松，因为唐三娘的这种表情意味着毒料正在摧毁她的胃肠内脏，只有以这样的姿势才能缓解疼痛和不适。而到了这个阶段如果没有对应的解药化解毒性，那中毒之人肯定是必死无疑了。事实上唐三娘摄入的六种毒料她一样对应的解药都没有，从一开始主动提出斗毒其实就和自己寻死没有什么不同。

弱胜强

"你已经输了。"毛今品淡淡地对唐三娘说，战胜这样一个对手让他没有任何兴奋和成就感。

"我、我输了吗？"唐三娘说话已经不流畅了，但语气竟然还是怀疑的反问。

第九章　斗毒

"怎么，你觉得你还能撑下去吗？"

"我撑不下去了，可是、可是你又怎么撑下去？"唐三娘的话让毛今品感到有些奇怪。

"我又为何撑不下去，你看我现在像是撑不下去的样子吗？"

唐三娘没有回答，而是重重地喘出一口粗气。然后艰难地将身体慢慢竖直，缓缓转身，再次面对毛今品。

毛今品更加惊讶了，因为一般毒发者的身体在大幅度改变姿势后是很难重新恢复的，只会继续加大姿势的改变直至扭曲而死。因为改变姿势是为了缓解痛苦，而恢复姿势的话将会更加痛苦，是毒发痛苦的几倍。

唐三娘不仅恢复了原来的姿势，而且还恢复了原来的妖媚笑意和"性情惑"的语气："我就知道你肯定撑不下去，男人在床上什么时候能撑过女人的。"

毛今品并没有被唐三娘的样子所影响，依旧保持着最大限度的谨慎。但他同时也不得不佩服唐三娘的意志，很明显的中毒症状，但她还能将自己恢复成这样的状态，骨子里真的有一种超出正常人承受极限的意志力。

"你觉得我们的比斗已经快结束了是吧？"唐三娘在问。

毛今品没有说话，但点了点头。即便现在从唐三娘身体各方面的迹象来判断，他仍是非常肯定这样的结果。

"可是我还有毒料没用呢，你的意思是你承认自己输了？啊。"唐三娘很是轻蔑地说，但说到最后轻"啊"了一声，喷出一口带血腥味儿的气息。可见此时她整个人从里到外都在被巨大的痛苦煎熬着。

"你还有毒料！在哪里？"这是毛今品最大的惊讶，他怎么都没想到唐三娘还有毒料。

唐三娘没有说话，而是抬起手将手腕送到口边，一口咬下。血从腕口涌出，很快布满了手掌，并顺着手指不停滴落。唐三娘把满是鲜血的手伸向毛今品，在他胸前一尺半的位置停住。

她在等，等毛今品将手伸过来握住自己满是鲜血的手。她知道毛今品会这样做的，因为他根本没有将唐三娘放在眼里，因为他是用毒的绝顶高手，因为用毒的绝顶高手对一种他毫不了解的毒料有着绝对的好奇心，因为除了绝对的好奇心外，唐三娘在言语间还使用了"性情惑"的技法。

结果真如唐三娘所料，毛今品握住了唐三娘的手，两只手攥得很紧，就像即将永远别离的亲人。

"你！……"毛今品惊愕住了。就在两只手紧攥住后，他能感觉到一股汹涌之势从手上传递过来。同时他眼前仿佛出现了一幅幻景，成片的虎齿毒刺昂和漫天翻飞的黑婆鸦一起朝着他迎面裹挟而来。

汹涌之势是唐三娘流淌的血带来的，那血刚沾上毛今品的手便立刻渗入肌肤，进了血路。然后快速地往全身散发开来，速度快得他都来不及思考如何应对。而这血还在不停地从唐三娘腕口流出，继续往毛今品肌肤、血路中渗入。

"你就是毒料？"毛今品问这话时身体有些颤抖。

"是的，我就是毒料。"唐三娘刚才的状态已经完全没有了，她抖得比毛今品厉害得多。

"是用黑婆鸦的粪便将自己培成毒人的？"

"是的，但现在已经远不止黑婆鸦粪便了，还加入了你的那五种毒料。"

"可是你最初进宫后，我三次都没有查出你身上带有毒性。"

"是因为那时候黑婆鸦还没将毒料带进来，我身上真的没毒。"

"你应该慢慢摄入微量毒料，在达到适当的毒性后再慢慢析出。这才是以己身培毒料做兜杀人的正路子，才可以在杀人之后仍保住自己性命。"

"本来意图是这样的，可是情况突然改变了，我也只能仓促应变。因为我必须杀死你，否则我的刺局没法成。"唐三娘此时再也站不住了，她跌坐在地，但依旧不舍不弃地牵拉着毛今品的手，"原本我的确是以微量毒料摄入，然后慢慢转而施加给符皇后。但是你觉察出符皇后的症状是中毒，并且一路追查到了黑婆鸦。所以这个时候我只能临时强加毒料分量，先设法在符皇后身上下足了必死的药料。之后时间或许有长有短，但符皇后必定会被这毒料毒死。"唐三娘越说气息越急，口中不时有黑血涌出。

第九章　斗毒

"你这么肯定你毒料的效用？"毛今品的身体也渐渐弯下。

"杀死你之后我就能肯定了。因为无人能像你一样在短时间内查出黑婆鸦粪便的毒性并找到解救方法。而且杀死你之后，也就没人知道符皇后是中了黑婆鸦粪便的毒，更不知道黑婆鸦粪便的毒性特性。既无法解毒，也无法按此特性追踪到我宫外的同伴。"唐三娘这话说得很情愿，因为她觉得自己已经没有后顾之忧，她最放不下的已经托付给了齐君元。而毛今品一死，不但确定刺符后的刺局能够成功，同时也保证了齐君元不会有任何危险存在。

"可是加大分量的黑婆鸦粪便服下后是会立死的，你怎么可能没事的？而且我刚才也没有看到你服下大量黑婆鸦粪便，怎么能一下将自己变成剧毒的毒人？"毛今品以很夸张的表情发出疑问，说话间也开始有黑血从嘴角溅出。

"我之前不是已经告诉你了吗？黑婆鸦的毒料是可以用芦叶汁芦叶水包裹住不发作的。我就是在服下毒料的同时服下了大量老芦叶熬的水。"唐三娘已经显得有些有气无力了。

"我知道了，你刚才用鸡毛引吐，其实是为了吐出那些芦叶水，这样就能让体内大量的黑婆鸦毒料快速发作。"毛今品说这话时也顺势慢慢地坐在了地上。

毛今品坐下后，唐三娘已然躺倒在地。她此刻真的很想笑，但身体所有神经末梢已经开始麻木，让她笑都笑不出来。不过她还能想，因为今天这场斗毒的局她做得真的太漂亮了，实在值得她用生命最后的一点时间回想一遍。

从一开始唐三娘就知道自己用毒不是毛今品的对手，所以她要想杀死毛今品真的不大可能。但是当毛今品发现了黑婆鸦后，逼迫得唐三娘必须加快刺杀符皇后的节奏。于是她加大三倍的量服入黑婆鸦粪便，然后乘着在滋德殿作法祛秽除垢的机会再一次设置在可以转嫁部分毒性到符皇后身上的器物上。这一次加大毒量之后，残留在唐三娘体内的毒料已然进入内腑器官之间，无法析出和化解，即便唐三娘没有立即死去，但在一段时间后还是会丧命。所以唐三娘决定索性服入所有黑婆鸦粪便毒料，先用芦叶水封裹在腹中，然后过来找毛今品斗毒，将芦叶水引吐出来，让黑婆鸦粪便毒料和毛今品加诸给自己的所有毒料在体内融合发作。只顷刻间，她就成了一个剧毒的毒人，她的血比黑婆鸦粪便的毒性还要剧烈许多许多倍。她要以自己的性命换取毛今品的性命，只有杀死毛今品，自己做的刺局才能真正实现，而自己的牺牲也才不会白费。

"你别死！你告诉我，你是如何下毒给符皇后的。是用的什么途径？"毛今品无力地摇动着唐三娘，他几乎是在哀求。如果这个下毒的途径不知道，他死都是无法瞑目的。但是唐三娘已经没有反应，就算她能听到毛今品的哀求她也无法回答。麻木的神经已经连强笑一下都不行，更不要说说出话了。

但是唐三娘残留的最后意识还是回想到了这一幕，因为这是她极为得意的另一设计。人摄入微量毒料之后，身体是会有一定自主防护和排出功能的，除了随粪便、汗液排出一些外，最大的排出位置是在头发。所以鉴别一个人有没有慢性中毒，除了检测粪便、汗液外，最直观的就是看头发的变化。

唐三娘不断微量摄入毒料，那么就会在头发上积聚了很大的毒性。所以每次祛秽除垢时，她都会将符皇后的梳妆台作为一个重点位置，而重点位置中的重点则是梳子。当然，她不会将那梳子刻意摆弄，那样旁边很多人看着肯定会觉得行为异常。她只是很随意地在辫尾上试梳两下，这动作几乎所有拿起梳子的女人都会做。因此谁都觉得很是自然，没有什么不妥。

但是唐三娘那两下已经是将自己头发上一些很微量的毒素黏附在了梳子上，当符皇后早晚使用这梳子时，毒素便会顺着发根、头皮渗入。而使用过一次之后，梳子上的毒素几乎全被头发和头皮剐蹭、吸收了。所以当白天毛今品几次去查辨施毒途径时，虽然也查看过梳子，却没能从上面发现任何异常。

毛今品此刻也躺倒了，他知道自己再也得不到唐三娘的答案了，这应该是死后留下的最大一个遗憾。如果再有其他什么遗憾的话，那肯定是自己死在了唐三娘的手中。不是因为唐三娘不是真正的高手，自己被她害死觉得很冤，而是因为唐三娘使用的是一个非常无赖的方法，一个不管是高手还是庸

第九章 斗毒

才都不会使用的方法。用毒者斗毒都是要对手死、自己活的，可唐三娘却是要自己死，然后将对手带着一起死。谁会想到世上还有这样的杀人方式，而他毛今品偏偏就碰到了。

《后周记·符后》中有记："符后症及膏肓，宫中一巫一女平日蒙恩，以死替主求寿，饮毒殒命后舍。"这段历史文字记载的是符后病重时，宫中有一个巫师和一个宫女用巫术替她求寿，服下毒药而死。这估计说的就是斗毒双双而亡的唐三娘和毛今品。毛今品本就是宫女装束，另外说成是男子的话反容易乱言猜测，所以书籍上索性写成了宫女。

符皇后那一晚晕倒之后，经太医救治一夜才醒来。自此再不能自如而行，只几步便天旋地转、天昏地暗，需要有人搀扶才可勉强行走些距离，再要去菩提别院都是乘坐的抬辇、行榻。一天之中大部分时间都是处于卧靠状态。但这情况符皇后并没有让人告诉周世宗，因为此刻对南唐的战事正在紧要关头。虽然符皇后并不希望烽火连绵、苍生涂炭，但她更不希望周世宗战事失利、大周受损。

要想尽取淮南，必须强兵据江。周世宗提出的这一点的确是不可辩驳的战略真理，也是大周面临的实际问题。南唐长江水军强大，大周即便占领了淮南一带，肯定会遭受连续不断从各个江段发起的反扑。即便南唐不能将淮南夺回，但此处战事持续不停，大周将会有众多兵力被拖滞在此地。而一旦时间拖得太长，不仅粮草钱资的花费不计其数，国力不堪重负。而且周边其他国家虎视眈眈，特别是北汉、蜀国、辽国，它们两个在北，一个在西南，如果都窥准这个时机动手的话，大周将四面受敌。所以周世宗想占住半边淮南不无道理，这至少是南唐能承受的结果。而且南唐淮南的陆上兵马不是大周铁骑的对手，也组织不起来连续的反击。

而现在既然确定要拿下整个淮南，就必须组织一次长江上的水军对决，在极短时间里一举摧毁南唐长江的水军力量。目前大周在长江中的水军力量加上吴越海上战船和南平借用水军仍然无法与南唐水军抗衡，只有将淮河中的百余艘楼舰和缴获南唐淮河水军的数百战船调入长江，整体力量才能与南

唐水军一战。

楚州西北，苍茫大地，旷野无边，冬天的最后一点寒风已经再不能让铁甲如冰。河边的杂树虽然未曾显示一点绿意，但摇曳之中已经显露出无限生机。

一队快马踏破河边的枯草，溅起已经开融的冻土，直往鹳水南端而去。当鹳水河边越来越窄变成一道溪流之时，马队最前面的一匹蹿火飙神骏猛然勒住，双蹄高抬，发出吸溜长鸣。

为首的蹿火飙站定后，喷着粗白的鼻息打个旋儿，是在等后面一匹被众多马匹四面护着同行的金镫宝鞍银雪锥。银雪锥很快也奔到了，在还距离十几步时便放缓速度稳稳地在蹿火飙旁边站定。

"皇上，就是这里了。"蹿火飙上的赵匡胤用马鞭朝前一指，"鹳水此名由来，就是因为其水面由宽阔到狭窄，就像一只鹳鸟的样子。身体是宽阔处，连接淮河，此处就是到了那头颈处，水面狭窄如溪，直至终了。但是从终了处再往前，便又有宽大水面直通长江，是属长江水道分支。"

"由此处过去有多远？"周世宗一边看一边问道。

"一马急冲之地，然后便能见阔水。"

"你是想挖宽挖通这头颈？"

"是的，这可能是现在淮水战船入长江的唯一可行途径。而且开挖速度快的话可以给予南唐长江水军突然的打击。"赵匡胤希望自己的想法得以实施。

"之前工事营怎么说？"

"工事营监事李潢带勘探使、凿筑大工长看过了，都说不可行。说工事营不具备如此开挖能力，耗费的时日工物都会极为巨大，会得不偿失。"赵匡胤照实回道。

"他们说的也不无道理啊。"周世宗说着话又纵马往前几步。

"用官力、兵工或许真的是不行，那是否可以考虑征用民力呢。"赵匡胤驱马赶上周世宗。

"民力？民力……此时我们刚占淮南，民情不稳、民心不驯，马上便征

第九章　斗毒

用民力会不会加重冲突？"周世宗不无忧虑，灭佛之事给他的震动至今未曾消除。

"战事之地，非常手段也是正常，百姓也知道真有什么牵及自己的事情皆是无可奈何。待淮南尽收囊中后，皇上大可大赦淮南废捐免役，安抚民心。"赵匡胤的方法可以说是唯一合适的了。

周世宗沉吟一会儿，再抬头四顾旷野流水，然后振声而言："来人，传旨，即刻调动楚州当地所有民夫，再征用周边所有可劳役的男子，协助工事营挖通鹳水。"

第十章　多重战局

依旧策

就在周世宗下旨征用楚州民力开挖鹳水之际，有五匹快马在往寿州大周军营疾奔。这五人中有一人是御前传信使，还有四个是护送他的带刀侍卫，他们此趟是要将宰相范质的一份折子急送到周世宗手上。

符皇后现在已经卧床不能动了，一昏迷就是一两天时间，水米难进。即便符皇后自己一再叮嘱此时不要将此事告诉周世宗，等淮南大战结束后再作打算，但是范质觉得无论如何都必须将此事立刻告诉周世宗，再要拖下来，万一符皇后真的哪天突然归天，世宗面前他们是万难交代的。

传信使刚过淮河，他们的行踪便被虎豹队的先遣卫发现。距离大营还有十几里路程时，赵匡义在半路上拦住了传信使。

"大人如此急赶是要往哪里去？"赵匡义明知故问，他其实是要套取传信使此行真实意图。

"啊，是赵将军，我要急见皇上。皇后病重，宰相大人拟了折子要将详情告知皇上。"那传信使认识赵匡义，然后此番传递的又不是什么机密，所以如实相告。

"啊，是这么回事呀。"赵匡义眼珠转动一下，"皇上去了鹳水查看地形，你若不急便随我到附近的小店休息一下，吃点酒饭。你若急的话，那我可以陪你马上赶往鹳水去找皇上。"

"很急，宰相大人在我临行时一再吩咐，必须以最快的速度将折子递给皇上。"

"那好，我们现在就赶去，你们随我来。"赵匡义说完后调转马头在前面领路疾奔，后面五匹马也紧紧跟上。

半个时辰之后，在一个荒废无人的野村里赵匡义推倒一堵碎石垒成的矮墙，掩盖了一个早就废弃的腌菜窖。在那个腌菜窖里有五具尸体，一个传信使，四个带刀侍卫。

当知道传信使此来的目的后，赵匡义马上想到了这个无人的野村。所以不管传信使答应他休息吃酒饭还是直接去找周世宗，他们都会被带到这里并死在这里。如今的赵匡义很固执地觉得，大周征讨南唐就是在替他抢夺天下。而现在淮南之战已经到了一个最为关键的时刻，他决不能允许此时出现任何意外，哪怕是符皇后病了、死了都不行。所以传信使连同那份折子必须消失，消失得无影无踪。

做完这一切之后，赵匡义冷峻阴狠的目光再次扫视了一下周围，确定自己所做无人发现后，这才上马绝尘而去。

淮南战局失利，寿州、濠州、泗州等州府连续被周军攻克。然后又有一军沿海取盐城、兴化直至静海制置院，并且已经拿下静海制置院，将吴越海上战船从无法稳妥立足和无从补给的东沙、西沙引入，驻扎静海，控制住长江江口。

这连番不利的消息让元宗李璟心中惊慌不堪，他担心一旦淮南尽失，周军过江便可直扑金陵。所以未曾想着如何调度军队扳回局势，也未想过联合蜀国未成之后是否应该再联合北汉或辽国共同对抗大周，反而忙着喋喋地与一帮大臣商量退路，准备另外找一个合适的地方落脚，尽早避开蔓延而来的战火。

这一回韩熙载安静地站在一旁没有多说什么，李弘冀死后他也变得心灰意冷，心中总觉得南唐未来岌岌可危。

冯延巳倒是依旧显示出自己不是一盏省油灯。他可以将已经溃败不堪的局势说得仿佛自己胜了似的，但这最大的作用就是在心理上让李璟臆想一下。冯延巳还可以将郑王李从嘉作一番夸赞，让人觉得只会作诗填词的郑王将来是可以一统天下的霸主人才，但这最大的作用只能是给李璟一点梦幻般的希望。但冯延巳最佳的表现是可以替李璟确定逃出金陵移都他处的路线和地点，这真的是他的强项。在南唐余下的州府中，冯延巳准确选择出一个距离淮南一带较远但又较为富足的州府，这一个州府便是洪州。

但是就在冯延巳替李璟选好移都新址，还未将移都路线说出时，天德都虞侯杜真站出来了："皇上，南唐虽然兵败淮南，但淮南之地未曾尽失。然后又有长江天险为我金陵屏障，我朝还未曾到山穷水尽定要移都的地步呀。"

"就算淮南目前未曾尽失，只要周军不撤，早晚还是尽失。长江虽是天险，我南唐人能渡江北，周人便能渡江南。现在要不及时谋划移都远离兵险之地，等到大周打来，再走就迟了。"冯延巳也不看杜真一眼，只管拱手对元宗说出他的看法。

"冯大人，你怎么句句都是在灭我南唐士气的，周军是人，唐军也是人，从何见得我们一定会失了淮南。而且长江之上有哪一国水军强过我南唐，周军本就不善水战，战船少且不固。就算淮南被他们占了，有我南唐水军拦江而战，金陵必定无碍。而且还可以利用水军的灵活选择对岸薄弱处出击，重新夺回淮南。"杜真对南唐的兵力特点和地形优势还是非常了解的。

"现在有吴越海上战船助大周，已经入了长江口。而上游有南平水军也为大周所用随时可顺流急击而下。另外大周水军先前已经直逼金陵，但一夜之间突然销声匿迹，应该是躲在哪一处，至今无法将其找出。你且说这三路水军如何对付？"冯延巳针锋相对。

"南平水军为大周借用，应该不会尽全力而战，而且其整体实力也是不足，还抵不过我南唐一处水营的水军。"杜真分析道。

第十章 多重战局

"可是吴越水军所用为海上战船，船体高固，武器犀利，如何应对？"

"吴越水军虽强，但其数量却不多，可用群狼斗虎之法对付，多船围他一船攻击即能击溃他们。"

"好好好，既然杜将军已经想好了应对之策，那还请你细说一下南唐长江各个水军营寨该如何部署？"

冯延巳这话是将了杜真一军。杜真是个可以参与局部战场且能征惯战、勇猛不惧的将才，但绝不是个可以统筹大局的帅才。所以冯延巳这话一说，他张口"啊"了两声再无话可对。因为不仅他不能统筹这样的大局，而且他还真想不出谁能统筹这样的大局。

大殿上一片寂静，连个哼哼一声的人都没有。元宗李璟则用渴望的目光在一众大臣身上扫来扫去，他希望这个时候谁能给他一个确切的建议。

终于，有人发出一声轻咳，这是在准备说话。大家回头看去，原来是韩熙载。

"我记得太子吴王在的时候曾有过对抗大周和吴越水军的部署，我们可以此为基础再作权衡变动就是。"

"对对，太子是有过部署的。"杜真赶紧帮腔。

"原来策略是润州水军扎营江中洲，应对吴越水军。芜湖水军扎营马鞍山，应对大周水军。江北水军大营两边增援，池州水军、江阴水军分别包抄两国水军后路。现润州水军藏驻于江中洲，那就索性不动了，作为突袭和各方面后援。由江都水军和兰陵围水军合兵对敌吴越水军，江阴水军仍负责包抄，江北水军大营负责后备增援。先前进逼金陵的大周水军不见了踪影，那芜湖水军、池州水军也可按兵不动。一旦发现周军水军，立刻围击，江北水军大营仍为增援。至于顺流下来的南平水军，由江州水军和彭蠡湖水军大营进行拦击。"

"此策可行，此策绝对可行！"韩熙载话才说完，杜真便立刻高声表示赞同，其他一些文官武将也纷纷表示赞同。

对于大家的赞同，韩熙载微微流露出些羞愧之意。当时李弘冀采取此策略应对大周和吴越水军时，他是怀疑李弘冀想以此举移开距离金陵最近的几路兵马，以便自己的三万水陆军进逼金陵逼宫夺位的。

既然有了具体部署，而且是韩熙载所说，依照的是李弘冀曾经的策略，那冯延巳便不好再说些什么了。而元宗李璟本就是个没主张的人，心中其实也是舍不得移都丢弃繁华金陵。见大家只有赞同没有反对，便也点头同意了。于是在几日后，南唐长江上各路水军大营很快便调动部署起来。

东京城里，齐君元和侯无卯、王彦升依旧在坚持每天捉黑婆鸦、放黑婆鸦。虽然始终做得很隐秘很周全，不会引起任何人的注意，但每天做如此重复的事情，还是让齐君元开始有种莫名而来的紧张。他觉得好像在什么地方有人暗中注视着自己，而且是那种看了自己一眼便再难摆脱的眼神。所以齐君元迫切地希望大周后宫里有什么和符皇后有关的动静出来，这样自己才能够确定时机，找机会脱身而走。他要从那似是而非的目光中摆脱，也是从离恨谷的掌控中摆脱。

王彦升是禁军内卫，宫里的事情多少是可以打听出一些的，所以符皇后前两次晕倒后便已经听说了。这时候他们三个更加紧了放飞黑婆鸦的节奏，因为这消息是在告诉他们，唐三娘已经开始动手而且进展顺利，他们现在的任务就是保证她有足够的毒料来做成刺局。

虽然黑婆鸦的粪便毒性剧烈，但是谁都不知道唐三娘在宫里面是怎样的处境，能不能将那些剧毒的鸟粪藏带在身边或什么地方，或许取一点儿用了其他的都必须抛弃灭迹也未可知。所以在没有确定符皇后已经归天之前，毒料必须不停地往里送。

但是后来不知道什么原因，宫里反而没有关于符皇后的任何消息传出了。完全不知道她如今是怎样一种状态，唐三娘又进展到了什么地步。齐君元分析，这应该有两种可能。一个就是唐三娘那边发生状况，有人发现符皇后被人下毒。有品毒狻猊毛令品在，发生这种状况并不意外。所以唐三娘再无法继续对符皇后下手，而后宫之中也封闭消息以无干扰状态排查，要把投毒之人找出来。还有一种可能就是唐三娘已经得手，符皇后状态危急。但是现在周世宗御驾亲征在外，符皇后坐镇京都宫院，为防止影响斗志和民情、民心,所以封闭消息不让外界知道。

齐君元将自己的分析告诉王彦升和侯无卯后,他作出一个很明确的决定:"不需要再放黑婆鸦了。如果是第一种情况,送入毒料也是无用,反而有可能被人发现利用黑婆鸦送入毒料的途径,顺藤摸瓜将我们给陷进去。如果是第二种情况的话,那就是说毒料已经下足,刺局已经做定,只需等待结果了。"

"那么我们下一步该做什么?"王彦升问道。

"各归各处吧,我也暂时离开东京城。那赵虞候府我看也不是可以长时间盘缠之地,最近心中总有些不安,好像周围有人已经注意到我们似的。暂时分散开来等待结果,如若结果并非我们所愿,谷里肯定会有指令召集我们再刺。"齐君元觉得现在应该是自己离开的最佳时机,因为对符皇后的刺局已经做下,只是最后结果还没出来。也就是说,前面刺局还未完,还在进行中,这种状态下谷里一般是不会想着要他再做些其他什么或将他怎么样的,也就相当于给了齐君元一段安全时间,让他赶紧离开洗影儿匿迹的时间。

授机宜

"你不用离开东京城,就住在赵虞候府的客院里,那里会比你躲到任何一个地方都安全。而且我会一直陪你住在这里的,剑尔会负责送来所有需用。"侯无卯果断地拒绝了齐君元的建议。而一旁的王彦升也微微点了下头,他内卫身份在赵虞候府附近走动那是很正常的,所以送些需用不会被别人注意到。

听到这话齐君元顿时有一种被监押了的感觉,但他仍不死心:"难道你们就不怕此处居住之人突然回来?"

"不怕,那人已经回到东京城了。"侯无卯回道。

齐君元眼光一闪,立刻追问道:"你们把那人杀了?"

"不是,他……这你不用管,只需安心藏身此处就行。刺符后这个活儿可能还需要些时日,一旦有消息确定符皇后必死无疑,你马上就可以离开。"

再说了，你与唐三娘同来刺符后的，难道不等她一起离开吗？"侯无卯意识到自己可能有些话不该说的，所以马上转移了话头。

但是已经来不及了，齐君元不给侯无卯思考时间就赶紧追问，意图就是要得出一些意外信息，而现在他的目的已经达到。其实齐君元很清楚他们不会将居住客院的人杀掉，住在这里的是官府或军中有一定身份的人，如果死了或失踪了，反而会引来捕快衙役和其他一些人到这个客院中搜找。而现在居住在客院的人已经回到了东京城，但是侯无卯依旧可以确定他们在客院是绝对安全的，那就只有一种解释，原来住在这里的人知道他们藏在客院，是故意将此处留给他们作落脚点的。而能知道他们所做刺活儿并且提供自己住处让他们作为落脚点，那人应该也是离恨谷的人。即便不是这次刺活儿背后的真正的刺头和主持，也应该是与此趟刺活儿有着极大关系的。对了，上一回设局刺杀万变魔手尤姬，侯无卯很自信地说当晚肯定将尤姬引出，莫非就是动用了这个人的力量。

"你怎么知道还需要一些时日的？谷里可是要求尽快完成刺符后的。"齐君元再次追问侯无卯一句，这一次是很认真很严肃地在问。

侯无卯脸上只闪过一丝不经意的慌乱，随即便恢复了正常："此一时彼一时，近来不是再不曾有谷里催促吗？我觉得可能是又不急了。而且剑尔是宫中侍卫，他不也没听说符皇后有什么状况出现吗？"

"我记得王兄弟说过，他打听前廷消息没问题，后宫之中他是没有办法接近的，我说得对吧？"齐君元是想继续从侯无卯话里找意外信息。

王彦升没有说话，但他此刻一双眼睛死死地盯住齐君元，目光让人有些捉摸不透。而对于一个优秀的离恨谷刺客来说，目光捉摸不透的时候，往往会是最最危险的时候。

"总之，我们是一同做这个刺局的同伴，在没有确定刺局成功之前，谁都不能离开。要是唐三娘未能得手，我们还必须马上做局再刺、三刺。这事情你我谁都推卸不得，你要是独自离开东京再也找不到你，不仅刺局难以做成，而且我们两个还要承担度衡庐罪责。"

侯无卯这话一说，齐君元便已经可以确定不让自己随意离开是有谷里指令的，否则侯无卯也不会拿度衡庐说事。同时他还可以确定的一件事情是，侯无卯和王彦升对唐三娘正在做的刺局所知消息要比自己多得多，感觉谷里对刺符后这个活儿又有新的要求，只是并不需要自己知道，这可能是因为新的要求不需要自己去完成或者是自己无法完成的。还有就是好像有对后宫之中情况十分了解的人在与侯无卯他们两个联系着，但也是不久前才联系上。否则这两人应该早有所表现，不会全听自己安排。而这个人很有可能正是原来住在客院中的人，从时间节点上想，应该是和符皇后差不多时间回到东京城的。王彦升身为内卫可以是洗影儿，那么大周宫中其他身份地位更高的人也有可能是洗影儿。从离恨谷这次牵涉几国皇家的布局来看，说任何一个高位之人是离恨谷伏波的蜂儿他都不会觉得有太大意外。

可是谷里一定要盯住自己干什么？难道还有其他更重要的刺活儿需要做，还是仍然要把自己当弃肢？

后宫厨舍发现了傩教净婆和符皇后特别护卫高手毛今品的尸体，从他们的死状来看，很明显是双双中毒而死。所以后宫护卫总管林喆以及内三城都统立殿将军姚勇带人到现场看过之后，稍加分析便确定应该是毛今品发现净婆擅长用毒且心怀不轨，然后两人斗毒同归于尽。于是准备拟报宰相范质，确定此事如何处理。

就在此时，赵普来了。他原来是禁军谋策处的参事，以往根本无资格入后宫。而且与林喆和姚勇两人都差着好几级的官职，以往也根本说不上话。但是现在不同了，世宗钦封他为正宫凤驾监护使。这个职位虽然是个临时职位，而且权限只针对于符皇后。但是只要世宗未曾下旨撤除这一职位，那么符皇后在哪里，赵普便可在其所在的地方自由行动，行使最高安全权限。

"两位大人分析得非常准确，这净婆是为了夜鬼惊宫之事入宫的，没有丝毫可靠关系作保，正所谓异常事往往引来叵测人。而品毒猊貌是江湖中的绝顶高手，思路缜密，锁定怀疑目标准确，盯上这净婆完全是在情理之中。但是这净婆能通过入宫的重重检查带毒入宫，肯定也是此道高手。所以两人才会在以毒斗高低的过程中同归于尽。可是……"赵普欲言又止。

"可是什么？赵大人有话不必藏掖。"林喆对赵普的态度并不太客气。

"可是两位大人真的准备要这样拟折报上去吗？那不是自己给自己在套锁脖扣儿吗？"

"这话什么意思？"姚勇真没听明白。

"如果现在确定那净婆为心怀不轨带毒行刺之人，那么能够入宫且入宫这么长时间都未被发现，这罪责是不是首先要落在两位大人头上？而且现在符皇后身体出现异常，虽然太医未能确诊，但如有人借此说符皇后是被人下毒的，那么两位的罪责可就更大了！"

真是一句话点醒梦中人，林喆和姚勇一下警醒过来，不由得吓出一身冷汗。他们这种职务平时是闲职，根本遇不上这种事情，甚至任职以来就没遇到过事情。所以一见这个情况只想着如实拟折上报，完全没有往其他方面多想。

"赵大人，还请你替我们想个妥当之策。"护卫总管一下变得客气了。

"这还不好办吗，你们只将此事录入内宫记事。就说是符皇后患疾，净婆与宫女平时蒙皇后恩典，以傩教邪法为皇后驱病求寿，结果误食厨舍中变质废料中毒，又无人及时发现救治，结果双双殒命。这样一来，两具尸体便可直接送出宫去处理了，而这只是作为内宫事务，外界无从知道，自然也无哪一个衙门来追查深究。即便以后再有人提及此事，也已经无从查证。"赵普的思路清晰、办法妥善。

"可这毛今品是保护符皇后的高手，他不见了，派遣他入宫的金舌头会来追查。"林喆还是不无担心。

"不会的，这种江湖中人性格怪异，说来就来、说走就走，那个万变魔手原来不也说在符皇后身边贴身护卫的吗？追回两件东西后就扬长而去再不露面了。所以就算追查来了你们只要咬定了自己的说法，那金舌头也是无可奈何。"赵普说完这个便拱一拱手转身走了。和庸人说得太多往往会多生怪异、纠缠不清，点到为止反会让他们想法简单地按所说去做。

赵普从后宫厨舍出来后便直奔滋德殿，符皇后病情严重，他觉得自己应该想点儿办法。

第十章 多重战局

在滋德殿的门口,他拦住了两位专门医治符皇后的太医,询问符皇后病情。两位太医连连摇头叹气,说符皇后病情怪异无法查清病源对症医治,只恐怕时日不长。

"有没有试过用虎须草、天丝雀巢、老筷参、槌云果熬汤灌服,再从后脑椎、左心下脉、腹脉、丹轮下大针。我以前在'善学院'时,曾见师傅用此法救治过不少中毒和外伤之人。我并不通医道,此法供两位太医权衡而为。"

两位太医沉吟好久,然后两人又悄声商量了一下,这才有其中一位开口说道:"赵大人此法我们细细想过,只能治标,不能治本,权作吊命之用倒是好方法。所以大人说见自己师傅以此法救治很多人,要么是虚言,要么是你师傅另有其他奥妙法门你未能窥到。"

赵普笑了:"太医医道果然世上绝伦,这法子真是只能吊命,稍许缓解病者不适。但是两位太医毫无对策眼睁睁见着皇后无救,皇上归来之后要迁怒你们无能不为,你们怕是百口莫辩吧。要能将皇后性命吊住,缓解其痛苦,让别人见到虚好状态,那么以后你们两个还有推卸罪责的理由。要是能将皇后性命吊住到皇上淮南凯旋,无碍战事,那说不定两位还立了大功。"

和在厨舍时一样,说完这话后赵普也马上转身离开了,接下来的事情都扔给两位太医自己拿主张。他相信,这两个太医肯定会按自己说的去做的。

南唐各部水军大营离得金陵近的一两日里便收到调军旨意,远的最多三四日也都收到。随即各处大营不管是迎敌的还是按兵不动的,都马上重新调整部署,编队拔营,选择对自己最为有利的位置驻扎应敌。这一来又是好几天的时间过去。但是还未等各水军军营运转到位,长江之中突然出现数百条大周战船,如同神兵天降。这情况让南唐上下惊骇不已,一时间不知如何应对。

在周世宗下旨征用楚州民夫以及周边所有具备劳动能力的男子开挖鹳水之后,只用两日时间,便聚集了十数万人,这数量已经远远超过禁军总数。再加上大周工事营的力量,在短短十几日内便挖通了鹳水至长江的水道。大周聚集所有自己建造的楼舰战船以及缴获的淮河水军战船一下涌入长江，然后马上顺江北沿岸扫荡掉南唐所有小股水军力量。

这是一记狠招，江北沿岸的小股水军力量大部分是江北水军大营分散各处的战船，这也就是为什么要江北水军大营作为各处后备增援的原因。另外还有一些沿岸州府自己的水军力量，这主要是用于与江南保持军力连通，达到水陆双重防御的目的。而周军突然出现，沿江扫荡，相当于将淮南一带南唐军队的后路和水上援助全给截断了。同时江北水军大营被分散击破，也使得其他对敌水军大营失去了后备增援。所以现在虽然还有半片淮南是在南唐控制中，但其实南唐水军已经是处于孤立无援的状态。同时水军方面的部署意图也一下多处被予以击破，使得各处水军军心顿时慌乱起来。

南唐方面肯定是不允许这样的状况发生的，所以立刻展开反扑。即便不能完全将江北沿岸夺回来，至少也要占住一段。而这个时候李璟和南唐的文武朝臣们才真正体会到李弘冀当初策略的高明之处了，周军虽然突入长江给了南唐极大意外，但是南唐预先伏于江中洲的那一支水军却也可以给周军意外的反袭。

从金陵秘密发出的军令很快到达驻扎江中洲的水军大营，此处总共有一百多条大船，中坚力量是润州水军大营，另外还有些附近巡江的小营总船只组成。虽然船只数量不能与从鹳水而入的大周水军相比，但是大周水军已经沿江岸延铺开来，力量已经分散。而润州水军从江中洲出击对岸的距离只有半江不到，采用突然且快速的攻击，取胜把握几乎占了十成。

火漫洲

月黑风高，江风料峭，大片大片的枯黄芦苇依旧纠结在一起屹立着，只是与青芦时相比显得很是杂乱。就像一个老人再也无法抚梳伏贴的头发，在黑夜中勉力舒展着各种怪异的黑影。

有人在枯萎的芦苇中穿行，江风吹动芦苇发出筛豆般的声响正好掩盖了这些人钻行的声音。黑夜中从这样的枯苇荡中钻过并不容易，一个是看不

第十章　多重战局

清，再者有些已经软倒的枯苇和蒿草遮掩了可行的路径，更增加了通过"曲水回天"阵形的难度。好在张锦岱是个慎重而谦逊的人，那次绿衣蒙面人带他从多重"曲水回天"阵形的空隙中走过一回后，他便做下了几个记号来辨认途径，此后他还亲自走过许多回前去暗窥南唐水军情况。而这一次就是因为白天暗窥时发现南唐水军在整装待发是要有所行动，张锦岱这才决定按绿衣蒙面人原先提供的计策而行，带人夜袭龙吞塘。

其实张锦岱带大周船队躲在江中洲后消息是非常闭塞的。一江三湖十八山的人不会给他们带来外界信息，他们进入江中洲之后，其实根本就没与一江三湖十八山的什么人见过面，更不要说是稍有些头脸的人了。很明显，一江三湖十八山的人是故意在避着他们。但这情况张锦岱是能理解的，特别是在知道距离自己只一里开外的地方就有南唐水军驻扎后，他就更能够理解了。所以平时要想知道点什么事情，除了是非常难得从军信道传来密信外，就只能看南唐水军的动态来进行分析。

前几天藏在龙吞塘的南唐润州水军已经有过一次异动，虽然未起锚移船，但是船上所有武器和帆舵等操控部分都整理试用了一番，很明显是已经进入了随时战斗的状态。而今天白天张锦岱发现这些船全数起锚列队，只以插篙暂时定住船位，这已经是即刻要出发的状态。

南唐船队从江中洲出发，唯一可能的目的就是突袭大周或大周盟军。所以张锦岱刚回到自己船队，他就立刻安排两只船装满沙土包出江中洲的内水道，绕向龙吞塘的出口。然后在天未暗时，张锦岱又亲自组织了最得力的两百多名兵将，全部轻装轻甲，只带弓箭、短兵刃和引火物。天刚擦黑，两百多人便悄然潜行，穿过"曲水翻天"往龙吞塘而去。

龙吞塘的润州水军计划得很周密，他们原本是要在子时之后出发的，这样便可以以极慢的船速向北岸靠近，无论是声响还是船形都很难被对方发现。而等周军发现时，距离已经非常接近了，那么突袭的效果会比大白天快速直冲更好。

但是他们恰恰没想到的是，这样的天色和时间同样可以让别人的船只以极慢的速度悄悄往龙吞塘口子上接近，等他们发现时，也一样是距离非常接近，来不及做出反应了。更何况当他们发现那两只不明来路的船时，突然又有其他更加紧急的事情发生了，让他们根本无暇顾及这两只船。

更加紧急的事情是有船着火了。这是船队最为忌讳的事情，也是即将出战的战船不该发生的事情。古时都是木质战船，所以在出征前，所有炊食照明用火都必须完全熄灭。即便夜战，也是安排好必须留的灯火，其他都是准备好的可迅速点亮的灯火。其目的就是怕在对战过程中引火自焚。

但是这一次船队还未曾动，就已经有船着火了。这火很蹊跷，来火快，火势猛，一下就将整艘船全燃了起来，连扑救都没法扑救。好在其他船都已经起锚，拔篙即动，快速远离着火的船，以免火势蔓延被波及。而最靠近龙吞塘出口的船只则准备先出了塘口再说，让出位置让后面的船好疏散。

但是就在这个时候，他们刚刚发现的那两只来历不明的船冲向了龙吞塘出口，到出口处时两船打横，然后快速下沉，堵住了龙吞塘的出口。

船队排头最靠近出口的船出不去，后面的船又要躲避着火的船，于是整个船队全乱了，相互碰撞，挤压在一起。

张锦岱所带的两百多人是这个时候出手的，他们将所带的所有弓箭加上引火物点燃，射向了南唐战船。他们的目标很明确，所有火箭都集中在七八条船上。因为他们也就只有两百多人，火箭太过分散了容易被扑灭。而现在这么多船挤在一起，只要有七八条船被彻底燃着，那么其他船在逃不出龙吞塘的情况下也难幸免。

火箭射完之后，张锦岱并没有马上退走，而是将龙吞塘周围的枯草枯芦苇也都点燃起来。这是为了防止那些船靠上岸来。而这一燃可就不得了了，整片的芦苇蒿草全都被点燃了，火势在料峭春风的助力下完全不能控制，就像潮水般蔓延开来。漫天的火花火苗随风飘扬，飘落何处，何处再燃。

龙吞塘里的那些船已经不用靠那七八只船的火势铺延了，铺天盖地的火花火苗飘落下来，一下就将整个船队引燃了。船上有经验的兵将立刻跳水逃生，没有经验的入水晚一点点，就和那些船一起化为了灰烬。

张锦岱自己也没想到点燃芦苇后会是这样的结果。一看情况不妙，他就赶紧带人往回跑，即便这样，还是有十几个他所带的精锐陷入火海。好在大周船队中不乏经验老到的将领和操船老卒，在听说有船出水道入江行事，他们便已经做好了准备。而当张锦岱组织人上岸实施偷袭后，他们马上就将船置于于可立刻行驶状态，这其实是怕张锦岱他们行动不成功，对方反杀过来好尽快逃跑。等远处火光刚刚起来，船队后面船只已经主动往水道外疏散，防止火势烧过来后最里面的船只来不及逃脱出去。

张锦岱他们上了自己的船后，立刻沿进来的水道将船往外行驶。好在早有提防、动作迅速，虽然整个船队也有不少船被烧起来的芦苇荡点燃，但都能及时扑救。只是留下累累焦痕，最终整个船队全数逃出了江中洲。也是到了此时，张锦岱再回想当初遇到那个水绿衣服蒙面人说的话，终于明白"你还是预先考虑好是否会殃及自己吧，别烧熟了肥油、烫伤了手"这句话是什么意思了。

江中洲大火不仅让南唐润州水军全军覆没，而且也将一江三湖十八山的基业烧得精光。他们帮中本来也有百十条船，最终逃出的只剩七八条。火烧芦苇荡，本来是绕山妖风秦时秋在两军相互发现后发生厮杀时采用的对策。这样两军一起覆灭，他们自己则可以借机暗中遁走，而这里到底发生了什么全没人知道。但是现在这一招却被张锦岱抢先用了，烧了南唐水军和一江三湖十八山的家底。

不过被烧了家底并不代表麻烦就没有了。这场大火烧完，童正刚在江中洲一手托两家，将大周水军暗藏其中的秘密就暴露了。而江中洲发生了这样的事情，梁铁桥其实也是有极大责任的。就是因为他觉得大周船队不可能藏在江中洲，所以在韩熙载安排他负责找寻的过程中完全忽略了江中洲。

事情发生之后，梁铁桥知道自己无法就此回去面对韩熙载，所以他带着一帮最贴身的手下全力追捕童正刚、郑尚和厉隆，只有将这三人押到金陵问罪，他才能脱清自己干系。

所以江中洲大火之后，两伙原本属于同一帮派的高手在江南道上展开的一场追杀，那是一场鲜血淋漓、惊心动魄的追杀。

但比江南道追杀更加鲜血淋漓、惊心动魄的是淮南的战局，那是一场继续发生在长江上的大搏杀。

火烧江中洲后，整条大江都被黑灰、焦枝、碎木覆盖。下游连续几天都能看到被烧毁的船只残骸顺流漂下来。过了几天后，水面开始变清，残骸变少，但开始浮尸不断。这些浮尸很多是被烟雾熏死或溺亡的，从衣着可看出是南唐水军兵卒。

下游是兰陵围水军与江都水军双营聚集对抗吴越水军的驻扎点，看到连续几天从上游漂下的船只残骸和浮尸，心中不禁骇然。他们知道江中洲的南唐润州水军将会突袭大周水军，然后又很快听说了江中洲被大火焚烧。估计是由于什么意外才发生江中洲大火的，导致润州水军遭创。于是都在心中暗暗祈求上天，求润州水军能够渡过难关。即便未能旗开得胜重创周军，至少也要保存住大部分力量拖延阻击周军。否则周军顺流而下，将会和吴越水军上下夹击他们。而江北水军大营已经被周军觑水出击扫荡，再不能作为各路的后备增援。

就在两部水军首领心中担忧之时，有探船来报，说上游有数十条船顺流而下。所有船没有标识旗帜，但是都焦痕累累，帆桅有损，似乎是从大火中逃脱出来的。

两营首领没有多想，润州水军藏身江中洲，江中洲大火，这些船只肯定是从那里逃出的润州水军战船，于是派船打开水寨栅门迎了过去。可就在寨门刚刚打开，迎引的船还没有出寨门。上游那些被烧过的船突然竖桅升帆，借助风力和水流之力快速扑进寨门。

这一战便是后周的"焦船夺寨"之战。张锦岱带着几十艘江中洲逃出的大周战船，按照他所遇到的绿衣蒙面人所说"借皮化形"，不借南唐水军的旗号衣着，而是借一张死皮、焦皮，让对手认为他们是已经全军覆没的润州水军。以此消除对手警惕，诓开寨门，杀了他们个措手不及。

在"焦船夺寨"中，周军凿沉南唐战船十三艘，烧毁二十一艘，俘获二十六艘，杀敌三千多人，将兰陵围水军与江都水军双营力量灭掉近一半。但更为重要的是此战打开了长江通道，让吴越水军与大周水军顺利会合。同时将南唐水军力量尽数逼到南岸，把江北沿岸牢牢控制住了。

火烧江中洲、焦船夺寨，在之后所有的文字记载中都列为经典的战役。

可是谁又能联想到这也是两个刺局，两个各种条件早就一步步排布下来的刺局，大周船队只是充当了杀器而已。

其实早在唆使大周出鹰狼队对付一江三湖十八山，逼迫梁铁桥离开江中洲开始，直到绿衣蒙面人指点借皮化形，一条条可行的和可能的条件都已经预先设下。而且围绕江中洲的刺局还未曾就此结束，更多的条件现在正在发酵着。一旦时机成熟，将酝酿出更大、更成功的刺局。

在大周船队完全掌控住江北沿岸之后，周世宗立刻挥军全面往南推进，连下滁州、和州、庐州。只两个多月的时间，周世宗已经亲自领兵进抵了迎銮镇（今江苏仪征），饮马长江边。

战到此时此地，虽然淮南之地还有几座州府的南唐守军在苦苦支撑，其实都已经是秋后露蝉不足为虑。现在对于大周而言最需要做的就是霸江，只有将长江控制住了，南唐才会彻底舍弃淮南。但是李璟虽然羸弱，手下却有些将相是不肯服输的。更何况南唐虽然损失了润州水军和一半的兰陵围、江都水军，但整体水军实力仍是在大周之上。

何处去

已然是春色铺满江岸时节，柳垂花红、苇青江蓝。但这大好的景色柴荣和赵匡胤却无心欣赏，而是亲至江口乘渡的小埠头，焦急地等着一条小船。这条小船带回来的消息将决定他们此番淮南之战的最终结果。

而两人中赵匡胤的心情明显比柴荣更加焦急难安。因为这个消息的成与不成除了对淮南之战有着决定性的影响外，对他自身的前途地位也是有决定性影响的。

不久前他们刚刚得报，南唐将南岸江阴、江都、润州、芜湖、池州几处水军聚集到一处，数百条战船在鹦鹉洲扎下水寨，其意图很明显，是要选择瓜步以东宽阔的水面与大周水军决一胜负。

虽然这样的意图显示出南唐已经没有什么杰出的军事人才，特别是运作水军的将领，但是这样简单直接的硬碰硬打法却不是大周所愿意的。因为即便一场硬仗之后自己能够险胜，最终还是会落得再无足够水上力量来达到霸江目的的下场。大周水军能够这么短时间内发展起来，主要是缴获了南唐淮河水军的船只，还有自己制造的一百多条楼舰。要是与南唐将这些力量拼光，再难有个淮河水军让他们来缴获了。而大周目前国力窘迫，南唐提税造成的不良影响还未曾消除，再也无力大量建造战船。所以对于大周来说这一战不仅要胜，而且要胜得直接无损。

"如今又是一个决定大局成败的关键时刻，但此次对我大周而言却是落了下手。南唐水军势大，我大周水军迎击不妥，不迎击更不妥。我不后悔未曾在半片淮南收入囊中时即止用兵，但是到了这地步再要被逼退回，失去已有所获，终究是有些懊丧。"周世宗话里其实有责怪赵匡胤当初坚持要将淮南全数拿下的意思，这话赵匡胤听了心中很难自在，忐忑无措间只能低头不语。

"现在要我大周水军完歼南唐水军，而且自己无甚折损，大周、吴越、南平三国水军加在一处也略逊南唐，能胜已属不易。若要完胜且无甚折损，至少还须一股强于我三国水军的力量相助。斟酌一下所有可能，恐怕也只有老天能助我们了。九重将军，不知你如何认为？"周世宗很少表现出这样的低落状态，由此可见一向自信狂横的他这次也真的觉得完全没有办法了，而且他很明显是要将这低落和无奈的罪责让赵匡胤承担。

"老天？老天！"赵匡胤从周世宗的话里想到了什么，"皇上，你还记得张锦岱藏身江中洲时曾发来一份信件，说是一个绿衣蒙面人对他说的话。"

"对！我记得。那信件中提到大周如果有朝一日要征唐，必须要有强大水军。我就是在这话提示下才在大梁汴水赶造楼舰的。"

"而这楼舰按那绿衣人所说是起大作用的，而后张锦岱又按那人所说火烧江中洲灭了润州水军，再有借皮化形重创兰陵围、江都两部水军也是依那人之计而行。"赵匡胤将最近的获胜之事与那绿衣蒙面人转达过来的话一一对应。

"没错，但这和现在的状况又有何关系？"

"我记得信里有一句'借相是借皮，借地也是借皮，顺手而为不必专门劳心费力是最好的'。这借地也是借皮，前面几件事情中我们都未曾借地，这一回莫非我们是要借地而为？这样才能不专门劳心费力地将南唐水军之势给化解了。"

"借地，那应该借哪处地界？"周世宗皱紧眉头问道。

赵匡胤眼珠微微转动一下，然后散发出极为坚定的光芒："江中洲，还是江中洲！"

一条小船轻轻靠上埠头，小船轻轻碰撞埠头的响声把赵匡胤从回想中惊醒。他抬头看去，只见小船船棚帘子一掀，从里面跳出船夫打扮的张锦岱。

"怎么样？怎么样？"赵匡胤急赶几步超过周世宗，边走边大声地问张锦岱。

"行了，芦苇长出来了、长出来了！"

赵虞候府的客院，齐君元已经在里面待了两个多月。从一开始侯无卯便觉得齐君元很有定性，其实他自己每天都觉得很是无聊，但齐君元却可以常常将自己放入某种冥想状态。而当两个多月渐渐过去之后，侯无卯越来越觉得齐君元不仅是有定性，而且在骨子里有一种巨大的坚忍，一种可以对自己无比残酷的坚忍。一个人在这么长时间里可以始终保持一种没有变化的闲暇自如态度，那么他暗含的力量将是非常可怕的。

齐君元没有觉得自己可怕，而是越来越感到害怕。这么长时间的静思冥想中，他将自己从灌州开始直到现在的经历反复梳理了上百遍。每一遍他都有新的发现，每一遍他都有新的想法。秦笙笙、王炎霸、范啸天、哑巴、唐三娘等等这些有所安排或无可奈何与他搅在一起的谷生谷客，在这反复梳理的过程中不停转换着身份角色。原来很多疏忽掉的细节动作，似乎都在说明他们有着更深程度、不为人知的身份和目的。而随着梳理的更加细致，齐君元的思路开始从这些人身上扩展开去。于是他发现了更多出现在自己周围看似寻常，但现在想来却存在很多细节异常的人。这些人有的只是一个擦肩而过的路人，有的只是一个同堂而坐的食客，有的只是店里店外招呼的小二……

更让齐君元感到害怕的不是人而是事情，这么长的时间里他也将天下近来发生的局势变化梳理了一下。对应自己的经历，他发现很多自己参与和见到的事情隐隐之中都与一些正在发生的局势变化有着密切关系。比如灈州不成功的刺杀，导致顾子敬力推南唐加税，再导致大周粮盐价格暴涨。然后周蜀边境放开易货交易，导致蜀国牲口疫情，再导致大周趁蜀国疫情兵马不足伐蜀夺四州。而这仅仅只是一条线而已，另外的宝藏皮卷争夺、烟重津刺杀等等事情都是可以牵出关系线来的，而且每条线上还可以拉出许多分支。就像许多小溪小河最终汇聚成大江大潮，推动多国局势乃至天下局势的运转。

人就是这样，在获知的同时也会意识到自己未知面的增加。面对这样的未知面，妥善的做法是远离它，冒险的做法是打破它。而齐君元现在既无法逃离，更无法打破。不过齐君元却有第三种做法，既是逃离又是打破的做法，那就是意外。让自己出意外，让别人觉得自己出了意外。而这可能才是齐君元真正的可怕之处。

赵虞候府其中一个客院的火是半夜烧起来的，火势很猛。但是这火很快就被赵虞候府里的巡夜家丁发现，于是一路大呼小叫地赶过来救火。

火最早是从齐君元睡觉的北屋开始烧的，西屋里的侯无卯其实比那些家丁更早发现了火光。但是侯无卯没有进北屋，因为这火他觉得蹊跷，也因为他最近觉得齐君元这人可怕。所以此时火里要么已经没有人了，要么是在等着什么人进去，比如说自己。侯无卯没有多想，他果断离开，以免与那些家丁以及旁边院落爬起来救火的人撞上。

侯无卯的决定是正确的，齐君元没有走，走了的话那就不叫意外了。他真的是在等人进去，进去一个可以替代自己的人。

"快！谁去看看赵普赵参事在不在里面？"有人在喊。

"这么大的火怎么进去呀？再说这里很长时间没人住了，赵参事怎么可能在里面。"

"赵参事前段时间刚刚任凤驾监护使回来了，怎么不可能住在里面。快！进去看看！"

齐君元在房间里听到外面对话，他是个优秀的刺客，而一个优秀的刺客肯定是要将许多情况掌握清楚之后才会策划刺局的。所以无论是上次刺杀尤姬，还是回到东京继续放黑婆鸦刺杀符皇后，他都不可避免地将一个人的情况摸得很清楚，这人就是一路负责保护符皇后回到东京的赵普。赵普原名程普，是江湖谋术门派善学院出身，被赵匡胤欣赏交好并安置于禁军谋策处，与赵家上下关系极为亲近。因为被赵匡胤父亲认作义子，赐赵姓，所以现在人们叫他赵普，只在很少的时候和场合才会被叫回原名程普。

"这里竟然是赵普在东京城居住的地方？"知道这情况后齐君元心中一阵狂跳，蒙着捂口布的脸上一阵变色。

从侯无卯所露的口风可知，居住在这个院子里的人应该是知道此处被当作了他们的临时落脚点，并且很有可能也是离恨谷的洗影儿。那么之前可以成功刺杀尤姬肯定是和他有着某种关系。现在刺杀符皇后全然不知进展是不是也和他有关系？而且他作为监护使是可以轻易接近到符皇后的，为什么不让他实施刺活儿？反而让几乎没有任何机会的唐三娘和自己这些人去舍命刺杀，这是为了什么？是为了保证他的身份不会有一丝暴露的可能吗？那么他应该有比刺杀符皇后更加重要的刺活儿，他的刺标会是谁呢？

正在思索间，有人披着湿棉被冲了进来。齐君元立刻收回疑虑重重的思绪，快速出手。随后换了家丁衣服的齐君元披着湿棉被蒙着捂口布冲了出去，留下一具尸体在火中渐渐被烧得无法辨认。

齐君元趁着救火的混乱顺利脱身而出，然后迅速往东而行。离赵虞候府最近的城墙是东城墙，齐君元准备由此越墙而出从此洗影匿踪。此时是午夜时分，城墙之上肯定有守城巡夜的官兵。但是这些官兵又怎么可能察觉到齐君元的行踪？

到了东城墙脚下，齐君元没有登墙阶（人上城墙的阶梯，古时城墙内侧每隔一段就有一个，便于守御城墙）走，也没有从上马坡（古时可让马登上城墙的坡道，也作大型守城器具运输用）走，他准备直接利用钩子和犀筋索攀上城墙。

但是今夜真的有些奇怪，那城墙上始终有两点灯火来回巡弋，根本不被不远处赵虞候府的火光吸引。而更为奇怪的是，那两点灯火巡弋的节奏始终与齐君元寻找点位的节奏相合。齐君元每次选定一个合适的攀援点后，那两点灯火便差不多也到了此处。

几次之后，齐君元失去了耐心，他决定强行突破。虽然在城墙顶上留下两个官兵尸体很容易让离恨谷的人联想到自己设局潜走。但是要不强行而行，不及时远离东京城匿去踪迹，那么不仅之前设的局全部泡汤，而且还将自己企图摆脱离恨谷的意图完全表明。接下来这东京城里暗藏的洗影儿和度衡庐的高手很快就会锁定自己，那样便从此天下再无藏身处了。

也许真是老天怜惜齐君元，就在此时城墙上的两点灯火不见了。于是齐君元迅速动作，抛钩挂墙垛，如蜘蛛般顺犀筋索悄然上了城墙。

登上墙顶的那一刻他猛然间浑身冰凉，那凉意就像是有一根冰刺从头顶插入，然后穿透脊椎。这凉意是惊出的、是吓出的。惊吓他的是两个人，此刻正坐在城墙外侧墙垛上正笑吟吟看着他的两个人。其中一个是笑佛一样的庖天下，还有一个是不大会笑的郁风行。但不管会笑的还是不会笑的此刻都在笑，而且都是齐君元之前和他们在一起时从未见过的异样笑容。

"你不能走，真的不能走。这里的事情还没完，说不定还会有更重要的刺活儿要做。"庖天下将笑容稍微收敛了下说道。

"你得留下，没你不行。只要此处再没活儿了，我们保证让你走。"郁风行则完全收敛了笑容，这表情让齐君元觉得他说的话更可信些。

可是东京城里还能有什么刺活儿？难道唐三娘毒杀符皇后未能成功，还需要再行刺局？

战瓜步

大周水军与南唐水军在瓜步对阵，展开了一场双方开战以来最为激烈也最为力量均衡的厮杀。呐喊声、惊叫声、船体的破碎声、垂死的哀号声在长江之上绵绵不绝。江水之中血红缕缕，残旗片片，碎木、箭矢、旗杆成堆成堆地在江水中起伏。

两个时辰之后，大周水军右翼盟军吴越水军的阵脚首先松动，又坚持了

第十章 多重战局

半个时辰后,开始快速沿江往下游退逃。这也难怪,不是打的自己家的仗,力气出了、血也流了就已经够意思了,没必要一定把身家性命替人家全拼光在这里。

吴越的战船是海船,舷高舱阔,江中厮杀移动辗转并不灵活。但这种船桅高帆阔,顺流直线而行时却要比江船快许多。所以他们顺流一撤,南唐战船根本追不上。不过吴越水军撤出之后,却是在周军整体阵形上让出了一个空当,南唐水军立刻占据了周军右翼,从侧面直逼大周水军的中营帅船。

这样一来,周军中营相当于两侧受敌,而且南唐水军是从左侧绕过了周军最强悍、战斗力最强的排头楼舰,护卫中营帅船的小型战船根本无法与南唐水军先头战船抗衡。为防止被南唐军侧击包抄,大周水军的中营只能趁南唐水军才摆出包抄侧击之势时便也快速后撤,避免将软肋递给人家痛揍。

中营一退,整个左营的上百条船便完全暴露在南唐水军的围攻中了。他们三面受敌,疲于抵抗。好在不是完全被围,东北方向还有一个缺口。于是整个船队边打边退,朝着东北方向逃去。

南唐水军肯定不会就此放过这一百多条船,如此大好的机会,要是不把大周咬下一块肉来,这场大战便等于白打了。而且这一次要是真能灭了大周这百十条船的话,一个是可以鼓舞南唐士气,再一个对于水军力量有限的大周会是实实在在的一次沉重打击,整个战局的转机或许就此出现。

大周的水军逃得并不快,逃跑过程中还要应付三面的攻击确实也快不起来。所以虽然持续坚定地往东北方向逃跑,实际形势却是被南唐水军渐渐围拢,唯一的缺口正渐渐缩小。

当前面出现沙洲陆地时,南唐水军已经确定这一百多条大周战船无处可逃了。因为那沙洲陆地正好是在东北方向上,将周军唯一可以退逃的缺口完全挡住。

南唐帅船上升起旗号,传达的指令很明确:"注意两侧防御,防止大周其他水军前来救援。集中三面力量,将这百十条战船逼到沙洲边尽数歼灭。"

接到指令后,南唐水军各部都全力以赴,利用沙洲将大周那些船尽数围困住了。

"那是个什么沙洲呀？"有个年轻的南唐兵卒在问旁边的老舵手。

"那个呀，啊，那不就是江中洲嘛。"老舵手突然觉得心中有种强烈的不安。

一个时辰之后，南唐水军损失过半。没有受损的船要么搁浅在江中洲上，要么被冲到了长江的岸边上。但是还没等他们从惊魂中稍有恢复，大周中营战船和吴越战船已经沿两岸往上游再度杀来。于是又有许多船只被俘或被打沉。

借皮化形，这一回赵匡胤他们借的是地。江中洲是块很神奇的江中沙地，它有生命力极强的芦苇，即便冬末之时被火烧尽，但春天到来它们仍然再度发芽生长。这块神奇的江中沙地还有每年三次的双边潮，可荡尽洲上所有杂乱之物，恢复江中洲的清静自然。

但是只要那芦苇还能长出，那么芦苇做成的"曲水翻天"阵形也就仍然在，必然在。这些阵形就仿佛峰头潮和山屏潮的克星，可以在大潮大浪中将一些本来根本无法留存的东西给留下来，比如说大周那百十条战船。

当张锦岱从江中洲回来告知洲上芦苇已经重新长出后，摧毁南唐水军的计划也确定了下来。赵匡胤那一回勇闯江中洲，不仅和一江三湖十八山达成了交易，而且还在此处得到两种稀有奇特的毒物。更重要的，他还询问并记住了江中洲每年三次双边潮出现的时间。所以他们决定在瓜步与南唐摆开阵势对仗，然后故意让吴越惧战退出。接下来的局面肯定是南唐水军突入并侧击大周中营，那么中营也可以顺理成章地为自保而后撤。最终留下左营的百十条船作为诱饵，将南唐水军尽数诱向江中洲。

大周左营的百十条船没有从进入江中洲的水道驶入，因为当时形势根本不允许他们绕过半边江中洲找到水道并驶入。不过当时他们这边还有一个口子，就是龙吞塘的口子。所以他们直接从这里驶入了，驶入毁灭了上百条南唐战船的龙吞塘。

但是和上一次不同的是，南唐润州水军在这里遇到的是火，龙吞塘成了他们的死地。而这一次大周水军遇到的是水，两边夹击的峰头潮和山屏潮，所以结果就恰恰相反了。龙吞塘周围有"曲水翻天",而且不止一个,是连绵的好多个。当初布下这些阵形或许是为了防止藏身于此处的大周水军和偷偷驻扎于此处的南唐润州水军相互发现,也或许就是为了今天这一战。因为今天它们的确成了一百多条大周战船在两边巨潮中保存下来的可靠保障。

两军大战之前,会预先动用秘行力量探清对方虚实和意图,发现周围对自己有利和有害的条件。更重要的还有发现某些潜在的危机,可能会让自己大局瞬间一溃千里的危机。南唐方面不是没有这样做,而是这一回他们派遣出的秘行力量中没有梁铁桥和他的手下高手,因为他们此刻正在江南道追杀童正刚他们。而这一情况,似乎也是早就为此战安排下的。

瓜步大战之后,南唐水军一蹶不振,再难恢复元气,长江水域完全掌控在了大周水军手中。而这也就意味着淮南之战已经接近尾声,南唐将不得不面对自己的失败。

元宗李璟其实早就想到如何面对失败了,瓜步水战失利之后,他立刻拟降书对大周称臣。只求划江为界,江北之地尽献大周,包括淮南十四州及鄂州在江北的两县。

到了这程度,对于大周而言已经是完美结局了。要是再往南跨江而击,不仅南唐会全力反扑,而且北边北汉、辽国也都可能趁此机会背部下刀攻击大周。而西南蜀国已经是在遣杀手暗助南唐,下一步肯定也会兵出剑门夺回四州,甚至直插大周腹地。所以周世宗也是赶紧见好就收,受了降书,封了臣职,然后留下各处驻军防守后班师回朝。

虽然大周撤兵了,但元宗李璟依旧心有余悸。为避开大周锋芒,他最终还是惶惶然迁都洪州。但是淮南之地本是南唐粮、盐的主要产地,特别是盐。原先他们所产食盐不仅足够供应全国,还有余量可供其他国家谋取利润。而在南唐提高税率之后,这部分利润更是可观。但是现在不仅没有了这份国库收入,反是连自己需用的食盐还要从大周购买。

淮南之战的失败,使得南唐自此国力大损,不复大国之盛。

福无双至,喜无同来,人世间的事情总是喜悲相参保持平衡的。就在周世宗淮南大胜班师回朝的途中,东京城传来噩耗,符皇后归天。

符皇后是七月的一个夜晚在滋德殿归天的。临死之前，她告诉旁边的人，她又听到了鬼魅之声，又觉察到阴寒的眼睛在盯着她看。

《宋史全记》中有载："……世宗胜唐六月，七月周后符氏薨于滋德殿，终二十六岁。符氏德厚慈怀，世宗与之情重，其逝如半天崩，后人以为是周灭宋代之先兆……"这意思是说，符皇后之死是上天给予大周将尽的预兆。

而就在符后死后还未入陵之时，周世宗又做了一件惊人之举，他让王朴撰新历，命名为《显德钦天历》，并开始使用。此举被后人认为是与天争权，注定会受天惩，气数完结，朝堂易姓。

其实这些都是迷信之说，周世宗在此之后所有的政治手段都是很积极的。他首先下令在淮南地区大赦，废除南唐的苛捐杂役，下诏："漳河以北都县，并许盐货通商，逐处有咸卤之地，一任户煎炼。"并以淮南所取粮食以及南唐伏臣的所有进贡，平复大周粮盐价格。同时打开与吴越的直接通道，从吴越调运低价粮盐化解大周经济的窘迫。这些举措都是立竿见影的，很快便让大周国力恢复，民情安定。

但是周世宗此刻也做了他未能预见到后果的错事，那就是下诏将赵匡胤晋升为匡国军节度使、殿前都点检兼禁军都指挥使。赵家在大周掌控的军事力量从此又上了一个台阶。

而周世宗更无法预见到，他立场很坚定的一项决策已经导致一个针对他的刺局悄然展开。这个决策便是停止一切南征战略，先行北上消除大辽蛮夷后患，夺回幽云十六州。

赵匡胤出于心中私念，一再劝说先将蜀国拿下，并且举出蜀国在大周征淮南过程中暗助南唐，企图刺杀符皇后的罪责。逼迫得符皇后舟车劳顿、惊吓惶恐回到东京，之后突生疾病以致不复可能就与此有很大关系。所以应该先征蜀国，也算是为符皇后报仇。另外蜀国和南唐有可能就宝藏达成某种交易，一旦它们将宝藏启出，不仅国力大增，而且两国间势必形成联盟。百足之虫僵而不死，到那时两国很有可能联手反咬一口。

但是这次周世宗没有采纳赵匡胤的建议，他觉得现在蜀国出兵剑门很是困难，大周又有四州为屏。而南唐新败，又有长江天险为阻。所以南边诸国已无忧患,最大的后患是在北方辽国和北汉。北汉势弱,只需将辽国幽云十六州拿下,整个北汉都在大周势力包围之中,无外通之道,本国又难自给自足,肯定不战而降。

坚定了自己的决策便会很快付诸实施,这就是柴荣的性格。所以旨意很快下去,点齐的兵马很快做好各种准备,随时可以往北方出兵。

第十一章　一根鱼骨

再刺君

又是在东京城里等了很久，齐君元才知道了自己下一个要参与的刺活儿是什么。

"这一次我们的刺标是周世宗柴荣。"庖天下说出这句话时尽量将语气放平和，他怕齐君元听到了反应会太大。

尽管庖天下语气平和，但这一次齐君元真的非常惊讶。因为他从未想过刺局会做到一个在位的国君头上，而且最最没有想到的是会做到周世宗柴荣头上。

他在赵虞候府客院中一个多月的时间里，曾将自己以往的经历和从其他人那里获知的信息进行了一番细致推断，得出离恨谷这次全谷出动所做的难以想象的大刺局，最终目的应该是要借用大周的力量对付南唐或蜀国。而从自己所携带的衣物装备的特点，以及野树台那次车上预先备好的东西来看，自己几次被当成弃肢所要起到的作用，都是将矛盾引向蜀国。另外一些自己没有参与但后来听说了真实情况的事情，其目的和导向也是一样。灌州、烟重津是为了

第十一章　一根鱼骨

制造南唐和蜀国矛盾，东贤山庄、天马山的争夺不仅可以造成楚地与蜀国的矛盾，还会让参与争夺的其他国家将矛头指向蜀国。而野树台以及东京城刺杀符皇后的事情，则更加明显地将各种责任和可能性转嫁到蜀国头上。

可是现在事情突然变得奇怪，如果是要利用大周的力量对付蜀国的话，那么为何要刺杀周世宗？世宗一死，先前花费无数精力、人力用一个个刺局制造的假象不就白费了吗？

齐君元再次茫然了，之前经历的所有一切，刚刚想明白的一些事情，现在又全部被打乱了、否定了。还有现在齐君元所在的藏身地也是奇怪，来到这个藏身处时，他就已经意识到可能会做比前面任何一个刺局都要惊世骇俗的刺活儿，只是没敢想到周世宗身上。

东京城中的藏身处能够比赵虞候府客院更安全的地方不多，但齐君元和庖天下、郁风行这次的落脚点可以肯定就是这样的一处地方。因为这是在禁军护圣营里面，而且是护圣营中居住规格最高的先遣卫官舍。

鹰狼队的先遣卫被人全灭之后并没能及时进行补充，因为先遣卫需要经过反复筛选和专门的训练，所以补充人数都是需要经过一个周期才行的，更何况这次补充的是整整两个队伍。所以到现在为止，鹰狼队的官舍一直都空着，而齐君元他们就住在被他们杀光的鹰狼队的空荡官舍中。

直到现在，齐君元仍感觉过程很有些怪异，他们进禁军护圣营时虽然已经天黑，但军营营门的看守和巡查的卫队反而更加谨慎严格，根本不会放过任何异常情况。齐君元是跟在庖天下后面大摇大摆进来的，没有一个兵卒拦住他们盘问，也没一个守卫要他们出示什么令箭腰牌，就这样任由他们三人径直走进护圣营。

出现这种情况应该是有人在之前就已经全都安排好了，安排的人在禁军中应该有着很高的地位。而且很大可能那人就在暗处或这些守营和巡查的官兵之中，其他守营的和巡查的官兵就是因为他在场才不多问一句的。

其实在进护圣营的过程中齐君元心里就有种异样的感觉。这种感觉不是因为危险，而是因为突然出现了一种似曾相识的感觉。仿佛在官兵之中、黑暗之处隐约有一个他曾见过的影子，但是他并没有去找寻那个影子。因为目前还不清楚庖天下和郁风行将他带到此处的目的，也不知道进入这个环境有什么禁忌，所以缩脖埋头静静地往里走应该是最安全、最妥当的。

在鹰狼队官舍中待了这么长时间，每天都有军卒送来好酒好菜伺候着，而且都非常客气地管他们三个叫教头。他们三个虽然不能随便出去，但可以在先遣卫的官舍范围内随便转一转。这比关在赵虞候府客院的房子里要舒适轻松得多，就像是过上了养老的日子。

可是齐君元在这种环境中却更加难以心安，一则他觉得要想从庖天下和郁风行的监视下洗影匿迹基本是没有可能的事情。二则他感觉自己被带到这里来将要面对的应该是更加艰难的局面或任务，甚至很有可能是要再次将他作为弃肢来传递某些信息、达到某种目的。再有就是从刺客最基本的忌讳而言，太接近官家对他们而言并非好事。综合这几点担忧，齐君元强烈地感觉到自己接下来要做的事情最终成或不成，自己都会面临危险。做不成的危险是自己仍然被当成弃肢，做得成的危险则是事后很有可能会被灭口。

自己这一趟至少已经在赵虞候府的客院和护圣营的官舍藏过身了。而能够在这两个地方藏身，肯定是要有相关的人安排才行，这些都是侯无卯、庖天下没有资格和能力办到的。所以单是从这两点上追查，便可以让刑案高手找出许多线索来，所以被灭口可以算是情理之中非常必要的事情。

而当庖天下将要实施的下一个刺活儿告诉齐君元时，他更坚信了自己的判断。这个刺活儿成与不成都有可能达到某些人的目的，而不管成与不成自己都不会有好的结果，因为这次的刺标是周世宗柴荣。

"这个刺活儿的露芒笺是怎么传递到手的？"齐君元因为不愿意做，所以提出了疑问。

"这个活儿没有露芒笺，而是直接按恨家要求相应行事。我们两个之前接到的露芒笺就是找到你到这里来，然后按恨家要求去做。"庖天下的解释很让人怀疑，齐君元在离恨谷中也好多年了，这样的安排还是头一次听说。

"恨家是谁？既然是按他的要求去做，他总该露面直接告知我们要求，而不是由你来转达。因为没有露芒笺或其他指令，我们三人中也就没有刺头或代主，我又如何可以确定所做的确实是恨家要求？"齐君元的态度强硬起

第十一章　一根鱼骨

来，他觉得既然这次不是按谷里原来规矩做的活儿，那么自己也不必像原来那样听话地去执行。反正成与不成自己都不会有好结果，那还不如索性再多知道些，说不定反倒可以让自己知道如何摆脱危险。

"是恨家不愿见你，多见一人对恨家便多一分危险，所以你只需按我们说的去做。"庖天下依旧一副笑脸，但心里肯定是不舒畅的。

"没有任何谷里的指令给我，只凭你们一句话就要我去做一件如此重大的刺活儿。这不仅极不合规矩，而且难以分辨其中是否有个人私念在。所以我可以拒绝，除非近日内让谷里给我发来露芒笺或其他指令。另外这一个刺活儿很蹊跷的是要直接听恨家要求和安排，也就是说，我们三个中没有刺头或代主。真正算得上刺头和代主的应该是恨家，那我凭什么要听你们的摆布？"齐君元的理由句句理直气壮。

庖天下脸上的笑容有些难看了，而郁风行阴沉的脸更加阴沉，两个人转身躲到一旁低声商量了几句，这才很勉强地答复齐君元："好的，我们问一下恨家，看他是否愿意和你见面。"

"如果他想达到自己的目的，我相信他会愿意的。"齐君元非常自信。

很快，齐君元见到了那个恨家，这是一个脸色冷峻阴狠的年轻人。齐君元记起来了，这应该就是他觉得似曾相识的影子。他曾在一个黑暗的夜间，在距离二十几步开外的灯笼光下见过这张脸。那是在护送秦笙笙前往呼壶里途中被困的水边小镇，为了脱身，他曾用"月老扯缘"突袭过薛康和这个年轻人。

从当时的情形可以看出，这个年轻人统领的也是大周先遣卫，其身份、职位肯定不在薛康之下，技击功力也都不在薛康之下，手段狠辣甚至更超过薛康。而从现在自己和庖天下等三人被安排在禁军军营中藏身，就又能看出他的权力应该更胜之前。否则将三个莫名其妙的人带入护圣营并安置在鹰狼队军舍中，不会连一个人都不问一句的。将整个大周高级武将梳理一遍，如此年轻且拥有如此权力的只有禁军监督总管都虞侯赵匡义对得上号。他的职务虽然不是禁军中特别高的，但是他哥哥是殿前都指挥使赵匡胤，这不免将职位不是最高的他推到禁军中最受尊崇的位置上。而如果这真的是赵匡义，那么和之前自己藏身在赵虞候府中赵普所住的客院就形成一定联系了。

"你要见我?"年轻人阴沉着脸问道,他正是赵匡义。

其实三个顶尖刺客的到来赵匡义也是才知道不久,这是他的一斧之师给安排的,秘密送来的信件中很明确地让他运用这三人刺杀周世宗,并说明不管这三人刺杀成功不成功,都会对他极其有利。不成功的话,周世宗可以根据刺客身份来历再攻蜀国,进一步扩展疆土,为将来赵家夺位打好基础;如果成功,那就直接让赵家替代柴家,从此改朝换代。

赵匡义是个敢做敢干的人,既然师傅说了这样的好处,他肯定会照着行事。三个刺客中本来只有庖天下与他暗中联系的,可偏偏冒出个齐君元一定要见了他才肯出手做刺局。本来按赵匡义的脾气这样的人他会直接让其从此消失,但是庖天下告诉他,周世宗这个刺局的奥妙之处全在齐君元身上,最终的效果全要靠他来实现后,赵匡义决定亲自来见齐君元一面。

"你是姓赵?"齐君元回问道。

"这个你不用知道,知道了对你有害无利。而且你问这个好像有些不守刺行规矩。"

"就是因为此趟刺活儿本就未按规矩来,我才多问几句,免得莫名其妙到了阎王殿填不了前世冤恨册。"

"那我现在告诉你,你不多问只管做事,那就不必在那冤恨册上填与我相关的东西。"赵匡义说话如此缓和是因为知道了齐君元的重要性,他必须成功地利用这个人才能有所收获。

"我与你交过手,了解你的手段。你为何不自己动手,那样机会更多,而且更加隐秘。"

齐君元的话让赵匡义脸色蓦然一变,他真的没有认出齐君元。那次楚地小镇设兜,他的目标是薛康。只是因为齐君元是薛康追踪的对象,才被他一起围入其中的。

"还没到我自己出手的时候,现在由你们出手效果比我更好。"赵匡义很快恢复正常,他的回答听似搪塞,但可能真是实情。人们急切之间下意识的回答往往都会是真话。

齐君元缓缓吐出提在胸中的一口气,胸口的起伏能够感觉到放在怀里

第十一章　一根鱼骨

的那本《花间集》第一册。然后他微眯双眼，细呷赵匡义最后的一句话。效果更好？杀死刺标是刺局的最终目的，成功杀死就是最好的效果，并不在于是谁杀死。如果可以效果更好，那就不应该是在刺标身上体现了，而是在刺客身上体现。也不仅仅在成功刺杀的结果上体现，而是以整个刺杀过程来体现。比如刺客的来历、目的、导致的后果、影响和连锁反应，等等。而这些效果有时不需要刺死刺标也能达到，甚至更好，只需那刺客死了就行。

"我可以提供你们所有需要的杀器和资用，并且可以尽量创造你们需要的条件。世宗马上要御驾亲征大辽，他为人随意，不拘泥于规矩，途中应该可以找到不少下手机会的。"赵匡义这倒不是敷衍，他真的可以做一些事情，但这些事情是不是齐君元他们所需要的、可利用的却不一定。

"什么！周世宗没有准备伐蜀，而是要北征辽国？"齐君元心里开始有些明白了，是因为周世宗没有按离恨谷那个庞大刺局的意图南攻，所以这回要刺杀他，然后由其他人替代了他。谁能替代他？当然是他儿子，但他儿子年纪太小，才七岁，所以完全可能是被别人控制在手里。这个控制的人难道是面前的赵匡义？不会，他还没有这样的资格和道行，对！他的哥哥赵匡胤，这是一个具备这样能力的人。而且不仅仅是控制小皇帝，甚至可以撇开小皇帝，直接由他替代周世宗。

"你说说周世宗的日常细节吧，特别是御驾征战过程中各种起居饮食的细节要讲清楚，越细越好。"齐君元除了确定自己在替谁做刺活儿、确认自己的处境外，了解刺标的具体情况也是他要见恨主的一个主要原因。

赵匡义对周世宗的情况掌握得真的很多，特别是他在一斧之师的提醒之后有所想法了，更是刻意搜罗了许多信息。开口便娓娓道来，而且都是一般人很难知道的一些事情。

齐君元没有再多说一句话，他只是静心聆听，倒是庖天下、郁风行不时有些疑问提出来和赵匡义交流。而在接下来的几天里，齐君元也都未曾再说一句话。因为这期间他在运用自己所有的精力和脑力设计一个可刺杀周世宗的刺局。这个刺局可能不是最为绝妙的刺局，却是兼顾方面最多的刺局，目的和顾忌也是最为复杂的刺局。

这个刺局首先肯定是要以刺杀成功为目的，而且只有成功可能性极大的情况下才能付诸实施。但是刺杀一国之君谈何容易，且不说周世宗身边护卫高手无数，他自己本就是个行为谨慎、思路缜密又身具武功之人。即便有赵匡义的安排和帮助，可以让他们穿过周世宗外围的重重兵将和禁军护卫，那也是无法穿过内卫和御前带刀侍卫的防护圈的。而且据说符皇后去世之后，周世宗身边的秘密护卫高手金舌头觉得其中有些蹊跷，因为符皇后病薨之前万变魔手尤姬和品毒狻猊毛今品都奇怪失踪再未出现。他怕周世宗也有意外，已经让摄魂仙手万斌、索命鬼手顾登科等七八个江湖上的顶尖高手来贴身保护周世宗的安全。

另外设计的刺局必须有极大的成功可能还有一个原因，那就是齐君元准备将自己设计到实施过程之外。这本应该是没有什么可能的，就像他所意识到的，只有他参与刺杀，最后才可以在成与不成的结果下都产生需要的效果。所以只有设计的刺局成功率极高，让赵匡义有足够信心觉得此刺必成，不用再牺牲他达到另外一个目的，那赵匡义和庖天下他们才有可能让自己不亲自参与实施。这样他才能不成为弃肢，不成为刺局成不成功都可以起到效果的那个筹码。

还有，齐君元考虑到这个刺局的设计应该暗中将赵匡义牵扯上，这样才可以抓住他一个把柄。因为这个刺局成功了还无所谓，一旦失手，赵匡义很有可能防止事情败露而杀人灭口，到那时候有个把柄在手是可以保住性命的。

没人打扰齐君元，他的状态像在闭关，而且似乎已经到了天人合一的紧要关头。庖天下和郁风行虽然是度衡庐的高手，但在设计刺局上比齐君元要差很多。因为这不仅是技击技艺的运用，还需要有大量的知识、经验糅入其中。

鱼园洼

大周军队很快开拔北上，禁军先遣卫当然也在其中，并且和往常一样是最先行动的。他们不仅要探明敌国情况，还要解决对手可能使用的暗中

第十一章　一根鱼骨

力量。

在先遣卫行动之际，齐君元的刺杀计划终于想出来了。

虽然庖天下和郁风行对齐君元的计划有些疑问和异议，感觉其中要对上的巧点太多，风险太大，有一处没接上，整个刺局便失败了。但是赵匡义作为恨家却爽快地同意了这样的设计，因为赵匡义是个喜欢新奇和冒险的人，对他而言，这是从未见识过的一个精绝且玄妙的刺局。所以心中不仅仅希望刺局的最终成功，而且还非常希望看到这个刺局的实施。

赵匡义立刻将齐君元和庖天下、郁风行安排与虎豹队先遣卫一起行动，提前赶往周、辽交界处。先遣卫在那里做大战前各种情况的搜集，而齐君元他们三个则在寻找和挑选合适刺局实施的地点，做好一切刺杀准备，等待周世宗的到来。

符皇后去世之后，周世宗明显少了许多羁绊和牵挂，恢复了许多年轻时的凶悍和狂傲，骨子里那种好战好胜的本性一下显现无遗。这一回周世宗总结上次征战辽国的经验教训，改变路线，未从捷径双宝山进军，而是绕道东北方向，然后从正南往北进军。这一路都是平原旷野，没有什么高山大川可以被敌军利用来构筑防御，所以此趟出兵比伐蜀、征南唐时更加势如破竹，短短一月有余，便已经连克瀛（今河北河间）、莫（今河北任丘北）、易（今河北易县）三州及瓦桥（在今河北雄县）、益津（在今河北霸州）、淤口（在今河北霸州东信安镇）三关，然后大军一路往北，其势是直捣幽州。

如此快的进军速度其实对齐君元他们而言并不利，因为从瀛州开始，他们就已经在周世宗可能经过的进军路线上选择合适的刺杀地点。但是要么是地点环境不合适，容易引起怀疑，要么就是距离太远，周世宗根本不会从那里经过。所以一个看似绝妙且玄妙的刺局到底能不能得以实施，其实已经成为他们面临的非常实际的困难。

北方之地，天高地阔，一马平川，无遮无掩。大周兵马浩浩荡荡，如一条壮观的洪流朝着北方坚定地行进。

在一众将领和贴身护卫的陪伴下，周世宗纵马上了路旁一处高坡。他先回首看一眼自己旌旗招展、盔明甲亮、威武雄壮的铁骑大军，胸中不禁豪气万千。再手搭眉沿望向无尽的天际，虽然看不到一座城郭建筑，但他知道幽州已经离这不远。

突然间，周世宗感觉眼中有光一晃，于是举手问道："那一处是什么地方？"

旁边禁军内卫指挥使韩通看了一下回道："据先遣卫之前探报，前方应该有一处水面，叫鱼园洼。本来只是一处无名荒水，后来因为有人在旁边搭了一个木棚鱼园烧鱼卖酒，才起名鱼园洼的。但是北人极少吃鱼，那鱼园虽烧鱼技法独特，洼中所产鱼种也奇特鲜美，但除了过路客人少有生意，已经将近破落。"

"这回先遣卫的探报很是详细啊，连鱼好吃都报得清清楚楚。"周世宗不是调侃，而是质疑。

"啊，是这样的。皇上有所不知，先遣卫统领为九重将军的弟弟赵匡义，他知道自己哥哥喜欢吃鱼，而北地少有鱼吃。这次是探到前面有鱼园烧鱼卖酒，所以在探报里多带几句，是让九重将军可以顺路去打一下牙祭。微臣可能也是馋鱼了，刚才竟然不知不觉地将烧鱼卖酒之事都随口告诉皇上了。"

"哈哈、哈哈，虽是吃鱼小事，倒也不枉兄弟一场好情义啊！你馋鱼了，我也馋了，叫上九重将军，前面鱼园洼歇马，我们吃鱼喝酒。"

周世宗话才说完，后面有人已经打马冲出，那是他贴身高手摄魂仙手万斌、索命鬼手顾登科带一队御前带刀护卫提前赶往了鱼园。世宗要在此处荒水野店中吃鱼喝酒，他们肯定要先去将一切安全防卫查勘布置好才行。另外世宗来此吃鱼，肯定也需要让店里早点儿做些准备。

赵匡胤赶到鱼园时，世宗已经和几位将军谋士在鱼园大门旁的方形草亭中坐下。所有马匹都拴在鱼园院子的矮石墙头上，于是赵匡胤也随手将马匹缰绳挂上墙头，走进草亭给周世宗行礼。

其实周世宗本是军家出身，久经沙场，是个性格随意、豪情爽朗的人。他并不太在意环境恶劣，也不惧怕有什么人会来暗算他。但是世宗随意，他的手下人却不能随意，安全方面一点都不敢疏忽。所以在看过鱼园周围后，摄魂仙手万斌建议他们就在大门旁边的方形草亭里吃鱼喝酒。因为这个位置

第十一章 一根鱼骨

距离房屋和水洼都比较远,四面通透可见,就算暗藏有杀手要暗算的话,未等接近就会被发现、被阻击,根本不可能快速突袭到草亭中来。

另外鱼园中的人也容易控制,带刀护卫们只需将鱼园中所有人都集中在需要他们各自的位置上就成了。大部分的人被集中到厨房中杀鱼烧鱼,烧好了直接由侍卫端出试毒,然后穿过院子就可送到草亭里来。另外就是水洼边的网栏旁还留下两个伙计,他们是要把鱼从水里捞上来送到厨房里,现捞、现杀、现烧的鱼才能确保鲜美。这样一来,防卫方面便不必防止房子里面,以及经过的房门、廊顶、墙壁等部位有无机关暗器的设置了。

周世宗征战在外时也不太恪守君臣规矩,与众臣常常不论高低、同席同食。这一回仍是这样,世宗是让准备了三张八仙桌,这样几位将军和谋士连他一起坐下来刚刚好。

那些将军谋士们虽然知道在世宗面前不必恪守规矩太过拘束,但君臣之礼多少还是要有的。所以他们给自己定下一条原则,就是世宗未曾尽酒三杯、未曾品菜三种之前,他们是绝不会落座的。

周世宗也看出他们自律的规矩,他很理解为臣者的顾虑和难处,所以也不强求,随他们心意而为,这样众臣吃喝时也才可以无忌心安。

"油炸黄金鱼,是鱼园洼所产小黄鳊做成。吃了生意兴隆、日进斗金。"侍卫端上的第一道菜是盘小鱼,上鱼的同时高声将店家告知的上菜吉祥话转述给周世宗和众位将军谋士。

"呵呵,这是一般生意人喜欢的口彩,店家为了招揽过路商客生意的伎俩。"周世宗尝一口鱼,"味道却是平常,北方人用油重,反而没了鱼的鲜嫩。"

"白煮顺水鱼,是用顺水鲫做成。吃了顺风顺水、一路平安。"侍卫上的第二道菜是大盆的煮鱼,看着倒是汤色浓白。

"嗯,出门在外的人都是喜欢这样口彩的,看来这家店家平时真的只能做些过路生意。不过这鱼的味道却是比那油炸的要鲜美许多。"周世宗边品鱼边微微点头。

"吃尽天下鱼,这是鱼园洼独有的特产天下鱼清蒸做成。其味鲜美至极，天下无鱼能比，最鲜美嫩滑处为鱼下颚处的那块肉，吃了以后尽天下所有的鱼再无味道。吃了此鱼踏遍天下、吃遍天下。"

这盆鱼送到周世宗面前时，他提着筷子看了一下。盆中鱼果然很是特别，张口龇牙如虎如狮，一副凶悍霸道样子。而身上鱼肉用刀层层剖纹，这是为了蒸时鱼肉快熟，让味汁锁住，同时让咸味葱姜味渗入。而且看起来便如披上了一副铠甲，很是漂亮威风。

"好！这鱼好！这口彩好！吃尽天下，我就是要吃尽天下，将天下尽数吞并。只要是可足踏之处，皆要将其归于大周王土。"

这一道鱼的口彩真正地对上了周世宗的心思，他举筷落下，夹起下颌处那块最为鲜美的鱼肉送入口中，仿佛是夹起了天下、吃进了天下。

就在鱼肉进口的刹那，鱼园周围所有的马匹突然同时发一声"呜"鸣，如同魔呼又如同鬼哭，并且随着这声"呜"鸣同时用力四足蹦起，用力扭脖挣脱系好的缰绳。特别是那些拴在门口矮石墙头上的马匹，突然一起运力蹦跳挣脱之下，将那石墙连着草亭一起拉得晃动起来，感觉是要倒塌一样。

这动静之大、这情形之乱惊动了所有人。马刚一惊，几个贴身护卫的高手最先反应，几乎是同时拔出兵刃将周世宗护在中间。

草亭中的所有人都惊骇地回头朝动静最大的矮石墙那边望去，就连一向镇定的周世宗也不例外。他在一惊之下慌忙吞下那口鱼肉，猛然扭头去看外面到底发生了什么事。

所有马匹只是一个闷鸣惊诧之后便马上平复下来。而还未等马匹完全平复之前，摄魂仙手万斌已经吩咐带刀侍卫们快速查看周围情况，寻找异常的来源。但他们最终什么都没有发现，不知道是什么原因造成马惊。只能猜测可能是被什么人类感知度无法发觉的异常现象给吓到了。

这个异常事件便是后来在民间被编排成各种奇异传说的"鱼园惊马"，有人说这是老天给周世宗警示，有人说是北路神灵阻止世宗北上，有人说是鱼园洼水鬼附身害周世宗，还有人说周世宗本就是鱼园洼龙王，到此处已经是魂归龙宫。

确定没有异常情况后，草亭中很快恢复了正常。周世宗此时已经三菜品过、三盏饮下，于是招手示意大家落座共享鲜鱼美酒。一群君臣在僻乡小店中推杯换盏，一顿粗酒简食倒也吃得其乐融融。

酒饭吃过之后，整个大军已经过去大半，他们几个已经滞于大军中部靠后了。于是君臣上马一路疾驰，很快追到了中军主营队的位置。

当日行军近百里，在火轮林扎营。夜间周世宗觉得胸口微微疼痛，召随营御医诊治，并未发现有何症状。只以为是白天纵马太急，导致胸口筋骨肌肉有酸肿隐伤。

但是到第二天后，疼痛开始加剧，并且久痛不断。又前行半日之后再不能骑行，改乘车辆。晚间驻扎小儿滩后开始微咳，咳痰中带有血丝。

赵匡胤和韩通召集了多个医术过人的御医、军医一同诊断世宗病症，众医分析症状后认为是一路劳累后受风造成，是元虚肺寒气滞导致的胸痛，驱风固元之后胸痛自然会随之消失。于是对症用药，兼用热敷散寒之法，而且再不让继续颠簸前行，必须休养几日视疗效而定。

大周兵马停行了五日，只等世宗有所好转便拔营直扑幽州。小儿滩距离幽州已经很近，再有两三日行程应该就会与其外围防御兵马交锋了。但是这五日中世宗不仅没有一点好转的迹象，而且胸痛更加严重。已不是痰中带血丝，而是时常有小口淤血咳出。

这种情况之下，赵匡胤和其他大臣都劝说周世宗先撤兵至易州，待身体康复后再重新进兵。因为世宗状况是会严重影响到大军士气的，而此处离得幽州辽国大军又太近。如果对方探知世宗状况突然反击过来，那会对周军非常不利。

周世宗掂量了一下自己状况，权衡了一下对仗形势，最后同意了赵匡胤他们的劝说，先撤兵退至易州。

惊马刺

但世宗只在易州住了两天，随即便马上继续带着兵马往东京撤回。这是因为经过一番撤军的车马颠簸，他在到达易州后病情迅速恶化。而易州饮食居住条件很差，更找不到比随军御医、军医更好的良医，药材也欠缺不全。所以只能先行班师回朝，赶回东京救治世宗的病症。

又是一路的车马颠簸，回到东京时，世宗胸口的疼痛已经经常性地导致昏厥。而清醒时就连吸气呼气都得缓缓地，否则也会带动胸口痛处。皇家御医、东京城各种名医都召遍了，却没有一人能治愈世宗病症，只能以药物缓解疼痛。

如此维持了一月有余，和符皇后一样，同是在夏日的一天，周世宗柴荣驾崩。所不同的是，他临死前和身边人念叨的仍是北伐大辽、收回幽云十六州之事，但这已经成为他生命中永远的遗憾了。

现存于世的所有历史资料都记载周世宗柴荣事事亲力亲为过于劳累，最终得病而逝。只民间野史传说有一些周世宗是被赵匡胤毒死的说法。但是谁会想到真正的死因竟然是一次刺杀，而齐君元设计的这个绝妙的并最终成功的刺局只有赵匡义、庖天下、郁风行三人知道，也只有这三人可为他惊叹喝彩。

整个刺局齐君元都把自己排除在外，除了选择地点，他没有任何参与的机会。但是他第一个就将赵匡义给牵扯上，不，准确地说应该是将整个赵家牵扯上。因为杀死周世宗的杀器是赵家的，普天之下可能只有他赵家养着的杀器。

杀器是虎齿毒刺昂，获取很方便，就在赵虞候府后院的水塘里。采用这种杀器不是因为虎齿毒刺昂有毒，而是因为它的肉质味道极为鲜美嫩滑。像周世宗那样的君王，要想采用力杀、下毒来做刺局基本是没有可能的，周世宗身边是数不清的高手和千军万马。所以必须完全改换刺杀的概念，以最不可能、最意想不到的方式来达到刺杀目的。

恰好齐君元早就对毒刺昂有很多了解，恰好在前段利用黑婆鸦送毒料入宫给唐三娘刺杀符皇后时，齐君元又对虎齿昂作了更多的了解。所以他知道虎齿毒刺昂身体中有剧毒的是两根刺，而最为鲜美的也是一根刺。

是的，一条鱼身上最为鲜美的部位不是肉而是刺。这刺叫鲜刺，也有人叫它仙刺，是在虎齿昂的下颌处，被一块椭圆形的嫩滑鱼肉包裹着。这鱼在

第十一章　一根鱼骨

蒸煮之后，这根大鱼刺会变得柔软脆嫩。嚼食包裹它的嫩滑鱼肉时，可以将鱼刺一同嚼碎。将刺中骨汁嚼出，而最为鲜美的就是这刺中骨汁。口中流淌回味，让人美如成仙。

但是只要蒸煮之后放置时间稍长，这鱼刺便恢复了硬性，而且比蒸煮之前更加坚韧。不仅嚼不动了，还会轻易就戳破牙根、舌头，钉住喉咙口、食道壁，就像一枚直形的子牙钩似的。

赵匡义提供的关于周世宗的细节很重要，齐君元就是在这些细节中知道周世宗在外征战时和其他将军大臣们一起吃饭的规矩。还有在奉上整鱼整鸡这些菜时会将鱼头、鸡头对着皇上的细节。

周世宗原来意思是酒席开始就让所有将军和大臣一起入席的，但是将军大臣们自律，要三杯酒、三个菜之后才入席。虽然世宗并不强行作何要求，但按照他的为人性格，他的前三杯酒、三个菜肯定会仓促一下，以便众人早些同席。

将虎齿毒刺昂说成天下鱼，编说几句合世宗心意的口彩，同时告知鱼身上最鲜美的位置，那肯定会让世宗豪性大发，直取鱼的最鲜美处，便如取天下鲜美处。另外奉上的蒸鱼形状便是口张头抬，再加上鱼头正对世宗，那么最顺手的下筷处也正好是下颌处。

庖天下不仅会杀人，他还会杀天下所有生灵。所以在仔细观察和多次试验之后，他可以利用自己绝妙的刀法将虎齿毒刺昂处理得没有一点毒性，而且所有下刀都是有利于将鱼肉肉质滑嫩鲜美的特点尽数发挥出来。而最为重要的一点是，他在下刀时还有意识地将下颌处的那块鱼肉剖成了一个斜椭圆形。

周世宗不可避免地会夹起那个斜椭圆形的鱼肉块，而且会以比正常饮食时更快的速度送入口中。这个时候齐君元设计了一个意外的惊吓，在当时那种情况下最能制造大的动静并造成意外惊吓的只有利用马匹。对于齐君元他们而言最方便、最有效实施意外惊吓的也只有利用马匹。因为他们有郁风行，可以和牲口进行交流的郁风行。

郁风行发出没有声音的哨声，那是他的又一种绝技"唤牲哨"。哨子可以用材料制作，也可以直接噘嘴唇吹，吹出的哨声正常人根本是听不见的。类似于犬笛发出的高赫兹超声波，只有一些敏感的动物才能听见。这种绝技江湖中是见不到的，它是离恨谷中前辈高人将胡人驭马之术与诡惊亭的诡音之术结合而成的绝技。即便是在离恨谷中，也很少有人会运用这门绝技，不是没人学，而是没人学得会。

"唤牲哨"的神奇之处在于只吹一下，便能将马匹立刻惊起。没有丝毫征兆，比突然在马匹旁边放一只大炮仗还要灵验。马突然惊了，人更加吃惊，即便是一向镇定的周世宗，在惊马蹦跳、墙晃亭摇、高手拔刃环护的状况下，也会不由自主地加快速度，将送入嘴里的鱼肉一口吞下，同时下意识地回头往反应最激烈的矮石墙处望去。

斜椭圆形的鱼肉，就是为了在吞下时可以让其中的鱼刺滑过咽喉直接卡在食道中，这样便不会有鱼刺卡喉的感觉。而猛然回头，则可以让鱼刺准确定位。因为紧张转头状态下的人会憋气涨胸，胸膈胸肌用劲，脊背绷紧。这样便可以让鱼刺恰到好处地斜搁在靠近左侧心肺上侧的食道里。

一阵查看情况，确定无事，世宗再邀大家入席同享酒食，这时候搁在食道中的鱼刺已经开始恢复硬性。当世宗再有一口食物咽下后，正好是将这根鱼刺斜斜钉刺进食道壁。而随着之后鱼刺越来越硬，吞咽食物的次数越来越多，鱼刺会越插越深。之后再纵马奔驰一路颠簸，身体肌肉的反应进一步促使鱼刺运动，这根鱼刺会刺穿食道、刺透肺叶、慢慢靠近心脏。

而一旦到了这个程度，每次身体震动、每次饮食、每次咳嗽，甚至每次说话、每次呼吸，所牵涉的肌肉运动都会成为鱼刺在身体内朝着心脏靠近的动力，直至最终刺入心脏。

这个精绝且玄妙的刺局有几处实施难点，一个是地点的选择，可以吃鱼并且能让世宗留下吃鱼的地方真的不好找。其实之前他们已经选了好几处地方，世宗都是从旁边经过，根本未加留意，更不要说停下吃鱼了。还好终于有个鱼园洼把世宗留住了。

再一个，这个刺局虽然无需离得世宗太近，却是需要将他吃鱼时的状态观察得清清楚楚。鱼园大门旁边有个草亭，站在世宗护卫的角度考虑，草

第十一章 一根鱼骨

亭四面通透，可以观察到四周远近的情况，有利于及时发现危机作出反应，所以草亭是鱼园中饮酒吃鱼最为安全的位置。但草亭通透同样可以让外面人看到里面的情形，比如说在水边捞鱼的郁风行。距离虽远了些，但他还是可以清楚地看到周世宗的一举一动，这样也才能在周世宗将鱼肉送入嘴里的刹那发出"唤牲哨"。

还有些难点其实有赵匡义在就不是难题了。在先遣卫的探报中故意突出鱼园洼信息引起世宗注意也不算过分。作为先遣卫，把两个人安排在一个穷乡僻壤的鱼园中冒充捉鱼、捕鱼的伙计完全没有问题，让鱼园中老板伙计配合着编词讨世宗欢心也没谁会觉得奇怪。将活的虎齿毒刺昂一路提前运送到这里也不是难事。而这一切难点都解决了，整个刺局中众多巧点便都对上了。一个精绝且玄妙的刺局之所以能够成功，就是因为巧点都对上。之所以精彩，也是因为巧点对上了。

即便刺标是欲霸天下的周世宗柴荣，只要是刺局的巧点对上了，肯定也难逃索命一刺。但这个刺局的成功其实还有很重要的一点，就是当时没有先进的医学技术。要是像现在有个内窥镜、透视拍片什么的，一根鱼刺是杀不了柴荣的。

柴荣被史家称为"五代第一明君"。司马光赞其"无偏无党，王道荡荡"，"'大邦畏其力，小邦怀其德。'世宗近之矣！"但就是这一代杰出帝王，却未能完成自己一统天下的宏图大志，最终死在刺局之中。而这刺局并不仅仅是一个齐君元那场用鱼刺做成的刺局，还有一个牵涉诸多国家和天下的刺局，或者说是一个推动历史、改写历史的刺局。

鱼园洼刺局成功后，齐君元和庖天下、郁风行三个并没有就此离开，而是随着先遣卫再次回到东京城。因为周世宗虽然已成病态，但还未曾断气，谁都不知道最后会不会出现医道圣手救了他。所以在没确定其死亡之前，齐君元他们依旧要随时准备再刺、三刺。

到了这个阶段，齐君元已经不再担心自己会被当成弃肢了，因为这个刺局不管成不成功，已经是将赵家拉扯上了。不过齐君元仍有些担心会有被灭口的可能，周世宗最终被刺身亡那还无所谓，万一被什么人救活，那么赵匡义肯定会顾虑自己策划刺杀的事情败露。如果接下来还有妥当刺局再刺周世宗，赵匡义可能还愿意一试，如果没有，那将他们灭口的可能性还是很大的。

齐君元的猜测可以肯定有一半是正确的。只要周世宗死了，那么赵匡义便再无顾忌，甚至还会主动透露一些信息出来。这样才能逼迫得哥哥赵匡胤没有退路，只能兵变改朝。所以当周世宗的死讯传出之后，赵匡义再没闲暇去理会齐君元他们了，而是兴冲冲地跑去找赵普，很直接地将赵家替代柴家、推哥哥赵匡胤登基的意思透露出来。

"世宗已然驾崩，恭帝宗训继位，此子年方七岁，如何坐得天下。这大周之主该是换换的时候了。"赵匡义的意思直截了当，只是没说把大周换给谁家。

赵普对赵匡义的说法没有表现出丝毫的惊异，而是缓缓地问道："二将军看看，如今大周之主谁做合适？"

"我大哥赵匡胤可行，如今大周朝中唯我大哥声望威信最高，将他推上皇位，世人必定信服。而一旦他能登基，你我也可高居庙堂了。"

"呵呵，如果是由你我去推，世人肯定难服。"赵普摇摇头。

"那应该谁来推？"赵匡义急急地问道。

"应当老天来推。"

"老天来推？老天，哦，我明白了！虚做天象，假传天命，广播民间。"

"二将军果然智慧，只一点便立刻透彻了。只是这样的做法有个阻碍必须先行除了，否则所有假天象、代天命他一语便能道破，而且世人会更相信他。"

"王朴！你是说王朴。"赵匡义一下就想到是谁了。

"对，他善观天象、精通阴阳，连世宗、符后在世时都笃信于他，世人则更是奉他与神仙相仿。"

"那行，我手中有人，让他们即刻杀他。"赵匡义牙根一咬，杀性顿起。但他随即便意识到一件事情，庖天下他们三个此来为他所做的事情只是刺杀周世宗，没有再杀其他人的职责。自己应该以什么方式和代价才能换取三人出手，做局杀了王朴呢？

就在赵匡义心中感到为难时，赵普说话了："这件事情还是我让人去办吧。王朴不仅要杀，而且要杀得不露声色，如寿终正寝一般才行。否则被看出是刺杀而亡的话，之后假作天象、代传天命时，人家还是会将此事与王朴的死联系上的，犹是多有质疑不能完美。"

轮笠飞

半月之后，前宰相李谷将要回乡养老，王朴乘车前去登门告别。如今的王朴已经官任户部侍郎、枢密使，但出行时仍是轻车简从，除了车夫，就几个家仆、侍卫相随。

马车差不多已经到李府大门口了，旁边巷子里突然冲出几个追逐玩耍的孩童。那马车行得虽缓，但还是勒停不及，其中一个孩子撞上车子跌倒在地。

那孩子倒在车旁后便紧闭双眼一动不动，看样子伤得不轻。于是周围一群街坊邻居都围了上来，有看热闹的也有关心孩子的，估计这孩子应该就住这附近。而这事一出，旁边有几个泼皮懒汉正好趁机起哄敲诈，与王朴的车夫、家仆还有侍卫吵闹起来。

王朴亲自下车，拨开人群走到孩子身边，弯腰伸手去查看孩子状况。那些无知蠢笨的泼皮懒汉不知道王朴要做什么，于是冲上几个人舞手舞脚地要阻止王朴动那小孩。王朴的家仆和侍卫立刻出手，将那几个人逼退，不让他们接近车辆和王朴，于是两边推搡吵闹起来。

泼皮懒汉明显不是那些家仆、侍卫的对手，所以只能耍泼起哄地拿东西扔砸。但无非就是些破鞋、蔬菜、篮子、竹筐而已，可伤人的东西他们也不敢用，真要伤到王朴的家仆、侍卫，他们也知道自己吃不了得兜着走。而扔的那些东西中稍显特别点的就是一只轮笠，这种斗笠竹篾编成，中间无顶，只有一个圆形空洞正好可以套在头上，整个就像一个轮子。这斗笠从路这边高高地飘飞到路那边，却是什么人都没砸到，就像走个过场似的。

虽然是在东京城中，太平世道、繁华之地，但是粗蛮的泼皮懒汉冲上来时还是吓了王朴一大跳。而当头顶上有一片黑影飞过时，他更是禁不住地心中乱跳、头皮发麻。直到周围都被他手下和赶来的巡街衙役控制住了，他这才调整下心情弯腰查看那小孩。

小孩没事，有些皮外擦伤而已，但大概是因为吓到了，才昏倒在车前，周围这么一闹已经自行醒来，诧异地看了下周围围住他的人后，又慢慢地爬坐起来。

王朴是个好官，也是个好人，他让小孩自己全身动一动，自查一下身体有没有异常。然后在没有发现问题的情况下，拿出一串铜钱交给孩子，算是给他的赔偿。

没事就没热闹可看了，周围的人群很快散了。王朴主动给了小孩赔偿，那些泼皮懒汉也无趣再闹，一个个蔫不溜地钻巷子不见了。王朴看看差不多已经到李谷家门口了，也不再乘车，自己步行几步进了府门。

李谷见王朴前来送他很是高兴，两人坐定喝茶说话，感慨曾经过往，诚表戚戚离情。但是谁都没能想到，这一场告辞先离开的却是王朴。

就是那么端坐于椅子上，就是那么正常地说着话，渐渐地，王朴的坐姿不再挺直，说话声不再清晰明亮。当李谷再也听不到他的声音时，他的气息也停止了。

与友送别，坐在那里说着话就死了。有人说王朴这是修得好福报，不知不觉中便寿终正寝。有人说王朴是泄露天机，被天罚寿，所以无症无状、无征无兆间突然就寿终归西。还有人说王朴本是下凡辅佐周世宗的星宿，周世宗归天后，他人间职责也已完成，被召回天上……

王朴的死被传说成各种神奇，但是却没有一个人联想到他是死于刺杀。因为当时的情况没有一点儿与刺杀搭边的迹象，而死后的王朴收殓是有许多官府中人参与的，其中不乏出身刑案和江湖的官员，都是可以准确辨别出王朴并非中毒身亡。

王朴真的不是中毒身亡，但他也真的是被刺杀的。如果当时有一个手段本事与神眼卜福相近的刑案查办高手仔细检查一下王朴身体，或许可以从他的头发中发现一根细如发丝的柔韧钢针。这针叫"锁拨子"，是开锁高手用

第十一章　一根鱼骨

来探明锁内锁芯锁齿状态的。只需将"锁拨子"轻轻插入，通过手指感觉它的碰触、被阻、绕行，便能将锁具内的状态了如指掌。最终还可以利用"锁拨子"直接拨开或挑动关键处，将锁具打开。

但是王朴头发里的"锁拨子"却不是用来打开什么，而是为了阻断，阻断一根与脑与心相连的血脉，阻断这根血脉维系的生命。

针是从头顶偏后脑的后神聪穴插入的，能从这个位置插入，应该是在王朴弯腰查看小孩的那一刻，也就是在轮笠从他头顶上方飘飞而过的那一刻。

轮笠是由竹篾编成，竹篾本身就是极好的弹射材料。再加上"八虹拱星"的编排设置，可以将顺八根横三圈的竹篾力道都巧妙地加诸在"锁拨子"上。而凭借巧力将轮笠旋飞而出，可以在需要的位置让旋转停顿，借助停顿之力启动"八虹拱星"将"锁拨子"射出。

"锁拨子"针细力疾速度快，插入的又是穴位，所以不会有疼痛感，只会有麻涨感，就像针灸一般。所以当那个轮笠从王朴头顶飞过时，他会有头皮发麻的感觉。

至于王朴除了头皮发麻外还有心中乱跳的感觉，则是因为针不仅从后神聪穴插入，而且还插进了后神聪穴下方的一根动脉血管。针很锐利，所以轻易戳破了这根血管。这根血管的供血联系着大脑的运动，这根血管的周围有着许多控制身体机能的脑神经。针不粗，但戳破血管之后可以阻住一大半血管截面的流动，并且随着身体的震动，针头后面粗端继续往下，将会堵住整个血管。这一点其实和齐君元设计的鱼刺有异曲同工之妙。

当血管还未完全被堵住之前，血管中流出的血还未影响到周围脑神经之前，王朴还能自己走动，还能坐下喝茶说话。但是过了一段时间之后，血管被完全堵住，流出的血让一些脑神经的功能失去。这时他便再无法控制自己的肌体，连自主的呼吸都无法维持，于是很快便失去了生命体征。

现在医学确定脑损伤是最大的损伤，脑死亡是最彻底的死亡。王朴是死于一个刺局，杀器是一根叫"锁拨子"的尖针，一根用轮笠发射而出的尖针。而死亡的原因则是脑损伤，最为直接准确的脑损伤，导致最为快速彻底的脑死亡。

后来民间传说，周世宗和王朴在征讨辽国之前曾经夜探五丈河，在河边见到一个转动的火轮还有小儿一样的人。此事不仅在野史中有记载，很多官方的文献资料之中也有所记载。有人说这火轮小儿摄了柴荣和王朴的魂魄，所以他们不久之后才会先后死于非命。而现代有些人研究了这些资料后觉得当时他们两个人应该是遇到了外星人，所以很多后来的学术文章中都将这段记载作为中国最早发现飞碟和外星人的记载。

其实如果知道了当时的一些细节，不难发现这种说法完全是杜撰。周世宗鱼园洼被鱼骨刺中之后，在火轮林、小儿滩发作。而王朴死之前有过小儿撞车事故，还有轮笠从头顶飞过。可能是这些巧合凑到了一起，无事闲人才会杜撰出一个火轮小儿摄魂取命的传说，反而让人们忽略了刺杀的可能。

在王朴死后不久，正逢立春之日，东京城里出现了一个仙风道骨的游方道人。道人在街市中转了一日，以冬寒未尽之际极为少见的鲜果为奖励，教会了市井孩童们一首歌谣。然后便再也不见，如同化为烟气一般。

那歌谣内容很简单，只四句词："柴门破倾，嫩工难修，盘龙飞升，九重天上。"这歌谣只一唱，有人便觉出其中特别的含义来。柴门破倾，是说柴荣已死，柴家的皇家基业已呈破败。嫩工难修，是说年幼的周恭帝难以恢复柴家威势，同时也是说他难以扶持，修不成正果。盘龙飞升，是说有一条盘伏的龙会替代柴家飞升而起，同时也是暗指赵匡胤的盘龙棍。九重天上也是两层意思，盘龙飞至九重天，那就是九五至尊。而赵匡胤又名赵九重，九重天上也就是说，他会登上天，达到最高位置。

这首歌谣很快传遍了整个东京城，随即传到周边的州府城镇。而且连官家和军中也都在流传谈论这一歌谣，最后连宫里都听说了。

以往这样一个表达很明显的歌谣肯定会惹得君王震怒，当事人不是被降职便是被遣往边陲，有甚者索性革职查办、入狱流放、杀头抄家。但是现如今凭着赵匡胤的权势和威仪，恭帝之母符太后（此为符后死后周世宗再立的皇后，魏王符彦卿之女，也就是所谓的小符后）听说这个歌谣之后只能是害怕，担心真有异常事情发生。而才七岁的恭帝则完全不懂怎么回事，只是觉得符太后害怕，他也跟着一起害怕。除了害怕外，再能做的就是找来范质、

第十一章　一根鱼骨

韩通商量些对策，看有没有什么办法渡过眼下的艰难和危机。

大年初一的晚上，符太后便急急地召范质和韩通进见。其实不用符太后说什么事情，范质和韩通就已经猜到了。而且在太后召见后，他们两个在宫门口那里已经私下商量了一下，找到些应对方法了。

"太后，如今赵匡胤重兵在握，要想消除他存在的危机，随便削除他兵权肯定是不行的。只能是往外调他，让他所辖禁军兵力尽量消耗。同时扶持一个对恭帝、对大周忠心耿耿的军事力量与禁军相互制约，这才能消除赵家带来的危机。"

"那该往哪里调？又能扶持哪一路力量与禁军相互制约？"符皇后听了范质的话后有些云里雾里。

"今天刚刚接到紧急战报，辽国闻知世宗驾崩顿生贼心，已然联合北汉兵逼三关。"韩通往前靠近半步禀告符太后。

那符太后听到这话后不由得叫声苦："这可如何是好，擎柱一倾，内忧外患啊！"

"原本倒真的是内忧外患，但如果我们让内忧去对付外患，那不是正好一举两得吗？"范质捻着胡须说道。

"嗯，这倒也是，那扶持的力量又选哪个？"符太后追问道。

"远在天边、近在眼前，就选韩大人的侍卫亲军。只要赵匡胤一离开东京，立刻便让九城巡防将一半兵马调入侍卫亲军的马步军，先护住朝堂，以防赵家留于东京的余孽轻举妄动。然后再令甘南道、淮南道、河间道几处节度使调兵马入京，归韩通韩大人统一训练并指挥，尽快在短时间内建立一个可以与禁军抗衡的亲军队伍。"

"好，那就这么办，全仗着范大人、韩大人操劳了。"符太后将心放下了一些，只要是找到合适的理由让赵匡胤离开东京，她便觉得自己的日子会好过多了。因为赵匡胤离京迎敌虽然依旧握有重兵，韩通创建强大的亲军力量未必那么快，但赵匡胤的家还在东京，赵家一家老小相当于成了符太后的人质。

陈桥变

正月初三，夜黑时，陈桥驿。营帐之中赵匡胤目光坚定地看着帅案前的一众手下。

赵匡义捧着一套龙袍站在最靠近帅案的位置，用已经有些沙哑的声音和急切的语气又叫了一声："大哥！"

"你不要再说！"赵匡胤立刻厉声制止了他弟弟，"这种不忠不义之事我是绝不能做的。幼主持国，寡母扶助，这时候就算心中有那非分念头都会天理不容。"

帅帐里一片寂静，谁都不说话，但谁都不退去，众人与赵匡胤竟成了僵持之势。

从人群最旁边走出赵普来，他示意大家退出帅帐。待只留下自己和赵匡义后他才走近赵匡胤说道："将军，你已经没有退路了。"

"此话从何说起？"赵匡胤一副根本不信的表情。

"民间正在传唱的那首歌谣你可知道？"

"无稽之词，不去理它，时日一长自会澄清。"

"可是小皇上、符太后他们会不理会吗？这次让你领兵出征就是要将你调出，远离东京城，拼耗掉禁军实力。今日我们刚出兵，就有人告诉我宫中有旨，将九城巡防一半兵马调入侍卫亲军的马步军。"赵普句句都说在点子上。

"那是京城防御之事，与我没有什么干系。"其实赵匡胤的语气已经不再那么强硬了。

"禁军一出，我们便尽在别人掌握之中。粮草军饷，还有京中家属，都可以被别人用来扼住我们咽喉。然后韩通的力量再一大，随时可以灭了我们禁军。"赵匡义急切地插一句。

这一回赵匡胤没有说话。

"还有两件事情你可能不知道。符皇后不是病死，是被刺杀，刺客用的毒料是黑婆鸦粪便。当时我在符皇后身边做监护使，所以将此事掩瞒过去

第十一章　一根鱼骨

了。"赵普决定用最直接的方式来说服赵匡胤。

赵匡胤惊呆住了，喃喃而语："这怎么可能？这怎么可能？"

"另外一件，世宗也非病死，同样是被刺杀，用的杀器是虎齿毒刺昂的鱼刺。"

赵匡胤猛然站起来："这不可能，那鱼刺怎么可能杀死人。"

"杀了，真就杀成了，这事情二将军从头到尾最为清楚。而这两件东西都是你从江中洲带回的，全天下可能也就只有你府上有养的。虽然这两个刺局都做了掩瞒，但是过程中被利用的和见到的人不在少数，早晚会有人咂摸出其中真相透露出去。所以你要不夺了柴家天下，柴家可是会要了你的命。哦，不仅仅你的命，是整个赵家的命。赵将军，真的没退路了。"

赵匡胤定定地站在了那里，他的脑子里一片混乱。

"如今我们才离京四十里，急速赶回控制局面还来得及。侍卫亲军的马步军刚刚调入兵马，指挥调度还不顺畅，而且我估计他们不会料到我们才走一天便突然返回，应该来不及将我等家属控为人质。要是再晚就难说了。"

帅帐之中又沉寂了一会儿，赵匡胤终于手扶帅案长长地叹出一口气来。

赵普见此情形赶紧朝赵匡义使个眼色，赵匡义立刻将龙袍抖展开来，披在了赵匡胤的身上。

赵匡胤率兵变的队伍突然回师东京城。守备都城的主要禁军将领石守信、王审琦等人都是赵匡胤过去的"结社兄弟"，得悉赵匡胤被众将奉为新主黄袍加身后，立刻打开城门接应。

城门刚刚打开，韩通那边也已经得到急报。他立刻带亲随出府赶往宫院内城组织防御，同时发急令调集亲军营马步军也赶往内城。

韩通骑马带人已经离着内城宫门不远了，却被一个人拖长枪挡住了去路。这人一身普通的禁军内卫装束，唯一不同的是长枪之外未带腰刀，而是在束腰编带上斜插了一把带鞘短剑。

"何人大胆挡住去路？"韩通手下高手喝问道。

来人没有回答，而是脚下碎步加快，抖枪直冲过来。刺客出手一般不发声音，离恨谷力极堂的刺客更是如此。因为他们此刻已经将气息、肌骨、筋脉都运转到了最佳的状态,所有的力量都是为了用来杀死目标,绝不作一点浪费,哪怕是多说一句话。

韩通以及他的手下最初的感觉是很不可思议。因为他们总共有二十几人,而且都是能征惯战、武艺高强的亲兵强手,其中还有韩通这个刀劈过无数敌将的指挥使。面对这样的二十几个人,那一个内卫突然冲杀过来,简直就是寻死。

就在他们权衡该由谁用什么方式将这个内卫杀死的时候,那内卫的冲杀突然变化了方向角度。一下歪到一边去了,那样子就像是为了极力躲开他们而不惜撞开街边的砖墙。但这状态只是暂时的,眼见就要撞到墙上时,那内卫猛地顺势蹦起。纵到墙上后踹踏借力,重新调转方向抖枪刺了回来,就像是球撞到墙改换角度方向一样。

重新杀回来的长枪连刺两个亲兵军校。这是两个排在第三第四的亲兵军校,他们没太看清前面发生了什么,也没料到冲杀会在撞墙之后最先轮到他们身上。所以在一点儿反应都没有的情况下喉间绽开血花,立时倒地而亡。

而这两个亲兵的死只是开始,接下来的死亡是连续的,而且越来越快。那刺客肯定是早就将街道周围的每一个位置都观察清楚了,也早就设计好了杀戮的节奏。所以在借助周围物体不断跳跃、不断变化角度、不断加快速度的冲杀中,那杆磨钢长枪很快就变成了通体湿乎乎、血淋淋。

当韩通马匹周围只剩下四五个亲兵时,那杆长枪甩起一串长长的血珠朝着韩通砸去。韩通虽然面对如此快速怪异的冲杀有些慌乱,但久经杀伐的他对仗的反应还是有的,这就如同天性一般。眼见长枪朝自己砸来,背提的大刀一个翻转朝枪杆斜扫上去。

大刀落空了,明明砸向韩通的长枪不见了,飞走了。这枪竟然会在下砸的过程中横飞出去,这应该是刺客自己用的什么巧力将枪扔掉了。

枪扔掉了,刀落空了,这样就有一个瞬间韩通是双手抬起举刀朝上。也就在这个时候,一片折扇般的光芒旋起,围绕着韩通的马匹转了半圈。半圈之后那刺客闪到一边站定,用一块丝帕擦去短剑上的鲜血。

剑上血擦净,韩通和他周围最后四五个亲兵的血喷了出来。短剑插回腰

第十一章　一根鱼骨

间鞘中，韩通栽下了马，所有亲兵军校摔倒在地。

很快的开始，越来越急促的过程，镇定潇洒的收尾。如此暴风骤雨即刻又雨过天晴般的刺杀，即便是在力极堂中也不是谁都能做到的，而东京城中那些力极堂的洗影儿、潜蜂儿中，可能也就只有王彦升能刺得如此精彩。

王彦升隐号"剑尔"，他刺杀刺标时会用最拿手的短剑出手。如果韩通提前知道了这一点的话，不知道他会不会特别注意防御他的剑，也不知道他能不能将这致命的一剑挡住。但有件事情现在却是可以知道的，他被一剑杀死之后，再没有人能将内城防御住，也再没有人能将改朝换代的赵匡胤挡住。

韩通被杀之后，王彦升朝道路的前后做手势示意了一下。这是离恨谷中特有的手势，于是一些黑暗中微微露出一点点的身影缩了回去。这些身影不多，有泼皮破落户模样的，有小店老板模样的，有走卒贩夫模样的，有青楼女子模样的。由此可见，不管王彦升能不能成功刺杀韩通，那韩通终究是必死。让王彦升率先出手，只是因为他的身份更加合适，接下来还有些要做的事情，以他的身份去做可以更加合理。

王彦升带着韩通的尸体去见的赵匡胤，赵匡胤当即将他留在身边委以重任。而这，应该是又一个局的布设开始了。

五丈河边，柳树已露新芽。河中有鸭子戏水觅食，即便有小船过去也不害怕，只慢悠悠地让开。

齐君元慢慢走出几步，缓缓回身："真的让我走？"

"真的让你走，你怎么不信我们的话。"庹天下认真地笑着。旁边不大会笑的郁风行也笑了。

"随便我去哪里？"

"随便你去哪里。"

齐君元确定自己没听错，但他还是没有走。因为他知道有个巨大的刺局还没做完，还在继续。他斟酌过，觉得自己在这个局里应该还有很大的作用。可奇怪的是离恨谷竟然让他走，度衡庐也让他走。以往谷生谷客要想脱离离恨谷，那肯定是必死无疑。因为怕他们脱离之后将离恨谷的秘密和技艺泄露出去。

"你要不走，那我们先走了。"庖天下觉得这样应该能让齐君元更放心些，所以说完之后马上调头朝另一个方向离开。郁风行朝着齐君元笑笑，挥一下手示意齐君元赶紧走，随即也调头跟在庖天下后面走了。

"真让自己走，这回是真让自己走了。可自己能上哪里去呢？"齐君元相信了，也茫然了。从失去家、失去家人之后，他的归宿就是离恨谷。而现在不再回离恨谷了，那自己还能去哪里？

看看河上行船的艄公船妇，看看河边牵驴带妻儿出行的男子，齐君元牵动嘴角笑一下："或许自己也该找女人成个家。"

想到女人，他猛然想起了秦笙笙。想到了秦笙笙，他便想到了怀里的《花间集》和宝藏皮卷。

他掏出《花间集》，翻开第一页，里面有张纸片，那是侯无卯在他进东京城时从他身上的书上撕下的，这张纸片一角上有"黛远"二字。

那天齐君元就是见到这二字后想到了东贤山庄所在的黛远山，于是将纸片对在破损的书上，那是这一卷第十三首词"雨暗夜合玲珑月，万枝香袅红丝拂。闲梦忆金堂，满庭萱草长。绣帘垂篆簌，眉黛远山绿。春水渡溪桥，凭栏魂欲消"。

由此他想到了在上德塬不问源馆的人传来消息让丰知通撤出时曾报了一连串的数字："一卷，十三，三尾，二三四，四头，一四五。"他曾经就这些数字问过楼凤山是什么意思，楼凤山只说和一部书有关。现在对应《花间集》来看，这些数字应该是第一卷，第十三首。第三行后面半句排在二三四三个字，那么就是"黛远山"，还有第四行前面半句一四五三个字，那就是"春溪桥"。当时这是在告知丰知通前往黛远山春溪桥，也就是东贤山庄的位置。

《花间集》是蜀国宰相毋昭裔印制的，其真实用途竟然是可以暗通密文，而且是蜀国秘行组织所用。楼凤山是知道这秘密的，应该还有其他人知道这个秘密。他们陪着秦笙笙前往蜀国，一定有极为重大的活儿要做。

第十一章　一根鱼骨

对了，自己在清平村见到秦笙笙之前，还有一群高手聚集过。他们中有人说了一句"三卷，七，一头，一二；三头，一二七；四中，三四六"，然后几路人立刻分开行动。这句暗语的解释应该是在《花间集》的第三卷上，不知真实意思是什么，和秦笙笙他们有没有关系？

想到这里，齐君元蓦然间挂念起秦笙笙来，他想到秦笙笙和他别离时的目光，想到她欲言又止的戚戚面容。去往蜀国成都的那一路活儿现在做得怎么样了？秦笙笙还能应付得来吗？做完之后能不能顺利脱身？

"还有半张宝藏皮卷在我身上，据说这宝藏是在蜀国境内，不如现在往西南而行。寻到秦笙笙，启开宝藏。有了大笔财富，又有个人为伴，到时候这天下倒是什么地方都去得。"齐君元刹那间便拿定了主意，然后义无反顾地择路往西南蜀国方向而去。

歪树颓墙之后闪出一个人影，看一眼渐渐远去的齐君元。心中测算一下不会被齐君元发现的距离后，也悄悄跟了上去。这人是"即开"侯无卯。

大概过了有半个时辰，河边来了一个精壮的汉子，背弓带弩，看着像个猎户。和他一同来的还有一只长相怪异的狗，那狗在河边嗅闻了一下，然后带着那猎户也朝齐君元离去的方向而去。

而此刻，在齐君元之前离开的庖天下和郁风行已经驾一辆马车奔往蜀国。

又是那个被松枝、乱草遮掩得如同黑夜的荒山野谷，又是六七个不像人的人影靠山壁静坐，又是一只灰鹞展翅摇翎地落下。

山谷或许还是那个山谷，但人却不一定还是那几个人，而灰鹞肯定已经不是当年的灰鹞。

一只手从灰鹞脚上摘下"顺风飞云"，轻巧地展开。

然后沉寂中响起一个决然的声音："整个大局虽然布设艰难、意外不断，但终于是尽数到位了。蜂儿已经养成，杀器也都择好，该收局了。"

密枝疏叶间很艰难地挤进一丝春风吹到谷底，带来的却是无穷的杀意。那一个庞大的刺局此刻才真正开始……

图书在版编目（CIP）数据

刺局 .6, 刺王局 / 圆太极著 . — 北京 : 北京时代华文书局 , 2017.12（2022.5加印）
ISBN 978-7-5699-1973-8

Ⅰ . ①刺… Ⅱ . ①圆… Ⅲ . ①长篇小说—中国—当代 Ⅳ . ① I247.5

中国版本图书馆 CIP 数据核字 (2018) 第 024036 号

刺局6：刺王局
CIJU6：CIWANGJU

著　者	圆太极
出版人	陈　涛
责任编辑	周　磊
装帧设计	程　慧　迟　稳
责任印制	訾　敬

出版发行｜北京时代华文书局 http://www.bjsdsj.com.cn
　　　　　北京市东城区安定门外大街 136 号皇城国际大厦 A 座 8 楼
　　　　　邮编：100011　电话：010 - 64267955　64267677

印　　刷｜三河市兴博印务有限公司　0316-5166530
　　　　　（如发现印装质量问题，请与印刷厂联系调换）

开　本	710×1000mm　1/16	印　张	16.75	字　数	248 千字
版　次	2018 年 7 月第 1 版	印　次	2022 年 5 月第 2 次印刷		
书　号	ISBN 978-7-5699-1973-8				
定　价	45.00 元				

版权所有，侵权必究